ORHAN KEMAL

Asıl adı Mehmet Raşit Öğütçü olan Orhan Kemal, 15 Eylül 1914'te Adana'nın Ceyhan ilçesinde doğdu. Babası ilk TBMM'de milletvekilliği ve Adalet Bakanlığı yapmış olan Abdülkadir Kemali Bey'dir. Adana'da *Ahali Cumhuriyet Fırkası*'nın kurucusu olan Abdülkadir Kemali Bey daha sonra partisinin kapatılması üzerine ailesiyle birlikte Beyrut'a yerleşti ve Orhan Kemal bu dönemde orta son sınıftaki eğitimini yarıda bıraktı. 1932'de Türkiye'ye geri döndükten sonra, çırçır fabrikalarında işçilik, dokumacılık ve ambar memurluğu yapan Orhan Kemal 1937 yılında evlendi. 1938 yılında, Niğde'de askerlik görevini yaparken Ceza Yasası'nın 94. maddesine muhalefetten yargılanarak beş yıl hüküm giydi. 1940 yılında Bursa Cezaevi'nde Nâzım Hikmet'le tanışması sanat yaşamının önemli dönüm noktalarından biri oldu. 26 Eylül 1943'te serbest kalan Orhan Kemal 1951 yılında İstanbul'a yerleşti. Bu dönemden itibaren geçimini yazarlıkla sağlayan Orhan Kemal, 1966 yılında bir ihbar nedeniyle yeniden tutuklanarak Sultanahmet Cezaevi'ne gönderildi. Otuz beş gün sonra salıverildi. 1968 yılında bu davadan beraat ettikten iki yıl sonra 2 Haziran 1970'te davetli olarak gittiği Sofya'da öldü. İlk şiirlerini Raşit Kemali adıyla *Yedigün*, *Yeni Mecmua* gibi dergilerde yayımlayan Orhan Kemal, Nâzım Hikmet'in etkisiyle düzyazıya yöneldi. İlk düzyazısı *Balık* adıyla 1940 yılında *Yeni Edebiyat* gazetesinde yayımlandı. İlk öykülerini ise 1942 ve 43 yıllarında *İkdam* ile *Yurt ve Dünya* dergilerinde yayımlayan Orhan Kemal daha sonra *Varlık*, *Gün*, *Yığın*, *Seçilmiş Hikâyeler*, *Yaprak*, *Yeni Başdan*, *Yeditepe*, *Beraber* gibi dergilerde de yer alırken birçok romanı da *Vatan*, *Dünya*, *Ulus*, *Son Havadis* ve *Cumhuriyet* gazeteleri tarafından tefrika edildi. *Kardeş Payı* ile 1958 yılında Sait Faik Hikâye Armağanı'nı kazanan Orhan Kemal, *Önce Ekmek* ile de 1969 yılında Sait Faik Hikâye Armağanı'nı ve TDK Öykü Ödülü'nü kazandı. *72. Koğuş*, *Murtaza*, *Eskici Dükkânı*, *Kardeş Payı* ve *İspinozlar* (Yalova Kaymakamı) adlı yapıtlarını oyunlaştırdı. *72. Koğuş* ile 1967 yılında Ankara Sanatseverler Derneği tarafından en iyi oyun yazarı seçildi. Orhan Kemal'in ailesi tarafından 1972 yılından beri yazarın ölüm yıldönümünde verilmek üzere Orhan Kemal Roman Armağanı düzenlenmektedir. Yapıtları: *Murtaza*, *El Kızı*, *Yalancı Dünya*, *Sokakların Çocuğu*, *Müfettişler Müfettişi*, *Üçkâğıtçı*, *Ekmek Kavgası*, *72. Koğuş*, *Eskici ve Oğulları*, *Cemile*, *Nâzım Hikmet'le Üç Buçuk Yıl*, *Bereketli Topraklar Üzerinde*, *Sokaklardan Bir Kız*, *Vukuat Var*, *Hanımın Çiftliği*, *Suçlu*, *Dünya Evi*, *Kötü Yol*, *Yağmur Yüklü Bulutlar*, *Kırmızı Küpeler / Babil Kulesi*, *Oyuncu Kadın*, *Grev*, *Serseri Milyoner*, *Gurbet Kuşları*, *Evlerden Biri*, *Kaçak*, *Kanlı Topraklar*, *Arkadaş Islıkları*, *Devlet Kuşu*, *Bir Filiz Vardı*, *Avare Yıllar*, *Sarhoşlar*, *Baba Evi*, *Çamaşırcının Kızı*, *Önce Ekmek*, *Tersine Dünya*, *İstanbul'dan Çizgiler*, *Oyunlar 1-2*, *Yazmak Doludizgin* (Günlükler-Şiirler), *Senaryo Tekniği ve Senaryolar*, *Önemli Not!* (Düzyazılar).

MURTAZA

Orhan Kemal

§

Türkçe Edebiyat **118**

Murtaza
Orhan Kemal

Kapak tasarım: Utku Lomlu
Arka kapak fotoğrafı: Ara Güler
Mizanpaj: Bahar Kuru

1-3. Basım: 1952-1964, Varlık Yayınları
4-11. Basım: 1969-1986, Cem Yayınevi
12. Basım: 1989, Can Yayınları
13-15. Basım: 1995-2003, Tekin Yayınevi
16-17. Basım: Mart 2007-Mart 2008, Everest Yayınları
18. Basım: Ağustos 2009, Everest Yayınları

ISBN: 978 - 975 - 289 - 379 - 5

Orhan Kemal Müzesi
Akarsu Caddesi No: 30 Cihangir/İSTANBUL
Tel: (0212) 292 92 45 Fax: (0212) 243 67 82
E-mail: info@orhankemal.org
www.orhankemal.org

Baskı ve Cilt: Melisa Matbaacılık

Tel: (0212) 674 97 23 Fax: (0212) 674 97 29

EVEREST YAYINLARI
Ticarethane Sokak No: 53 Cağaloğlu/İSTANBUL
Tel: (0212) 513 34 20-21 Fax: (0212) 512 33 76
Genel Dağıtım: Alfa, Tel: (0212) 511 53 03 Fax: (0212) 519 33 00
e-posta: everest@alfakitap.com
www.everestyayinlari.com

MURTAZA ÜZERİNE

Yakın dostlarım, *Murtaza*'yı bu yeni hâle getirmememi istediler. Hem de ısrarla. "Biz onu öyle bulduk, öyle okuduk, öyle sevdik. Ne diye değiştireceksin?" dediler. Hatta içlerinde çok önem verdiğim kimselerin de bulunduğu bu görüş üzerinde uzun uzun durdum. Kitabın üstünde 'roman' yazıyordu, ama o hâliyle Murtaza bir 'roman' değil, olsa olsa bir 'büyük hikâye'ydi. Kitabın yüz seksen sayfalık hacminden dolayı söylemiyorum bunu. Salt, romanı roman yapan şeylerin eksikliğinden.

Murtaza'yı roman hâline getirmek için üzerinde çok çalıştım. Birinci ve üçüncü bölümler yeniden yazıldı. Elimde hâlâ yığınla malzeme var. Bu malzemeyle bir "Murtaza II" yapar mıyım? Henüz bilmiyorum, ama Murtaza galiba istiyor bunu. Dürtüp duruyor. Neden olmasın?

Evet, bana sorarsanız "Murtaza asıl şimdi roman oldu" kanısındayım.

Oldu mu, olmadı mı?

Kuzguna yavrusu şahin görünürmüş de...

Orhan Kemal

MURTAZA

BİRİNCİ BÖLÜM

Gece yarısını geçiyordu.

Yan yatmış, bağdaş kurmuş, çömelmiş ya da tam yuvarlanacakken bir yana tutunuvermişe benzeyen harap evler kalabalığından ibaret mahallenin birbirini kesen, çamur içindeki sokaklarından birinde dehşetli bir sarhoş narası karanlıkları ürpertti:

"Ooooooof Allaaaaah!"

Yan yatmış, bağdaş kurmuş, çömelmiş ya da tam yuvarlanacakken bir yana tutunuvermişe benzeyen harap evler kalabalığıyla, birbirini kesen çamur içindeki sokakları zar zor aydınlatmaya çalışan elektrik lambaları bu dehşetli narayı yadırgadılar. Nasıl yadırgamasınlar ki, Bekçi Murtaza bu semte verileli beri böyle naraların çok gerilerde kaldığına inanılmıştı.

Evleri, çamurlu sokakları, elektrik ampulleri, paslı çöp tenekeleri, birer kıyıya kıvrılakalmış kedileri, köpekleri, o sıra tuvalete gitmek üzere yataklarından kalkmış kadın, erkek, çocuklarıyla mahalle kulak kesilerek naraya karşı Murtaza'nın tepkisini bekledi.

Tepki fazla bekletmedi.

"Fırrrrrrr!"

Narayı atan sarhoş herhalde bu mahalleli değildi. Bekçi Murtaza'yı da tanımıyor olmalıydı ki, fırıldaklı düdüğün "Fırrrrrı"ına karşılık verdi:

"Ooooooooşt!"

Murtaza arka sokaklardan birindeydi: "Ooooşt!"u duydu; duymasıyla da gövdesindeki bütün tüyler kalın bekçi elbisesinden dışarı firladı:

"Neeee? Oşt mu? Banaaaa? Bekçi Mürteza'ya ooooşt ha?.."

Düdüğüne yeniden sarılıp öncekinden çok daha öfkeyle yeniden öttürerek açtı adımlarını. Ne sanarlardı, abe ne sanarlardı onu? Yukarda Allah, Ankara'da Devlet hem de Hükümet, burda da Murtaza'ydı! Öğrenememiş miydi bu cahil insanlar! Geçirememiş miydi semte hükmünü? Yoo... gelemezdi buna! Görmüştü kurs, almıştı çok sıkı terbiye amirlerinden. Sonra sakınmazdı gözünü vazife bir sırasında budaktan bile! E? Bu sarhoş, demek bu sarhoş... yabancı değil de semtliyse... semtliyse belki de tutmuştu kahvede arkadaşlarıyla bahis:

"Gece yarısından sonra Murtaza Efendi'nin bölgesinde kim nara atabilir?"

Hiç kimse "Ben" demeye cesaret edememiş olabilirdi de içlerinden biri sorabilirdi:

"Sen atabilir misin?"

Sarhoş şu karşılığı vermiş olabilirdi:

"Deveye bindim mi, değil Murtaza Efendi, Allah'ın gölgesinde bile atarım naramı!"

Kışkırtmış olabilirlerdi:

"Boş ver!"

"Niye?"

"Sıkı mı?"

"Denemesi kolay oğlum!"

"Deneyelim hadi, nesine?"

"Nesine isterseniz!"

Bütün bunlara aklı birden iyice yatan Murtaza sanki çıldırdı: Demek bu cahil, hem de muzır vatandaş, değil Murtaza Efendi, korkmazdı Allah'tan bile?

Ayaklarındaki kırk beş numara postallarıyla çamurlara bata çıka koşuyor, avını yakalayıp gözünü patlatmak için, geç kalmış bir telaşla koşuyor koşuyordu.

Bir köşe, bir köşe daha.

Nara bu sokaktan gelmiş olacaktı ya, hani? Nerdeydi Allah'tan bile korkmayıp arkadaşlarıyla bahse giren kabadayı?

Soluk soluğa durdu. Çevresine akları kanlı gözleriyle baktı, sonra da yeniden sarıldı düdüğüne:

"Fırrrrr!"

Karşılık bekledi. Yalnız kulakları değil, sivri uzun burnu, kalın kapkara kaşları, geniş alnı, kasketinin siperi, belindeki palaska, ayağındaki beylik postallar da karşılık bekliyorlardı.

Karşılık gelmedi.

Palaskasının tokasını okşadı. Sivri burnu az daha uzamış, burnunun etli kanatları hazla titremeye başlamıştı. He he hey be, he he hey! Yukarda Allah, Ankara'da Devlet hem de Hükümet, burda da oydu! Koskoca Türkiye Cumhuriyeti Hükümeti onu buraya sarhoşlardan korksun, hırsızlardan avanta alsın, gece yarılarından sonra da tam siper horlasın diye bekçi tayin etmemişti. Bu harap evler kalabalığından ibaret mahalleyle birlikte şu çamurlu sokakların ötesinden geçen anacaddeyi, anacaddenin iki yanındaki dev apartmanlarla konak yavrularını, kapı önlerindeki özel arabaları beklemek, bütün bunlara göz dikmiş "muzır vatandaşlar"ı kollamak görevini vermişti ona. Bir an bile dalga geçemezdi. Aksi halde aksardı işler, bozulurdu memleketin disiplini!

Palaskasını sertçe düzeltti, önemle öksürdü. Sonra kaz adımlarıyla rap rap rap yürümeye başladı: Karnı içerde, göğsü dışarda, gözleri ta karşılardaki değişmez bir noktadaydı.

Birden durdu: Gecenin bu ileri saatinde ne için aydınlıktı şu köşe başındaki yıkıldım yıkılacak evin alt kat penceresi? Ne için uyumamışlardı hâlâ birtakım fakir vatandaşlar?

Başını ağır ağır salladı, göz kırptı kendi kendine:

"Ne için? Ha? Ne için?"

Hemen bir karşılık bulamayınca yeniden sordu:

"Ha Mürteza Efendi... ne için? Verilmiş emniyeti sana bu bölgenin! Çıksa karşına şimdi herhangi bir amirin, dese: Ne için uyumaz .gecenin bu geç saatinde birtakım vatandaşlar Mürteza Efendi? Ne için almazlar uykucağızlarını? Ne karşılık verirsin amirine? Susarsın dut yemiş bülbül gibi! O zaman kızsa amirin, sövse anana avradına hem da haksız mı?"

Birden aklına bambaşka şeyler geldi:

"Birtakım muzır vatandaşlar toplaşıp konuşmasınlar sakın muzır lakırdılar?"

Aklına yatmıştı:

"Tamam! Toplaşıp konuşabilirler Devletimiz hem da Hükümetimiz aleyhinde yakışıksız lakırdılar."

Avının üstüne sine sine giden bir sansarı hatırlatarak aydınlık pencereye yaklaştı. Durdu. Çevreyi kocaman burnuyla kokladı. Kalın kaşları dehşetle çatılmıştı. Kuru yüzü, dudakları sanki donmuştu. Pencereye az daha sokuldu. İçerisini görebilecek bir yer aradı, bulamadı. Beyaz perde sıkı sıkıya inikti. İyi ama görmesi de gerekiyordu içerisini. Ne yapmalıydı? Elindeki düdükle cama sert sert vurdu.

Aydınlık pencereli ev bir an Murtaza'ya sadece baktı. Sonra yorgun bir kadın sesi:

"Kim oo?"

Murtaza, "vazife bir sırasında" kadınlara zerrece önem vermezdi. Yalnız vazife bir sırasında değil, sık sık. Kadın, nerden bakılsa "bir kadın"dı işte. "Saçı uzun, aklı kısa." İşitmemişti şimdiye kadar hiçbir kadının kurs görüp, amirlerinden sıkı terbiye aldığını.

Kadının sesini işitmemişçesine, cama yeniden vurdu.

Yorgun kadın da öfkelenmişti besbelli:

"Kim o be, kiim?"

Karşılık alamayınca, yıkamakta olduğu çamaşırlarının leğeni başında doğrulurken, az ilerisinde, bir ayakkabı tekine taban çivileri çakan kocasına baktı.

Ayakkabı tamircisi uykusuzluktan geberiyordu:

"Git bak. Gecenin bu saatinde kimmiş?"

Kadın, ellerinin sabunlu suyunu önlüğüne kurulayarak odadan çıkarken, derme çatma bir tahta sandığı masa gibi kullanarak ortaokul derslerine çalışmakta olan oğlu, ders çalışırken uyuyakalmış kız kardeşini dürterek uyandırdı.

Tamirci baba, kapıya giden karısının kiminle, neler konuşacağını merak ediyordu.

Konuşmalar mırıltı hâlinde yansımakta gecikmedi:

"Haa... siz misiniz bekçi efendi? Bir şey mi istediniz?"

Murtaza'nın içlere çökük, ama uzun kirpikli gözleri yerdeydi. "Kadınların saçı uzun, akılları kısa"lığı bir yana, gecenin şu ileri saatinde "bir kadınla" yalnız kalması da yakışık almazdı.

Bakmadan kalın kalın sordu:

"Nerde evin reisi?"

Kadın anlamadı.

Karşılık alamayınca kızdı:

"Ne için vermezsin cevap? Duymazsın sorarım nerde evin reisi? Bilmezsin nedir bir evin reisi?"

"?.."

"Abe kocan derim, koca, erkekin!"

Kadın geç de olsa anlamıştı:

"Haa... kocam mı? İçeride. Bir şey diyeceksen bana de..."

"Diyemem sana! İsterim görmek evin reisini bizzat."

Bu çekişmeyi işiten adam bir elinde ayakkabı teki, öbür elinde çekiç, usullacık geldi:

"Buyrun."

Murtaza'nın gözleri yerden adama kalktı:

"Sen misin evin reisi?"

Adam şaşkınlıkla iki yanına bakındıktan sonra, "Evet," dedi. "Benim."

"Sensin demek?"

"Ben..."

"Ne için yatmazsınız gecenin bu saatına kadar? Ha? Ne için?"

Evin reisi büsbütün şaşırmıştı. Laf mıydı bu da yani? Ev kendi mülkleri değilse de, aydan aya kirasını şakır şakır ödüyorlardı. Aslında pek öyle şakır şakır değilse de, gene de bekçiyi ilgilendirmezdi. Kirasını ödediği evinde de ister yatar, ister otururdu ailesiyle, sabaha kadar! Bu bekçinin buna benzer yığınla marifetini mahalle kahvesinde, bakkalda, şurada burada işitmişti. Sarhoşlara, daha çok da mahalle aralarında naralarla dolaşan, kadınlara, kızlara sataşan kopuklara kendilerini bildirmesi hoşuna bile gitmişti. Murtaza'dan beri mahalleye belirli bir edep, haya gelmiş, kadınlar, kızlar, çoluk çocuk okula, bakkala, komşuya, manava korkusuzca gidip gelir olmuşlardı.

Murtaza ellerini arkasında bağlayarak yeniden sordu:

"Ha? Ne için?"

Karşılık alamayınca şahadetparmağını ayakkabı tamircisine tehditle salladı:

"Değilsiniz siz sizin vatandaş!"

Merakla kapıya gelmiş çocukları işaret etti:

"Devletin malıdır bu çocuklar, hem da milletin! Yok hakkın

uyutmamaya ciğerparelerini vatanın! Haçan büyüyecek, kurşun atacaklar düşmana, kurşun!"

"?.."

"?.."

"Fışkırmalıdır gözlerinden mertlik, civanmertlik* hem da!"

Başta baba, gülmemek için ev halkı kendini zor tutuyordu.

Adam çaresiz, kekeledi:

"Doğru, çok doğru ama..."

Murtaza'nın etli, kocaman eli havaya kalktı:

"Yok aması maması. Madem doğru, ne için etmezsin tatbik?"

"Salavat kuvvete bağlı da ondan."

"Yanlış düşünürsün vatandaş! Değil salavat kuvvete bağlı! Yok yeri salavatın! Çalışacaksınız gündüzleri, uyuyacaksınız geceleri de deliksiz! Ne için tayin etti beni hükümetim? Uyusun geceleri vatandaşlarım deliksiz, korkmasınlar muzır vatandaşlardan!"

Ne denebilir, ne karşılık verilebilirdi? Sonra ağız açmaya bırakmıyordu ki.

Ev halkını kalın kaşlarıyla uzun uzun göz hapsine aldıktan, "mütenebbih** oldukları" kanısına vardıktan sonra kesinlikle emretti:

"Haaydi şimdi. Söndürün lambanızı ve yatın."

İrkildiler. Ohoo, adamın sabaha kadar onarılması gereken ayakkabı pençeleriyle, kadının çamaşırları vardı.

"İşlerimizi bitirmeden nasıl yatarız Murtaza Efendi?"

"Dünya kadar çamaşırım var daha. Yarına yıkanıp serilecek, kuruduktan sonra da ütülenecek..."

Murtaza heykel gibiydi, sadece bakıyordu.

"Geçim kolay mı?"

---

* Yüce gönüllülük, yiğit.

** Bir şeyden ders alıp aklını başına toplamak.

"Evin kirası, kaynayan tenceresi..."

"Çocukların üstü başı, okul harçlığı..."

"?.."

"?.."

Murtaza dinledi dinledi, sonra elini kaldırdı:

"Aaaç gözünü vatandaş! Yukarda Allah, Ankara'da Devlet, Hükümet hem da, burda da ben! İstemem itiraz, konuşmam da fazla: Söndür lambanı ve yat!"

İçerlere çökük gözleriyle öyle hınçlı bakıyordu ki, ne diklenebilinir, ne de hatta gık denebilirdi bu bakış karşısında.

"Bilirsiniz nedir kanun? Gördünüz kurs? Aldınız büyüklerinizden sıkı terbiye?"

"?.."

"?.."

"Almadınız. Bilmezsiniz nedir kanun, disiplin, kurs hem da. Konuşursunuz haminnem gibi!"

Adama önemle eğildi, sır verircesine:

"Bir vazife büyüktür bir namuzdan!"

"?.."

"?.."

"?.."

"Vazife bir sırasında görmeyecek gözün dünyayı, demeyeceksin evladım, ciğerparem!"

Ev halkının süt dökmüş kedi sükûnuna yeniden emretti:

"Haydi şimdi marş. Söndürün lambanızı ve yatın!"

Çaresiz, içeri çekilip kapıyı yavaşça kapadılar. Az sonra da aydınlık pencere karardı. Köşe başındaki elektrikten hafifçe aydınlanan Murtaza'nın yüzü, dediğini yaptırmışların gururuyla memnun, gülümsedi. Sonra sertleşti. Buradaki işi bitmişti. Kaz adımlarıyla rap rap rap uzaklaştı. Daha sonra da "Gecelerin hâkimi"ymişçesine düdüğüne sarılarak, harap evler kalabalığından ibaret mahalleye dehşetle öttürdü:

" Fırrrrrrrrr!"

***

Yunanistan'ın Alasonya kasabasından olan Murtaza, 1925'lerden sonraki mübadelede* annesi, erkek kardeşiyle Türkiye'ye göç etti. Yirmisindeydi. O sıralar "Muhacir kandaşlar nâm-ü hesabına fi sebilûllah," yani göçmen kandaşlar çıkarına hiçbir karşılık beklemeden, Allah için çalıştıklarını ileri süren yerli simsarların hile dolu öğütlerine uyan hemşerilerinden pek çoğu gibi memleketlerindeki barakalarına karşılık koca koca konaklar, üç buçuk arşın bahçelerine karşılık da binlerce dönüm tarla almayı kendine, daha çok da damarlarında dolaşan şehit Kolağası Hasan Bey'in kanına yakıştırmayan Murtaza, ne annesinin, ne de hemşerilerinin öğütlerine uydu. Hele gizliden gizliye para desteleri gösteren yerli simsarlara hiç! Tam tersi, iskân dairesine gitti:

"Biz fakir insanlar idik memlekette," dedi. "Yok idi başkaları gibi tarlalarımızla konaklarımız. Var idi küçük bir bahçeciğimiz. Söyleyemem yalan, yakışmaz bana."

Ve şahlandı:

"Yok idi tarlalarımız, konaklarımız amma, var idi arslan yavrusu arslan dayım Hasan Bey, Kolağası. Hatırlamam ben, anlatır büyüklerim, dökmüş mübarek kanını kutsal vatan topraklarına Balkan Harbi'nde. Yeter bu şeref hem da şan bana, ne lazım tarla? Ne lazım konak? Ne lazım at, araba? Dolaşır benim de damarlarımda şükür, dayım Hasan Bey'in mübarek kanı!"

Heyecandan titriyordu. Sözlerinin ardını şöyle getirdi:

"Hem canım değil mi ki kurtardı İsmet Paşamız bizi çan seslerinden, kavuşturdu Ezan-ı Muhammedi'ye... Ne isteriz mal, mülk?"

İskân dairesinin memurları önlerindeki kocaman defterlerden doğrulmuş, kalemleri bırakmışlardı. Hayretler içindeydiler. Hayretler içinde, çünkü bunca yıllık vazife-i me'muriyetlerinde

---

* Soydaşların uluslararası anlaşmalarla değiş tokuş edilmesi.

İskân dairesine böyle budala bir göçmenin geldiğini hatırlamıyorlardı.

Gene de içlerinden biri, "Aşkolsun!" dedi.

Bir başkası bıyık altından güldü:

"Namus dediğin böyle olur!"

Yüreği, şehit Kolağası Hasan Bey'le birlikte vatan, millet, memleket için çarpan, çan sesinden kurtarılıp Ezan-ı Muhammedi'ye kavuşturulmayı dünya nimetlerinden üstün tutan bu sapına kadar doğrucu vatandaşa şehirden epeyce uzak köylerden birinde, on dönüm tarla verildi. Anasının gözyaşları, kardeşinin asık suratla yüklenmesine yardım ettikleri üç buçuk kap kaçak, yatak yorgan adına da pılı pırtı ile, tilki kadar kurnaz hemşerilerinin bıyık altından gülüşlerine zerrece aldırış etmeyen Murtaza, yüklü arabanın önüne geçti, beygiri öfkeyle çekti:

"Haaaydi bre kodoş hayvan, deeeh!"

Bu "kodoş" sözü, bıyık altından gülen dubaracı* hemşerilerineydi. Hemşerilerine kodoş demişti ama, annesi, kardeşi, tencere, tava, hatta hır hırtla tangır tungur uzaklaşmakta olan arabanın ardındaki hemşerileri de bir yandan gülüyor, bir yandan da konuşuyorlardı:

"Tıpkı dayısı kakavan Hasan!"

"Tıpkı."

"Herkes gider Mersin'e..."

"Bu budala tersine!"

"Ben en çok acırım anacığına..."

"Bereket çekmemiş kardaşı kakavan Hasan dayılarına..."

"İyi ama, saldırmış idi dayısı düşmana arslanlar gibi!"

"Saldırmış idi de ne geçmiş eline?"

"Şahadet şerbeti!"

"Denmez ona şahadet şerbeti..."

"Ya?"

---

* Hilekâr.

"Denir dangalaklık şerbeti!"

"Ne için be yahu?"

"Sorarsın bir de? Var mıdır askerlikte emirsiz, kumandasız saldırmak düşmana? Değildir hiçbir asker kendi başına buyruk!"

"..."

"..."

"..."

Annesiyle kardeşi dilediklerince surat asıp öfkeden deliye dönsünler. Umurunda bile değildi. On dönümlük tarlanın kıyısına, üzeri saz örtülü bir bağ evi, derme çatma da olsa tavuklarına kümes çaktı. Annesinin ta babadan, dededen kalma beşibirliklerini köy muhtarına bozdurup bir tahta saban, iki öküz uydurdu. Çukurova'nın alev alev sıcaklarında kardeşini de ardına takarak, kıyasıya çalıştı. Arpa ekti, darı ekti, buğday ekti, yerlilerin şifan dedikleri yulaf ekti. Sonraları pamuk ekmeyi öğrendilerse de, hiçbir zaman iyi bir kazanç sağlayıp, bir kıyıya bir şeyler koyamadılar. Geçim sıkıntısı arttıkça arttı. Artan geçim sıkıntısı üç kişilik ailenin sinirlerini bozdu. Hele zaman zaman şehre inip de, barakalarına karşılık kocaman kocaman konaklar, üç buçuk arşın bahçelerine karşılık da binlerce dönüm tarla alıp zenginleşiveren hemşerilerinin cakası yüzünden aile fertleri arasına hır girdi. Doğruculuk yüzünden aileyi ne hâle getirmişti bu budala!

Memlekette yokluk içindeki hemşerileri şimdi bar kapatıyor, şampanya patlatıyor, sabahlara kadar vur patlasın çal oynasın eğleniyorlardı. Onlarsa sürünüyorlardı alev alev sıcakların sivrisinek bulutları içinde.

Çok geçmeden, zaten bir deri bir kemik anne, zehirli sıtmadan yatağa düştü. Sarardı, soldu büsbütün. Avurdu avurduna geçti. Nöbet geldikçe açıyordu ağzını:

"Çekmez ola idin, ah çekmez ola idin o kakavan dayına! Herkes giderken Mersin'e, biz gittik tersine!"

Karnı şişti, ur bağladı. Bir gün de sabah ezanı okunurken...

Kardeşi çok ağladı. Ağabeyinin taş kalpliliğine de çıldırdı adeta:

"Abe hiç mi yok sende kalp? Yok mu yürek? Ölür annemiz, yaşarmaz kirpiklerin bile!"

Murtaza omuz silkti:

"Acımam rahat döşeğinde ölene. Olsun isterse annem. Çünkü akıttı mübarek kanını dayımız kutsal vatan topraklarına, boğuşarak düşmanla. Ölmedi yatağında rahat rahat!"

"Bu kafayla inşallah olursun Atina'ya vali!"

"İstemem valiliğini bile Atina'nın. İsterim ölmek dayım gibi boğuşarak. Hem da tıpkı dayım gibi içmek şahadet şerbetini!"

Ne sanardı kardeşi onu? Şehit Kolağası Hasan Bey'in yeğeniydi bugüne bugün. Ölür, söylemezdi yalan, etmezdi tenezzül buna. Ne olacaktı?

"Var idi tarlalarım, çiftliğim, konaklarım..." mı diyecekti?

Yakışık alır mıydı? Çevresinde dolaşıp durduğuna inandığı dayısının ruhu ne derdi bu yalancılığa? Gün gelip de İsrafil'in sûru üflenip ölüler dirildiği zaman yakasına yapışarak, "Yazıklar olsun sana yeğenim!" demeyecek miydi? "Kız halaya, oğlan dayıya çekerdi hani? Ne için çekmedin bana? Ne için çekmedin de İskân dairesinde söyledin yalan?"

İşler bozuldukça iki kardeşin de arası açıldıkça açıldı. Başta köylerinin sıska muhtarı, yerlilerin de ayartmasıyla tarlayı, saz örtülü bağ evini, tavukları, kümesi, sabanı, öküzleri falan yok pahasına satıp şehrin yolunu tuttular. Şehirde iki kardeş, uzun süre karşılaşmamak üzere birbirlerinden ayrıldılar. Küçük, şimdi artık mal mülk sahibi olmuş dünkü çulsuz hemşerilerinden birinin yanına sığındı. Birkaç yıl böyle... Bir gün de, tıpkı tıpkısına kendi gibi bir sığıntı olan uzak bir akraba kızıyla evlendi. Ağabeyiyle ilgisini büsbütün kesmediyse de, aralarına iyice soğukluk girmişti. Murtaza çıldırıyordu:

"Nasıl olur, abe nasıl olur? Bir ana, bir babadan doğma iki kardeşiz. Üstelik o da benim gibi yeğeni Hasan Bey'in. Ben benzedim de o neden çekmedi dayımıza? Nasıl evlenebildi doyurmak için karnını sonradan görmüşlerin beslemesi ile?"

Başta kardeşi, herkese küstü.

Pamuk fabrikalarından birinde bir pamuk tartı kâtipliği buldu. Buldu ama onun gözü kâtiplikte değildi: "Mübarek kanını kutsal vatan topraklarına dökmüş Kolağası Hasan Bey" dayısı gibi subay olamayacaksa da, subay urbalarına benzeyen bir üniforma tutkusu içinde, bu işi birkaç ay sürdürüp ayrıldı. Ondan sonra karnını doyurmak için nerede, ne iş bulduysa tuttu. Hangi işi tutarsa tutsun, kafasında Kolağası Hasan Bey, Hasan Bey'in subay urbasına benzeyen sivillerden ayrı, az da olsa subayları hatırlatan bir urba, bir bekçi urbası. Böyle bir urbayı sırtına geçirdi mi "cahil halk"tan ayrılacak, iyi kötü bir yetkisi de olacağı için, "cahil halk"a cart curt edebilecekti.

Bekçilik kafasına iyice yatmıştı. Ah bir bekçilik uydurabilse de geceleri rasgele düdük öttürse, düdük öttüremeyen yığınla vatandaştan ayrı, onlardan üstün olabilse!

Günün birinde bu da oldu. Onu memleketten tanıyan, seven, daha çok da takdir eder görünerek alttan alta dalga geçen babacan bir komiserin önayak olmasıyla mahalle bekçiliğine atandı. Derken, tıpkı tıpkısına subaylarınkine benzeyen urbaya da kavuştu. Dünyalar onun olmuştu. Koltuğunda yeni beylik urbası, gıcır gıcır postallarıyla anacaddeden geçerken sanıyordu ki herkes ona bakıyor, imreniyor: "Aşkolsun!" diyorlardı. "Şimdi ispatladı işte damarlarında şehit Kolağası Hasan Bey'in mübarek kanının dolaştığını."

Barındığı derme çatma bekâr odasına geldi. Koca burnunun etli kanatları hazdan titreye titreye urbasını giydi. Giyerken öyle telaş, öylesine bir acele içindeydi ki, pantolonunun paçasına yanlışlıkla iki ayağını birden soktu ve yere yuvarlandı. Derme çatma oda sanki yıkılacaktı o an.

Yukarıdan hemşerisi bir kocakarı tavana hırsla vurdu:

"Abe ne oluyorsun? Yıkacaksın evimizi başcağızımıza!"

Aldırmadı:

"Şaşarım çamaşır yıkamasına kedinin!" dedi. "Yıkılmamış sankim dünya tepene...."

Aklı fikri yeni urbasındaydı. Düştüğü yerden yepyeni bir davranışla hoplayıp kalktı. Giyindi. Ama hayır, urbasının şurası burası boldu. Koştu mahalledeki fabrika terzisine. Durumu heyecanla anlattı: Mübarek kanını kutsal vatan topraklarına dökmüş şehit Kolağası Hasan Bey'in yeğeniydi. Fazla okuyamamış, subay olamamıştı ama, damarlarında dayısının kanı dolaştığına göre bu urbayla o da dayısına benzemişti şükür. Urbaysa boldu, yer yer üzerinden akıyordu. Ne yapacaksa yapsın, orasını burasını kessin, biçsin ama, şişkin körüklerine ilişmesindi külot pantolonunun!

Murtaza'yı bir hayli tanıyan terzi onu, ondaki ruh hâlini gayet iyi anlamıştı. Urbayı hiç üşenmeden söktü, Murtaza'nın istediğinden âlâ, tıpkı tıpkısına subaylarınkini hatırlatan yeni bir urba dikti.

Hele kasketi!

Murtaza urbasını giyip, kasketini başına geçirince coştu. O coşkunlukla geçti aynanın karşısına. Kendini öyle beğendi, öyle beğendi ki, terzinin boynuna heyecanla sarıldı:

"Yaşşa arslan yavrusu arslan! İşte şimdi tıpkı oldum Kolağası Şehit Hasan Bey!"

O coşkunlukla terziden fırladı. Birbirini kesen çamurlu sokaklardan yıldırım gibi geçip rahmetli annesinin ahret kardeşi Âkile Hala'nın barakasına top gibi daldı. Ama Âkile Hala görünürlerde yoktu. Avazı çıktığı kadar bağırdı:

"Hala, Âkile Hala, abo Âkile Hala derim!"

Elli sularında kadın komşudaydı. Duydu, geldi:

"Ne var be? Ne bağırırsın?"

Murtaza sert bir hareketle esas vaziyete geçti, patayı çekti.*

"Nasıl? Benzedim mi Hasan Bey dayıma?"

---

* Selam vermek.

Âkile Hala farkında değildi. Önemsizce sordu:

"Demek oldun bekçi?"

Tepesi attı:

"Bırak bekçiliği... Benzedim mi Hasan Bey dayıma derim!"

"Abe oynattın mı aklını? Ne için benzeyecekmişsin Hasan budalasına? Değil marifet benzemek ona. Öldürdün anacağızını hep bu sevdayla. Alamadın mı hâlâ aklını başına?"

Murtaza'nın aklı gitti, geldi.

"Neler söylersin, abe neler söylersin be hala? Ölsün anam isterse on sefer! Namerdim dönersem Hasan Bey dayımın yolundan. Kırılsın sapı kaşığın!"

Murtaza bekçilik görevinde Halk Fırkası-Serbest Fırka çekişmelerine kadar kaldı. Fırkacılığın iyice kızıştığı, Alasonya mübadillerini çan seslerinden kurtaran İsmet Paşa'ya bile dil uzatıldığı günler Murtaza öfkeden deli divane, sağa koşuyor, sola koşuyor, şimdi artık iyice palazlanmış Serbest Fırkalı hemşerileriyle yaka paça oluyordu. Bir gün bu yüzden kafasına yediği bir iskemleyle kan içinde yere yuvarlandı. Bayılmıştı. Gözlerini hastanede açtı. Yarası pek o kadar ağır değildi. Çabuk taburcu oldu. Âkile Hala onu evine aldı. Murtaza kafasına iskemle yemekten memnundu. Dayısı nasıl Balkan Harbi'nde mübarek kanını kutsal vatan topraklarına döktüyse, o da bir çeşit düşman demek olan Serbestçilerin iskemle darbesiyle aynı kutsal topraklara kanını dökmüştü.

Takdirname ve hava değişimi.

Bu arada Âkile Hala'nın komşusu bir işçi kız da yakından ilgilenmişti Murtaza'yla. Kız, yakındaki dokuma fabrikasının iplikhanesinde çalışıyordu. Fabrika dönüşlerinde uğramış, maydanozlu pirinç çorbaları pişirip getirmiş, su istedikçe vermişti. Üstelik hemşerisiydi de kız. Babası, tıpkı Murtaza gibi, İskân dairesine gitmiş, barakalarına karşılık konak, üç buçuk arşın bahçelerine karşılık yüzlerce, binlerce dönüm tarla koparmış yalancı hemşerilerine ateş püskürerek:

"Yok idi memlekette onlar gibi hanlarım, hamamlarım. Var idi fırtınaların çatısını uçurduğu bir ahşap barakacığım. İstemem haramzadeler gibi hanlar, hamamlar, konaklar..."

Kızın böyle bir babanın kızı olduğunu biliyordu Murtaza. Gün gelmiş bu mert adam yoksulluk içinde kıvrana kıvrana ölmüş, ölürken de karısını hemen hemen birlikte sürükleyerek kızını Âkile Hala'ya emanet etmişti. Kız, dal gibi, renksiz, zaman zaman da öksürüklüydü ama, ne zarar? Haramzadelere ateş püskürmüş, yokluk içinde ama, alnının akıyla ölmüş bir babanın kızıydı ve Murtaza'yı hasta yatağında unutmamıştı ya!

Bir gün Âkile Hala'ya, "Ne düşünüyorum biliyor musun?" dedi.

"Ne düşünüyorsun?"

"Derim bu kız..."

Eski kurt Âkile Hala, leb demeden leblebiyi anlamıştı:

"Ben de düşünürüm tıpkı senin gibi Murtaza. Olur çok münasip!"

Ve eklemişti:

"Zaten geçirir o da seni aklından!"

Evliliklerinin onuncu ayında genç kadın, mavi gözlü, çıtı pıtı bir kızla, tek gözden ibaret yarı karanlık evi çocuk çığlıklarına boğdu. Boğdu ya, Murtaza pek de sevinmedi. O, mübarek kanını kutsal vatan topraklarına dökmeye aday bir oğlan beklemişti.

İki yıl sonra o da oldu.

Murtaza aklını oynatacaktı sevinçten. Adını Hasan koydu. Hasan büyüyecek, İlk'i, Orta'yı bitirecek, Kuleli mi olur, Halıcıoğlu mu, askeri liselerden birine verilecek, sonra da Harbiye'ye geçip subay çıkacaktı. Daha sonra da, büyük dayısı gibi, kim bilir hangi cephede, hangi düşmana karşı dövüşürken şahadet şerbetini içecekti.

1928'de Firdevs, 1929'da Cemile, 1932'de de Zehra doğdu. Art arda kızlar Murtaza'yı çılgına çeviriyor, ama gene de yılmıyordu. Günün birinde elbette ikinci bir oğlu olacaktı. Çünkü

Hasan, umduğunu veremeyecekti Murtaza'ya. İlk'i bitirdikten sonra Orta'ya değil, sanat okuluna attı kapağı. Bu yetmezmiş gibi, bir de futbolu takmış mıydı kafasına? Futbol diyor başka bir şey demiyordu. Oysa dayısı şehit Kolağası Hasan Bey'in ne futbol oynadığını işitmişti büyüklerinden, ne de sanata gönül indirdiğini.

Onun için, ikinci oğlu ağabeyi gibi olmayacak, İlk'i, Orta'yı bitirdikten sonra askeri liseye girip Kolağası Hasan Bey gibi subay olacaktı, ondan sonra da şehitlik şerbetini içecekti. Bunun böyle olacağına aklı iyice yatmıştı. Murtaza nasıl ki Hasan Bey dayısının hıh demiş burnundan düşmüş, kardeşiyse tam tersi çıkmışsa, doğacak küçük oğlan da ağabeyine benzemeyecek, hıh deyip büyük dayısının burnundan düşecekti.

Karısının şöyle ya da böyle dememesi sinirlendiriyordu Murtaza'yı. İnsan ya şöyle derdi ya da böyle. Kadın tükenmez çamaşırlar başında bir deri bir kemik susuyordu, Murtaza doğacak küçük oğlu üzerine heyecanlı yakıştırmalar yapıp yerinde duramazken o, donyağı gibi donuklaşıp kalıyordu.

Hayır hayır, olmazdı böyle kadınlık. Bir kadın kocasının her dediğine hu çekmeliydi. Yoksa... yoksa hayır yoktu böyle kadından ve böyle kadın, erkek evlat doğursa bile, Hasan Bey dayısına benzeyenini doğuramazdı!

İkinci Dünya Savaşı'nın fırtınalı günleri... Murtaza kabına sığamıyordu. "Bekaya"dan* askere gitmeye karar verdi mızmız karısının yüzünden.

Sonra terhis. Yeniden bıraktığı yerden bekçilik.

Ve...

***

Anacaddeye çıkan ara sokağın başında durdu: Yan yatmış, çömelmiş ya da tam yuvarlanacakken tutunuvermişe benzeyen alt alta, üst üste evlerle, bu evlerin aralarında, birbirini kesen,

---

* Silah altına alınmayıp, sevkleri geciktirilen erat.

daracık, çamurlu sokaklar gerilerde kalmıştı. Şimdi artık bol ışıkların altında, ta istasyondan uzanıp gelen tertemiz asfalt cadde olanca teslimliğiyle yatıyordu önünde. Caddenin iki yanında kırmızı kiremitli evler, ağaçlarla çiçeklere gömülü köşkler ya da toprağa bir eski zaman derebeyi heybetiyle bağdaş kurmuş apartmanlar diziliydi.

Evler, köşklerle apartmanlardan pek çoğunun pencereleri bol ışıklarla apaydınlıktı. Daha çok da balkonlarla yarı aydınlık bahçelerde kadın, erkek kımıltıları... Belliydi ki poker, bezik, tavla oynuyorlardı. Varsın oynasınlardı. Yoktu kimseye zararları. Çalışmış, kazanmış, bu köşk ve apartmanlara alınlarının teriyle sahip olmuşlardı. Cenab-ı Allah her çalışana verirdi. Az önce suratlarına düdüğünü hınçla üflediği yan yatmış, bağdaş kurmuş, çömelmiş, ya da tam yuvarlanacakken tutunuvermişe benzeyen alt alta, üst üste evlerdekiler de çalışsalar, hiç şüphesiz Cenab-ı Allah onlara da verecekti. Ama çalışmıyorlardı. Uyuşuk, tembel, beceriksizdiler.

Hiç gereği yokken, ilikli yakasını kontrol etti. Ceketini iki yanlara çekti. Çalıştıkları için Cenab-ı Allah'ın bol bol verdiği sevgili kulların asfalt caddesine çıkacaktı. Üstlerdi onlar. Onlara karşı sözü yoktu. Onlar sabahlara kadar oturabilir, oyun oynar, kahkahalar atar, ya da çalgı çalabilirlerdi. Yoktu ekmek düşünceleri. Sonra onlar bilirlerdi Allahlarını da, peygamberlerini de. Bunun için de Allah'ın sevgili kullarıydılar. Arka sokaklarda oturan "muzır vatandaşlar" Allah'ın sevgili kulları olsalardı, onlar da oturur, keyif çatarlardı böyle köşklerde apartmanlarda.

Köşeden kaz adımlarıyla çıktı. Göğsü dışarda, karnı içerdeydi. İri burnu uzamış, yağlı yağlı parlıyordu. Elbette göreceklerdi Murtaza'yı.

"Aşkolsun!" diyeceklerdi, "aşkolsun bu vazifesinin aslanına! Onun sayesinde gecenin bu saatlerine kadar gülüp eğleniyor, poker, tavla oynuyor, hırsızlardan falan korkmuyoruz. Şükür ki kazandık onu mahallemize."

Sol baştaki apartmanın aydınlık balkonunda birden esans kokulu bir kahkaha patladı. Döndü, baktı. Kanatları hazla titremeye başlayan iri burnuyla memnun, esas duruş aldı, kahkaha patlayan aydınlık balkonu olanca ciddiliğiyle selamlarken, asfaltın ta yukarılarından kopup gelen bir özel otomobil, çeşitli taşıtlardan arınmış bomboş caddeden rüzgâr gibi geçti.

Murtaza neden sonra kendine geldi:

"Rahat," dedi, rahata geçti.

İşte böyleydi vazife. Başka, yani kurs görüp büyüklerinden sıkı terbiye hem de takdirname almamış bekçiler olsa, gönül rahatlığıyla kahkahalarını salıveren apartmanlara selam durmayı akıl edemezlerdi. Çünkü değillerdi vazifelerinin aslanı. Yoktu hiçbirinde Kolağası Hasan Bey gibi kutsal vatan topraklarına mübarek kanını dökmüş şehit dayı! Sonra öteki bekçiler benzetirlerdi vazifeyi peynir hem de ekmek yemeye. Herhangi bir vazife değildi peynir ekmek, olamazdı! Olsaydı, Hasan Bey akıtmazdı mübarek kanını kutsal vatan topraklarına. Derdi:

"Abe bana ne vatandan? Anasını kovalasın beygir. Düşman alacak imiş kutsal vatan topraklarını. Varsın alsın be yahu. Lazımdır bana kendi canım kutsal vatan topraklarından daha çok!"

Birden, dayısı, kutsal vatan toprakları falan siliniverdi: Koca kafalı, kapkara bir kedi, önünden geçmekte olduğu apartmanın kapı önüne bırakılmış çöp tenekesini devirmişti. Bu tertemiz asfaltın iki kıyısındaki köşklerle apartmanların kapı önlerine bırakılan çöp tenekelerine dadanmış kedilere oldubitti ifrit olurdu:

"Ah be mundar hayvan," dedi. "Ne için gitmezsin arka sokaklara? Ne için devirirsin tenekelerdeki çöpleri? Desin ecnebiler tuh bu pis Türklere, versinler kötü not memleketimiz, hem da milletimiz için, ha?"

Kara kedinin aldırdığı yoktu.

Tepesi iyice attı. Kocaman postallarıyla vatan, millet sevgisinden uzak, disiplinden yoksun hayvanın üstüne hınçla yürüdü. "Muzır hayvan" bir sıçrayışta çinko duvarın aralığına kaçmış,

Murtaza'ya kocaman başıyla bakıyor, şayet üstüne gelmeye kalkarsa kirişi kırmaya hazır, alesta bekliyordu.

Murtaza bütün bunları bildiği için durdu. Kediye, daha çok da kedinin biri yeşil, öteki mavi gözleriyle kurnaz kurnaz kımıldayan bıyığına içerliyordu.

Ellerini arkasına koydu:

"Bilirim," dedi, "kaçacaksın. Yürüsem üstüne kaçacaksın muzır hayvan!"

"?.."

"Ama duur, kaçma. Var sana iki çift lafım."

Kedi adamakıllı kuşkulanmıştı. İki yanına bakındı, az daha geriledi, ama kaçmadı.

"Kaçma," diye üsteledi Murtaza. "Kaçma, var bir çift lafım!"

Kedi az daha geriledi.

"Abe anlamazsın söz? Kaçma derim. Kaçma, olmaz sonra hakkında hayırlı!"

Kedi kaçın kurasıydı? Bekçiydi karşısındaki, ayaklarındakiler de kırk beş numara postallar, beylik postallar. Bu semtte yeni türeyen bu insafsız postallardan bütün kediler dertliydi. Az tekmesini yememişlerdi boş bulunup...

"Dur derim, olmaz hakkında hayırlı derim, yaparım derim hakkında işlem!"

Kedi bir sıçrayışta, yandaki apartmanın kapısı önüne park edilmiş gri özel otomobilin altına kaçtı. Kaçtı ama, Murtaza da en az onun kadar tecrübeliydi. Biliyordu ki, çekip gittikten sonra "muzır hayvan" gene musallat olacaktı çöp tenekesine. Onun için muzır hayvanı kovalayıp defetmeliydi buralardan. Defetmeliydi ki ümidi kırılsın, bir daha dönmeyi düşünmesindi.

Kocaman postallar, hınçla, ama battal battal koştu gri özel otomobile. Kediyse çevik birkaç sıçrayışta bitişik arsanın karanlığında kaybolmuştu. Varsın olsundu. Çekip gitmeyecek, onu bir türlü anlamak istemeyen, ondan korktuğu halde bildiğinden de bir dikiş payı geri kalmayan mundar hayvana çöp tenekesini bırakmayacaktı. Ne demek, ne demek oluyordu, kurs görmemiş, pis bir hayvanın Murtaza'yı hiçe saymaya kalkması? Yukarda Allah, Ankara'da Devlet, hem de Hükümet'se burda da Murtaza vardı. Murtaza'ysa değildi herhangi bir bekçi. Kurs gördükten başka, almıştı amirlerinden takdirname bile. Bir kedi, mundar bir kedi bozamazdı Murtaza'nın mahallede kurduğu disiplini. Yalnız kedi, kediler değil, mahallenin kazları, ördekleri, tavukları, horozları, köpekleri de bozamazlardı.

E, kimin dediği olacaktı? Murtaza'nın mı, kedinin mi?

Kedinin dalıp kaybolduğu karanlığa sine sine gitti, duvarın yanında durdu, usullacık baktı: Mundar hayvan, mavi ve yeşil fosforlu gözleriyle yıkık duvarın üzerinden bakıyordu. Bakışları karşılaşınca kedi gene davrandı. Murtaza bir adım daha yaklaşsa, ok gibi fırlayıp kaybolacaktı. Yaklaşmadı. Şahadetparmağını salladı:

"Geçmeyesin elime... geçer isen, saydırtırım yıldızları Allah'ın bin bir ismi hakkı için!

Kedi inat mı inat, tınmadı bile.

Murtaza deliye döndü:

"Anlarsın dediklerimi, yoksa anlamazsın?"

"?.."

"Bana derler Mürteza!"

"?.."

"Sallama koca kafanı, Mürteza derim!"

"?.."

"Çook uğraştım, değil senin gibi kedilerle, insanlarla, kakavan insanlarla be koca budala!"

"?.."

"Atamazsın karşımda madik!"

Kedi, anlamışçasına, başını yeniden salladı. Bu, Murtaza'ya, "Göreceğiz..." demek istiyor gibi geldi. Öfkesi daha da arttı:

"Atacaksın demek karşımda madik?"

"?.."

"Göreceğiz dersin demek içinden? Peki, peki muzır vatandaş, unutma bunu. Devirttirmeyeceğim sana bu tertemiz anacadde üzerindeki herhangi bir çöp tenekesini!"

"?.."

"Bu apartumanlarda oturur büyüklerimiz. Geçer hem da bu caddeden ecnebiler. Bilmezsin geçtiklerini?"

"?.."

"Yoksa bilir, mahsustan mı devirirsin?"

"?.."

"Değilsin bu vatanın evladı? Düşünmezsin şerefini şanını milletinin?"

Kedi başını sallayınca Murtaza artık dayanamadı. Deli gibi koştu. Kediyse gene birkaç sıçrayışta apartmanların aralarında silinip gitmişti.

Murtaza durdu çaresiz. Soluyordu. Aaaah ah bu yanlış işi Allah'ın! İnsanlar da kediler gibi ne için bir zıplayışta duvarlara tırmanamaz, damdan dama geçemezdi sanki?

Alnında tomurcuklanan terleri kocaman elinin tersiyle silerek, devrilmiş çöp tenekesine gitti. Saçılmış soğan kabukları, ekmek parçası, balık başlarıyla zeytin çekirdeklerini toplayıp tenekeye tekrardan doldurdu. Yeniden gelse bile "muzır hayvan"ın devirememesi için, tenekeyi apartmanın basamaklarından birine kaldırdı. Kapağın üzerine de ağır bir taş koydu. Koydu ya, gene de çekip gitmeyecek, nasıl olsa dönüp gelecek hayvanı hiç beklemediği anda kocaman postallarıyla ezecekti.

Tam bir kıyıya gizlenecekken, dikkatine bir adam çarptı: Ufak tefek, kara kuru, kılıksızın biriydi ama, elinde beyler, beyefendilere mahsus yepyeni bir valiz.

Koca kafalı kediyle çöp tenekesini falan unutarak kılıksızın karşısına dikildi:

"Abe dur bakayım!"

Kılıksız sertçe durdu:

"Ne var?"

Tepesi attı:

"Ne mi var?"

"Öyle ya, ne var?"

"Ağzın kokar leş gibi rakı?"

"Kokabilir. Çektim kafayı..."

"Çektin demek kafayı?"

"Hem de eşşekler gibi!

"Maşallah..."

"Aleykümselam!"

"Ne için üst baş almazsın kendine de çekersin kafayı?"

"Canım boş ver, ona dokuza da çekip gideyim. Uykum fena geldi."

Murtaza ellerini arkasına koyarak sordu:

"Nereden gelip, gidersin nereye?"

Adam esnedi, sonra uykulu uykulu, "Sana ne?" dedi.

"Banaa? Bana ha? Devletin memuruna? Bilir misin kimim ben?"

"Kim olursan ol!"

"Yaa... demek olayım her kim olursam?"

Ve parladı:

"Yukarda Allah, Ankara'da Devlet hem da Hükümet, burda da ben!"

"?.."

"Derler bana Mürteza!

"?.."

"Gördüm kurs, aldım amirlerimden çok sıkı terbiye, hem da disiplin!"

Ufak tefek adam kılıksızın biriydi ama, nice nice fırtınalardan geçmiş, çitler, duvarlardan atlamıştı.

"Aman canım," dedi. "Nerden baksan bir mahalle bekçisisin birader. Kurs, terbiye, falan filan..."

Çekip gitmek için davrandıysa da, Murtaza göğüsledi:

"Nereye?"

Kılıksız, "Yoluma," dedi.

"Yoluna, maşallah? Dedim mi git? Verdim mi bu yolda izin?"

"Ohoo... akşam akşam..."

Adamı iki yakasından kuvvetle kavradı:

"Yok ohoo. Var vazife ve vazifesinin arslanı!"

Murtaza'nın ellerini yakasından itti:

"Çek elini yakamdan yahu. Alacaklım mısın?"

"Alacaklınım, hem da yapışırım yakana Azrail gibi! Ne sanarsın? Benzer mi Mürteza herhangi bir bekçilere?"

Kılıksız gene davrandı:

"Bırak yakamı!"

"Bırakmayacağım!"

"Bırakmayacak mısın?"

"Bırakmayacağım!"

"Peki ne olacak?"

Yakasından çekti:

"Götüreceğim karakola!"

"Ne karakolu?"

"Karakol, basbayağı karakol, polis karakolu. Yürü!"

"Niye? Ne suçum var? Var mı hakkımda davacı?"

"Var!"

"Kim?"

"Ben!"

Kılıksız şaşırdı:

"Sen mi? Niye? Ne yaptım ben sana?"

"Dikildin. Ettin mukavemet vazife bir sırasında bir memura!"

"?.."

"Sonra taşırsın bavul!"

"Taşırım, ne var?"

Tepesi attı:

"Ne demek ne var? Daha ne olsun istersin koca budala? Sen bir garip Çingene, ne lazım sana gümüş zurna?"

"Anlamadım?"

"Abe ne gezer elinde beyler, beyefendiler bavulu?"

"Hoppalaa..."

"Helbet. Hem yoktur taşımaya yetkin beyefendi bavulunu, hem da dolaşamazsın bu tertemiz caddede bu pis kılıkla!"

"Allah Allaaah..."

"Alma sarhoş ağzına Allah'ı! Ne malum çalmadığın bavulu herhangi bir beyefendiden? Ne malum girmek istemeyeceğin herhangi bir apartumana hırsızlık için?"

Kılıksız gene dikildi:

"Yahu arkadaş ne diyorsun sen be? Denizdeki balığa pazarlık olur mu? Ne hırsızlığı? Ne apartmana girmesi?"

Gene yeni bir hamleyle çekip gitmek istediyse de, Murtaza'nın kanunu temsil eden parmakları sanki çeliktendi. Yakayı bırakmadılar. Bırakmayınca da bir itişip kakışmadır başladı:

"Bırak yakamı!"

"Bırakmam, yürü karakola!"

"Niye? Ne işim var karakolda?"

"Patlatırım gözlerini, yürü!"

"Patlatır mısın? Mantar tabancası mı patlatıyorsun?"

"Abe derim patlattırırım gözlerini!"

"Ne hakkın var? Ne hakkın var da patlatırsın?

"Yürü!"

"Yürümeyeceğim."

"Yürüyeceksin, hem da tıpış tıpış!"

"Yürümeyeceğim işte!"

"Abe yürü derim muzır vatandaş!"

"Yürümeyeceğim. Götürebilirsen zorla götür bakalım!"

Murtaza tek eliyle kılıksızın iki yakasını tutarken, öbür eliyle de düdüğünü çıkardı. İmdat istercesine üst üste öttürünce, apartmanlarla köşkler, kırmızı kiremitli konaklar kulak kesildiler. Sert düdük sesleri semte yayılmış, esneyen ya da birer kıyıda tam siperle uykuya dalmış karşı mahalle bekçilerini uyandırmıştı. Herhangi bir olay ya da ekip baskını olasılığına karşı, koştular. Koştular ya, ortada ne vukuat vardı, ne de ekip baskını. Macerası mahalle kahvelerinden hemen hemen bütün şehre yayılmaya başlayan "Muhacir* Murtaza," kılıksızın birini tartaklayıp duruyordu.

Yanlarına gittiler.

Murtaza deliye dönmüştü. Koşarak gelen bekçilere, amirleriymişçesine emretti:

"Alın bu muzır vatandaşı, götürün karakola!"

Bekçiler "emir"i yadırgadılar. Kaba bıyıklısı, "Niye?" dedi.

Bıyıksızı sordu:

"Ne suçu var?"

Murtaza'nın öfkesi birden yön değiştirdi:

"Ne demek niye? Ne demek var ne suçu? Var bir suçu helbet ki ederim emir!"

Bekçiler bakıştılar. Koca bıyıklısı, "Arrr..." dedi. "Sen nesin de bize kumanda ediyon?"

Bıyıksızı:

"Hiç. Laf işte..."

Murtaza yeniden parladı:

"Yok laf, var vazife! Bilirsiniz nedir vazife? Gördünüz kurs? Aldınız sıkı terbiye amirlerinizden?"

Koca bıyıklı, bıyıksıza döndü:

"Ne patırdatıyor bu akşam akşam be?"

Bıyıksız omuz silkti:

"Vallahi bilmem, anlayamadım..."

Murtaza'ya dönen koca bıyıklı, "Bakıyorum," dedi, "bizden fazla bir işaretin de yok. Sende bizim gibi bir bekçisin nerden baksan."

Kılıksızın iki yakasını hâlâ sımsıkı tutmakta olan Murtaza tepindi:

---

* Göçmen.

"Değilim, değilim sizin gibi herhangi bir bekçi, arkadaş!"

"Nesin ya?"

"Ben gördüm çok sıkı kurs, aldım amirlerimden terbiye, hem da takdirname! Nerede bozulur disiplin, hemen gönderir beni amirlerim düzelttirmek için disiplini!"

"..."

"..."

"Bozulmuş idi disiplini genelevlerin, gittim, soktum derhal disipline!"

"Yani?" dedi koca bıyıklı.

"Yani, sayılırım sizin de amiriniz!"

"Seen?"

"Been, helbet!"

Bıyıksız sordu:

"Kim amir tayin etti seni?"

"Vazifesinin arslanı amirlerim!"

"Hani belgen?"

"Nerde makbuzun?"

"Biz de senin kadar kurs gördük..."

"Senin aldığın terbiyeyi, takdirnameyi biz de aldık."

"Fort atamazsın* bize..."

"Sen neysen biz de oyuz, biz neysek sen de o!"

Şahlandı:

"Değilim, değilim ben sen. Sen sensin ben ben! Dolaşır benim damarlarımda şehit Kolağası Dayım Hasan Bey'in mübarek kanı!"

İşin suyu çıkmıştı. Çevrede hemen toplanıveren mahalleli kalabalık kahkahadan kırılırken, Murtaza boyun damarını şişire şişire tepiniyor, avazı çıktığı kadar da bağırıyordu:

"Söyle, söyleyin hanginizin damarlarında dolaşır Hasan Bey'in mübarek kanı?"

---

* Hava atmak.

"?.."

"?.."

Kalabalık gittikçe büyüyor, kahkahalar gırla gidiyordu ki, Murtaza birden kendine geldi: Gülerlerdi inekler gibi!

"Abe ne gülersiniz?" diye sordu. "Olacağınız yerde mütenebbih, gülersiniz inekler gibi!"

Yeni bir kahkaha fırtınası.

"Çüüş bre, çüüüş bre hayvanlar!"

Kılıksızı iki yakasından sertçe çekti:

"Sen de gülersin demek hayvanoğlu hayvan? Yürü, yürü derim!"

Kılıksız gene direndi:

"Bırak yakamı, yakamı yırtacaksın be!"

"Yürü derim!"

"Yırtacaksın yakamı!"

"Yürü muzır vatandaş!"

"Yürümeyeceğim. Var mı hakkımda davacı? Suçsuz yere karakola götüremezsin beni!"

Koca bıyıklı bekçi araya girdi:

"Madem cünhasız,* asla götüremezsin karakola, hakkın yok!"

Murtaza bakmadı bile.

Bıyıksız girdi araya:

"Şerefsizim suçlu düşersin. Bir şikâyet etse de senden davacı olsa yandın!"

İşin pek şakası kalmamış, çevredeki kalabalık da homurdanmaya başlamıştı ki, Murtaza adamı yakasından ara sokağa çekti. Sonra da ara sokağın yan yatmış, bağdaş kurmuş, yuvarlanacakken tutunuvermişe benzeyen harap evler kalabalığının karanlığında silinip gitti.

İki bekçi kalabalıkla birlikte arkada kalmışlardı.

---

* Suçsuz.

Koca bıyıklı iyice sinirlenmişti:

"Vay anasını," dedi.

Bıyıksız:

"Vay ki vay..."

"Ulan herifin ağzı amma da havalı ha!"

"Nasıl? Derdim de inanmazdınız... Dediğim gibi miymiş değil mi?"

"Dediğinden de fazla. Deli bu be!"

"Deli meli. Amirinizim diye patırdattı ya!"

"Geç canım. O da senin benim gibi bir bekçi mesela. Bizden bir şerit fazla olsa hadi neyse..."

"İyi ama arkadaş..."

"Aması maması yok. Yürü, biz de varalım karakola. Fukaraya şahitlik ederiz komiserin yanında."

Yan yana yürüdüler.

Gözlerinden biri mavi öteki yeşil koca kafalı kedi bütün olanları apartmanların arasındaki karanlıktan izlemiş, koca postallı bekçinin onu unuttuğu sonucuna varmıştı. İki bekçi de çekilip gittikten sonra, kalabalığın dağılmasını bekledi bir süre. Sonra aralıktan yavaşça çıktı. Sevinçle gerindi bir. Daha sonra da Murtaza'nın kaldırdığı çöp tenekesini bakışlarıyla okşayıp, ağır ağır sokuldu. Sıçradı tenekenin kıyısına. Teneke devrilmedi. Niçin? Dikkat edince tenekenin üzerine ağır bir taş konulmuş olduğunu gördü. Bir, bir daha zorladı. Teneke merdiven basamaklarından yuvarlandı. Ekmek, kemik parçaları, zeytin çekirdekleri, balık başları saçıldı ortalığa.

Hazla titreyen bıyığıyla, iri bir balık başını ön ayakları arasına şehvetle aldı.

***

Murtaza, karakola gitmemek için direnip duran kılıksızı zorla sürüklerken, yan yatmış, öne kaykılmış, düşecekken bir yana tutunuvermişe benzeyen evlerin pencerelerinde de ışıklar yanmaya başlamıştı.

Mahalleli, gecenin bu çok ileri saatinde itişip kakışan, bu yüzden de patırtı eden insanların çekişmesine uyanmış, yataklardan don paça fırlanılıp pencerelere, kapılara koşulmuştu.

Murtaza habire çekiyordu kılıksızı:

"Yürü derim vatandaş, yürü derim!"

Kılıksızsa hem zorla sürükleniyor, hem de hâlâ direniyordu:

"Yürümeyeceğim işte. Sen kanundan daha mı üstünsün? Şikâyetçin var mı? Ne hakla sürüklüyorsun beni?"

"Elbet sürüklerim. Sen fakir bir vatandaşsın. Ne için bulunsun sende böyle güzel bavul? Nereden aldın?"

"Parayı veren düdüğü çalar."

"Parayı nereden buldun?"

"Kazandım."

"Madem kazandın, ne için satın almadın üst baş da, aldın bavul?"

"Sana ne yahu? Var mı davacı?"

"Belki olur yarın, öbür gün. Karakolda anlat komiser beye, yürü!"

Yeniden itişip kakışma, bağırıp çağırmalar... Uykudakiler de uyanıyor, fersiz ampullerin şöyle böyle aydınlattığı çamurlu sokakta gittikçe artan ilgi çekici bir sinema sürüyordu. Derken iki bekçi de koşarak geldi, yeniden işe karıştılar:

"Yahu arkadaş, kendine gel. Suçsuz vatandaşı karakola yaka paça götürmeye hakkın yok!"

"Vallaha cünhalı düşersin, billaha cünhalı düşersin ha!"

"..."

"..."

Murtaza'nın gözleri dönmüştü. Ne "cünha" umurundaydı, ne de "Vazife bir sırasında müdahale edip akıl öğretmeye kalkışan" bekçiler. Evet, biliyordu, bekçilik çok kutsal bir görevdi ama, kurs görmemiş; görseler bile amirlerinden takdirname almamış; alsalar bile disiplini bozulunca genelevleri disipline sokma görevi verilmemiş; verilse bile damarlarında Kolağası Hasan Bey'in mübarek kanı dolaşmayan bekçilerin bekçiliğinden ne olacaktı?

Kılıksızı sertçe çekti.

"Yürü derim!"

Bekçilerden arka bulan kılıksız gene direndi:

"Ne suçum var yahu, ne suçum var? Bekçi beyler şahit olsun. Davacıyım, Allah için şahit olun!"

Murtaza umursamadı:

"Ol sen davacı, onlar da şahit. Yürü!"

Kılıksız durmadan dayatıyordu.

"Bırak yakamı be, yakamı yırtacaksın. Ohoo... tam çattık yahu!"

"Yürüü!"

"?.."

"..."

"..."

Bekçiler bakıştılar. Yataklarından don paça kalkıp sokağa fırlayanlar, zorla sürükleyenle sürüklenmemek için direnenin yaygarasıyla sürüklenmeye başlamışlardı.

"Ankara'da Devlet hem da Hükümet, yukarda Allah, burda da ben!"

Kılıksızı yeniden, daha büyük bir hınçla çekti. Mahalleliyle birlikte birkaç adım sürüklendiler. Kılıksız hâlâ kendi bildiğini, Murtaza da kendininkini okuyordu. İki bekçi, kendileri gibi bir bekçinin böylesine çalım atmasına fena içerlemişlerdi, gene de fazla ileri gitmeyi uygun bulmuyorlardı. Bulmuyorlardı, çünkü ağzı çok kalabalıktı herifin. Ankara'da Devlet, Hükümet, yukarda Allah, burda da ben ne demekti? Nasıl diyebiliyordu? Nasılını kesinlikle bilmiyorlardı ama, herhalde dayandığı yer çok güçlü bir yer olacaktı. Yoksa ağzına mı düşmüştü. Adamın başını kıçından ağır getirirlerdi.

Ne olursa olsun, çevrelerini almış mahalleliye karşı şu ağzı iyice kalabalık herifin kendilerinden üstün olduğunu kabullenmiş gözükmemeliydiler.

Koca bıyıklı, "Bulaşık herif," dedi.

Bıyıksız, koca bıyıklı arkadaşından geri kalmamak için ekledi:

"Bulaşık ki bulaşık."

Arkadaşının kulağına eğildi, mahalleliye duyurmamak için fısıldadı:

"Karakola varıp fukaraya arka çıkalım."

Koca bıyıklı kendini bıyıksızdan daha kurnaz, daha kanun nizam bilir sayardı:

"En iyisi, biz geri duralım, mahalleliyi kışkırtıp... Çakıyon ya?"

"Doğru."

"Doğru."

"Ankara mankara patırdattı."

"Devlet, hükümet..."

"Allah mallah..."

"Amanı biliyon ya?"

"Bilmem mi?"

"Geri durur, süreriz mahalleliyi ileri."

"Fazla geri durmak da olmaz..."

"Olmaaz. Herif davayı yitirirse..."

"İçinde bizim de parmağımız olmalı."

"Olmalı tabii."

"O zaman komiser der ki: Bütün bu olanlar sırasında siz nerdeydiniz..."

"Der arkadaş. En iyisi fazla ileri gitmeyelim, geri de kalmayalım. Kararında..."

"..."

"..."

Murtaza, kılıksızı ite kaka, sürükleye götürürken, mahallelinin arasına giren iki bekçi, önce konuşulanlara kulak verdiler. Mahalleli ne zamandır içerleyip durdukları Murtaza üzerine veryansın ediyordu:

"Ne demek yahu? Bugün bu zavallıyaysa yarın sana, öbür gün bana."

"Hiç şüphen olmasın."

"Ankara'da Devlet, Hükümet, yukarda Allah..."

"Bu mahallede de oymuş!"

"Hıyar ağa..."

"Ama ne?"

"Alt tarafı bir mahalle bekçisi..."

"Kendini cumhurreisi belliyor!"

"Cumhurreisi cumhurreisiyken bunun kadar rüzgârlı değil be!"

"Hangi cumhurreisi gece vakti bir vatandaşı yakasından karakola sürükledi?"

"Hem de suçsuz muçsuz..."

"Hiç canım."

"Bundaki tavır zavır ne cumhurreisinde var, ne başbakanda!"

Koca bıyıklı bekçi taşı gediğine koyuverdi:

"Bunları burda söylemek marifet değil."

Mahallelinin içinden öfkeli biri sordu:

"Ya?"

Bıyıksız, "Az sonra komiserin yanında söylemek," dedi.

Koca bıyıklı:

"Komiser bunun cart curtunu bilmiyor. Bir bilse tozunu attırır!"

"Attırır ki attırır," dedi bıyıksız.

Mahalleliden bir başkası:

"Siz niye söylemiyorsunuz?

"Olmaaz," dedi koca bıyık.

Bıyıksız heyecanlıydı ama, gene de sesini kısarak, "Biz söylersek, çekemiyorlar der," dedi. "Siz söylerseniz halksınız, seçmensiniz. Haklı düşersiniz. Bir komiser halkı, yani seçmenleri darıltmak istemez!"

Seçmenle komiserlerin ilintisi üzerine kalabalıkta bir çekişmedir başlamıştı. Komiserler, devletin memurları oldukları için tarafsızdılar. Seçmenler partileri ilgilendirirdi. Gerçi iktidardaki hükümetler de seçmenlerle yakından ilgiliyseler de...

Kalın bir ses, "Boş verin," dedi. "Söyleriz. Vazifesinin sınırlarını aşıyor, mahalleliyi canından bezdirdi deriz. Alıp biraz da başka tarafa versinler."

Koca bıyıklı, "O kadar," dedi.

Bıyıksız:

"Siz şikâyet edince burada tutamazlar, hemen atarlar!"

Mahalleliyi tavına getirmişlerdi ama, koca bıyığın en zoruna giden nerden bakılsa kendileri gibi bir mahalle bekçisi olduğu halde, onlara kanundan, kurstan, takdirnameden patırdatmasıydı. Sonra amirleriymişçesine tavırları ya?

"Alın karakola götürün bunuymuş..."

Arkadaşı da onun kadar hınçlıydı:

"Duyan da beller ki ekip şefi!"

"Hırt..."

"Karakolda görüşürüz şimdi... Bakalım kanun, nizam neymiş, vazifesinin arslanı kimmiş!"

"?..."

"..."

"..."

Arkada, kışkırtılmış mahalleli, mayası gelmiş hamur gibi kabaradursun, Murtaza, kılıksızı hâlâ ite kaka sürükleyip duruyordu:

"Yürüüü... yürü derim muzır vatandaş!"

Üstelik çelimsizin biri olan kılıksız ne kadar direnirse direnin boştu. Bir ara çevresine bakındı. Mahalleli kalabalığı arkada kalmıştı. İri iri söyleniyor, bağırıp çağırıyorlardı ya, neyi tartıştıklarını anlayamıyordu. Yalnız kestiriyordu ki, mahalleli kendisinden yanadır. Karakolda ona arka çıkacak, bekçilerle birlikte onu koruyacaklardır. Sonra Sümbül'ün mahalle kahvesinden de biliyordu mahalleliyi. Sabah kahvesini içmeye gelmiş erkenciler, tavla, kaptıkaçtı, pişpirik, altıkollu iskambil meraklıları, yaşlılar, gençler, bu Bekçi Murtaza sorununu ilk fırsatta atıyorlardı ortaya. Bıkmış usanmışlardı. Gençler bile dertliydiler ondan. Gençlerin derdi, mahallenin etekleri havalı, hoppa kızlarına uluorta asılamamalarıydı. Ne karışıyordu Bekçi Murtaza? Kızlar gençlerin asılmalarından rahatsız olur, şikâyet ederlerdi de bekçi karışırdı. Ama yoktu böyle şey. Tam tersi. Mahallenin Zilli Sabahat'ı örneğin. Semt futbol takımının sağ açığı Erdal'ı deli gibi seviyordu. Evlerinin bahçe kapısından ne zaman Erdal'ı içeri almaya kalksa, karanlıkların kim bilir neresinden Murtaza'nın düdüğü:

"Fırrrrrrrr!"

Mahalle kahvesine çok seyrek uğrayan kılıksız, kahveye ne zaman düşse, mahalleliden hep buna benzeyen yakınmalar işitirdi ama, gene de bunca zamandır, yapılan bütün şikâyetler boşa gitmiş, komiser, bekçisini korumuştu. Demek mahalle bir yana, Bekçi Murtaza bir yanaydı!

Yani deminden beri başvurduğu direnme faydasız mıydı?

Üstelik gene komiserin karşısına mı çıkarılacaktı? O komiser ki en son vukuatında, "Bir daha karşıma çıkayım deme Makara!" dememiş miydi? Çıkınca? Çıkınca açacaktı ağzını.

İçinde birden bir çözülme oldu. En iyisi, mahalleliye falan boş verip Murtaza'yı yumuşatmak, komiserin karşısına çıkmamaktı!

Yumuşak bir sesle, "Murtaza Efendi," dedi.

Bekçi Murtaza, kılıksızın bu birden yumuşayan sesini yadırgayarak durdu.

"Maşallah... demek tanırsın beni?"

Kılıksız, "Bak hele bak," dedi. "Seni tanımayan mı var? Namın tekmil dünyayı tutmuş!"

Murtaza'nın hoşuna gitmişti:

"Orası öyle," dedi. "Öyle ama... söyle ne istersin benden?"

Kılıksız yumuşattığını sanıverdi birden:

"Beni niye götürüyorsun karakola?"

"Bilmezsin? Var elinde beyler, beyefendiler bavulu. Nasıl olur? Nasıl bulunur Çingene evinde musandıra?*

"Canım boş ver. Boş ver de..."

"Evet?"

Göz kırptı:

"Anlaşalım!"

"Anlaşalıım?"

Murtaza'nın tüyleri bekçi elbisesinden dışarı çıktığı hâlde gene de kendini bir an tuttu:

"Nasıl anlaşacağız?"

"Bavulda güzel gömlekler, kumaşlar, bayan işi kemerler, çoraplar var. Boş ver karakolu, paylaşalım!"

Durdu:

"Demek edersin cesaret bana rüşvet teklif etmeye?"

Kılıksız korktu:

"Dallandırma da Aydın havası olsun!"

"Nasıl dallandırmam, nasıl dallandırmam be muzır hem de akılsız vatandaş? Madem tanırsın beni, madem işittin namımı, nasıl teklif edersin rüşvet? Bu Murtaza eder mi sanarsın rüşvete tenezzül? Yerim dişlerimi, tükürürüm kan, derim içtim kızılcık şerbeti. Etse idim tenezzül, kalır idim memleketimde, dinler idim çan seslerini gâvurun!"

Omuzundan hırsla itti kılıksızı:

"Haydi şimdi yürü karakola!"

Kılıksız ölü gibi, "Yapma," dedi. "Yapma Murtaza Efendi..."

Bu sefer ensesinden itti:

"Yürüüü!"

Kalabalıksa Murtaza'nın sözlerini duymuştu.

"Vay anasını!"

---

* İçine yatak konulan büyük dolap.

"Vay ki vay..."
"Bekçi değil ateş!"
"Boş verin yahu, ne ateşi? Halis kereste."
"Niye?"
"Niyesi var mı? Paylaş bitsin gitsin..."
Bir duraklama oldu, sonra kalın bir ses, "O kadar," dedi.
Bir başkası:
"N'olacak karakola götürünce?"
"Komiser ifadesini alacak, savcı da..."
"Tutuklayacak."
"Tutuklandı, sonra?"
Ukala bir ses yandan, "Tutuklanacağı belli değil daha," dedi.
Deminki kalın ses:
"Niye? Bekçiye paylaşma teklif ettiğine göre bavul kendinin değil demek. Bir yerlerden kalk gidelim yapmış."
"Yapsın. Davacısı yok ya..."
"Olmasın. Hukuk-u umumiye var arkadaş, hukuk-u umumiye?"
"Sen ne anlarsın hukuk-u umumiyeden lan!"
"..."
"..."
"?.."
Murtaza, kılıksızı semt karakolundan içeri öfkeyle soktuğu sıra, mahalleli de meraklı bir kalabalık hâlinde karakolun önünü doldurmuştu.
Murtaza aşırı bir resmilik içinde komiseri sertçe selamladıktan sonra, durumu tam anlatmaya başlayacaktı ki, gerek kalmadı. Komiser, kılıksızı tanımıştı:
"Vay," dedi, "Makara! Gene mi geldin karşıma?"
Murtaza bozulmuştu. Bozulmuştu ama, yoktu zararı. Çünkü bozan üstüydü, komiseri. Yalnız, esas vaziyet hâlindeyken sağa, sola hafifçe kımıldandı elinde olmayarak, bir de uzun sivri burnuna kadar kıpkırmızı kesildi. Komiserse, bütün bunların

farkında değildi, masasından kalktı, Makara'nın tam karşısına geldi durdu:

"Hani bir daha karşıma çıkmayacaktın? Hani söz vermiştin?"

Kılıksız yutkundu:

"Cahillik beyim," diye kekeledi. "Şeytana uydum..."

"Olur mu? Şeytana uydumla iş biter mi? Kanun şeytan tanır mı?"

"Tanımaz, biliyorum, biliyorum ama..."

"Evet?"

"Memlekette dangalak mı ararsın beyim? İnsana zorla suç işletiyorlar."

Komiser elinde olmayarak gülüverdi. Komiserin gülmesi, alabildiğine ciddi Murtaza'nın tuhafına gittiyse de hemen aklını başına topladı. Herhangi bir amir, en uygunsuz, hatta en münasebetsiz yer ve zamanda her istediğini yapabilirdi. Ağlanacak yerde güler, gülünecek yerde ağlarsa bu, üstün bileceği şeydi. Kurs görmüş, amirlerinden sıkı terbiye almış astın ödevi, üstünün en yakışıksız davranışları karşısında bile bunu aykırı bulmamak, üste hak vermekti.

Üstü gülmüştü madem, vardı bir sebebi, o da güldü.

Komiser işin hep alayında:

"Demek memlekette namuslu vatandaşları suça sevk eden.."

"Dangalaklar tümen tümen beyim."

"Peki anlat bakalım... nasıl oldu bu?"

Makara yutkunduktan sonra başladı:

"İstasyondaydım. Metelik malum, nanay. Tren geldi. İnenler, binenler... inenleri karşılayan, binenleri yolcu edenler... kalabalık, nah kum. Şerefsizim Komiser Bey Ağabey, hiçbir kötü niyetim yoktu. Neden? Size söz vermiştim, karşınıza bir daha çıkmayacaktım."

"Peki?"

"Akşamcıyım. Vakt-i kerâhat'se çoktaan geçmişti. Hani Allah'ın bildiğini kuldan ne diye saklayayım? İçime şeytan düşmedi değil ama, kendi kendime hıyarlığın âlemi yok, Makara, dedim. Komiser Ağabeyine söz verdin, gebersen harama el uzatmak yok. Çünkü..."

"Kısa kes!"

"Senin anlayacağın bu bavulun sahibi kalantor yanıma geldi, dedi al şu bavulu oğlum..."

"Hamal mı sanmış seni?"

"Ne bileyim be Komiser Bey Ağabey? Aldım, düştüm ardına. Kalabalık nasıl? Bilmez değilsin ya... Kaybetmeyeyim mi herifi?"

Komiser:

"Buraya kadar doğru, bundan sonrası olmadı."

"Ağabeyciğim, Komiser Bey Ağabeyciğim... yalansam nah şu ekmek gözüme dizime dursun, herifi şerefsizim ki kaybettim. Hatta belki döner gelir diye bu zamana kadar istasyonda bekledim."

"?.."

"İnanmıyorsun be Komiser Bey Ağabey. Sana söz vermiştim. Bekçi ağabey piyastos edince, ulan Makara yandın dedim, kendi kendime. Neden? Söz be ağabey, söz bir Allah bir!"

Komiser üstünde durmadı. Onunla sonra görüşür, gereğini yapardı.

Murtaza'nın yanına yaklaştı. Hâlâ olanca sıkılığıyla esas duruştaydı. Gülmemek için kendini zor tuttu. Bunca yıllık meslek hayatında yığınla bekçi görmüş, tanımış ama böylesine rastlamamıştı. Zaman zaman mahalleliden şikâyetler geliyorsa da üzerinde durmuyordu, durmayacaktı da.

"Rahat," dedi.

Rahata geçti Murtaza. Sonra yan gözle kapıya baktı. Mahalleli yığılmıştı. Bekçiler gözükmüyorlardı ama ne zarar? Önemli olan mahalleliydi.

Murtaza'nın kapıya bakışıyla kızarıp bozarmasından komiser de bir şeyler sezmişti. Murtaza'nın hoşuna gidecek biçimde, mahalleliye duyurarak başladı:

"Daha önceki bekçilik görevlerinde gösterdiğin feragat örnekleri sayısız Murtaza Efendi. Sıkı dersler görmüş, çok sıkı disiplin altında yetişmiş, bilhassa kurslarda edindiği bilgileri tatbikte üstün başarılara ulaşmış bir elemanım olarak sana gene teşekkürü borç bilirim."

Murtaza öylesine mest olmuştu ki, hani disipline aykırı düşmese, komiserinin boynuna sarılır, yanaklarını şapur şupur öperdi. Kendini zor tuttu. Korkunç bir ciddilik içinde, alabildiğine heyecanlı, yeniden sıkı bir esas vaziyete geçti:

"Şüphesiz bilirsiniz. Genelevleri nasıl disipline soktuğumu da?"

Murtaza'dan birkaç sefer dinlemişti:

"Nasıl bilmem?" dedi.

"Dayım Kolağası Hasan Bey'in kutsal kanını mübarek vatan topraklarına döktüğünü?.."

"Bilmez olur muyum hiç?"

"Benim damarlarımda da Hasan Bey'in kanının dolaştığını?"

Komiser kısa kesti:

"Seni en az senin kadar tanırım Murtaza Efendi. Öteki bekçi arkadaşlarımı da vazifeden yana senin gibi görmek isterim. Haydi şimdi geç vazifenin başına!"

Sıkı bir esas duruş. Amirini sertçe selamladı, sonra da kapıdaki mahalleli kalabalığa doğru kaz adımlarıyla yürüdü. Mahalleli ikiye ayrılmış, ona yol açmıştı. Hiçbirinin yüzüne bile bakmadan, onlardan tekine olsun zerrece değer vermeden çekti gitti.

İki bekçi mahallelinin ardında, süt dökmüş kedi gibiydiler. Murtaza karakoldan çekip gittikten sonra korkuyla bakıştılar.

Komiser'se, hâlâ kapının önünde dikilenlerin ne için dikildiklerini anlamamıştı. Yanlarına yaklaştı:

"Bir arzunuz mu vardı?"

Kalabalığın dili çözülmüş, daha çok da "Mürekkep yalamışlar" başlamışlardı konuşmaya: Bu bekçiye çok yüz veriliyor, ya da kanunsuzluklarına bilinerek göz yumuluyordu. Bir gece bekçisi, nerden baksan "bir gece bekçisi"ydi. Buysa kendini Allah, Devlet ve Hükümet'ten sonra sayıyor, üstüne vazife olmayan şeylere burnunu sokuyordu.

Komiser, "Peki, ne yapmamı istiyorsunuz?" diye sordu.

Sübyancı Zinnur Amca, "Bu vazifeşinas bekçiden memleketin başka semtleri de faydalansın biraz," dedi.

Komiser güldü:

"Haklısınız Zinnur Bey..."

"Haklıysam..."

Kalabalık Zinnur Amca'nın sözlerini yuttu:

"Haklıysak, hakkımızı teslim edin Komiser Bey!"

Ve her kafadan bir ses:

"Değil mi ya?"

"Şayet yetkiniz yoksa..."

"Doğru."

"Deveden büyük fil var!"

"..."

"..."

"..."

***

Murtaza'ya karşı mahallede duyulan tepki şişti, kabardı, yayıldı, kıyılarını döven azgın bir deniz gibi şahlandı... Bu şahlanışta yalnız Murtaza değil, Komiser'in mahalleliye aldırış etmeyip "vazifesinin arslanı"na yumuşak davranması da vardı. Nerden bakılsa bir mahalle bekçisinin sırtını okşamak da ne oluyordu? "Yukarda Allah, Ankara'da Devlet, Hükümet, burda da ben!" ne demekti? Koskoca bir ildi burası. Valisi vardı, belediye başkanı vardı, emniyet müdürü vardı. Sonra sırayla mektupçu, belediye başkan yardımcısı, çeşitli dairelerin çeşitli müdürleri, müdür yardımcıları, şefleri, şef yardımcıları... irili ufaklı fabrikalar, fabrikaların merdiven basamaklarını hatırlatan sahipleri, müdürleri, ustaları, bölüm amirleri... Öte yanda büyük toprak sahipleri vardı ki, yanlarında yığınla "Murtaza"lar besliyor, küçük bir işaretleriyle dilediklerini yaptırıveriyorlardı.

Ya apartman sahipleri?

Evet, Murtaza "vazifesinin arslanı"ydı, kurs görmüş, amirlerinden sıkı terbiye almıştı, damarlarında Hasan Bey dayısının mübarek kanını taşıyordu amenna ama, görevinin sınırlarını da çook aşıyordu.

Mahallenin küçük kızlarını elmaşekeri, çikolatalarla tavlayıp mahallenin altbaşındaki boş ahıra çeken minnacık Zinnur Amca ile çaptan düşmüş dul karı tavcısı Hamdi Çavuş, Hırsız Recep, çocukların ellerinden simit, elma, düdüklü şeker ya da portakallarını kapıp kaçmayı meslek edinmiş Yandım Ali, erkeğe doyamayan Dul Zühre, etekleri havalı hoppala Melahat, evli erkeklere askıntı Lale, kızlarla, evli kadınların yüreklerini oynatan Kazanova Erdal gibileri mahallelinin Murtaza'ya karşı şahlanışını habire körüklüyorlardı.

Zinnur Amca örneğin, "Bir Kanun-u esasi, dünyanın hiçbir yerinde, hiçbir mahalle bekçisine böyle bir salahiyet vermemiştir," diye başlasa, Kazanova Erdal lafa tabanca sıkıveriyordu:

"Kanun-u esasi değil Zinnur Amca anayasa; salahiyet de yetki!"

En can alıcı yerde Kazanova'nın lafa tabanca sıkmasına bozulan Hamdi Çavuş çılgına dönüyordu:

"Kanun-u esasi, anayasa; salahiyet, yetki... ne derlerse desinler, Zinnur Amca yerden göğe kadar haklı!"

Derken mahallenin öfkeli kalabalığı çevrelerini alıveriyor, her kafadan bir ses çıkmaya başlıyordu:

"Bekçi dediğin bekçiliğini bilmeli!"

"Onun vazifesi, geceleri hırsız, uğursuz kovalamak."

"Doğru."

"Milletin şu ya da bu saatte yatıp yatmaması, gülüp eğlenmesi onun üstüne vazife değil."

"Değil, doğru, haklısın amma... Amma işte!"
"Amması mamması yok."
"Yoksa, bunu kendisine söyle de al karşılığını..."
"Söyleriim. Altta kalacağımı mı sanıyorsunuz?"
"Kalmazsın ama, sırtını dayadığı yer..."
"E?.."
"Kuvvetli."
"Kuvvetli olsun. Deveden büyük fil var."
"..."
"..."
"..."

Deveden büyük fil değil, masalların ünlü devi, hatta devleri vardı ama, ne çıkıyordu? Mesele, develerden büyük fillerle, fillerden büyük devlerin varlığını bilmek değil, fillerle devlerden faydalanıp Murtaza belasından kurtulmaktı.

"Haaaah, mesele burda," diyordu Zinnur Amca. "Ne yapıp yapıp bu beladan kurtulmazsak ba'de harâb-il-Basra.* Yoksa, dünyanın hiç mi hiç tadı kalmadı."

Kalmamıştı gerçekten de... Birkaç ay önceye kadar beştaş, çizgi, saklambaç cıvıltıları içinde mutlu Zinnur Amca'nın gözlerini oyacaklardı küçük afacan kızlar.

"Zinnur Amcaa!"
"Efendim canıım?"
"Sen artık bizi eskisi gibi sevmiyorsun..."
Aklı gidiyordu:
"Kiim? Ben mi? Sizi sevmemek haa? Elimde mi? Yüreğim sizinle ama..."
"Peki neden bizi ahıra çağırmıyorsun?"
Bir başkası:
"Elmaşekeri vermiyorsun?"
"Çikolata?"

---

* Basra yıkıldıktan sonra.

"..."

"..."

O gün gözleri dolu dolu, çevreyi kolladı. Görünürlerde değil Murtaza, gölgesi bile yok, kızların arasına korkuyla çömeliverdi. Birini bırakıp ötekini kucaklıyordu.

"Canım yavrularım benim, bir tanelerim... Hepiniz gözümde tütüyorsunuz vallahi."

Düğme burunlu göçmen kızı:

"Kimden korkuyorsun üyleyse?"

Esmer Leyla pat diye attı:

"Bekçi Murtaza'dan."

Zinnur Amca telaşla ayağa kalktı:

"Bekçi Murtaza'dan? Ben haa? Değil bir, beş, on Murtaza olsa gene korkmam evvel Allah."

Kahvede öfkelendiği sıralardaki gibi coştu:

"Ben devr-i Meşrutiyet'te böyle çok Murtaza'lar gördüm!"

Bileğini çemirleyip gösterdi:

"Bakın, bilek derler buna bilek."

Birden yumruk yemişçesine sarsılarak çocuklardan uzaklaşmaya çalıştıysa da olmadı. Köşeden çıkıveren Murtaza'yı görmüştü. Murtaza da onu. Çocukları unutuveren Zinnur Amca, "Vay," dedi, "vay Murtaza Efendi oğlum. Nasılsın?"

Murtaza yemedi:

"Bırrak beni, sen nasılsın? Bakarım toplamışsın gene sübyanları başına?"

Zinnur Amca'nın şaşkınlığı artmıştı:

"Torunlarım, torunlarım onlar benim. Allah seni inandırsın, öz torunlarımdan çok severim onları!"

"Aaah seni eski kurt..."

"Vallahi kötülüğüne değil Murtaza Efendi oğlum, billahi kötülüğüne değil."

"Etme yemin, girme günaha. Tanırım seni gözlerinden."

"Aklına kötü şeyler geliyor değil mi? İnan olsun ki torunlarımdan farkları varsa."

Murtaza ciddileşti, sertçe, "Sev kendi torunlarını," dedi. "Yakalar isem ahırda, bakmam gözlerinin yaşına!"

Saat on bire geliyordu. Çoktan evine gidip dinlenmeye çekilmesi gerekiyordu oysa. Bütün gece gözünü bir an olsun kırpmamışlığı bir yana, anacaddenin kaldırımlarında az kedi kovalamamıştı. Ya bu muzır hayvanları disipline sokacaktı ya da yiyecekti dişlerini öfkesinden.

Kedilerse, bir türlü "mütenebbih" olmuyorlardı.

Birden yolun kıyısındaki harap evin bahçesi dikkatine çarptı. Mahallenin sarılı, karalı, beyazlı ne kadar kedisi varsa sanki kongre hâlinde toplanmışlardı. Murtaza'yı görünce davrandılar.

Murtaza bağırdı:

"Abe ne toplandınız gene?"

Kediler yeşilli, mavili, karalı bakışlarıyla alestaydılar.

"Ha? Ne için toplandığınızı sorarım hayvanoğlu hayvanlar!"

Hiçbir karşılık alamayınca kanı tepesine sıçradı: Var idi bunların toplanmalarında önemli bir sebep. Herhalde almak üzereydiler bir karar Murtaza'ya karşı. Lakin benzemez idi o başka bekçilere. Değil kediler, arslanlarla kaplanlardan bile korkmaz idi vazife bir sırasında. Ne sanarlar idi? Yukarda Allah, Ankara'da Devlet hem de Hükümet, burda da o! Fare değil idi o. Olsa idi fare belki korkardı kedilerden. Öğretecek idi "Murtaza"yı onlara...

Kocaman postallarıyla kedilerin üstüne koştu. Kediler sağa, sola zıplayarak kaçıştılar ama, büsbütün de çekip gitmediler. Yıkık duvar, çatı, dam ya da ağaçların üzerlerine tünemiş yeşil, sarı, mavi, kara bakışlarıyla göz hapsine almışlardı Murtaza'yı.

En çok da biri yeşil, öteki mavi gözleriyle, anacadde üzerindeki apartman kapısına bırakılmış çöp tenekesine dadanan koca kafalı. Ağacın üstünden bakıyor, koca kafasını sallıyordu boyuna. Taş arandı, yoktu. Sopa? Sopa da. Ağaca tırmansa? Denedi. Denedi ama, ayağı ağacın kırış kırış bedeninde kaydı, dizi fena halde acıdı:

"Ooof be, of be koca kafalı!"

Kedi daha üst dallara yer değiştirmiş, Murtaza'nın eline geçirdiği iri toprak parçalarının korkusuyla da, çatılardan birine atlamıştı.

"Hı hıı... sanma kurtuldum... Nasıl olsa geçireceğim elime seni!"

Sonra bütün kedilere içini boşalttı:

"Alın istediğiniz kadar aleyhimde karar. Yok korkum. Derler bana Mürteza."

Kedilerin tınmayışına çıldırıyordu. Üstelik mahalleli de genç, yaşlı, çoluk çocuk çevresini almış, katılıyorlardı gülmekten.

Öfkesinin yönü değişti:

"Abe ne gülersiniz bir amire inekler gibi?"

Bu, mahallelinin gülmesini artırmaktan başka işe yaramadı. Kasıklar tutula tutula gülünüyor, gülünüyordu. Çıldıracaktı. Ah şu komiser, komiseri... çok değil bir aycık yetki versindi, versindi ki şu kendini bilmezler kalabalığına öğretsindi nedir disiplin. Genelevleri nasıl sokmuştu disipline?

Üzerlerine yürüdü:

"Haaaydi şindi, kovalayın şu mundar hayvanları bakayım!"

Yaşlılar güledursun, gençlerle çocuklar birtakım yerlerden taşlarla sopalar yaratıp kedilere yaylım ateş açtılar. Kediler baktılar ki pabuç pahalı, kaşla göz arasında damlardan, pencere, ağaç, çatılardan evlerin içlerine çekildiler. Buysa kaç vakittir, yani Murtaza bu mahalleye bekçi olalıberi işleri büsbütün bozulan fareleri deliklerine kaçışmaya zorladı. Murtaza bekçi olmadan mahalle ne iyiydi. Kediler, apartmanların kapı önlerine bırakılmış çöp tenekelerinden karınlarını doyurmaya gider, fareler de meydanı boş bularak yayılırlardı evlerin içlerine, bakkal dükkânlarına. İşte gene Murtaza kedilerle uğraşıp onları evlere saklanmaya zorlayınca, "pis kediler" deliklerinin ağzına kadar gelmişlerdi. Bu Bekçi Murtaza bu mahalleden defolup gitmezse, kediler karınlarını farelerle doyurmak zorunda kalacaklar, fareler de kedilere yem olmamak için deliklerinden dışarı adım atamayacaklardı. Yiyecekleri olsaydı deliklerinde, ne işleri vardı dışarıda. Bir gün, pek pek iki gün... günlerce aç kalınamazdı ki. Sonunda çaresiz rızk ardına düşecekler, bu arada tabii canlarından da olacaklardı.

Kediler, terk edilmiş harap evin geniş sofasında toplandılar. Ateş püskürüyorlardı. Ne demekti kedilere musallat olmak? Murtaza Allah'ın kuluysa, kediler de aynı Allah'ın kuluydular. Apartman kapılarına bırakılmış çöp tenekelerinde bulduklarını yemek özgürlüğünden onları hiç kimse yoksun kılamazdı. Murtaza'nın canı can da kedilerinki patlıcan mıydı?

Samur, "Lafla karın doymaz arkadaş," diye miyavladı. "Lafı bırakalım da dalgamıza bakalım."

Bir başka miyavlama sordu:

"Nasıl?"

"Nasılını bilmem. Mesele nasılında!"

"İyi ya. Ne yapacağız?"

Biri yeşil, öbürü mavi gözleriyle, kafası kocaman kediye arkadaşları Çakır diyorlardı.

"Hiç."

Kedilerin içinde en tecrübeli Kara, "Nasıl hiç?" diye terslendi. "Apartman kapılarına bırakılmış çöp tenekelerinden faydalanama, kokumuzu alınca hemencik deliklerine çekilen alçak farelere ulaşama... Hayır arkadaşlar. Bu işe mutlaka bir çıkar yol bulmak zorundayız. Çünkü Allah, fareleri kediler için yaratmıştır."

Dudakları hafif pembeyle rujlanmışa benzeyen Nazlı sözü aldı:

"Çok doğru."

Derken her kafadan bir ses:

"Özgür olmak istiyoruz arkadaşlar!"
"Sınırsız bir özgürlük, evet..."
"Allah çöp tenekelerini kediler için yaratmıştır."
"Fareler? Fareleri ya?"
"Şüphesiz fareleri de."
"Yaşasın çöp tenekelerinden faydalanma ve..."
"Fareleri yeme özgürlüğü!"
Bir fare dayanamadı, başını deliğinden çıkardı:
"Ya bizim yenilmeme özgürlüğümüz?"
Kediler, deliğe şimşek gibi döndülerse de fare deliğin karanlık derinliğinde çoktan yitmişti.
Şimdi salonda inceli kalınlı miyavlamalarla kongre sürüp gidiyordu. Gidiyordu ya, fareler de yanı başlarında cik cik edip duruyorlardı, iyi ama kedilerin yanı başlarında, boyuna kedilerin dalgasına taş atmak cesaretini bunlar kimden alıyorlardı?
Kara kediye göre apaçık bir şeydi bu: Bekçi Murtaza'dan!
Ötekiler de aynı kanıyı paylaştılar.
Koca kafalı kedi, "Peki," dedi. "Tamam. Cesareti Bekçi Murtaza'dan alıyorlar, doğru. Ne yapmamız lazım?"
"Ne yapacağız? Bekçi Murtaza'nın buralardan defolup gitmesini sağlayacağız."
"Nasıl?"
Kara kedi kızdı:
"Nasılı sonraki mesele. Önce, Bekçi Murtaza'nın buralardan cehennem olup gitmesinde herhangi bir sakınca var mı, buna karar verelim."
Hep bir ağızdan miyavladılar:
"Yoook!"
"O halde oya koyuyorum. Defolup gitmesini isteyenler? İstemeyenler? Gitmesi kabul edilmiştir efendim. Şimdi sıra geldi işin nasılına... Evet arkadaşlar, bu bela buradan nasıl defolup gider?"
Biri:
"Nasıl?"

"Onu henüz ben de bilmiyorum. Bilmiyorum ama, neydi o gelmezden önceki mutlu günlerimiz? Düşünün arkadaşlar... Apartmanların kapı önlerindeki çöp tenekelerinin zenginliğini, şöyle bir düşünün!"

"Aaah o günler ah!"

"Pis farelere kim döner de bakardı?"

"O canım balık başları..."

"Yağlı kemikler ya, yağlı kemikler?"

"Ekmek parçaları...

"Ciğerler, pastırma, sucuklar!"

"..."

"..."

"Arkadaşlarım ne kadar konuşsak, geçmişi ne kadar ansak boş. O mutlu günlerimize yeniden kavuşmak için bu adamın buralardan gitmesi şart. Bunu nasıl sağlayacağımızı düşünelim."

Hep bir ağızdan:

"Düşüneliiim!"

"O hâlde çalışmamız lazım."

"Çalışalıım."

"Çalışabilmemiz için de sistemli hareket etmemiz gerek. Bunun için de bir komisyon kurulması zorunlu!"

Kedilerin tümü de bu zorunluğa candan inandıkları için, hemen bir komisyon kuruldu. Başkanlığa koca kafalı kedi getirildi. O da bu işe çok sevindi. O kadar ki, heyecandan fırladı kürsüye, avazı çıktığı kadar miyavladı:

"Bize çöp tenekelerini çok gören Bekçi Murtaza kahrolsuun!"

Korkunç bir miyavlama salonu doldurdu:

"Kahrolsuuuuun!"

"Beli bükülsüüüün!

"Bükülsüüüüün!"

"Et yüzüne hasret gitsin, kemik yalasın!"

"Yalasıın!"

"Bekçi Murtaza'ya ölüüüüm!"

"Ölüüüüüüüüm!"

"..."

"..."

Bütün bunlardan habersiz Murtaza ise, yolun üstündeki mahalle kahvesine girdi. Çok şekerli kahvesini içecek, sonra evine gidip dinlenmeye çekilecekti. Çekilecekti ya, ne o? Mahallenin ta Serbest Fırka zamanından kalma bir kinle birbirine dargın bütün erkekleri hemen hemen bir araya gelmişlerdi. Çok tuhaf, hatta olmayacak bir şeydi bu. Kahveleri ayrı, lokantaları ayrı, alışveriş ettikleri dükkânları ayrıydı hemen hemen. Peki bugün bunları bu kahveye toplayıp kaynaştıran şey ne olabilirdi? Üstelik aldırış da etmiyorlardı Murtaza'ya. Ne demek oluyordu bu? Yukarda Allah, Ankara'da Devlet hem de Hükümet, burda da Murtaza'ydı. Eee, pekiiii?

Öfkeyle gürledi:

"Kaaveciii!"

Garson ocaktan seslendi:

"Eveeet?"

"Söyle bana bir kaave, ama ocakçı sabunlasın fincanı, hem da cezveyi."

Garson bir kahkaha attı. Murtaza yerinden çıldırmışçasına fırladı:

"Abe ne gülersin?"

"Yok bir şey canım. İstersen dezenfekte etsin fincanla cezveyi..."

"Olmaz hiç fena. Çünkü yenmez ellerinizden kabuklu ceviz bile... Helbet..."

"Kızma arkadaşım, kızma!"

"Değilim ben senin arkadaşın! Kurs görmüş, büyüklerinden terbiye, hem da disiplin almış bir bekçiyim, sıkı disiplinci!"

Elleri arkasında kahve içine yürüdü, durdu, rasgele sordu:

"Abe değil bayram, hem da seyran... Ne için toplaştınız burada?"

Murtaza kahveden içeri girinceye kadar aleyhinde atıp tutmuş, ondan yakınmış olanlar, tepelerine dikilip de sorunca, tek laf edemediler. Nasıl edebilirlerdi? Ne diyebilir, ondan yüzüne karşı nasıl yakınabilirlerdi? "Buraya mahallemizi senden nasıl kurtarabileceğimizi görüşmek üzere toplandık," diyebilirler miydi? Gene diyebilirler miydi ki: "Rahatsız oluyoruz senden. Kimimiz sübyancı, kimimiz dul karı tavcısı, kimimiz hırsız, kimimiz gece yarılarından çok sonralara kadar çalışmak zorunda küçük esnaf. Senden hepimiz gocunuyoruz. Uzun lafın kısası, senin bu mahalleden defolup gitmeni istiyoruz."

Murtaza sorusuna karşılık alamamıştı ama, kahveyi dolduranların bakışlarından anlamıştı ki bu toplantıda onunla ilgili bir şeyler var.

Arının deliğine çöp dürtercesine, "Lazım iş saatlerinde çalışmak, geceleri de uyumak," dedi. "Yararlı vatandaşlar çalışırlar gündüz, uyurlar bütün gece. Hem da alırlar temiz hava, bol gıda, bakarlar düşmanlarına çelik yıldırım. Haydi şimdi kalkın, gidin işçeğizlerinizin başına!"

Kahvede buz gibi bir hava estiyse de gene tek ses çıkmadı.

Murtaza kızdı:

"Haydi be yahu, haydi kalkın işinizin başına derim!"

Ayakkabı tamircisi, "Kahven geldi Murtaza Efendi," dedi.

Paraya davrandı, garsona seslendi:

"Gel, al Murtaza Efendi'nin kahve parasını..."

Murtaza'nın tüyleri diken diken, "Haaayır," diye bağırdı. "İstemem. Hiçbir devlet memuru etmez kabul rüşvet!"

"Estağfurullah Murtaza Efendi. Alt tarafı bir kahve. Bir kahvenin rüşvetinden ne olur?"

Bir başkası, "Ama ne," dedi.

Murtaza gene parladı:

"Yok rüşvetin büyüğü küçüğü hem da. Rüşvet rüşvettir ve hiçbir devlet memuru etmemelidir tenezzül rüşvete."

Cebinden çıkardığı kahve parasını masanın mermerine bıraktı.

Kahvedekiler bakıştılar: Vay anasına... Ne doğrucu adamdı be! İyi ama, nasıl yakalayacaklardı herhangi bir falsosunu ya da kanuna aykırılığını da sepet havası çaldıracaklardı? Gerçi içlerinden birçoğu iktidar partisi üyesiydi, bucak, ilçe hatta il başkanlarına yakınıp onlar yoluyla bu "ukala"yı attırabilirlerdi belki ama, gene de kendilerine yediremiyorlardı. Sonra yakınacakları yetkili işin nedenini soracaktı. Zinnur Amca gibileri, "Elmaşekeri, çikolatayla küçük kızları tavlayıp ahıra götürme özgürlüğümüze engel oluyor!" mu diyeceklerdi? Yoksa, "Çaptan düşmüş dul karıları tavlamamıza karşı geliyor!" mu? Belki yalnızca mahallelinin geceleri geç vakitlere kadar çalışmalarından yana olmayışı, erken yatmaya zorlayışı tek suçlu yanıydı ama, sırf bununla da tutturabilirler miydi işi? Hakçası, mahalledeki çeşitli kötülüklerle savaşmış, itlere, uğursuzlara göz açtırmamıştı. Sonra bu mahalle demek sadece yan yatmış, bağdaş kurmuş, devrilecekken tutunuvermişe benzeyen harap evlerle bu harap evlerin sakinleri demek değildi ki. Asıl mahalle, daha doğrusu mahalle üzerine asıl sözü geçenler, anacadde üzerindeki dev apartmanların sahipleriydi. Onlarsa çok memnundular Murtaza'dan: "Şimdiye kadar bu semte böyle bekçi gelmedi," diyorlardı. "Kapılarımızın önlerine park ettiğimiz otomobillerimizden, çöp tenekelerimize varıncaya kadar her şeyimiz emniyette. Sonra asıl önemlisi bizim malımızı, canımızı bizden çok koruyup düşünmesi. Bundan âlâsı can sağlığı..."

Zaten iktidar partisi ilçe başkanı da bu cadde üzerindeki apartmanlardan birinde oturuyordu. Murtaza'dan yakınmaya başlasalar, adamın laflarını ağızlarına nasıl tıkayacağını gayet iyi biliyorlardı: "Yoo... Murtaza Efendi hakkında şikâyet dinlemem. Varsa başka şikâyetiniz hay hay. Lakin Murtaza Efendi hakkında... Hayır!"

Mahallenin koca göbekli bakkalı, "Murtaza Bey," dedi. "Mahallemiz sizin için bir şey düşünüyor."

Kahve halkı safi kulak kesilmişti. Murtaza da sertçe döndü:

"Ne düşünüyor?"

Bakkal son derece ciddi:

"Öyle değil mi arkadaşlar? Murtaza Efendi'yi önümüzdeki seçimler için aday göstermeyi kararlaştırmadık mı?"

Herkes şaştı. Bunun lafi bile olmamıştı. Olmamıştı ama, gerçekten de harika bir buluştu. Heriften kurtulmanın en kestirme yoluydu galiba. Çünkü şayet kabul ederse, görevinden istifa etmesi gerekirdi. İstifa eder, sonra da seçilmez, seçilmeyince de defolur giderdi.

Hep bir ağızdan, "Evet," dediler. "Kararlaştırdık."

Ve sağdan soldan başladılar:

"Bizim adımıza Meclis'e girersen..."

"Girersen ancak sen bizim hakkımızı korursun."

"Zamlar üzerine çıkacak kanunları önlersin."

"Bol gıda kanunu çıkartırsın bize."

"Hafta tatili kanunu..."

"Ücretsiz tatil değil ama."

"Tabii tabii... Ücretli hafta tatili, yıllık izin..."

"Maaşlarımıza, iş saatlerimize zam."

"Oturduğumuz harap evleri yıktırır, yerlerine apartmanlar kurdurursun bize."

"Gel kabul et Murtaza Efendi..."

"Vallahi et ha. Senin gibi disiplinci bir milletvekili..."

"Seni belki de Meclis Başkanı yaparlar, devamsız milletvekillerine bol bol ceza kesersin."

"..."

"..."

Murtaza'nın koltukları kabarmış, bir yandan kahvesini yudumluyor, öte yandan dinliyordu. İşte koskoca bir semt halkı onun milletvekili olmasını istiyordu. Haklıydılar. Oturdukları evler sağlık kurallarına uygun değildi. Gece yarılarından çok sonralara kadar çalışmak zorunda kalıyorlar, bol gıda, temiz hava alamıyorlardı. Alamayınca da düşmanlarımıza çelik yıldırım gibi bakamazlardı elbette. Bütün bunları meclis kürsüsünden haykırır, fakir fukarayı savunur, yan yatmış, bağdaş kurmuş, yuvarlanacakken tutunuvermişe benzeyen harap evleri yıktırır, yerlerine anacaddedeki gibi kocaman kocaman apartmanlar yaptırır, yoksul vatandaşları bu yeni barınaklara taşırdı. Değil mi ki bütün bunları bir düşünüp uygulayan yoktu, o halde Murtaza düşünmeliydi.

Birden masasından dehşetle ayağa fırladı:

"Çok muhterem, hem da saygıdeğer vatandaşlarım!" diye başladı. "Bilirim düşünürsünüz hakkımda çok yüce, hem da saygıdeğer fikirler. Arz-i tâzimatımı* sunarım. Velakin değilim ben burnu büyük. Takamam boynuma kravat, giyemem sırtıma pahalı kumaşlardan elbise. Neden? Çünkü, ben asker oğlu askerim. Dayım şehit Kolağası Hasan Bey verdi canını Balkan Harbi'nde, hem da döktü mübarek kanını kutsal vatan topraklarına. Düşünmedi olmayı milletvekili, takmayı boynuna kravat, giyinmeyi pahalı kumaşlardan urba!"

Bir alkış koptu. Ardından da kahve inlemeye başladı:

"Yaşaaa!"

"Var ooooool!"

"Allah seni başımızdan eksik etmesiiiiin!"

Zinnur Amca öfkeyle, "Ağzınızı hayra açın," dedi.

Murtaza işitmedi. Şiştikçe şişmişti:

"Haçan bu Mürteza da gidecek bir gün harbe. Dökecek mübarek kanını kutsal vatan topraklarına. Yaşşarım niçin? Ölmek içiin!"

Alkış alkış... Alkışların en hızlı zamanında kalktı, kahve halkını selamlayıp kahveden çıktı. Göğsü dışarıda, karnı içeride, gözleriyse ta karşılardaki değişmez bir noktadaydı. Gurur saçıyordu sanki. Birden kahvenin garsonu, yanına sokuldu, usullacık, "Arkadaşım, inanma!" dedi. "Kahveye toplanmalarının se-

---

* Saygılarını bildirme.

bebi, seni başlarından nasıl atacaklarını kararlaştırmak içindi. Benden duymuş olma!"

Murtaza sarsıldı:

"Beni ha?" dedi. "Başlarından ha? Atmak için ha?"

"Benden duymuş olma, evet!"

"Peki ne için? Ne yaptım onlara ben? Ne zararım dokundu?"

Garson çabucak bütün nedenleri açıklayıverdi. Murtaza'nın kafasına dank etmişti. Demek milletvekili adayı olabilmek için bekçilikten istifa ettirecekler, sonra da seçimlerde oy vermeyip açıkta bırakacak, böylece işinden uzaklaştıracaklardı ha?

Birden celallenen öfkeli bir sesle, "Kırılsın sapı kaşığın!" dedi. "Kopsun hem da nereden inceyse! Bekleyeceğim şikâyetlerini. Yok korkum. Yemedim çiy, ağrımaz karnım!"

Bütün gece kurdu. Ertesi gün yeniden uğradı kahveye ama, içeri girmedi. Millet hemen hemen dünkü gibi toplanmıştı gene. Kapıdan parladı:

"Atmak istersiniz başınızdan demek beni? Hodri meydaan! Şaşarım yıkamasına kedinin çammaşır."

Çekti gitti.

Kahve halkı yumruk yemiş gibiydi. İyi ama, onu başlarından atmak istediklerini kimden öğrenmişti?

Garson ocağın yanında, bıyık altından gülüyordu.

Az sonra, herifin bundan böyle bir kat daha işi azıtacağına kanaat getirilmişti. Zinnur Amca, "Kötü," dedi.

"Çok kötü hem de..." diye söylendi kart karı tavcısı.

Bir başkası:

"Peki ne yapmamız lazım bundan böyle?"

Zinnur Amca, "Hiç vakit geçirmeden gidip mahallece şikâyet edelim!" dedi.

En doğrusu buydu galiba. Ok madem yaydan çıkmıştı, kopsundu. Murtaza'nın dediğince, inceldiği yerden.

"Kopsun!"

"Gidelim!"

"Toplanıp gidelim, anlatalım marifetlerini deyyusun!"

"O kadar."

"Tohumuna para vermedik ya!"

"İyi ama kimden duymuş olabilir?"

"Kimden duyarsa duysun. Kim yetiştirdiyse Allah razı olsun. İşin lamı cimi kalmadı. Temizleyelim bu pisliği!"

***

Murtaza evine giderken yolda, onu şikâyet edip işinden attırmayı kuran mahalleliyi düşünüyor, kendi kendine konuşuyordu. Bir ara durakladı: "Pa" dedi. "Edecekler imiş şikâyet. Şaşşarım yıkamasına çamaşır kedinin!"

"Kedi" sözüyle, zengin semt apartman kapılarındaki çöp tenekelerine musallat koca kafalı kediyi hatırlamıştı. Kedi karşısındaymış gibi, "Köpek," dedi. "Sen de o zaman bulursun meydanı boş! Ama hayır. Ne büyüklerim alırlar beni vazifemden, ne de bulabilirsin sen meydanı boş!"

Duraklıyor, yürüyor, sonra gene duraklayarak el, kol davranışlarıyla söyleniyordu. Buysa mahallelinin gözünden kaçmıyordu.

"Ne o? Seninki gene kancık ayı gibi homurdanıyor."

"Yoook, adamıma kancık ayı deme..."

"Gibi dedik bre herif. Kuyruğuna basmışlar bellersem... Hı?"

"Basarlar arkadaş. O adamın kuyruğu sebil. Basan basana..."

Gerçekten de, kuyruğuna basılmış gibiydi. Mahalleli onu kime şikâyet edecekti acaba? "Valiye mi? Yoksa emniyet müdürü, belediye reisine mi? Etsinler be, etsinler! Büyüklerim bakmaz onların sözüne. Hiçbir büyüğüm çiğnemez beni onlar için. Yok kimseden pervam.* Yemedim çiy, ağrımaz karnım. Değilim sakınacak gözümü budaktan. Vermiş bir can Allah, yok korkum

* Korku, çekinme.

kulundan. Çağırır ise vali, der ise böyle böyle, derim evet beyim, yaptım vazifemi!"

Birden yanı başında bir çocuk sesi:

"Murtaza Amca!"

Kafasındakiler uçtu:

"Hah?"

Baktı, mahalle komşusu tenekecinin sarı oğluydu.

"Zehra'yı döv!" dedi.

Birden anlayamadı:

"Hangi Zehra?"

"Kızın..."

Çocuklara, daha da çok erkek çocuklarına karşı çok yumuşaktı. Çünkü erkek çocuklar büyüyecek, içlerinden birçoğu subay olacak, olamayanlarsa er olup düşmanla dövüşecek. Hasan Bey dayısı gibi değilse de, gene şahadet şerbetini içeceklerdi.

"Ne için döveyim Zehra'yı?"

"Okulda benimle oynardı eskiden, şimdi oynamıyor!"

"Ne için oynamaz?"

"Ne bileyim ben?"

"Kiminle oynar seninle oynamaz da?"

"Hep İsmet, hep İsmet!"

İsmet de, tenekecinin oğlu ve daha başkaları gibi Zehra'nın okul arkadaşıydı. Eh, oynar oynar, oynamaz oynamazdı. Zehra'nın bileceği şeydi bu ama gene de sordu:

"Demek hep İsmet hep İsmet?"

"Hep İsmet, hep İsmet be amca. Söyle oynasın olmaz mı?"

"Etme merak. Şimdi gider, sorarım ona ne için oynamaz imiş seninle..."

Tenekecinin oğlu memnun, Murtaza Amcasının kocaman elini kaptı, öptü, alnına koydu. Çok hoşuna gitmişti Murtaza'nın bu:

"Aferin," dedi. "Severim seni çok. Olacaksın büyüyünce subbay!"

"Komutan," diye düzeltti çocuk.

"Komutan, ama dayım Hasan Bey gibi."

Çocuğun aklından Murtazaların evindeki karakalem resim geçti. Hatta resim altındaki "DAYIMIZ HASAN BEY" yazısını da o yazmıştı kömürle.

Murtaza'nın hoşuna gitsin de Zehra'yı iyice sıkıştırsın diye, "Hasan Bey Dayı gibi komutan olacağım," dedi.

Murtaza coştu:

"Yaşşa arslan yavrusu arslan!"

Ve başladı:

"Vazife bir sırasında görmeyecek gözün evladını bile," dedi. "Sakınmayacaksın gözünü budaktan. Demeyeceksin yavrum, ciğerparem. Neden? Çünkü kutsaldır herhangi bir vazife, herhangi bir evlattan!"

Tenekecinin oğlu çok dinlediği bu sözlerin gene başladığını görünce, tabanları kaldırıp kalabalığa karıştı. Murtaza ise öylesine heyecanlanmıştı ki, yanında çocuk var mı, yok mu umurunda bile değildi:

"... Lazımdır olmak demir bilek, tunç yürek! Haçan ne zaman bakacaksın düşmanlara, koppacak zelzeleler yüreklerinde. Başlayacaklar titreşmeye. Diyecekler bulaşmayalım bu arslan oğlu arslanlara, çünkü çıkarız mutlaka zararlı!"

Sigarasına el attı, ama kibriti yoktu. Çevresine bakındı, bir komşusu. Seslendi, kibrit istedi. Adam kibriti çaktı, Murtaza'nın sigarasını yaktıktan sonra laf olsun diye sordu:

"Nasılsın? İşler yolunda mı?"

İşini hatırladı. Yukarda Allah, Ankara'da Devlet, hem de Hükümet, bölgesinde de o vardı ama, bölgesi artık onu istemiyordu. Edecekler idi şikâyet. Öfkeyle, "Demmir gibiyim," dedi. "Olamaz hiçbir Türk teneke! İsterse beğenmesin, etsinler şikâyet büyüklerimize..."

Adam hiçbir şey anlamadığı için, sordu:

"Ne şikâyeti?"

"Ederim sıkı disiplin tatbik diye istemeyenler var imiş, edecekler imiş şikâyet beni valiye. Der ise vali bey ne için ederler hakkında şikâyet Mürteza Efendi? Derim ol sen bana arka, karışma üst yanına amirim. Neden? Çünkü bilir vali bey dolaştığını damarlarımda kanının Kolağası Hasan Bey'in. Aynı zamanda gördüğümü kurs, aldığımı amirlerimden büyük terbiye hem da disiplin. İyi bir meymur, bakmaz halkın gözyaşına. Vazife bir sırasında görmez gözü ciğerparesini. Neden? Çünkü iyi bir meymurun vasfı, etmektir memnun amirini. Cahil halk ne anlar öz çıkarından? İsterim görmek her birini çelik göğüs, tunç bilek. Ama onlar görmemiş kurs, almamışlar sıkı terbiye, edemezler takdir bu ince noktaları!"

Komşu çaktırmadan esnedi. Çok dinlemişti. Yan sokaklardan birine sapıverdi. Murtaza ise söylenerek, kocaman postallarıyla habire yol alıyordu. Az önce kızını şikâyet eden tenekecinin oğlunu çoktan unutmuştu.

Tenekecinin oğlu ise, mahallenin birbirini kesen daracık sokaklarında koşarak Murtazaların evini bulmuştu bile. Soluk soluğaydı. Kapı önünde kardeşinin kirli bezlerini yıkamakta olan Zehra'ya, "Seni babana söyledim," dedi.

Sırtındaki okul önlüğüne karşın bir kadın ciddiliği içinde işini görmekte olan Zehra'ysa duydu, aldırmadı. Tenekecinin oğlunun tepesi attı:

"Seni babana söyledim, diyorum, duymuyor musun?"

Kız başını sertçe kaldırıp baktı:

"Ne oldu söyledinse?"

"Gelsin şimdi de gör!"

"Gelsin. N'olacak?"

"Hep İsmet'le oynuyor, hep İsmet'le oynuyor, dedim."

Zehra, kardeşinin kirli sularıyla ıslanmış ellerini yumruk yaparak yürek soğutmaya başladı:

"Oh, oh, seninle konuşmuyorum ya, oh oh!"

Tenekecinin oğlu ağlayacak kadar hırslanmıştı:

"Kız sus diyorum ha!"

"Hep İsmet'le oynayacağım, seninle oynamayacağım işte!"

"..."

"..."

İsmet'se bitişik evlerinin kanatları açık penceresinde, tenekecinin oğluyla Zehra'yı görüyor, annesinin onu çabucak giydirmesi için sabırsızlanıyordu. Okul önlüğünü giymişti işte, beyaz yaka da takmayıverseydi ne olurdu sanki? Ama annesi diretiyordu. İlle de beyaz yakayı arayıp bulacak, takacak, takmadan önce de kirli mi temiz mi diye bakacaktı. Kirliydi. Çamura düşürmüştü. Annesinden dayak yemek korkusuyla da saklamıştı annesinin kolay kolay bulamayacağı bir yere!

"Öff..." dedi. "Okula geç kalıyorum be anne!"

İnatçı anne:

"Kalmazsın. Daha yirmi dakika var..."

Arıyor, odanın içini altüst ediyordu. Ediyordu ama tenekecinin oğlu da boyuna bir şeyler konuşuyordu kızla! Acaba ne konuşuyordu? Sıkı sıkı tembihlemişti: "O kızla konuşma. Sonra seni fena yaparım," diye. Demek inadına konuşuyordu ha?

Tenekecinin oğlu, Zehra'nın "Oh, oh"ları ile çileden çıkmıştı. Kendini kaybederek, "Konuşmazsan konuşma be," dedi. "Ben de Ayten'le konuşurum."

Zehra olgun bir kadını hatırlatacak bir kahkaha attıktan sonra, "Sidikli Ayten'le ha?" dedi.

"Hadi be sen de..."

"Hadi evet, hadiymiş. Sidikli tabii!"

"Sen?"

Zehra kıpkırmızı kesildi.

"Terbiyesiz. Ben sidikli miyim?"

"Sidiklisin. Ayten sidikli mi?"

"Sidikli tabii. Sınıfta altına kaçırmadı mı?"

Tenekecinin oğlu biliyordu ama, inadına Zehra'ya taş koyuyordu. O değil mi ki İsmet'le konuşuyor, "Konuşacağım işte, oh oh" diyordu; tenekecinin oğlu da, "Kaçırmadı," dedi.

Bak bu yalana dayanamazdı Zehra. Leğenin başında ayağa kalktı:

"Kaçırdıysa Allah iki gözünü kör etsin mi?"

"Senin etsin!"

"Gördün mü? Nasıl? Sidikli Ayten tabii, sidikli işte, sidikliii!"

Uzaklarda hemen her günkü sataşmalar başlamıştı:

"Şark Ekspresi, hist!"

Zehra, Emine Ablasının okuldan gelmekte olduğunu anlamıştı. Tenekecinin oğluna, "Ablam geliyor, çek git!" dedi.

"Gelirse gelsin bana ne. Sen kork!"

"Ulan git diyorum sana ha!"

"Gitmeyeceğim işte..."

"..."

"..."

Kendini beğenmiş ablanın ardına yığınla oğlan düşmüştü gene. "Hist, ekspres, Şark Ekspresi... Yavruuu!" sesleri arasında, elinde siyah çantası, sırtında okul önlüğü, asık yüzüyle eve yıldırım gibi geldi. Oğlanlar da evin kapısına kadar gelmişlerdi ama, aldırdığı yoktu. Zehra'nın yanındaki tenekecinin oğlunu görünce, kapıya kadar gelmiş oğlanları bir an unutup, "Ne geziyorsun ulan burada?" dedi.

Tenekecinin oğlu oldubitti korkardı bu asık yüzlü abladan, hiç karşılaşmak istemezdi ama, Zehra'ya inat, savuşup gitmemişti:

"Hiiç," dedi.

"Defol hadi!"

Tenekecinin oğlu tek laf etmeden savuşup gitti. Abla kardeşine döndü:

"Bu pisle konuşmayacaksın demedim miydi sana?"

Zehra leğen başından baktı ablasına:

"Konuşmuyorum valla abla. Konuşma benimle, ablam kızıyor, diyorum dinlemiyor. Hep geliyor."

"Pis sırnaşık..."

Sonra eye yıldırım gibi girdi. Çantasını bir kıyıya bıraktı, okul kılığını soyundu. Bu arada sokaktaki oğlanlar belki seyrederler diye odanın beyaz perdesini indirmişti.

Dört basamaklı bir merdivenle çıkılan küçük ama, duvarları badanalı, pencere içleri çiçek saksılarıyla bezeli bir odaydı. Murtaza'nın dayısı şehit Kolağası Hasan Bey'in karakalem resmi, odanın tam karşı köşesine özenle asılmıştı. Altında kömürle şöyle yazılmıştı: DAYIMIZ HASAN BEY.

Balkan Harbi kolağası üniforması içindeki Hasan Bey'in bıyığı kaba, dolgun ve uçları yukarıya kıvrılıydı. Çatık kaşları kalın, gözleri öfkeyle kısılı. Birine fena içerlemiş de neredeyse çerçevesinden fırlayıp tabancasını çekecek, ortalığı kana bulayacak gibiydi. Hırslı zamanlarındaki Murtaza'ya tıpatıp benziyordu.

Abla, enstitüde kendine yeni diktiği zarif basmadan kloş entarisi, çalımdan havalara kalkmış ufacık burnuyla dışarı çıktı:

"Zehra," dedi, "ben Neclalara gidiyorum. Dikişimiz var!"

Hafif yüksek topuklu rugan ayakkabılarıyla çıktı gitti.

Tenekecinin oğlu bir kıyıda, Zehra'nın ablasının gitmesini bekliyordu. Gene geldi:

"Şimdi baban gelsin de gör," dedi yeniden.

"Hadi git buradan be. Ablam beni payladı senin yüzünden."

"Senin ablan da pis!"

"İyi iyi... biz pisiz, sen temizsin. Git buradan!"

Tenekecinin oğlu gitmiyor, lafı uzatıyordu. Bu sırada içerdeki kardeşi de ağlamaya başlayınca, Zehra'nın cinleri tepesine toplandı:

"Şişe kafalı!" dedi.

Okulda tenekecinin oğluna "Şişe kafalı" dediler mi çıldırırdı.

"Sidikli!" diye bağırdı.

"Şişe kafalı", "Sidikli" derken iş uzadı, sinirler gerildi ve kapıştılar. Tenekecinin oğlu bir karakucakla kızı yere yıktı. Zehra ağlamaya başlayınca korktu, tabanları kaldırdı. Tam zamanında kaçmıştı. Az daha beklese İsmet yetişecek, tenekecinin oğlundan daha güçlü olduğu için, kızın önünde bir tutuşta altına alacaktı. Buysa tenekecinin oğlu için ölümden beterdi. Bir kızın, hem de beğendiği, geceleri yatakta boyuna düşündüğü, kendinden güçlü İsmet'le konuşmakta direndiği için kimselere göstermeden ağladığı Zehra'nın önünde yere yıkılmak, belki de dayak yemek işine gelmediğinden eve kaçmıştı bile.

İsmet kartal gibi koşup gelmiş, Zehra'yı yerden kaldırmıştı. Ne olduğunu çabucak sordu. Zehra içini çeke çeke ağlamasını artırdı. Sonra da, "Onu döv," dedi.

İsmet her şeyi anlamıştı. Tek laf etmeden, siyah okul önlüğünün kırış kırış beyaz yakasını uçurarak koştu tenekecinin oğlunu bulmaya. Zehra da içeride bayrakları açmış avazı çıktığı kadar ağlamaya başlayan kundaktaki kardeşinin yanına koştu. Olabilirdi ki babası gelir, kardeşinin ağladığını duyar, deliye dönerdi. Gayet iyi biliyordu ki, Emine Ablası, Hasan Ağabeyi, fabrikada çalışan iki ablası, kendisi hiçti bu kundaktaki boklu oğlanın yanında. Babası bu boklu için çıldırıyordu.

Odaya koştu. Yırtılırcasına ağlamakta olan kardeşinin kundağının başına geçti:

"Vay, canım benim, şekerim. Ağlamış da ablasının haberi olmamış mı? Olmamış mı ablacığının haberi? Aguuuu, aguuu ablasının şekerine, aguuu..."

Fakat susmuyordu "Pis çocuk."

"Sus anam, sus canım, sus yavrum... Şimdi baba gelecek, şekerimi kucağına alacak, kucağına alacak!"

Çocuk perde perde sustu, Zehra, leğendeki boklu bezleri yıkayıverip okula hazırlanmaktan yanaydı. Şu baba ya da annesiyle ablaları ne diye gelmemişlerdi sanki? Her gün geç, her gün geç kalıyordu okula, azar işitiyordu.

"Sustun değil mi anam? Ağlamayacaksın bir daha değil mi? Bak ablan her gün okula geç kalıyor, öğretmenden azar işitiyor. Haydi bay baay!"

Leğeninin başına telaşla döndüğü sıra İsmet de soluk soluğa gelmişti:

"Eve kaçmış eşşoğlu eşek ama, alacağı olsun!"

"N'apacaksın ona?"

"Bir kafa, bir yumruk..."

"Ayten'le konuşacakmış bundan sonra..."

"Hangi?"

Leğendeki boklu bezleri hamarat hamarat çitilerken, bakmadan, "Şu," dedi, "Sidikli Ayten'le."

İsmet hindi gibi kabarıp göğsünü yumrukladı.

"Yaşasın, benim konuştuğum Zehra'dan çirkin!"

Tam bu sırada kardeşi içeriden gene avaz avaz başlamasa, babasının da kocaman postallarıyla geldiğini görmeseydi, "Canım," diyecekti. Diyemedi. Diyemezdi. Azrail babasıydı gelen. Suçüstünde yakalanmışçasına leğen başında ayağa kalktı.

Murtaza her günkü gibi, en küçük oğlunun yırtılırcasına ağlamakta olduğunu duyarak yıldırım gibi gelmişti:

"Gene ne ağlar bu sabi, ne ağlar?"

O sırada üst kat penceresinde beliren Âkile Hala parmakları arasındaki sigarasını tüttüre tüttüre, "Selamlar babasını," dedi.

Murtaza duymadı, yıldırım gibi girdi evden içeri. Koca postallarını merdiven başında çabucak çıkarıp yukarı fırlarken, merdiven basamaklarında ayaklarının terli izlerini bırakmıştı.

Oğlunun sedir üzerindeki kundağı başına geldi, yere diz çöktü, üzerine eğilerek, hâlâ yırtılırcasına ağlamakta olan oğluna başladı:

"Abe ne ağlarsın? Ne ağlarsın be maskara? Utanmazsın? Utanmazsın hiç?"

Bir yandan da oğlunun kundağını çözüyordu:

"Utanmazsın? Bak sen şindi nasıl pislemiş altına! Tuh sana, tuh sana be maskara! Bakmadı mı ablan? Gelip bakmadı mı? Ah ablası ah..."

Başıyla duvardaki Hasan Bey'in resmini işaret etti:

"Utanmazsın ağlamaya, hem da pislettirmeye altını? Utanmazsın Hasan Bey dayımızdan. Haçan büyüyecen, olacan Hasan Bey dayımız gibi kolağası, atacan düşmanlara kurşun, kurşun düşmanlara, kurşun atacan."

Çocuğun altını, kirli bezlerin kuru yanlarıyla sildi, değiştirdi. Altı temizlenen çocuğun keyfi gelmişti. Murtaza'nın makineli tüfek gibi durmadan sürüp giden sözlerini anlıyormuşçasına gülmeye başladı. Çocuğun gülmesi Murtaza'yı coşturdu:

"Olacan Hasan Bey dayımız gibi kolağası, kolağası olacan, saldıracan düşmanlara, saldıracan! Dökecen mübarek kanını kutsal vatan topraklarına, vatan topraklarına!"

Ağzının ucundaki izmaritle odaya gelen Âkile Hala, "Abe ne söylenirsin gene deli deli?" dedi.

Murtaza kendine gelerek döndü. Altmışlık, kupkuru ama hâlâ canlı Âkile Hala'ya baktı:

"Avuturum maskarayı..."

"Avutursun. Neler söylersin tırnak kadar çocuğa?"

"Dolsun ilikleri mertlik, hem da civanmertlik ile. Büyüyünce benzesin dayımıza, Hasan Dayımıza!"

Murtaza'nın kafasına hafifçe vurdu:

"Aç gözünü aaç... Ne olacak benzeyip kakavan Hasan'a sanki?"

Murtaza diz çöktüğü yerden ayağa fırladı:

"Deme böyle be hala, konuşma cahil cahil... Bir vazife yüksektir bir namuzdan. Yaşşar insan olan bir insan mertlik, civanmertlik için hem da. Büyük oğlan çekmedi Hasan Bey dayımıza, nafile, tutmaz gözüm. Ama isterim bu benzesin. Olsun subay, döksün mübarek kanını kutsal vatan topraklarına!"

"Aaah ah... bu kafa ile indirdin yüreğine anacığının, almadın zamanında herkes gibi mal mülk ki edesin rahat şindi. Hâlâ Hasan, hâlâ Hasan! Bu sabi ne anlar Hasan Bey dayından?"

"Anlaaar... açar Cenab-ı Allah gözünü. Kırk gün söylersen deli olur deli, söylersen Veli olur Veli!"

Âkile Hala Rumca, "Allah akıllar versin" anlamına bir şeyler söylenerek dışarı çıktı. Zehra az önce yıkadığı kardeşinin bezlerini ipe seriyor, bir yandan da komşu çocuğu İsmet'le konuşuyordu. Aklına hiçbir kötülük gelmedi Âkile Hala'nın. Gelmese de, "Abe ne için bakmazsın işçeğizine de yarıştırırsın çene oğlanlarla?" demekten kendini alamayacaktı ya, elinde futbol topuyla Murtaza'nın büyük oğlu Hasan'ı görünce, Zehra'yı unuttu.

Hasan, İsmet'le konuşmakta olan Zehra'nın yanına sokuldu:

"Annemler geldi mi?"

Zehra çekinerek, "Gelmediler," dedi.

"Babam?"

"Geldi. İçerde."

Babası gelmemiş olsaydı ekmek, kara zeytin ya da peynir, ne bulursa alır, zilliği kırar, yani açlığını giderirdi. Ama hiç sevmediği, hiç kimsece de sevilmediğini hatta kızıldığını bildiği babasıyla karşılaşmak istemezdi oldubitti.

Gene öyle, "İçeri gir, moruğa çaktırmadan zeytin ekmek al gel bana!" dedi.

Zehra, annesiyle ablalarının hâlâ gelmeyişlerine sinirli, İsmet'e göz kırptı, sonra ağabeyine, "Okula geç kalacağım," dedi.

Tam bu sırada annesiyle iki ablasının köşeden çıktıklarını görerek sevindi. Fabrikadan, pamuk tozları içinde geliyorlardı.

"Hah annemler geliyor!"

Firdevs'le Cemile Ablalarının atkuyruğu saçları, hemen hemen kaşlarına varıncaya kadar pamuk tozu içindeydi. Öyle olduğu halde rugan terlikleri, pamuk tozuyla ağarmış, siyah saten iş önlüklerinin beline beyaz bir kaytanla bağlı pırıl pırıl makaslarıyla fiyakalıydılar.

Zehra çamaşırı filan bırakıp odaya girecekken aklına geldi:

"Ablam geldi," diye haber verdi.

Cemile:

"Tabii Neclalara gitti değil mi?"

Zehra karşılık vermedi, başını sallayıp odaya girdi. Anneleri kansız, dupduru yüzüyle söylendi:

"Her gün Neclalar, olmazsa Mürvet Hanımlar, yahut eczacının at suratlı kızı. Allahım, al bu kızı elimden. Hiç hayrı dokunmaz bize..."

Hasan, kız kardeşlerine sertçe, "Bana ekmekle kara zeytin getirin," dedi.

Annesi en büyük kızının öfkesini ondan almak istercesine çıkıştı:

"Ne için girip almazsın kendin? Bilmezsin yerini?"

Hasan, yere dişlerinin arasından firt diye tükürdü.

"Boş ver yahu, moruk gelmiş!"

Zehra, okul çantasıyla odadan yıldırım gibi çıkmış, bir kıyıda bekleyen İsmet'in yanına gelmişti. Sonra yan yana okulun yolunu tuttular.

Hasan, kız kardeşlerinin ekmekle kara zeytin getirmeyi ağırdan alışlarına içerlemişti:

"Getirsenize şunları be, ne oyalanıyorsunuz?"

İki kızın birbirine bakışı, ekmekle karazeytini getirmekte ağırdan alışları Hasan'ın tuhafına gittiyse de aldırmadı. Bir şey mi vardı bugün bu zillilerde ne?

Sonunda Cemile bir koşu içeri daldı, az sonra ekmekle karazeytinleri getirip ağabeyine hep o düşünceli hâliyle verdi.

Hasan ekmek, karazeytin ve futbol topuyla çekip gitti.

Kızlar, Zehra'nın sererken yarıda bıraktığı ıslak bezleri sermeye koyuldularsa da, elleri işte, gözleri oynaştaydı. Birden Firdevs'in rengi attı. Telaşla Cemile'nin yanına gitti. Cemile ıslak bezleri mandallıyordu. Fısıldadı:

"Cemile, geldi. Ne yapacağız?"

Cemile korkuyla baktı, evin köşesine kadar gelmiş Firdevs'in sevgilisini gördü. Gerçekten de gelmişti oğlan. Deli miydi ne? Mavi iş gömleği, gömleğin mavisinden bol paça pantolonu pamuk tozu içindeydi. Fabrika dokumalarında çalışıyor, ısrarla Firdevs'in ardına düşüyordu. Cemile, "N'apacaz kız?" dedi.

Firdevs, huylu babasının çıkıverip oğlanı orada görünce kıyametleri koparacağını biliyordu.

"Git, babam evde, de, defolsun!"

Cemile bir an düşündü:

"Ya babam beni sorarsa?"

"Bakkala yolladım derim. Koş, Allahını seversen koş!"

Cemile fırladı.

Bütün bunlar Âkile Hala'nın gözünden kaçmamış, üst kattaki odasının penceresinden görmüştü. Sesli sesli, "Aaah zilliler ah," dedi. "Sizlerin yüzünden kalmadı dünyada bet hem de bereket..."

Firdevs'in aklı gitti. Sus yaptı şahadetparmağını ağzına götürerek:

"N'olursun sus. Babam duymasın!"

Firdevs, babasını kontrol için içeri girdi. Annesiyle gene çekişme hâlindeydiler. Annesi, kaç vakittir söyleyip durduğu şeyin sonunda başlarına gelmesinin verdiği haklılıkla, boyun damarını şişire şişire, "Ben bir öleceğimi bilmem," diyordu. "Söylemedim mi sana kaç vakittir? Uğraşma el âlemle deyi? Sana ne herkesin şu saatte yatıp bu saatte kalkmasından? Ko sarhoşu yıkılana kadar!"

Ellerini beline dayadı:

"Ya amirlerin bakarlar mahallelinin sözüne de atarlarsa seni işten? Ne yaparsın altı çocukla?"

Murtaza, Firdevs'i görünce öfkesi taştı:

"Konuşma gene haminnem gibi!"

"Cevap ver cevap: Ne yaparsın kovarlarsa?"

"Kovamaz beni kimse. İsterse vali olsun. Derim yaptım vazifemi beyim..."

"Herkesin yatıp kalkması, şusu busu senin vazifen mi?"

"Helbet, ne sandın? Kimin vazifesi ya benim vazifem değilse?"

"Senin gibi yüzlerce bekçi var. Hiçbiri senin gibi değil!"

"Doğru. Çünkü hiçbiri görmedi benim gördüğüm kursu, hem da almadılar benim aldığım terbiyeyi amirlerinden!"

Karısının yeni bir hücumunu bir başka savla önledi:

"Var mı onların kolağası dayısı? Söyle, var mı?"

Kadın içini çekti. Sonra çocuğunun kundağı başına gitti. Yoktu, bu kakavandan hayır yoktu, ne kendisine, ne de çocuklarına. Madem mahalleli söz birliği etmişti, bunu attırırlardı işten, imkânsız. Neyine güveniyordu? Karısıyla kızlarının fabrikada çalışmalarına mı? Zahir.* Ama atsınlar işten, vallahi de billahi de bırakırdı fabrikayı. On iki saat iş, işten sonra hiç değilse beş, altı saat çamaşır, bulaşık, yemek, şu bu... Zaten bir deri bir kemik kalmıştı. Fabrika doktoru ne demişti? "Kansızsın. Temiz hava, bol ve çeşitli gıda, bir de evet bir de dinlenme!"

Murtaza merdiveni indi, postallarını giyip dışarı çıkarken Firdevs'in aklı gitti. Ya babası mahalle içine yürür de Cemile'yle Erol'u konuşurlarken görürse?

Murtaza kapı önünde durmuştu. Arkasındaki kızına bakmadan sordu:

"Nerede Cemile?"

Firdevs'in yüreği hop etti ama, bozmadı:

"Bakkala ekmek almaya gönderdim baba..."

"Ya Hasan?"

"O da karazeytinle ekmek aldı gitti."

Suç Firdevs'teymişçesine yeniden sordu:

"Nereye gitti?"

"Bilmiyorum. Belki de..."

"Var mı idi elinde top?"

---

* Ortada olan, açık.

Firdevs saklayamadı:

"Vardı."

Birden Murtaza'nın gözünde dünya silindi:

"Eşşoğlu eşek," dedi. "Yazıklar olsun taşıdığı isme!"

Firdevs'in korktuğunca, mahalleye doğru yürüdü. Ya şimdi Erol'la Cemile'yi görürse?

Cemile'yse, Firdevs'in sevgilisiyle daracık sokakta konuşarak bakkala doğru gitmekteydi.

Erol:

"Valla karışmam, duman ederim diyor, de!"

Cemile durakladı:

"Aa..."

"Bir oğlanla konuştuğunu bizim dokumacılar görmüş!"

Cemile, "Konuşur," dedi. "Koskoca fabrika. Belki de bizim iplikhanedeki oğlanlardan biriyle konuşmuştur. Kötülüğüne mi bakalım?"

"Peki, kendi niye gelmedi de seni yolladı?"

"Babam evde."

Erol daracık pantolonunun cebinden çıkardığı sekize katlı bir pusulayı uzattı:

"Ver bunu ona, cevabını isterim!"

Cemile pusulayı aldı, bakkaldan içeri girdi.

Bakkal dükkânı, çoğu saatlerde olduğunca, gene fabrika işçileri, ustalar, usta yardımcıları, küçük memurlarla doluydu. Bir kıyıda hela bekçisi ak pak Azgın Ağa oturmuş, çevresini alanlara Harbi Umumi anılarını anlatıyor, onları gülmekten kırıyordu. Kırıyordu, çünkü anlatması bir hoş olduktan başka, pireyi deve, habbeyi kubbe yapıyordu.

Cemile işçi kalabalığının arasından bakkal defterini uzattı:

"Şevket Amcaa!"

Fabrika gece kontrolü Kayserili Nuh da oradaydı. Cemile'yi gördü. Tanımıyordu ama, laf olsun diye yılışık yılışık sordu:

"Ne o kız? Hayrola?"

Fabrika içleri gece kontrolü olan bu adamı fabrikadan tanıyordu Cemile.

"Hiç Nuh Amca," dedi. "Ekmek alacağım."

Azgın Ağa da fabrikadan tanıyordu Cemile'yi. Çevresindekilere anlatmakta olduğu şeyden başını bir an kaldırıp lafa karıştı:

"Sırayla kızım, parayla değil!"

"Amaaan... sadece ekmek alacağım, başka bir şey alacak değilim ki!"

Geç kalmış gibi bir huzursuzluk içindeydi. Yerinde duramıyor, ekmeği bir an önce alıp evin yolunu tutmak istiyordu. Bütün korkusu babasındandı. Hiç belli olmaz, karşısına çıkıverir... hele Firdevs'in sevgilisiyle konuşurken gördü mü, yandı!

Dışarı baktı. Oğlan gidiyordu. Gözleriyle izledi. Herhalde ağabeyinin hemen her zaman bulunduğu kahveye gidiyor olmalıydı. Gerçekten de, semt delikanlılarınca kurulmuş, gayrifedere "ÇELİKSPOR"un bir köşesini tuttuğu Şopar'ın kahvesine gidiyordu.

ÇELİKSPOR kurulalı üç yıl olduğu halde, hâlâ Şopar'ın kahve köşesinden kendini kurtarıp iyi kötü bir lokale sahip olamamıştı. Kahvenin en arka, en dip köşesi onlarındı. Yamalı futbol topları, yırtık pırtık, üstelik de kir içindeki yeşil beyaz formalarla şortlar, kramponları düşmüş çamur içinde top ayakkabıları, şu bu köşede yığılı duruyordu.

Erol kahveye girdi. Kahve duman içindeydi, marsık kokuyordu. Mahallenin işten çıkmış yaşlıları ya tavla, ya iskambil oynuyorlardı, ya da birer kıyıda gazetelerine eğilmişlerdi.

Erol gene bir egzersize hazırlanan Çeliksporluların bin bir şaka, bin bir sululukla soyunmakta oldukları köşeye geldi. Bu sırada kulağının ardı bir sap karanfilli kahveci Şopar da gelmişti:

"Vaaay, parlak oğlanlar..." dedi. "Egzersize mi?"

Murtaza'nın oğlu Hasan da içlerindeydi:

"Parlak deme lan!"

"Değil misiniz?"

Bir başkası, "Ağzını topla," dedi. "Parlak kime derler?"

Yüzü çiçekbozuğu, gençten Şopar'ın keyfi pek üstündeydi gene. Hemen her günkü gibi delikanlılara takılacak, kovalanacak, kaçabildiğince kaçacak, sonunda yakalanıp alaşağı edilecek, örselenecekti şakadan. Bayılıyordu. Katıla katıla güler, gözlerinden yaşlar gelirdi.

"Parlak kime mi derler? Size be. Kız gibisiniz anam avradım olsun, kız."

Ve iskemlelerin arasında kaçmaya başladı. Hep böyle oluyordu zaten. Bitini atar, delikanlılar da kovalarlardı. Gene kaçtı. Genç futbolcular düştüler ardına. Tavla, iskambil oynayan ya da birer kıyıda gazetelerine gömülmüşlerin çevrelerinde kaçmaya çalışan kovalanıyor, kaçıp kovalama sırasında da iskemleler, hatta masalar devriliyordu.

"Yuuuuuu!"

"Şopar'a yuuuuu!"

"İneğe yuuuuuuu!"

"Kes kes, önünü kes!"

"Çevir lan, yolunu kes!"

"..."

"..."

"..."

Tavlalar, iskambiller, gazeteler bırakılmış, kısacık şortları, çıplak ayaklarıyla kahveciyi kovalamakta olan gençler seyre dalınmıştı. Yaşlılar dilediğince kızsın, genç adamların umurunda değildi. Onun için çaresiz seyrediliyor, içten gelmese, hatta öfkelenilse bile renk verilmemeye çalışılarak gülünüyordu.

Sonunda kahveci yakalandı. Her zamankince alaşağı edildi. Bu sefer de başına üşüşenlere yalvarmaya başlamıştı:

"Bırakın, Allahınızı severseniz bırakın!"

Ne Allah, ne de peygamber. Kulaklara söz girmiyordu.

"Soyun pantolonunu!"

"Yapmayın ulan, yapmayın be!"

"Sen sıkı tut ellerini..."

"Kayışı çözdün mü?"

Pantolon çıkarıldı. Sıra külota gelmişti:

"Donunu da donunu da..."

Murtaza'nın oğlu, Şopar'ın donunu çıkaracakken, Firdevs'in dalgası Erol telaşla haber verdi:

"Hasan, baban geliyor!"

Hasan, babasının gelmesini hiç istemezdi. Korktuğundan değil, alay konusu olan bir babanın oğlu olmak durumuna onu sık sık düşürdüğü için. "Soytarı"ydı be! Arkadaşları zaman zaman, "Öyle babamız olsa, evlatlıktan istifa ederiz şerefsizim..." derlerdi.

Murtaza, "Soytarı" bir baba oluşundan habersiz, kocaman postalları, körükleri alabildiğine şiş külot pantolonu, dik yakalı ceketi, öfkeden kızarmış sivri burnu, dışarda göğsü, içerde karnıyla kahveye girdi. Kalın kaşları altındaki kısık gözleriyle kahveyi araştırdı, buldu tek laf etmeden, herkesi kendine merakla baktırarak oğlunun yanına adım adım geldi, durdu. Ellerini arkasına koyarak sordu:

"Ne için uğramazsın eve?"

Hasan omuz silkti:

"Uğradık ya..."

"Ne zaman uğradın? Kaç kişi ile uğradın?"

"Demin. Arkadaşlar bekliyordu..."

Oğlunu baştan aşağı birkaç sefer hınçla gözden geçirdikten sonra, "Yazıklaaar olsun," dedi. "Taşıdığın büyük ada yazıklar olsun Hasan!"

Hasan kıpkırmızı kesildi. Ne için yazıklaaar olacaktı? Hırsızlık mı yapmıştı? Uğursuzluk mu? Yoksa erkekliğe sığmayacak alçakça bir davranışta mı bulunmuştu?

Tam soracaktı, Murtaza, "Top, top, top," dedi. "Doyurmaz karın top! Ne için oturup çalışmazsın derslerine?"

"Kim çalışmıyor? Var mı karnemde kırığım?"

Çevrelerini alanlardan sıkılmıştı Murtaza. Anlıyordu ki çevre Murtaza'dan değil, oğlundan yanaydı. Kızıyordu çevreye, çevrelere. Çevre, çevreler de neydi? Birtakım insanlar... Almışlar mıydı sıkı terbiye amirlerinden? Görmüşler miydi kurs? Ne zaman, nerede, ne için olsa, bu çevre, bu çevrenin insanları ona karşı çıkıyorlardı. En son şu, bekçilik yaptığı mahalle örneğin... edeceklerdi şikâyet. Korkusu yoktu gerçekte, ama neden? Niçin hep ona karşıydılar?

Sözü kısa kesmek için sertçe, "Haaydi yürü eve bakayım!" diye emretti.

Etti ya, Hasan'ın da bir çevresi vardı. Şu an safi göz ve kulak kesilmiş onlara bakıyorlardı ki, babasının önünde yenik düşerse sonra başlayacaklardı tefe almaya. Çünkü onlardan hiçbiri baba ya da annelerinin karşısında yenik düşmüyorlardı. Anlattıklarına göre, "Moruk" dın dese, onlar hemen sırtarıyor, "Moruğu da kocakarıyı da" pişman ediyorlardı.

Hasan, "Boş ver," dedi.

"Ne demek boş ver?"

"Yahu boş ver be!"

Murtaza üstüne yürüdü:

"Bee, babana karşı be ha?"

Hasan bir iskemle ardına yer değiştirdi:

"Ohooo... egzersizimiz var. Sonra gelirim!"

Murtaza yeni bir hamleyle, "Yürrü eve derim Hasan," dedi.

Hasan kaçtı:

"Gitmek istemiyorum!"

İstersin, istemezsin derken kahvenin içinde babayla oğul arasında bir kaçma, kovalamaca başlamıştı. Kurs görmüş, büyüklerinden sıkı terbiye almış, vazife bir sırasında gözünü budaktan sakınmayan bir memurdu o. Üstelik damarlarında da Hasan Bey dayısının mübarek kanını taşıyordu. Oku yaydan çıkmıştı. Ya dediği dedik, ya da inadı düdük olacaktı. Öyle bir babalık örneği vermeliydi ki, kahvedeki yaşlılar, "Aşkolsun adama," demeliydiler.

"Hasan yürü derim!"

"Yürümeyeceğim..."

"Yürü derim Hasan, yürü işte!"

"?.."

"..."

Hasan boyuna kaçıyor, kırk beş numara beylik postallarsa deli camız gibi kovalıyordu. Az önce delikanlılar Şopar'ı kovalarken olduğu gibi, masalar, iskemleler devrilmeye, kahve tozumaya başlamıştı. Derken Hasan'ın sporcu arkadaşları da başladılar:

"Hasan kaç!"

"Kaç Hasan, geldi!"

"Bu taraftan bu taraftan!"

"Eeeeeeeey!"

"..."

"..."

Daracık kahvedeki şamata, koşuşan, tepinenlerin döşemelerden kaldırdıkları toz, kahvenin marsık kokulu sigara dumanı yüklü havası...

Hasan bir ara az kalsın yakalanacaktı ki, yoluna çıkan bir iskemleyi babasının ayakları önüne devirerek onu engelledi ve açık pencereden atlayıp kaçtı. Bu, arkadaşlarını büsbütün çıldırtmış, alkışlamaya başlamışlardı. Bir yandan sevinçle çılgın gibi alkışlıyor, bir yandan da avaz avaz bağırıyorlardı:

"Yaşa Hasaaan!"

"Var oool!"

"Aslansın anam avradım olsun aslan!"

"..."

"..."

Murtaza küplere binmiş, gövdesinin hemen bütün tüyleri bekçi giysisinden dışarı uğramış, demirci körüğü gibi soluk soluğaydı. Soluğunu zorla toplayarak oğlunun kaçtığı pencere önüne geldi:

"Peki," dedi, "peki Hasan. Unutma bunu! Kaçarsın demek? Utanmazsın kaçmaya?"

Kıyıdan bir emekli, "Yahu," dedi, "ne üstüne düşüyorsun delikanlının? Genç onlar. Kanlarının en oynak zamanı... bırak sarhoşu yıkılana kadar."

Murtaza hâlâ soluk soluğa, adama döndü:

"Var ise melhemin sür keline," dedi. "Yok almaya ihtiyacım hiç kimseden akıl."

Emekli de az çok mürekkep yalamışlardandı, altta kalmadı:

"Ben aksi kanaattayım..."

Adama hışım gibi sokuldu:

"Ne demek istersin?"

"Demek istediğim, bir delikanlıyla akranlarının önünde böyle konuşulmaz!"

"Nasıl konuşulur ya kakomiri?"

"Nasıl konuşulacağını sen bilmedikten sonra ben sana öğretemem ki. Lazım açmak kurs."

"Kurs" sözü Murtaza'yı şahlandırdı. Nee? Kurs mu? Kurs'tan mı söz açmıştı şu bunak?

"Maşallah..." dedi. "Kurs açmaktan bahsedersin? Acaba görsen tanır mısın kursu?"

"Onu sen kendine sor. Benim tahsilim İdadi,* anladın mı?"

"Benim de dayım Hasan Bey. Bilirsin kimdir?"

"Öğrenmeye ihtiyacım yok!"

"Vaar, hem da çok var. Dayım Hasan Bey, kolağası. Döktü mübarek kanını kutsal vatan topraklarına!"

"Hepimizin babası, dedesi, dayısı, amcası kanını döktü vatan topraklarına. Ne çıkar? İcap ederse çocuklarımız, torunlarımız da dökecekler."

Kahvedekiler katıla katıla gülüyorlardı. Murtaza birden bu "hissiz" kalabalığın gülmesine içerleyerek, "Abe ne gülersiniz

---

* Rüştiye denilen ortaokuldan sonra yüksek okullara hazırlayıcı okul.

inekler gibi?" dedi. "Ne için olmaz aklınız başınızda. Ne için almazsınız nümûne-i imtisâl?* Tanırsınız beni? Yoksa benzetirsiniz haminnelerinize?"

"Haminnelerinize" sözü işi büsbütün çığırından çıkardı:

"Haminne mi dedi haminne mi?"

"Yok büyükanne..."

"Hayır hayır nene!"

"Nenemize benzettik seni!"

"..."

"..."

Murtaza içinse, "Kırılsındı sapı kaşıkın!"

"Ola idiniz yiğeni Kolağası Hasan Bey'in, dökse idiniz mübarek kanlarınızı kutsal vatan topraklarına, taşısa idiniz damarlarınızda Hasan Bey'in kanını, anlardınız gülmemek gerektiğini. Çünkü gülünmez karşısında herhangi bir amirin, inekler gibi."

Kalabalık bu sözlerle daha da çıkmıştı zıvanadan:

"Vay Allah vay!"

"Analar ne aslanlar doğururmuş demek..."

"Herif sinema şerefsizim."

"Ne sineması? Tiyatro. Koy sahneye, gülmekten işetsin milleti altına."

Matrak arkasını sıvazladı:

"Doğru Murtaza Efendi doğru..."

"Demek kurs gördünüz?"

"Kolağası Hasan Bey dayınız olurdu demek?"

Yaşlıca biri araya girdi göz kırparak:

"Kolağası Hasan Bey de Hasan Bey'di hani. Bilmeyen bilmez..."

Ona döndüler:

"Tanıyorsun demek?"

---

* Örnek alınması gereken.

"Ben değil, rahmetli peder anlatmıştı..."

Murtaza soluyordu, ama gururu da okşanmamış değildi.

"Rahmetli peder nasıl anlatmış idi?"

"Balkan Harbi'nde Kolağası bir Hasan Bey vardı dediydi, tek başına orduya karşı koyardı!"

Arkalardan biri:

"At maaartini Debreli Hasan, dağlaaar inleesiiin!"

Kahkahalar top gibi patladıysa da Murtaza aldırmadı.

Hasan Bey'den söz açan deminki:

"Bırak tek başına orduya karşı koyduğunu, çok hızlı nişancıymış!"

"Mavzersiz gözünden mi vururmuş turnayı?"

"Turna mavzerle vurulmaz lan!"

"Kolağası Hasan Bey vurur. Öyle değil mi Murtaza Efendi?"

Murtaza matrağı anlamıştı sonunda. Kapkaraydı şimdi öfkeden. Soluması geçmişti:

"Düşmeyesiniz elime," dedi.

Kara kuru bir dokumacı:

"Kazara düşersek... n'olur?"

Sertçe döndü:

"Bin bir hakkı için Mevla'nın saydırtırım yıldızları."

Sert bir dönüşten sonra, gözleri ta karşı bir noktada, göğsü dışarda, karnı içerde, kaz adımlarıyla kahve kapısına yürüdü. Tam çıkmıştı, kahveci Şopar haykırdı:

"Yörüüüüüü... taş arabası!"

***

O gün başta Zinnur Amca, mahalleli semt komiserini atlayıp emniyet müdürlüğüne gitti. Semt komiserini bilerek atlamışlardı. Çünkü Murtaza'nın görevine dört elle sarılışı, hiç akla gelmeyecek anlarda hırsızları, yankesicileri enselemesi komiserin çok hoşuna gidiyordu. Sonra daha önemlisi, Komiser, semt zenginlerinin Murtaza'yı çok sevdiklerini de biliyordu. Zengin mahallelinin Murtaza'yı tutmasıysa kayıptı fakir fukara için. Komiser bu yüzden işi örtbas edebilirdi.

Emniyet Müdürü şikâyetçileri uzun uzun dinledi. Hayretler içinde kalmış, gülmemek için kendini zor tutmuştu. Vay anasını, demek adam, "Yukarda Allah, Ankara'da Devlet hem de Hükümet, burda da ben," diyebiliyordu?

Sordu:

"Peki bu geniş yetkiyi ona kim vermiş?"

Zinnur Amca, "Deli, beyim," dedi. "Aklından zoru var!"

Dul karı tavcısı sözü aldı:

"Balkan Harbi'nde şehit düşmüş bir dayısı varmış. Aklını ona takmış..."

Kalabalık sağdan, soldan pekiştirmeye başladı:

"Kız halaya, oğlan dayıya çeker ya beyim?"

"Kolağası Hasan Bey aşağı, Kolağası Hasan Bey yukarı..."

"Damarlarımda Hasan Bey'in kanı dolaşıyor. O madem şahadet şerbetini içti, ben de içeceğim inşallah, diyor."

Emniyet Müdürü ciddi ciddi sordu:

"Bekçilikle şahadet şerbetinin ne ilgisi var?"

"Aman beyim öyle deme. 'Subay olamadımsa bekçi oldum şükür,' diyor. Kendisini görseniz..."

"Hiçbir bekçi kendini onun kadar subaya benzetemez."

"Kurs gördüm, aldım sıkı terbiye..."

"Kurs mu görmüş? Bekçilerimizin hepsi kurstan geçer bizim."

"Hiç kimsenin kursu bunun geçtiği kurs gibi olamaz!"

"..."

"..."

"..."

Emniyet Müdürü bir ara sözlerini kesti:

"Bütün anlattıklarınız beni tatmin etmedi desem..."

Mahallelinin içinden umutsuzluğun korkusu geçti bir an.

Eyvaah, Murtaza burada da haklı mı çıkacaktı yoksa? Çıkarsa yanmışlardı. Ondan sonra çekecekleri vardı.

Zinnur Amca mahalleli adına ellerine sarıldı Emniyet Müdürü'nün:

"Amman beyefendi, çok rica ederim..."

Müdür ellerini çekti:

"Bir dakika. Etmedi desem, haklı olduğunuz yanlar çok. Hiçbir bekçi kendini böylesine kanunun üstünde göremez, yetkisi yoktur. Ama öte yandan hırsız, yankesici, uğursuzlarla savaşması mahalleniz için... ne bileyim, devlet kuşu!"

"Bu devlet kuşunu bir parça da başka mahallelerin başına kondurun beyefendi!"

"Yalvarırız..."

"Gece yarısını bir dakika geçse, çat kapı..."

"Sorarız: Kim oo?"

"Soran kadınsa cevap vermeye tenezzül etmez!"

"Ya?"

"İlla evin reisini ister."

Emniyet Müdürü:

"Neyi neyi?"

"Evin reisini."

"Sonra?"

"Evin reisine bu saate kadar neden yatmadıklarını sorar. Fakir fukara erken yatabilir mi? Herkesin yarına yetişecek işi var, gücü var..."

"Rızk kapısı beyim."

"Bin bir ihtiyacımız var mesela..."

"Yatmadınız mı?"

"Kabil mi? Azarlar!"

Müdür burada durdu ve sertleşti:

"Yaaa!"

"Evet beyim."

"Gene dinlemeseniz?"

"Tokatlar!"

Emniyet Müdürü masasından kalkmış, şikâyetçilerin meraklı bakışları önünde odada dolaşmaya başlamıştı. Şayet adam tıpatıp böyleyse tadı yoktu, ama gerçek payı ne kadardı? Anlattıkları tıpatıp doğruysa herifin aklından zoru vardı ki, aklından zoru olan bir bekçiyi de kadroda tutamazdı.

Birdenbire kalabalığın önünde durdu:

"Peki," dedi. "Müracaatınız bende dursun. Gereğini yaparız!"

Mahalleli sevinçle çıktı.

Emniyet Müdürü o kadar iş arasında bir de bununla uğraşmamak için telefonu hemen açıp Komiser'i çağırtmayı düşündüyse de caydı. Hayır. Bir gece, semt karakoluna ansızın düşer, bu "vazifesinin aslanı"nı ininde bastırırdı.

Güldü elinde olmayarak. Anlatılanlar doğruysa... "Yukarda Allah, Ankara'da Devlet hem de Hükümet, burda da ben!" ya da "Dolaşır damarlarımda dayım Kolağası Hasan Bey'in mübarek kanı!"

Bir daha güldü. Bu sefer elinde olarak sesli sesli.

Kapı vuruldu. Murtaza'yı falan unutup ciddileşti:

"Evet?"

Kapı açıldı. Şehrin ünlü dokuma fabrikalarından birinin Fen Müdürü.

"Vay," dedi neşeyle, "vay vay vay..."

Kapıya gitti, elinden çekti:

"Nasılsın?"

Fen Müdürü, "Demir gibi," dedi. "Sen?"

"Ben de öyle."

Fabrika sahibinin yeğeni olan bu müteşebbis genci çok seviyordu. Müdür masasına geçti, Fen Müdürü de masa yanındaki maroken koltuğa kendini bıraktı. Kahveler söylendikten sonra Emniyet Müdürü:

"E, anlat bakalım. Yel mi attı, sel mi?"

Fen Müdürü'nün buraya gelişi laklaka için değildi. Fabrika, malum, bin ananın doğurduğu, bin çeşit insanın kaynaştığı bir yerdi. Bundan geçtim, fabrikanın kaim ve yüksek duvarının dışı bir felaketti. Kötüsü, birtakım asker kaçaklarının, işbaşı yapan işçilerle birlikte fabrikaya girip pamuk, çiğit ya da iplik, bez ambarlarına saklanmalarıydı ki, semtin bekçileri böyleleriyle zerrece ilgilenmiyorlardı. Emniyet Müdürü'nün haberi olsundu. Durumu açıklıyordu, sonunda sorumluluk kabul etmezdi.

Emniyet Müdürü'nün aklına birden az önce mahallelisinin şikâyet ettiği "vazifesinin aslanı" Murtaza geldi.

"Dur yahu," dedi. "Madem orada bekçi yetersiz, sana öyle bir bekçi vereyim ki, ne it kalsın ne kurt!"

Mahallelinin şikâyetlerini anlatmaya başladı.

Oldubitti şakaya bayılan genç Fen Müdürü dinlerken kahkahalarla gülüyordu. O da en çok, "Yukarda Allah, Ankara'da Devlet hem de Hükümet, burda da ben!" sözüne takılmıştı. Durup durup gülüyordu.

Bir ara, "Deli meli," dedi. "Böylelerini kullanmasını bilirsen..."

"Tabii tabii..."

"Demek bir gece ansızın..."

"Bastıracağım vazifesinin aslanını!"

Fen Müdürü bir an düşündü, sonra:

"Ne gün bastırmaya gideceksin haber ver, gelip arabamla alayım seni. Ha? Çok merak ettim şu herifi yahu!"

"Sana telefonla bildiririm, gelirsin, gideriz..."

"Tamam."

***

O gece Murtaza'nın bekçilik yaptığı semtin karakoluna aniden gittiler. Fen Müdürü bir kıyıya oturdu. Emniyet Müdürü, Komiser'den durumu sordu. Komiser gülerek her şeyi anlattı. Üstelik, namuslu fakir halktan pek çoğunun Murtaza'dan memnun olmakla birlikte, anacadde üzerindeki apartman sahiplerinin onu canları gibi sevdiklerini özellikle belirtti.

"Peki?" dedi Emniyet Müdürü. "Şikâyet de ne demek oluyor?"

Komiser şaşkınlıkla:

"Kim şikâyet etmiş? Böyle bir şikâyetten bendenizin haberi yok. Haberim olsaydı zatıâlinizi rahatsız ettirmezdim."

"Zararı yok. Sen şimdi hemen haber gönder, çağırt şunu bana, bir de ben kendisini dinleyeyim..."

Komiser, o sıra kim bilir ne için oraya gelmiş bir bekçiye, Bekçi Murtaza Efendi'yi acele bulup göndermesini söyledi. Bekçi, odada kelli felli birilerini görünce aklına hemen "Müfettişler" geldi. Mahallede günlerdir çalkalanıyordu Murtaza'yı mahallelinin şikâyeti. Tamamdı, demek sonunda mahalleli ağır basmış, müfettişler gelmişti. Murtaza'yı huzura çekeceklerdi.

İyi ama, nereden bulmalıydı şimdi onu?

Aklına semt kahvesi geldi, koştu.

Kahve gene yükünü almıştı. Murtaza'yı birkaç gün önce gidip "resmen" şikâyet edenlerin hemen hepsi oradaydı. Damdan düşercesine, "Müfettişler Murtaza'yı istiyorlar!" dedi.

İskambiller, tavlalar bırakıldı. Gözlerden gözlükler çıkarıldı. Büyük bir merakla bekçinin çevresi alındı:

"Yapma be!"

"Demek müfettişler?"

"Vay anasını... İşi amma da sıkı tutmuş Emniyet Müdürü ha!"

"Desene çırası yandı enayinin?"

"Bırak sarhoşu yıkılana kadar!"

"..."

"..."

Zinnur Amca büyük bir sevinç duymakla beraber, gene de ne olur ne olmaz gibilerden sevincini açığa vurmayı çıkarına uygun bulmuyordu. Kahpe dünyaydı şunun şurası. Herifi attırdık derken, namını başa sıçratıp evdeki bulgurdan olmak da vardı.

Bir kıyıda, gözlüğünün üstünden konuşmaları sinsi sinsi dinliyordu.

"Ee... suyun ısındı desene vazifesinin aslanı!"

"Isındı ki ısındı..."

"Bakın hele, müfettişler bizi de çağırırlar mı dersiniz?"

Zinnur Amca düğmesine basılmışçasına fırladı yerinden:

"Haaaah, meselenin püf noktası burada işte: Bizi de çağırırlarsa ya?"

"Çağırsınlar!"

"Emniyet Müdürü'ne söylediklerimizi müfettişlere de söyleriz."

"O kadar."

"Ok yaydan çıktı bir sefer."

"Ne o sübyancı... fena düşündün bakıyorum?"

"Bana göre hava hoş kart karı tavcısı."

"Arkadaşlar şakayı bırakın, müfettişlerin huzurunda hık mık yok ha!"

"Yok tabii, olur mu?"

"Belli olmaz. İçimizden kancıklayanlar bulunabilir."

"Kim? Benden mi bahsediyorsun?"

"Kim üstüne alınırsa ondan."

"Beni karıştırmayın, ben erkek adamım."

"Ben erkek adamım" sözü ortalığı karıştırdı: O erkekti de ötekiler? Ötekiler erkek değiller miydi? Erkek değillerse neydiler?

Az kalsın iş kavgaya dökülecekti ki, Zinnur Amca araya girdi. Mesele erkeklikte değildi. Kimin sapına kadar erkek olup olmadığını ancak karısı bilirdi. Onun için, bu konuyu bir kıyıya bırakmalıydılar. Bütün mesele Bekçi Murtaza'nın semtten defolup gitmesiydi.

Pekiştirmek için ekledi:

"Kimin erkek olduğunu karısı bilir, tamam mı?"

Kısık bir ses, "Bir de?" dedi.

Hep döndüler kısık sese:

"Evet, bir de?"

Kısık ses taşı gediğine koydu:

"Dul karılarla..."

"Evet?" dedi Zinnur Amca.

"Sâbi sübyan!"

Kahkahalar patladı.

Sonra kalkıldı, semt karakolunun yolu tutuldu.

Komiser, iki beyefendiyle karakol kapısında dikiliyordu. Birden, beyefendilerden birinin Emniyet Müdürü olduğunu anlamışlardı ki, Emniyet Müdürü de onları görüp tanıdı.

Fen Müdürü'ne, "İşte şikâyetçiler," dedi.

İçeri girerken Komiser'e döndü:

"Çağır, gelsinler."

Beş dakika sonra şikâyetçi mahalleli Emniyet Müdürü'nün huzurunda, Murtaza üzerine sorulanlara karşılık veriyorlardı. Çok geçmeden Murtaza da göründü: Göğüs dışarda, karın içerde, gözler ta karşı, değişmez bir noktadaydı. Burnu uzadıkça uzamış, burnunun etli kanatları titremeye başlamıştı.

Kaz adımlarıyla içeri girdi, sıkı bir hazır ol ve selamı çaktıktan sonra, "Ben," dedi, "Mürteza."

Bir şeyler de sezmemiş değildi. Neydi bu mahalleli? Niçin gelmişlerdi? Komiser'in odasında ne işleri vardı? Bununla birlikte, dönüp bakmamıştı hiçbirine; tenezzül etmemişti. Yukarda Allah, Ankara'da Devlet hem de Hükümet, burda da... burda da kendinden önce başkaları vardı şimdi. Komiseri vardı, şu beyler, beyefendiler... kim bilir, belki de takdirname vermek için gelmişlerdi.

Birden kafasında şimşek çaktı. Tuu... ne için düşünememişti bunu? Öyle ya, madem takdirname vermek için gelmişlerdi, elbette mahallelisinin önünde vereceklerdi ki, mahalleli anlasın ne adam olduğunu, büyüklerinin ona karşı nasıl bir sevgi gösterdiklerini görsünler, unutmasınlardı.

Aklı buna fena halde yattı. Yatınca da, dışardaki göğsü az daha çıktı, burnu biraz daha uzadı, gözlerinin dimdik, delici bakışı iyice sertleşti. Şu anda karşısında düşmanlar olsaydı herhalde sapır sapır titreşmeye başlarlar, belki de külotlarını kirletirlerdi.

Emniyet Müdürü daha önce mahallelinin şikâyetlerini dinlemeye başlamıştı. Murtaza'ya aldırmadan, ayakkabı tamircisine, "Devam et," dedi.

Tamirci kızardı, bozardı ama, ok yaydan çıkmıştı bir sefer. Tükürdüğünü yalayamazdı. Ya ateşe devam edecekti, ya da davayı kaybedecekler, ondan sonra da Murtaza'nın elinde oyuncak olacaklardı.

"Efendim, bu adam bekçiden çok, kendini bu mahallenin hâkimi sanır."

Emniyet Müdürü:

"Yani ne yapar?"

"Ne yapmaz ki beyim? Gece yarısından sonra penceremizde ışık görse çat kapı, neden bu saate kadar yatmayıp hâlâ oturduğumuzu sorar. Bizi yatmaya zorlar."

Murtaza işi anlamıştı. Anlamıştı ama, gene de lafa emirsiz karışıp, emirsiz patırtı edecek kurs görmemiş, büyüklerinden sıkı terbiye almamışlardan değildi. Onun için, göğüs dışarda, karın içerde, gözler ta karşıdaki değişmez bir noktadaydı.

Emniyet Müdürü kart karı tavcısına döndü:

"Öyle mi?"

Asıl onun içi yanıktı Murtaza'dan. Cenab-ı Allah, kul daha ana rahmindeyken alnına yazdığınca her kulun dünyada bir başka yoldan geçimini uygun görmüştü. Kimi fabrikatör, kimi zahire tüccarı, kimi memur, kimi eskici, kimi esnaf, kimi mal mülk sahibi, kimi de çaptan düşmüş, ama mallı mülklü dul kadınların sevgilerini kazanarak mal, mülklerinden, varsa hazır paralarını deve yapmaktan geçimini sağlardı. Şu, zaptu raptı yerinde, kendini sıkı bir er, belki de yetkili bir üst sayan bekçiyse, Hamdi Çavuş'u sık sık zengin dulların evine, artık arka bahçeden mi, ön kapıdan mı girerken yakalıyor, başlıyordu patırtıya. Ne demekti bu? Cenab-ı Allah'ın takdirine karşı gelmek değil miydi? Zengin ama çaptan düşmüş dul razı, Hamdi Çavuş razıydı. Ne oluyordu Bekçi Murtaza'ya?

Emniyet Müdürü'nün "Öyle mi?"sine, cân-ı gönülden yapıştırdı:

"Tamam beyim, öyle. Şerefsizim ki..."

Murtaza bıyık altından, sinirli sinirli güldü. Anlamıştı Hamdi Çavuş'un maksadını ama, bir amir karşısındaydı ve amiri ona herhangi bir şey sormaz, hiç olmazsa, "Ne dersin?" demezse konuşmazdı, konuşamazdı. Almış idi amirlerinden bu yolda sıkı terbiye.

Emniyet Müdürü, Lokantacı Kemal'e döndü:

"Ne dersin?"

Lokantacı Kemal, mescide yakın diye lokantasına içki izni verilmediği halde kaçak rakı içirtirdi. Murtaza ise bunu kollar, şıp yakalardı. O da bundan dolayı kızgındı Murtaza'ya, "Aynen beyim," dedi.

Sonra bir başkası:

"Tamam beyim."

Tornacı Halim Efendi'den sonra kahveci Giritli tek laf etmedi. Etmemesi gerekirdi. Murtaza'ya kendini yakın göstermişti. Hiç olmazsa öyle sanıyordu. Ses etmedi.

Sübyancı Zinnur Amca'ysa tam korktuğuna uğramıştı. Bir iki yutkundu. Şikâyet edecek olsa, Murtaza da huzurdaydı. Lafa karışır, "Hepsi hadi neyse amirim, bu Zinnur Amca ne için eder şikâyet bilir misiniz? Sübyancıdır. Küçük kızları tavlamaya kalkar çikolata, kâğıtlı şekerle!"

O zaman? O zaman ne olurdu? "Müfettişler"in önünde ağır basar, vazifesinde, yani mahallesinde kalırsa kan kusturmaz mıydı? Hepsinden kötüsü mahallenin cıvıl cıvıl, bıcır bıcır, ufacık ufacık kızlarının semtine uğratır mıydı?

O da başını önüne eğmekle yetindi.

Emniyet Müdürü durumu kavramıştı. Evet, bu bekçi kendisine verilen sınırı çok aşıyordu. Bunu buradan alıp aziz dostu Fen Müdürü'nün mahallesine vermeli, oranın bekçisini de buraya almalıydı.

Gene de sordu:

"Evet Murtaza Efendi. Ne dersin mahallelinin şikâyetlerine?"

Murtaza esas duruşunu bozmamakla birlikte yerinde, daha doğrusu kırk beş numara postallarının üzerinde sağa sola sallandı, sonra çakı gibi toparlanarak, "Yok bir diyeceğim," dedi. "Söylerler doğru!"

Emniyet Müdürü ise Murtaza'nın yaygarayı basacağını, hiç olmazsa mahallesinin zenginlerini lehinde tanık göstereceğini sanıyordu.

"Yaa... demek doğru söylüyorlar?"

"Doğru amirim."

"Peki ne karışıyorsun mesela istedikleri saatte yatıp kalkmalarına?"

Murtaza sertçe, "Yaparım vazifemi," dedi.

"İyi ama, herkesin şu ya da bu saatte yatıp kalkması senin vazifen değil ki. Senin vazifen, sana verilmiş bölge dahilinde geceleri dolaşmak, mahalleye göz kulak olmak. Sense..."

Murtaza hindi gibi kabardı:

"Ben gördüm kurs, aldım çok sıkı terbiye, hem da disiplin amirlerimden."

"Amirlerin sana kursta, vatandaşı kendinden şikâyet ettirecek kadar rahatsız et mi dediler?"

Murtaza yutkundu. Tanıklara gözucuyla, ama nefretle baktı. Sonra Emniyet Müdürü'ne döndü:

"Bu vatandaşlar amirim, bilmezler öz çıkarlarını."

"Allah Allaaah..."

"Evet. Erken yatmayan bir vatandaş, kalkamaz erken. Kalkar ise alamamış olur uykusunu! Ne zaman bir vatandaş alamaz uykusunu tam, zayıflar gözleri. Bakamaz düşmanlarına çelik yıldırım, hem da olamaz hiçbir zaman nümûne-i imtisâl!"

Fen Müdürü hayretler içindeydi.

Emniyet Müdürü, "Yaa!" dedi.

"Helbet. Bakamayan düşmana çelik yıldırım, değildir layık vatandaşlığa. Haçan her Türk bakmalıdır düşmanlara çelik yıldırım, kurşun bilek, taş yürek. Ve vazife bir sırasında sakınmamalıdır gözünü budaktan, dememelidir evladım, ciğerparem. Demedim hiçbir zaman, vazife bir sırasında evladım, ciğerparem. Neden? Çünkü var idi bir dayım Hasan Bey, kolağası, dolaşır idi damarlarında halis kan, Türk kanı. Döktü bu kanı Balkan Harbi'nde kutsal vatan topraklarına, demedi, ne bana vatandan. İsterim bütün vatandaşlarım olsun Kolağası Hasan Bey gibi. Sakınmasınlar gözlerini budaktan, hem da akıtsınlar kanlarını kutsal vatan toprakları için."

Emniyet Müdürü de Fen Müdürü de hayretler içindeydiler. Adamın heyecanı, candan konuşuşu her ne kadar gülünçse de, gene de kendilerini tutmazlık edemediler.

Fen Müdürü'nün aklından Don Kişot geçmişti.

Emniyet Müdürü merak İçindeydi.

"Bütün bunlar bir mahalle bekçisinin vazifesi mi?"

Murtaza hayretler içinde sordu:

"Ya kimin vazifesi amirim?"

Emniyet Müdürü duymazlıktan geldi. Adamın aklından zoru yok denemezdi. Komisere bir işaret, başta Murtaza, şikâyetçileri falan çıkardı. Emniyet Müdürü ile Fen Müdürü yalnız kalmışlardı. Fen Müdürü makaraları koyverdi, uzun uzun güldükten sonra tıpkı Murtaza gibi, "Ya kimin vazifesi amirim?" dedi.

Emniyet Müdürü karakolun harap döşeme tahtaları üzerinde köşeden köşeye gidip geliyordu. Ne yapmalıydı bu zırrıkı[*] adamı? Fen Müdürü'nün mahallesine vermekle de olmazdı. Bir bekçi kendinde böylesine büyük bir yetki görmemeliydi. Bekçi bekçiydi, devlet başkanı değil.

Fen Müdürü tam zamanında sordu:

"Ne yapmak niyetindesin bu adamı?"

Emniyet Müdürü içini çekti:

"Ben de onu düşünüyorum."

"Deli bu be... ha?"

"Belki tam deli değil. Şu hani bir şövalye vardı.. İspanyol..."

"Evet, Don Kişot..."

"Don Kişot'a benziyor. Mahalleli şikâyette haklı. Buradan alıp senin mahalleye vermeyi düşünmüştüm, ama olmaz."

"Niçin?"

"Herif bekçi değil, Türkiye Cumhuriyeti'ni toptan disipline sokmaya memur biri nerdeyse, bir dıktatör. Sana ne mahallelinin erken ya da geç yatmasından?"

Fen Müdürü:

"Dur," dedi, "dur..."

"Hayrola?"

"Aklıma bir şey geldi."

"Ne?"

"Bu adamı bana ver."

"Ne yapacaksın?"

Fen Müdürü kafasında iyice toparladıktan sonra:

"Benim fabrikanın gece kontrolörü yaparım. Fabrika içlerini dolaşır benim eski kontrolör Nuh'la birlikte..."

Emniyet Müdürü şöyle bir düşündü, fena olmazdı galiba. Komiser'e gereken talimatı verir, tereyağından kıl çeker gibi, şişi ya da kebabı yakmadan...

"Oldu," dedi.

---

* Delidolu, tatlı kaçık.

Komiser kapı yanında konuşulanları dinliyor, gülümsüyordu. Emniyet Müdürü:

"Gururunu okşayıp istifayı bastırırsın. Oldu mu?"

"Emredersiniz beyefendi..."

***

Ertesi gün Komiser masasında sıkıntıdan patlıyormuşçasına otururken Murtaza her günkü gibi odaya girdi, esas vaziyete geçti, amirini selamladı. İyi ama ne vardı? Amirinin neden canı sıkkındı bugün her günden farklı olarak?

Tam soracaktı, Komiser, masasından hep o sıkıntılı haliyle kalktı, odanın içinde dolaşmaya başladı. Kendi kendine söyleniyor, ölçüp biçiyordu. Bir ara ellerini pantolon ceplerine sokarak pencereye gitti, sokağı seyretti, sonra sertçe dönüp masasına geldi:

"Olmaz," dedi, "imkânı yok!"

Murtaza şaşkınlıkla bakıyordu amirine. Herhalde bir sıkıntısı olmalıydı. Neydi acaba?

"Pöh. Sağ kolum benim yahu, nasıl veririm?"

"..."

"Yıllar yılı yetişmiş, kurs görmüş, disiplini sıkı bir elemanımı elimden nasıl kaptırırım?"

"..."

"O olmazsa ortada ne disiplin kalır ne zaptu rapt!"

Murtaza bir şeyler sezerek usulcacık sordu:

"Nedir sıkıntınız amirim?"

Komiser sertçe baktı Murtaza'ya:

"Şerefsizim istifa ederim!"

"Ne için be kumserim?"

"Sen benim elim ayağımsın yahu. Fabrikasına adam lazımsa memlekette adama kıran girmedi ya? Bana ne fabrikadan, fabrika Fen Müdürü'nden?"

"Hangi Fen Müdürü?"

"Akşamki. Açıkçası seni istiyor benden arkadaş."

Murtaza bir adım geriledi:

"Benii?"

"Evet seni!"

"İster fabrikaya?"

"Evet."

"Ne yaparım ben fabrikada?"

Komiser gene ellerini pantolon ceplerine soktu, odayı adımlamaya başladı. Bir yandan da anlatıyordu:

"Mesele şu: Bir zamanlar genelevlerin asayişi bozulmuş da akıllarına nasıl sen gelmişsen, şimdi de bizim müdür bey, Allah selamet versin, disiplini bozulan fabrikaya seni vermek istiyor senin anlayacağın ama, hayır. Vermem. Ben senin gibi iyi yetişmiş, sıkı elemanı nereden bulurum bir daha?"

Murtaza'nın gururu iyice okşanmış, tam havasını bulmuştu. Keyfinin tamam olması için sordu:

"Hangi müdür?"

"Dün akşam seni sorguya çekti ya?"

"Ne müdürü idi?"

"Tanımıyor musun?"

"Nereden tanıyayım be amirim?"

"Bizim müdür bey, Emniyet Müdürümüz..."

Murtaza telaşlandı:

"Yapma be Kumserim? Sahi mi söylersin? Demek müdür bey idi?"

"Evet. Ta kendisi."

Çırpınmaya başladı:

"Tuh be Kumserim, yazıklar olsun bana be kumserim."

"Niçin?"

"Nasıl bilemedim müdürümüz olduğunu? Geleyimdi kurşunlara!"

"Allah göstermesin. Öteki de, şurada oturan yani... O da disiplini bozulan fabrikanın Fen Müdürü."

Murtaza'nın ağzı açık kaldı:

"Yaa!"

"Evet."

"Demek bozulmuş disiplini fabrikasının?"

"Hem da fena hâlde..."

"Peki, bulamamış mı sokacak disipline kurs görmüş bir meymur?"

"Ne sanıyorsun Murtaza Efendi, kurs görmüş, vazifesinin aslanı eleman bulmak kolay mı? İnsan koskoca fabrikanın Fen Müdürü olabilir ama, fabrikasını da disipline sokamaz, kolay değil."

Murtaza'nın kocaman burnunun etli kanatları hazla titremeye başlamıştı:

"Doğru," dedi, "çok doğru..."

Ve birden şahlandı:

"Dolaşamaz herkesin damarlarında dayım Hasan Bey'in mübarek kanı!"

"Ona şüphe yok."

"Balkan Harbi'nde çekmiş kılıcını, atlamış düşmanların üstüne. Demiş kumandanları yapma Hasan, etme Hasan. Lakin Hasan Dayım bu... ben de çekmişim ona. Ne zaman gittim bekayadan askere. Yağğardı yağmur, çakardı şimşek, pa pa pa..."

İçeriye biri girdi, Murtaza kesti. Adam elindeki kâğıdı komisere imzalatıp çıktıktan sonra komiser kim bilir kaç sefer dinlediği şeyleri yeni baştan dinlememek için, "Bir bardak su al bana şurdan," dedi.

Murtaza illaki anlatmak istiyordu. İkinci Dünya Harbi sıralarındaki bekaya askerliğini. Ama olmadı. Bardağı aldı, yıkadı güzelce, sonra sürahiden doldurup getirdi. Komiser ağır ağır içti suyu, boş bardağı uzattı.

Murtaza, "Afiyet şeker olsun," diye bardağı aldı. Yerine götürüp komiserin yanına döndü. Bu arada bekaya askerliğindeki anılarını unutmuştu.

Birden disiplini bozulan fabrikayı hatırladı:

"Demek bozulmuş disiplini fabrikanın?"

"Bozulmuş. Ne yapalım?"

"Neyi?"

"Fabrikayı disipline sokmak lazım. Bunun için de..."

"İsterler demek beni?"

"Öyle. Öyle ama..."

Murtaza coştu:

"Ne aması kumserim? Var mı aması?"

"N'olacak ya?"

"Madem amirimiz olmuş razı vermeye beni..."

"Evet?"

"Uyacaksın sözüne amirinin."

"Seni feda edeceğim ha?"

"Var mı başka çare? Dayım Hasan Bey aldığı emirle atladı düşmanın içine, kırpmadı gözünü. Neden? Çünkü doğurmuş idi anası o günler için onu. Beni de doğurdu bugünler için. Madem amirimiz, büyükümüz varmış bu karara, demiş kendi kendine hiç kimse düzeltemez disiplinini fabrikanın Murtaza'dan başka, uyacağız."

Komiser'i gözden geçirdi, heyecanı arttı:

"Ne zaman gittik Trakya'ya bekayadan görmeli idin beni kumserim... Geçer idik İstanbul'daki Galata Köprüsü'nden altmış bekaya. Çağarır idik "Ey Gaziler"i. Ağlar idi kocakarılar güzergâhımızda, yas tutar idi gelinler..."

"Malum hikâye Murtaza, biliyorum. Aşkolsun..."

"Ben şimdi hiç sakınmam gözümü budaktan bilem."

"Bilmiyor muyum?"

"Desin herhangi bir amirim, olacak bu böyle Murtaza Efendi, demem hayır. Desin at kendini denize hem da uçurumlara, kırpmam gözümü."

"İşte ben de onun için seni vermek istemiyorum ya!"

"Vereceksin. Madem etmiş öyle tensip,* yerine gelmelidir amirimizin emri!"

"Doğru, doğru ama..."

"Yok aması maması kumserim!"

"Var. Seni vermek istemiyorum!"

Murtaza kızdı:

"Nasıl istemezsin? Müdürün ister de sen nasıl istemezsin be arslan yavrusu arslan? Demek gelmeye yeltenirsin amirine karşı?"

"Hâşâ, hâşâ ama... bütün mesele senin gibi bir elemandan ayrılmak..."

Dikleşti:

"Ayrılacaksın! Vazife bir sırasında görmeyecek gözün evladını. Demeyeceksin ciğerparem. Görmedin kurs? Almadın sıkı terbiye büyüklerinden?"

"Aldım, aldım ama..."

"Madem aldın, demeyeceksin ayrılamam Mürteza'dan."

Uzun çekişmelerden sonra Murtaza, komiseri zorla razı etti. Komiser de karakolun eski daktilo makinesinde Murtaza'nın ağzından istifa dilekçesini yazdı.

"Ne yapalım? Kısmet bu kadarmış. At şuraya imzanı."

***

Kocaman burnunun etli kanatları yolda hazla titredi. Nasıl titremesin ki, bugüne bugün "Hem Emniyet Müdürü, hem de Komiserinin vermek istemedikleri bir ast"tı. Her zaman böyle oluyordu. Genelevlerin disiplini bozulduğu zaman da... Çağırmıştı o zamanki komiseri, gözleri dola dola, içi parçalana parçalana, sesi titreye titreye açmıştı meseleyi. Açmıştı ama, Murtaza hemen anlamıştı komiserinin Murtaza'dan ayrılmak zorunda kalışına üzüldüğünü. Ona da, bu şimdiki komiser gibi, "Hiç üzülme Komiserim," demişti. "Madem bozulmuş disiplini ge-

---

* Uygun görmek.

nelevlerin, lazım vermek disiplini sıkı bir memur. Ama sıradan memur sokamaz disipline genelevleri. Lazım kurs görmüş, almış sıkı terbiye olmalı. Hem de dolaşmalı damarlarında kanı Hasan Bey dayısının."

Birden biri çarptı geçerken. Murtaza, "Oha, hayvan!" demeye kalmadan, iriyarı adam, "Çüüş!" dedi.

Sertçe baktı adama: Kalantor biriydi ama boynunda kravatı yoktu. Şıp durdu, dikildi karşısına:

"Abe kime dersin çüş?"

Adam kabzımal kâtibiydi. Hal'e gidiyordu. Anadolu'nun çeşitli yerlerinden gönderilmiş sebzelerin gelip gelmediğini öğrenmek için.

Onun da tepesi attı:

"Sana!"

Murtaza sinirli sinirli güldü:

"Banaa?"

"Sana tabii!"

Adama az daha yan yan sokuldu:

"Tanırsın beni, yoksa tanımaz sanarsın haminnen?"

Adam gülmek mi, gülmeyip zort zortunu sürdürmek mi gerektiğini kestirememişti:

"Ne diyorsun sen be?"

"Anlamazsın demek istediğimi?"

"Niye çarptın? Kör müsün? Yolda doğru dürüst yürümesini bile beceremiyorsun be!"

Adamın ceket yakalarını desteledi:

"Şimdi," dedi, "atarsam bir yumruk, anlarsın karşındakinin kimliğini. Hayvan, hayvanoğlu hayvan hem da. Var karşında senin Kolağası Hasan Bey'in yeğeni. Bilirsin kim Hasan Bey? Okudun tarih? Okumadın? Bilmezsin bu kutsal topraklar için kanını akıtan Hasan Bey'in kimliğini? Bilmezsin, konuşursun haminnem gibi."

Adamın ağzı açık kalmıştı. O anda iş miş, Anadolu'nun çeşitli bölgelerinden meyve ve sebzelerin gelip gelmediği umurunda bile değildi. İş dışında alabildiğine şakacı olan kâtip, dili bozuk bu bekçiye "ukala" damgasını vuruvermiş, işletmek hevesine düşmüştü.

Alt tarafı bir mahalle bekçisiydi be!

Bozmadı:

"Tarih okuyamadık hemşerim," dedi. "Demek Hasan Bey adında bir kahramanın yeğenisin?"

Murtaza havasını bulmuştu:

"Hem da damarlarında Hasan Bey'in mübarek kanını taşıyan, hayatını onun kahramanlığı uğruna fedadan çekinmeyecek bir arslan oğlu arslanım!"

"Yaşaa!"

"Ama tanımazsın bu Mürteza'yı hiç. Benzer imiş Hasan Bey bana, tıpkı. Ne zaman almışlar askere, terlememiş bıyıkları. Sonra bilirsin nasıl şehit olduğunu?"

Kâtip sanki sihrine kapılmıştı Murtaza'nın:

"Nereden bileyim be hemşerim? Hayvanlar koklaşa koklaşa, insanlar konuşa konuşa. Var mısın şu kahvede birer çay içelim, hem de konuşup sohbet edelim?"

Murtaza'nın acelesi yoktu. Pek pek eve gidecek, hiçbir zaman Murtaza'ya layık bir kadın olmayan karısına durumu anlatacaktı. Anlatırdı, yoktu acelesi. Bunca zaman anlatmıştı da ne olmuştu? Oysa "cahil vatandaşları" uyarması, onlara mertlik hem de civanmertlik aşılaması gerekirdi her şeyden önce. Bu da "Hasan Bey"in mertliklerini vatandaşlara uzun uzun anlatmakla olurdu.

"Varım," dedi. "İçelim çay, kahve, hem da konuşalım."

Ve politika yaptı:

"Sevdim seni vatandaş!"

Yan yana yürüdüler. Murtaza'da göğüs dışarı, karın içeri, gözler ta karşı, değişmez bir noktadaydı. Adımlarını ise kalçadan, sert sert atıyordu. Bir ara adamın sallapati yürümesine dikkat ederek, "Türk oğlu Türkler koyuvermezler kendilerini," dedi. "Haçan sokakta gider iken görünce bir düşman, tanıyacak adım atışından Türk oğlu Türk olduğunu. Niçin? Çünkü değildir herhangi bir Türk sallapati!"

Durakladı, ellerini arkasına koydu:

"Anlarsın ne hisli sözler söylerim?"

Kâtibin aklına şakacı arkadaşları geldi. Akşamları kahve ya da meyhanelerde toplaşıp vara yoğa güler, önlerine gelenlerle dalga geçip alaya alırlardı. Ah şimdi onlar olsaydı, olsaydılar da şu dangalak bekçiyi gırgıra alsalardı.

"Anlamaz olur muyum?"

"Yetişmez anlamak. Lazım olmak nümûne-i imtisâl, hem da civanmert! Neden? Çünkü lazımdır olmak civanmert hem da arslan yürekli. Şimdi bana herhangi bir düşman baksa, kaçırır gözlerini gözlerimden. Ne için? Çünkü bakarım gözlerinin içine çelik yıldırım."

İçini çekti:

"Aaah ah ne dersler gördük, aldık amirlerimizden ne sıkı disiplinler bu yolda."

"?.."

"Hiçbir bekçi olamaz benim gibi."

"?.."

"Ne zaman herhangi bir yerde bozulur disiplin, gelirim aklına amirlerimin hemen!"

"?.."

"Derler amman Mürteza Efendi, bozuldu gene disiplinler, yoktur senden başka sokacak disipline, git, sok, gel. Giderim, sokar gelirim. Onun için benzemem başka bekçilere zinhar."*

Kabzımal kâtibi gırgıra alacak yeni av bulmanın heyecanı içinde ille de arkadaşlarını düşünüyordu. Bilek saatine baktı, daire ya da çeşitli işyerlerinde çalışan arkadaşlarının akşam paydo-

---

* Kesinlikle.

suna çeyrek saat vardı. Anadolu'nun çeşitli bölgelerinden yıllar yılı gelip, patronunun depolarına giren, sonra da en az yüzde elli kârla satılan turfandalar, bugün de girmiş olacaktı depolara. İstasyondan kurtarmış, arabalara yükletmişti. Arabalarınsa patronun depolarından başka yerlere yön değiştirmesine sebep yoktu. Yıllardır olmamıştı da, bugün mü olacaktı?

"Adınızı bağışlar mısınız?" dedi.

Murtaza şıp duruverdi:

"Adımı mı? Benim adımı ha?"

"Evet."

"Bilmezsin?"

"Maalesef hayır."

Kızdı:

"Abe nasıl bilmezsin Mürteza'yı? Kolağası Hasan Bey'in yeğeni Mürteza'yı bilir herkes."

"?.."

"Amma da cahilmişsin!"

Vay anasını, herif tam da piyadeydi akıldan be!

Bozmadı:

"Haklısınız. Çünkü Murtaza yeryüzünde bir tane. Halbuki ben, bana benzeyenler ohooo..."

Bir de şaka patlattı:

"Bizim gibileri bitpazarında düzineyle satıyorlar. Bakma bize sen. Bizler seninle bir olabilir miyiz hiç?"

Murtaza'nın gözleri sevinçle parladı:

"Çoook doğru söylersin arslan vatandaş! Nedeen? Çünkü bunu amirlerim bile teslim etmişlerdir. Herkes olamaz bir Mürteza! Sor bana ne için?"

Kabzımal kâtibi sordu:

"Niçin?"

"Çünkü yoktur herkesin damarında Kolağası Hasan Bey'in mübarek kanı!"

Kabzımal kâtibi makaraları koyvermemek için zor tutuyordu

kendini. Koyuverse de gülmeye başlasa, zırrıkının kızacağını, belki de yanından hırsla savuşacağını biliyor, "Ekmeklik"i* kaçırmak istemiyordu.

"Ben şuradan bizim patrona bir telefonla durumu bildireyim. Sonra çeker gideriz kahveye. Oldu mu?"

"Elbeet," dedi Murtaza.

"Beni beş dakika bekle..."

"Beklerim sabaha kadar bilem, çekme kaygu!"

Kabzımal kâtibi, yakında telefon olduğu hâlde, bekçinin ardından gelip dinleyebileceğini düşündüğünden, bir sokak ötedeki postaneye gitti. Paydosa on dakika kalmıştı. Arkadaşlarının hepsini telefonla arayamazdı. Özel şirketlerden birinde çalışan elebaşıyı aradı, buldu:

"Aloo... sen misin Kalas?"

Asıl adı Hasan olan, arkadaşları arasında "Arap Hasan," çokluk da "Marmara Hasan" diye anılan Kalas, "Ben Kalas sözüne kızmam," dedi. "Ne haber?"

"Haberler bildiğin gibi değil..."

"Ne bakımdan?"

"Kasıklarımız çatlayacak gülmekten!"

"Demee..."

"Bir bekçi düşürdüm, şerefsizim sinema!"

"Nerden nereye... ulan bekçiyle ne alakan var?"

"Uzundur, boş ver de yedilere, kırklara telefon salla. En geç yirmi dakika sonra Hasırcı'nın orda buluşalım. Oldu mu?"

"Hem de zımba gibi."

Telefonu kapatıp Murtaza'nın yanına koştu.

"Fazla bekletmedim değil mi?"

Murtaza gene kızdı:

"Abe ne bekletmesi? Dememiş mi idim beklerim sabaha kadar deyi?"

---

* Enayi, kolay yutulur.

"Yaşa. Haydi gidip kahvelerimizi içelim şimdi..."

"Var bir şartım," dedi Murtaza.

"Nedir?"

"Kaveler benden."

Bir çekişmedir başladı:

"Ne münasebet? Kahveye davet eden benim!"

"Olmaz. İçemem hiç kimsenin kavesini!"

"Neden?"

"Alışmamışım rüşvete..."

"Rüşvete mi? Ne rüşveti? Bir kahve alt tarafı..."

"Doğru, lakin görse idin kurs, alsa idin amirlerinden bu yolda sıkı terbiye hem da disiplin, bilir idin bir kahvenin bile sırasında olduğunu rüşvet."

Koluna girip laubalice çekmek istedi:

"Canım ne sayarsan say işte, yürü hele..."

Murtaza sertçe durdu. Kaşları öfkeyle çatılmıştı:

"Sevmem bu yolda laubalilik!"

"Peki ne olacak?"

"Vereceğim kave paralarını ben!"

"İyi ya. Madem öyle istiyorsun, yürü..."

Yürümedi. Üstlerinden başkasının komutuyla hiçbir iş yapmadığı gibi, adımını da atmazdı.

"Dur," dedi.

Kabzımal kâtibi şaşkınlıkla durdu. Hatta aklına, "Demin telefonda konuştuklarımı usullacık dinlemiş olmasın?" sorusu geldi. Gene de durdu.

Murtaza, "Ettim takdir seni," dedi, "ve gördüm civanmert!"

"Teşekkür ederim."

"Hayır etme bana teşekkür. Nedeen? Çünkü etmek için amirine arz-i tâzimat, beklettin Mürteza'yı bile!"

Kabzımal kâtibi hatasını anlamıştı:

"Çok affedersin," dedi.

"Hayır vatandaş, dilemeyeceksin hiç kimseden af! Neden?

Çünkü yüksektir bir vazife herhangi bir aftan! Vazife bir sırasında görmeyecek gözün evladını bile. Demeyeceksin evladım, ciğerparem! Haçan ben askerde..."

Kabzımal kâtibi bütün bunları arkadaşlarıyla birlikte dinlemek istiyordu.

"Kahveye gidelim, seni bol bol dinleyeceğim Murtaza Bey. Yürü!"

Kolundan çekmek istedi. Murtaza eline sertçe vurdu:

"Çek elini! Sevmem laubali ahvaller vazife bir sırasında!"

Kâtip şaşkınlıkla çevresine bakındı:

"Ne vazifesi?"

"Herhangi bir vatandaşın yoktur, olamaz vazife dışında zamanı!"

"Anlamadım?"

"Yok anlamadım! Anlayacaksın? Herhangi bir vatandaş doğar anasından vazife için, ölür vazife uğruna!"

"?.."

"Kavede, yemek yerken, sokakta, yapar iken hâşâ huzurdan çişini apteshanede. Her yerde, her zaman vazife. Kapıp koyuvermeyeceksin kendini. Demeyeceksin geçeyim dalga. Her an vazife bir sırasında sayacaksın kendini. Kulakların bekleyecek seferberlik davullarını. Ne zaman duyacaksın başlar çalmaya davullar, coşacaksın, geleceksin cûş-ü hurûşa,* sığmayacaksın sen sana!"

Derin bir iç geçirdikten sonra:

"Ne zaman aldılar bizi askere bekayadan, getirdiler İstanbul'a, coştu kanım geldim cûş-ü hurûşa. Dedim içimden ben bana: Öleyim isterse ne zarar?"

Ceketinin kolunu sıvadı, kalın, kıllı kolunu çıkardı:

"Tuut!"

Kâtip çekindi.

Murtaza gürledi:

---

* Taşıp coşma.

"Tut be yahu!"

Tuttu.

"Nasıl bulursun?"

"Çelik," dedi kâtip.

"Helbet çelik! Neden? Çünkü dolaşır damarlarında o bilekin, kanı şehit Kolağası Hasan Bey'in."

Ve emretti:

"Haaydi şimdi gidelim içmeye kavelerimizi!"

Göğüs dışarda, karın içerde, gözler karşıdaki değişmez bir noktada, etli kanatlarıyla uzun burun dimdik, kalçadan çıkan kaz adımlarıyla, yoldan gelip geçenlerin alayla gülmelerine zerrece önem vermeden rap rap rap yürüyordu.

Birkaç yüz metre ötedeki kahveye girdikleri zaman kahve halkını altıkollu iskambil, pişpirik, altmış altı, tavla, dominoya dalmış buldular.

Murtaza, "Selam!" diye bağırdı.

Millet oyuna öyle dalmıştı ki, kimse aldırış etmedi.

Tepesi attı:

"Abe derim selam! Ne için bakmazsınız?"

Kalabalıktan çok azı farkına vardı Murtaza'nın.

Kanı alev almışçasına coştu birden:

"Eeey muhterem vatandaşlar," diye başladı. "Bırakın tavla, domino, hem da iskambilleri! Kulak verin bu Mürteza'ya, var söyleyecek çok hisli sözleri!"

Kahve halkı bu, "Eeey muhterem vatandaşlar..."la başlayan sesi duymuş, oy avcılığına çıkmış bir aday sanarak, "Tıraşa karnımız tok!" gibilerden önemsememiş, boş vermişlerdi. Nasıl boş vermesinler ki, yıllar yılı seçimler olur, irili kalınlı, inceli uzunlu adaylar "ceğiz, cağız"larla dolu nutuklar çekip oylarını alır, sonra da unuturlardı oylarını avladıkları vatandaşlarını.

Murtaza bu ilgisizlik karşısında, "Yazık," dedi. "Çook yazık hem da. Kurs görmüş, amirlerinden sıkı terbiye almış bir memuru dinlemek, sözlerinden faydalanmak istemezsiniz demek?"

Kızdı:

"Hepinizi, hepinizi lazım geçirmek kurstan!"

Ancak bunun üzerine oyunlar bırakılıp Murtaza'ya dönüldü. Ne diyordu bu bozuk şiveli adam?

"Tavla, domino, iskambil bulunur, lakin bulunmaz Mürteza!"

"Of," dedi biri.

"Of ki of..."

"İyi ama, kim bu Hint kumaşı?"

Emekli bir maliyeci, "Alt tarafı bir bekçi," dedi.

"Alt tarafı bir bekçi" sözü, o anda kahve halkının kafasından geçtiği için hemen paylaşılıverdi.

Elektrikçi Nuri, "Ne diyorsun hemşerim?" diye sordu.

Murtaza elleri arkasında, iri burnunun etli kanatları tir tir titriyor, öfkesini kusacak vesile arıyordu:

"Kalk ayağa!" diye bağırdı.

Tuhaftır, şurda burda büyük adam takmazlığıyla övünen, çevresinde böyle bilinen Elektrikçi Nuri, kuzu gibi kalktı ayağa. Kalktı ama, damarlarında Kolağası Hasan Bey'in mübarek kanı dolaşan, sıkı disiplinli Murtaza'ya yetmedi bu.

Yeniden gürledi:

"Al esas vaziyetini!"

Adam büyülenmişçesine, esas duruş aldı.

"Say künyeni!"

Yalnız elektrikçi değil, kahve halkı da büyülenmişti. Şivesi bozuktu ama, belli olmazdı, adam bekçi elbisesi giymiş, aslında yüksek bir amirdi de, mahsustan böyle davranıyordu. Kim bilir? Maliye, tapu, nüfustan emekli kravatlılardan başka esnaf takımıysa Murtaza'nın etkisi altına çoktaaan girmişlerdi. Şivesinin bozukluğu, devlet ya da hükümetin yüksek bir memuru olmaması için neden değildi.

"Abe say derim künyeni!"

Elektrikçi, askerdeki künyesini bir çırpıda sayıverdi.

Murtaza pek beğenmişti:

"Rahat!" dedi.

Elektrikçi Nuri "Rahat"a geçti.

"Haydi şimdi yerine otur. Dinle cankulağıyla söyleyeceğim hisli sözleri..."

Başta Elektrikçi Nuri, maliye, nüfus, tapudan emeklilerle bakkal, manav şu bu dehşetli bir meraka kapılmışlardı. Eski devirlerde padişahlar tebdil gezerlermiş. Cumhuriyet devrinde de devlet, daha çok da hükümet başkanlarının halk arasında tebdil dolaştıklarını şurdan burdan işitmişler ya da işittiklerini sanmışlardı. Yalnız kahve halkı değil, kahveye Murtaza ile birlikte gelen sebze komisyoncusu kâtibinin içinde de bu şüphe belirmişti. Adam bekçi kılığına girmiş bir devlet görevlisi olmasındı? Neden olmasın? Pekâlâ da olabilirdi. Madem böyle bir ihtimal belirmişti, o hâlde herife karşı tavrını değiştirmeli, az sonra gelecek kırdı kaçtı arkadaşlarına da durumu fısıldamalıydı.

Murtaza, arkasında kavuşuk elleriyle masaların arasında gidip geliyor, hiç kimseye bakmadan söyleniyordu:

"Vatan, millet, memleket sizden bekler hizmet! Burada, cigara dumanları içinde oynayacağınıza kiğat, tavla; görmelisiniz kurs, yapmalısınız talim."

Durdu, kahve halkını önemle gözden geçirdi.

"Kurmalısınız mahalle spor mükellefleri kulüplerini, getirmelisiniz mükelleflerin başına damarlarında ecdadının kanları dolaşan, kurs görmüş, hem da almış amirlerinden sıkı terbiye meymurlar, yapmalısınız talim."

Alamancı Nuri heyacanla, "Bravo!" diye bağırdı.

Bu, Murtaza'yı büsbütün coşturmaya yetti:

"Bakarım kocca kavede yalnız bir kişinin kaynadı damarlarında kan? Yazık, çook yazık hem da! Haçan lazım kaynatmak hepinizin kanlarını fokur fokur."

Sol elinin tersine hafifçe öksürerek gırtlağını temizledikten sonra, "Vatan," dedi, "millet, memleket! Bilirsiniz nedir vatan, millet, memleket? Bilmezsiniz. Bakarsınız suratıma şapşal şapşal. Bir vatan, bir millet ve bir memleket değildir peynir ekmek. Bir vatan, bir millet, bir memleket; bir vatan, bir millet ve bir memlekettir. Lazım akıtmak topraklarına vatanın, mübarek kanlarımızı. Ama bu kan olacak kaynamış bir kan. Tıpkı Kolağası Hasan Bey'in kanı."

Önemle sordu:

"Kimdir Kolağası Hasan Bey bakayım?"

Kahve halkı kendisini Murtaza'ya öylesine kaptırmıştı ki, ne denmesi gerektiğini şaşırmış, sanki sorulan soru, "Kimdir Atatürk"müşçesine bakışılıyor, Atatürk'ün kimliğini unutmanın ayıbına yuvarlanılıyordu.

"Evet, kimdi Kolağası Hasan Bey?"

Murtaza oracıktaki kel kafalı boyacıya sordu:

"Abe söyle bakayım: Kimdir Hasan Bey?"

Kel Boyacı, ellilik biri, attı:

"Hasan Bey... Hasan Bey kumandandır komutanım!"

"Komutanım" sözü, Murtaza'nın gururunu okşamıştı.

"Kalk ayağa!" diye yapma bir öfkeyle bağırdı. "Hiçbir ast, hiçbir üstün sorusunu cevaplamaz oturarak."

Kel Boyacı ayağa kalktı. Murtaza:

"Al esas vaziyetini."

Yıllarca önceki çeşitli askerliklerinden kalma bir alışkanlıkla Kel Boyacı sıkı bir esas duruş aldı.

"Rahat."

Boyacı "Rahat'a geçti.

"Oool!"

Boyacı "Hazır ol"du. Daha sert:

"Rahat."

Boyacı yanlışlıkla rahata sertçe geçmişti. Murtaza'yı çıldırtmaya yetti bu:

"Bir rahata sertçe geçilmez be hayvan!"

"Geçilmez komutanım..."

"Öyleyse yeni baştan: Rahat!"

Boyacı yavaşça rahata geçti.

Murtaza gürledi:

"Oool!"

Sert, çok sert bir hazır ol. Murtaza pek beğenmemişti bu hazır olu. Sonra birden Kolağası Hasan Bey'i hatırlayarak sordu:

"Ver cevap şimdi. Kimdir Kolağası Hasan Bey?"

Kel Boyacı deminki karşılığı tekrarladı:

"Kumandandır komutanım."

"Helbet kumandandır. Söyle: Mübarek kanını nerede akıtmıştır kutsal vatan topraklarına?"

İşte bunu bilemeyecekti boyacı. Ikındı, sıkındı. Gözlerini daldırıp düşündü, hayır. Bilemiyordu. Allah belasını versin.

O zaman Murtaza, deminden beri gözüne çarpıp duran kravatlı birine ansızın sordu:

"Sen söyle!"

Adam az önce tapu kadastrodan emekli arkadaşlarıyla tavla oynamakta olan maliye emeklisiydi. Kahvede "akıldâne" olduktan başka "kanuni" her işi, tüm semtte en iyi bilen geçinirdi. Bu yüzden Elektrikçi Nuri ile az takışmamışlardı.

Ayağa kalktı.

Murtaza beğenmedi kalkışı ama, üzerinde durmadı.

"Al esas vaziyetini amıca!"

"Amıca" romatizmalarından oldubitti dertliydi. Gene de kendini esas duruşa zorladı. Murtaza beğenmedi:

"Oolmadı, yeniden."

Yeniden ama, Murtaza bir türlü beğenmiyordu. Sonunda emekli maliyeci kızara bozara, "Efendim," dedi, "bizden geçti. Siz böyle şeyleri gençlerde arasanız..."

Murtaza sözünü sertçe kesti:

"Yoktur hiçbir Türkün ihtiyarı, genci! Bu millet gider harbe düğüne gider gibi. Var mı itirazın?"

Emekli maliyeci şaşkınlıkla çevresine bakınırken, sebze komisyoncusu kâtibinin gözleri kahve kapısına ilişmişti. Eyvaah, düşmüşlerdi kahveye hergele arkadaşları...

Koştu:

"Herifi size matrak bir bekçi diye tanıttım ama, değil galiba."

"Ya?"

"Ya'sını bilemem. Kahve halkını sıygaya* çekiyor."

"İyi ama kim oğlum?"

"Valla bir kodaman herhalde... bekçi kılığına girmiş... En iyisi tüyelim!"

Arkadaşları fazla dayatmadılar. Telefonda da zaten "matrak bekçi" sözünden pek bir şey anlamamışlardı. Çekip gittiler.

***

Murtaza kahveden dehşetli bir gururla ayrılmıştı. Doğrusu inanıyordu kendine. "Verse hükümet bana çok geniş yetkiler, açsam vatandaşlara kurslar, soksam her birini zaptı rapta."

Birden durdu. Bir simitçi, tablasının başında sümkürmüş, pis elini üstüne başına silmişti.

"Abe," dedi, "ne yaparsın?"

Karşısında çatık kalın kaşlı, sivri burnundan öfke akan, gözleri ateş saçan bir bekçi görünce, simitçide şafak atmıştı. Gene de, "Hiç," dedi.

Murtaza gürledi:

"Naasıl hiç? Abe sümkürür, silersin pis elini üstüne başına!"

Simitçinin korkusu arttı. Bugüne kadar değil sümkürmek, daha kötülerini yaptıktan sonra ellerini sabunlamadan az mı simit satmıştı? Şimdiye kadar hiç kimse sormamıştı bunu ona. Kanunda yeri var mıydı simitçiler sümkürmeyecek diye? Hem ne karışabilirdi bir bekçi, bir simitçinin sümkürmesine? Sümkürdükten sonra da elini üstüne sürmesine?

"N'örim?" dedi. "Ne yapayım?" anlamına.

---

* Sorgu.

Murtaza kızdı:
"Ör çorap!" diye bağırdı.
Sonra da ardını getirdi:
"Haangi millettensin sen be?"
"Bu milletten."
"Ne demek bu millet? Yok mu adı bu milletin?"
"Kalubeladan beri Müslümanım."
"Sormadım sana dinini. Hangi millettensin derim?"
"Türk milletinden."
"Vaar mı Türkçe'de örmek?"
Birden hatırladı ki vardı. Soruyu yanlış sormuştu. Ama gürültüyle sümkürüp, sümüklü elini üstüne başına silen bir simitçi karşısında da tersyüz edemezdi.
"Var," dedi simitçi.
Vardı gerçekten de. Çorap örmek, insanın başına dert açmak anlamına da gelebilirdi. "Zavallının başına ne çoraplar ördüler!" deyimi, gerçekten çorap örmekten çok ünlüydü.
"Nasıl var?"
"Basbayağı var."
"Ben kimim?"
"Bekçisin."
"Benzer miyim herhangi bir bekçilere?"
Simitçi'de de ok yaydan çıkmıştı artık. Gene de Murtaza'yı yukarıdan aşağı şöyle bir süzdükten sonra, "Benzersin," dedi.
Tepesi attı Murtaza'nın:
"Abe var mı herhangi bir bekçide Kolağası Hasan Bey gibi dayı?"
Simitçi'nin bu hususta bilgisi yoktu. Murtaza, adamın afallamasından iyice yüreklenerek, bombardımanın ardını getirdi:
"Görmüş müdür herhangi bir bekçi benim gördüğüm kursları? Almışlar mıdır aldığım sıkı terbiyeleri amirlerinden?"
Simitçi gene afallamıştı.
"Ne sustun ispinoz kuşi? Versene cevap!"

"Ne cevabı?"

"Benzer miyim herhangi bekçilere?"

Simitçi anlamıştı adamını. Adam kendini dev aynasında görüyor, büyükleniyordu. Lafı uzatıp başını derde sokabilirdi. Sokabilirdi, çünkü bekçiler de amirden sayılırlardı herhalde. Gerçi bekçilerin "vazife ve salahiyetleri" üzerine hiçbir bilgisi yoktu ama, gene de "Herif" resmi elbiseliydi. Şurdan zıp diye çıkıverecek bir belediye zabıta görevlisine dese ki: "Bu simitçi az önce yere sümkürdü. Elini üstüne başına sildi. O pis elle de millete simit satıyor" ne olurdu? Olacağı içi titreyerek düşündü: Zaten bahane arayan belediye zabıta görevlisi bir iki demez camekânıyla birlikte simitlerini alır götürürdü.

"Benzemezsin beyim tövbe," dedi. "Öteki bekçiler nerdee, sen nerde!"

Karşılık fena değildi ama, simitçinin daha da açıklaması gerekirdi; gerekirdi ki vatandaşlara olan zaptu rapt ödevi tam yerine gelsin.

"Öteki bekçiler nerdee, sen nerde ne demek? Açıkla?"

"Zatınız kumandara benziyorsunuz..."

Hah, şimdi olmuştu. "Kumandara" benzemekten hoşlanır değil, bayılırdı.

Gene de, "Ne için?" diye sordu. "Ne için benzerim kumandana?"

"Orasını bilemem..."

"Bilemezsin, çünkü yeni tanıyorsun Mürteza'yı."

"?.."

"Daha eskiden tanısa idin, bilecek idin amirlerimden aldığım çok sıkı terbiye ve disiplinleri. Sonra gene bilecek idin Kolağası Hasan Bey'in yeğeni olduğumu..."

Hiç ama hiçbir şey anlamayan simitçi bir an önce şu beladan kurtulmak istiyordu.

"Sağ ol!" dedi.

"Ol sen de sağ. Bilirsin, olur dayım Hasan Bey?"

"Bilemiyorum vallaha..."

"Lazım bilmek. Hasan Bey, Kolağası idi. Balkan Harbi'nde döktü mübarek kanını kudsal vatan topraklarına. Ne için? Çünkü cûş-ü hurûş eder idi damarlarında kanı. Bilirsin ne der bana büyüklerim?

"?.."

"Derler benzersin dayın Hasan Bey'e Mürteza, tıpkı."

"?.."

"Onun için benzemem herhangi bekçilere, benzerim dayım Hasan Bey'e. Ben de bir gün dökeceğim kanımı kudsal vatan topraklarına!"

Bütün bunlara karşı simitçi bir şey ya da bir şeyler söylemeye zorunlu sayıyordu kendini, ama ne demeliydi? Öyle bir şey demeliydi ki kendini öteki bekçilerden büyük gören bu adamdan kazasız belasız kurtulsun. Çünkü gelip geçenler başlamışlardı kulak kabartmaya. Toplanırlarsa iş sarpa sarabilir, hiç yoktan herhangi bir belediye zabıta görevlisinin dikkatini çekebilirdi.

"Allah seni başımızdan eksik etmesin," dedi.

Murtaza'nın koltukları kabardı:

"Bakma yaptığıma bekçilik," dedi. "Haçan şimdi isterler alsınlar beni fabrikaya."

Simitçi hiçbir şey anlamamakla beraber, "Herif"in kolay kolay çekilip gitmeyeceğini de aklı kesmeye başlamıştı. Deli miydi, zırrıkı mı?

"Ne zaman, nerede bozulursa disiplin, gelirim akıllarına amirlerimin ben."

"Sağ ol!"

"Ol sen de sağ. Haçan bana mahallelim etmiş idi teklif mebusluk. Lakin etmedim kabul. Neden? Çünkü isterim iyice bozulsun meclisin disiplini. Şimdi bozulmuş fabrikanın. Yalvardı amirlerim, ettim kabul, düzelteceyim. Helbet gelecek sıra bir gün meclise de."

Yanı başında kalın bir ses, "Hangi meclis?" diye sordu.

Murtaza şimşek gibi döndü: Boynunda kravatı vardı ama, asla gerçek bir amire benzemeyen irikıyım, gözlüklü biriydi. Yukarıdan aşağı gözden geçirdikten sonra, "Var kaç meclis memlekette?" diye sordu.

"Çook. Mesela idare meclisleri..."

Simitçi memnundu. Kravatlı iddiacının birine benziyordu. Kendini bütün bekçilerden üstün sayan bu adamla takışırsa, o da biçimine getirip kirişi kırardı:

"Bu bekçi senin bildiğin bekçilere benzemez," diye bit attı.

İrikıyım adam avukat kâtibiydi, ama öyle sıradan avukat kâtiplerinden değil. Lise bitirme sınavlarına hazırlanıyordu. Kendi kendini yetiştirmiş, dergilere şiirler, gazetelere makaleler yazmıştı. Hatta şu anda bile havaleli pantolonunun arka cebinde, şiirleriyle makaleleri bulunan dergilerle gazetelerin tomarları katlı duruyordu.

Simitçinin, "Bu bekçi senin bildiğin bekçilere benzemez" sözüne alınmıştı. Ne demekti o? Başka bekçilerin ne eksiği vardı bundan? Ya da bunun başka bekçilerden ne fazlalığı?

"Ne demek o?" dedi.

Murtaza adama hayranlıkla bakıyordu. Pehlivana benzetmişti birden.

Pehlivana benzeyen adamsa yeniden sordu:

"Ne demek o? Başka bekçilerden ne farkın var senin? Sende bekçisin, başka bekçiler de senin kadar bekçi. Nerden baksan bir bekçi."

Simitçi bıyık altından gülümsemeseydi, Murtaza adamı pehlivana benzediğinden ötürü övecek, dost olacaktı ama, simitçinin sinsi gülüşü dikkatine çarpmıştı.

"Nereden baksan bir bekçi değilim ben!"

"Ya?"

"Ben gördüm kurs, aldım amirlerimden sıkı terbiye, disiplin hem da."

Pehlivana benzeyen adam sinirli bir kahkaha atmıştı ki, simitçi camekânını omuzlayıp usulca sıvıştı. "Deyyuslar... görsünlerdi ne hâlleri var ise."

Murtaza, pehlivana benzeyen adamın kahkahasına sinirlenmişti.

"Abe ne için gülersin haminnem gibi?"

Murtaza "Haminne"yi "Aminne" gibi söylemişti. Adam, "Vatandaş Türkçe konuş!" dedi.

Murtaza göğsünü yumrukladı:

"Türküm, hem da arslan oğlu arslan Türk. Konuşurum Türkçe'nin koçunu. Bilirsin dayım Hasan Bey'i?"

"Asan mı? Ne demek o?"

"Ne demek... dayyım be, dayyım be yahu. Verdi canını mübarek vatan toprakları için Balkan Harbi'nde. Saldı düşmanlara tek başına hem da!"

Avukat Kâtibi çevrelerini alıvermiş kalabalığa göz attı. Herkes gülüyordu. Anlamıştı adamın akıldan piyadeliğini. Öfkesi uçup gitti, başladı işletmeye:

"Haa... demek Hasan Bey dayınız olur?"

"Helbet. Yoksa tanırsın?"

"Onu bu dünyada kim tanımaz?"

Murtaza çevredekilere döndü:

"Duyarsınız ne hisli sözler söyler arslan yavrusu arslan?"

Sağdan soldan:

"Ondan duymamıza ne hacet?"

"Biz de tanırız Hasan Bey'i en az onun kadar."

"Hasan Bey'i kim tanımaz?"

"Hasan Bey de, orda dur!"

"?.."

Murtaza havasını bulmuştu. İşte böyle olurdu "vatandaş" ve böyle olurdu, "aslan yürek", "tunç bilek."

Birden büyük bir coşkuyla:

"Sağ olun aziz vatandaşlarım, var olun. Sizi doğuran analar ölmesin. Arslan oğlu arslanlarsınız hepiniz."

Çok, daha çok konuşmak isterdi ama, sevinç ve heyecandan şaşırıyor, istediğince konuşamıyordu. Aksi gibi aklına da pek bir şeyler gelmiyordu şu an. Birden yıllarca önce vatan görevini yapmaya "bekaya"dan nasıl gittiğini hatırladı. Hah, tam da sırasıydı bu aslan oğlu aslanların kanını kaynatmak için.

Oracıktaki boş çöp bidonunun üstüne sıçradı:

"Eeey saygıdeğer ve aziz hemşerilerim, çok muhterem ve civanmert yurttaşlar. İki çift sözü var bu Mürteza'nın size ki, dinleyesiniz, alasınız hisse."

Sağdan soldan katılanlarla kalabalık hemen birkaç yüze çıkıvermişti. Şimdiye kadar çeşitli partilerin, çeşitli konuşmacılarını, sırasına göre yağmur, sırasına göre ayaz ya da kızgın güneş altında, gene sırasına göre saatlerce dinledikleri olmuştu ama, bir mahalle bekçisinin, partili konuşmacılar gibi bir hevese kapıldığına ne tanık olmuşlar, ne de olanlardan işitmişlerdi. Onun için merakla sokulmuşlardı. Üstelik, Avukat Kâtibi, irikıyım, pehlivan yapılı adam da ciddi ciddi, "Susun, dinleyin bakalım," diyordu. Birçoğuna göre "ne"yi dinleyeceklerdi? Fiyatların boyuna artış nedenlerini mi?

Açık yakalı biri, "Aamaaan," dedi. "Neyi dinleyeceğim yahu?"

Arkadaşını kolundan çekti.

"Boş ver tıraşı. Basıp gidelim!"

Avukat Kâtibi kızdı adamın iri iri söylenmesine, "Gideceksen bas git," dedi. "Eşeğin aklına ne diye karpuz kabuğu düşürüyorsun?"

Açık yakalı da ukalanın biriydi. Lafı uzattı:

"Sana ne?"

Derken karşılıklı bir çekişmedir başladı.

"Ne demek bana ne?"

"Sana ne'nin ne demek'i olur mu? Düpedüz sana ne?"

Avukat Kâtibi, "Ukala," dedi.

Açık yakalı da hayli mürekkep yalamışlardandı:

"O kelimenin lügati manasını biliyor musun?"

Lise bitirme sınavlarına hazırlandığı için, "kelimeler" üzerinde kendini hayli hazırlıklı sanan Avukat Kâtibi alındı:

"Beni imtihan mı ediyorsun?"

"Gerekirse... evet!"

"Yaa?"

"Yoğurt!"

"Bana baak."

"Bakıyorum."

"İyi bak ama!"

"Gözlerim çok kuvvetlidir. İyi bakar, iyi görürüm. Bakıyorum, sende cehaletten başka bir şey göremiyorum. Onun için seni değil, senin efendilerini, beylerini, beyefendilerini bile imtihan edecek müktesebât-ı ilmiyye'ye* sahibim."

Avukat Kâtibi karşısındakini hayli sıkı bulmuştu ama, o da Murtaza gibi, bir başka ruh hâli içinde olduğundan, kolay kolay pes edeceklerden değildi.

"Benim aynı şeylere sahip olmadığımı ne biliyorsun?"

"..."

"..."

Laf uzadıkça uzuyordu. Murtaza ise çöp bidonunun üzerinde sanki unutulmuştu. Onun bulunduğu yerde ise hiç kimse kalabalığın dikkatini kendi üzerine çekemezdi. Çekmişlerdi oysa. Kalabalık, tartışan iki kişinin çevresine kaymış, an be an genişliyordu.

Top gibi gürledi:

"Eeeeey saygıdeğer ve civanmert vatandaşlarım!"

Tartışanlar, tartışmalarını unutup çöp bidonu üzerindeki Murtaza'ya baktılar. Hatta öylesine tuhaf bir durum oldu ki, açık yakalı "Ukala," şaşkınlıkla kendini tutamadı, az önce dişe diş tartıştığı Avukat Kâtibi'ne sordu:

---

* Bilimsel birikim.

"Sahi unutmuştuk... kim bu be?"

Avukat Kâtibi, hayli sıkı bulduğu adamdan böylesine dostça, herhangi bilimsel tartışmada yenilgiden kurtulduğuna sevinerek, o sıralar çalışmakta olduğu "Psikoloji"nin de yardımıyla "Bekçi"nin "Psikopataloji"si üzerine açıklama yaptı:

"Aslında tatlı manyak. Belki de dehşetli bir megaloman. Ben de az önce tekerine taş koymak istedimse de, baktım herif enteresan. Sakalının altına giriverdim..."

"Yani siyasi partilerden birinin davulunu çalmıyor ya?"

"Yo, yo, hayır. Zaten bir tek siyasi partiden başka..."

"Doğru."

"Dikkatle dinlersek..."

"Faydalanırız mı dersiniz?"

"Demem. Sadece eğleniriz."

"Bravo..."

Murtaza sözlerinin ardını getirmeye başlamıştı:

"Sizlere şu çöp bidonunun üstünden hitap eden bu Mürteza, anlatmak ister bekayadan askere nasıl gittiğini."

Başta Avukat Kâtibi ile açık yakalının alkışları, birkaç yüz kişinin alkışı patladı. Alışkanlıkla olacak, "halk" arasından haykırmalar oldu:

"Yaşaa!"

"Var ool!"

"..."

"..."

Murtaza da geri kalmadı:

"Allah sizi de benim başımdan eksik etmesin. Siz de yaşayın, ben de yaşayayım, hep yaşayalım aziz vatandaşlarım!"

Yeni bir alkış fırtınası, ardından yeni şahlanışlar:

"Seni doğuran ana çok yaşasın!"

Annesinin çoktan ölmüş olmasına aldırış etmeyen Murtaza:

"Sizi doğuran analar da yaşasınlar!"

"Hepimizin anası yaşasın!"

Kalın bir ses:

"Ya ölenler?"

Murtaza, "Ölenlere rahmet!" diye bağırdı.

Herkesin, daha doğrusu kalabalık içinden pek çoğunun rahmetli anasını hatırlayarak içi kabardı. İçlerinde ağlayanlar, hatta hıçkıranlar da oldu. Ağıt ve hıçkırık ise bulaşıcı idi: Anası hayattakilerden pek çoğunun babaları ölmüştü; onlar da babalarını hatırlayarak ağıt ve hıçkırık faslına katıldılar. Anaları, babaları sağ olanlar da ölü kardeşlerini, amca, dayı, hala, teyze ya da dedelerini hatırlayarak başlamışlardı ağlamaya. Velhasıl birkaç yüzden çıkıp neredeyse birkaç bine varan kalabalık, sanki ünlü ağlama duvarı dibinde hep birlikte ağlaşıyordu.

Gene kendini ilk toplayan Murtaza oldu. Hıçkırıklar arasında başladı:

"Saygıdeğer vatandaşlarım!"

Gözyaşı dökmekte olanların yeni bir alkışı.

Murtaza alkışların dinmesini bekledi, sonra yeni baştan aldı:

"Çok saygıdeğer vatandaşlarım. Anaları ölenlerin analarına, babaları ölenlerin babalarına rahmet!"

Gücünün yettiğince bağırmıştı ya, eksik söylemişti galiba. Kardeşleri, teyzeleri, dayı, halaları ölenlerin ölülerine rahmet yok muydu?

"Bütün ölülerinize rahmet!"

Yeniden alkış. Alkış, ama unutmuştu bu kalabalığa ne söyleyeceğini. Hay aksi şeytan, az önce ne güzel aklına gelmişti de şimdi tam sırasında kaçıvermişti.

Rasgele bir şeyler patırdatmaya başladı:

"Hepimizin ölüleri rahmetten aldı pay şükür. Yaşasın yüce Türk milleti!"

Alkış daha da güçlü oldu ve dakikalarca sürdü... Bu süre içinde gene düşünmeye başladı. Başladı, ama hayır, aklına gelmiyor, gelmiyordu... Bereket Avukat Kâtibi imdada yetişerek, "Üstadım, bekayadan gittiğiniz askerliği, askerlik anılarınızı lütfedecektiniz..." deyince, aklı başına geldi. Tamam, tamamdı yahu!

Birden tavına gelivermenin rahatlığı içinde şişti, dik yakası içindeki boynunu sağa sola hindi gibi döndürdü. Kalabalığı gözden geçirdi. Ah şimdi karısı, ona bir türlü bir "Kolağası Hasan Bey" doğuramayan pasaklı karısı olmalıydı da görmeliydi kocasını. Herkes Murtaza'ya karşı böyleydi de, o saçı uzun aklı kısa? Hayır. Yeni bir işe girince, çok zor vazifeler aldığını duyunca, şüphesiz kurs görmediği ve damarlarında Hasan Bey'in kanı dolaşmadığından, o büyük vazifenin şanı, şerefiyle yetinmez, sonunda soğuk soğuk sorardı: "Abe maaş kaç?"

Tepesi attı. Tepesi atanca da "Askere bekayadan" gidişinin hikâyesini gene unuttu. Karısına öyle sinirlenmişti ki, öfkeden dişlerini yiyecekti neredeyse. Şu koskoca kalabalık Murtaza'yı alkışlıyordu, karısını değil. Eşekliğin yok idi âlemi. Herkesin çılgıncasına alkışladığı adama sorulmaz idi: "Abe maaş kaç?"

Avukat Kâtibi gene fısıldadı:

"Bekayadan askere gittiğinizi..."

Ateş saçan gözleriyle bir an Avukat Kâtibi'ne baktı:

"Haayır," dedi. "Unutmadım. Velakin aklıma geldi evdeki karım."

İşin rengi birden değişmişti. Kalabalıkta bir kaynaşma oldu. Evlerdeki karılar hatırlanmıştı. Yeni evliler, yani henüz karılarına âşık durumdakiler evdeki karılarını tatlı tatlı düşünürlerken, cicim aylarının duyuları yılların ardında, çocuk, hatta torun sesleriyle kaybolmuş olanlarsa evdekileri asık suratlarla hatırlayarak, "Burda da mı? Sırası mı?" gibilerden düşünerek bozuldular.

Bu arada dinleyiciler içindeki kadınlar da kulaklarını dört açmış, antenlerini germişlerdi. Evdeki karılardan acaba nasıl söz edecekti şu çöp bidonu üzerindeki bekçi? İyi mi, kötü mü? Hayırla mı, şerle mi?

"Bazı kadınlar," dedi, "başta benim kari... bakmaz kocasının şerefine, hem da şanına, sorar maaş kaç?"

Öksürdü. Kalabalık kulak kesilmişti. Gerçekten de, kalabalıktaki -yeni evliler, cicim aylarındakiler de dahil- kocaların karıları şereften, şandan çok, hatta şerefe şana boş vererek kocalarının kazancına dikmişlerdi gözlerini.

Murtaza'nın öfkeli sesi sözlerinin ardını getirdi:

"Halbuki bir kadın, amma kadıın, önce tutmalı şerefini, şanını kocasının! Çünkü..."

Murtaza'nın "Çünkü"sünü cırtlak bir kadın sesi kesti:

"İyi ama, bakkal şekeri, kuru fasulyeyi, nohudu, mercimeği; kasap eti; fırıncı ekmeği şerefle şanla vermiyor ki, para istiyor para!"

Murtaza acı acı gülerek kalabalığın ta gerilerindeki kadına baktı acıyarak:

"İşte," dedi, "bir tane daha benim kari gibi düşünen!"

Sağdan, soldan inceli kalınlı başka kadın sesleri makineli tüfek gibi başlayıvermişti:

"Yalan mı?"

"Dosdoğru bir söz!"

"Git fırına, bakkala, şerefle şanla ekmek, şeker al bakalım!"

"Karısı bilmem ne de bilmem ne..."

"Hiç canıım..."

"Şeref, şan sobada yakılır mı?"

"Yoksa şerefle şanla dudak mı boyanır?"

"Manto mu alınır?"

"İskarpin mi?"

"Yoook hanımlar, manto, iskarpin..."

"Ekmekten sonra gelir mi diyeceksin Hasene Teyze?"

"Elbette!"

"Yalnız ekmekle yaşanmaz teyzeciğim!"

"Ya?"

"Manto, ayakkabı, ruj..."

"Kış geliyor kış! Yarın havalar bozdu da soğuklar bastırdı mı, manto, ayakkabı, ruj sobada yakılmaz!"

"Doğru ama, önce manto, tayyör..."

"Yaşa Nevin, ruj..."

"?.."

"..."

Murtaza'nın ağır, sinirli kocaman eli havaya kalktı, artık tam bir curcuna hâlini alan kadınların tartışmasını şıp kesti.

"Bir vazife büyüktür herhangi bir namuzdan! Ve dayyım Hasan Bey, Kolağası Hasan Bey, Balkan Harbi'nde dökerken mübarek kanını kudsal vatan topraklarına sormadı maaş kaç?"

Kadınlar da dahil, kalabalıkta tam bir tıss.

Murtaza bu tısdan da yüreklenerek, coştu:

"Ben gider iken bekayadan askere, sormadım idi maaş kaç?"

Hafifçe öksürdükten sonra:

"Trakya'da kazdık kocaman kocaman hendekler, yaptık Çakmak Hattı'nı. Yağğar idi yağmur, çakkar idi şimşek, savrulur idi yıldırımlar ki görmeye şayeste.* Kaçmış idi bütün arkadaşlar koğuşlara. Ben? Ha haaa... bırrakmadı idim kazmamı elimden! Ne için? Çünkü bir kazma değil idi manto, dudak boyası, iskarpin... Bir kazma orada namuz idi namuz!"

Avukat Kâtibi'nin ciddi mi, matrak mı olduğu pek seçilemeyen kalın gür sesi çınladı:

"Yaşaaaaa, var ooool!"

Murtaza coşmuş, cûş-ü hurûşa gelmiş, milleti de getirmişti. Alkış, alkış... dinmeyi bilmiyordu. Bekledi. Çakan gözleri, sivri burnu, dışarda göğsü, içerde karnıyla uzun uzun bekledi. Bu arada "Bok karı"sını hatırlamadı değil. "Eşşoğlu eşşek! Gör kocanı, gör kocanı da anla ne adam olduğunu. Lakin ne gezer sende o feraset? Hemen sorarsın: Abe maaş kaç?"

Alkışlar ağır ağır dindi, durdu sonunda. Murtaza "Bok karısı"nı unuttu, sözlerinin ardını getirdi:

"Çağardı onbaşım, çağardı çavuşum, gediklim, hem da yüz-

---

* Uygun, yakışır.

başım, teymenim, abe durulmaz bu yağmur altında, gel, öleceksin. Ne dedim bilirsiniz?"

Kalabalık gene kulak kesilmişti.

"Dedim: Yağsın yağmurlar, çaksın şimşek hem da yıldırımlar, bırrakamam ben kazmamı!"

Binleri aşan kalabalık gök gürültüsünü hatırlatan alkışlarıyla dalgalı bir denizi andırıyordu. Bu dalgalı deniz şüphesiz yoldan gelip geçenlerin boyuna katılmasıyla daha da genişleyecekti, ama hiç hesapta olmayan bir şey, beygiri çıldırmış bir yük arabası caddeden doludizgin gelmeye başlayınca, kalabalık paniğe kapıldı. Herkes Murtaza'dan önce can kaygısına düşmüştü. Kadınlı, erkekli, çoluk çocuklu kalabalık, yıldırım gibi gelmekte olan beladan kaçıp sağa sola dağıldı. Murtaza da, Murtaza'nın askere bekayadan gitmesi de unutulmuştu. Bir anda koca meydan boşalıvermiş, Murtaza'nın söz söylediği çöp bidonu devrilmişti.

Murtaza sindiği kıyıda, "Pis hayvan!" diye geçirdi. "Görse idi kurs, alsa idi amirlerinden sıkı terbiye, çıldırmaz idi!"

Çaresiz evinin yolunu tuttu. Tuttu ama, canı fena sıkılmıştı. Bir daha kim bilir ne zaman böyle bir fırsat yakalayacaktı vatandaşlarını uyarabilmek için.

Yolda, "Disiplinsiz, cahil hayvan!" diye geçirdi yeniden. "Abe sırası mı idi çıldırmanın?"

Ama suç beygirden çok arabacıdaydı galiba. Arabacı kurs görmüş, amirlerinden sıkı terbiye almış olsa idi, hayvanı çıldırmaz, çıldırmayınca da Murtaza'nın pişmiş aşına su katmazdı.

"Lakin çok hisli, dokunaklı sözler söyledim!"

Kafasından bir an kalabalık geçti: Dalgalı, azgın bir deniz gibi kıyılarını döven coşkun kalabalık. Kuzu kuzu dinliyordu onu. "Halbuki bir kadın," demişti, "düşünmeli maaştan önce kocasının kazandığı şerefi, şanı!" Ardını getirecekti sözlerinin onun için de, "Çünkü herhangi bir vazife, yüksektir herhangi bir namuzdan" diyecekti ki, o cırlak karının sesi kesmişti "Çünkü"sünü:

"İyi ama, bakkal şekeri, kuru fasulyeyi, nohudu, mercimeği; kasap eti; fırıncı ekmeği şerefle şanla vermiyor ki, para istiyor, parraaa!"

İlk bakışta kadın haksız değildi şüphesiz. Gerçekten de bakkal şekeri, kuru fasulyeyi, nohudu, mercimeği; kasap eti; fırıncı ekmeği şerefle, şanla vermiyor, para istiyorlardı. Doğruydu. Yanlış olan, paraya önem verenlerin, paraya değil, şerefe şana önem vermemeleriydi. İşte Murtaza'yı çileden çıkaran nokta da buradaydı! Bütün vatandaşlar paraya değil, şerefe, şana, namusa tapmalıydılar. O zaman para değerini yitirir, esnaf şerefi, şanı makbul tutar, zamanla da şeref, şan, namus paranın yerini alırdı ki, "cahil halk" para kazanmaya değil, şeref, şan kazanmaya bakar, millet topyekûn şeref, şan ve namus sahibi olurdu. Bu da bütün vatandaşların "çelik bilek, tunç yürek"li olmalarını sağlar, bu sağlanınca da düşmanlar ürker, yurda saldırmayı göze alamazlardı.

Birden durdu: "Peki, düşman olmazsa şeref, şan nasıl kazanılır?"

Kendi kendini cevapladı:

"O zaman da biz saldırırız düşmana."

Aklına yatmıştı. Fakat, "uğursuz hayvan" nasıl da dağıtıvermişti kalabalığı. Ve bir kalabalık nasıl da dağılıvermişti çıldırmış bir hayvanın önünde.

"Bütün bu işleri lazım sokmak disipline."

İKİNCİ BÖLÜM

Fabrika Fen Müdürü gülmemek için kendini zor tutuyordu.

"İşte böyle Murtaza Efendi," dedi. "Senin vazifen fabrika içlerini kontrolden ibaret. Atölyeleri gezer dolaşırsın. Gördün ki iplik, masura, üstüpü, şu bu atılmış, toplatırsın işçilere. Bir de şuna dikkat etmen lazım: İplikhanedeki işçilerden birçoğu kantar kâtibine teslim ettikleri masuraları çalar, kâtibe yeniden yuttururlar. Buna da göz kulak ol. Sonra, bilhassa dokumacılara dikkat etmeyi unutma. Çok arsız heriflerdir onlar. Toplanırlar hela aralığına, yakarlar sigaraları, verirler çeneyi çeneye, oooh... bir kenef arası sohbetidir gider!"

Fen Müdürü'nün masası önünde hazır ol da dikilen Murtaza'nın göğsü dışarda, karnı içerdeydi; gözleri de Fen Müdürü'nün gözlerine sertçe dikilmişti. Birden sordu:

"Ya ustalar beyefendi?"

Fen Müdürü'nün yumuşak yüzü sertleşti:

"Evet," dedi, "ustalar... Onlar işçiden de beterdir ama, sen gene de yüzlemeye bakma. Gördün ki bir usta yerinde yok, hangisi olursa olsun, usullacık mimle, sabahleyin bana..."

Göz kırptı:

"Anlarsın ya?"

Burun kanatları hazla titreyen Murtaza, "Anlarım beyim," dedi. "Helbet..."

Fen Müdürü zile bastı. İçeri giren odacıya, "Bana Kontrol Nuh'u çağır," dedi.

Odacı çıktı.

"... Kontrol Nuh hemşerim olur. Bu fabrikada var on, on iki yıllık. Memlekette kapı komşuymuşuz. Ben pek hatırlamıyorum ama, çocukluğumda beni omuzunda taşırmış. Bu yüzden de resmiyete ahbaplığı karıştıracak kadar şımarıktır. Halbuki burası fabrika, malum. Laubaliliğe zerrece tahammülü olmayan yer. Buranın insanları görevlerini bir makine düzeniyle görmelidirler."

Murtaza kendini tutamadı:

"Çok doğru amirim, çook!"

"Aksi halde, işlerimiz tavsar..."

"Şüphesiz bozulur disiplin!"

"Elbette... sonra, velev babam olsun, ufak bir laubalilik, ihmal falan filan... çünkü benim için her şeyden önce ve her şeyden üstün olarak vazife vardır. Önce vazife, sonra vazife, daha sonra gene vazife."

Murtaza birden aşırı coşarak:

"Yaşşa arslan yavrusu arslan!"

"Aksi halde hiç şakam yoktur. Tekmeyi yediği gibi..."

"Saplansın isterse çamurlara! Neden? Bir vazife yüksektir bir namuzdan! Vazife bir sırasında görmeyecek gözün evladını, demeyeceksin ciğerparem!"

"Seni tebrik ederim Murtaza Efendi. Yaşa, var ol!"

"Bilirsin dolaşır damarlarımda kimin kanı?"

"Kimin?"

"Kolağası dayım Şehit Hasan Bey'in!"

Fen Müdürü şöyle bir düşündü. Düşünürken dudakları kımıldıyordu. Gülmemek için kendini öylesine tutuyordu ki. Sonunda, "Bir kahraman mı?" diye sordu.

"Helbet amirim. Yazar bütün tarihler. Gelmiş cûş-ü hurûşa, saldırmış düşman toplarının üzerine tek başına!"

"Hangi harpte?"

"Yazar bütün tarihler... Balkan Harbi'nde."

"Bravo. Demek onun yeğenisin?"

"Çok şükür amirim, çok şükür ki yeğeniyim onun. Dolaşır benim damarlarımda da onun mübarek kanı!"

Fen Müdürü makaraları koyvermemek için kendini öylesine tutuyordu ki, dayanamadı, masasından kalkıp pencereye gitti. Sanki orada bir işi vardı. Birtakım dosyalarla evraklar arasında birtakım kâğıtları karıştırdı. Sonra geri geldi, masasına yeniden geçti:

"Velhasıl," dedi, "işi çok sıkı tutmak gerek..."

"Sen çekme kaygu vazifeden yana amirim. Ol sen bana arka, iste benden vazife."

Yutkundu, ardını getirdi sözlerinin:

"Değil yalnız bu fabrika, lazım tatbik etmek çok sıkı disiplin memlekete!"

Fen Müdürü hayretler içinde sordu:

"Hangi memlekete?"

"Önce bu il sınırları içindeki memlekete, sonra da bütün Türkiye'ye. Neden? Çünkü bakarım vatandaşlar tutarlar parayı vazifeden üstün. Hayır, hiçbir zaman olamaz üstün para vazifeden!"

"Çok doğru."

"Sonra oynar vatandaşlar kahvelerde tavla, altıkollu, pişpirik hem da domino. Hiçbiri geçemez sıkı hazır ola. Sıkı hazır ola geçemeyen bir vatandaş korkutamaz düşmanlarımızı."

Fen Müdürü, "Doğru," demek zorunda kaldı.

"Sonra bakarım fakir vatandaşlar, uyumazlar gece yarılarına kadar. Bu da uygun değildir disipline. Neden? Çünkü lazım bol uyku, temiz gıda. Bol uyku, temiz gıda parlatır gözleri, çaktırır içlerinde şimşek hem da yıldırımlar. İçlerinde şimşek hem da yıldırımlar çakan gözler korku verirler düşmanlarımıza."

Birden:

"Lazım bütün Türkiye'de kurmak mükellefler spor kulüpleri."

"Mükellefler spor kulüpleri mi?"

"Helbet. Lazım ettirmek talim yurttaşları her sabah ve her akşam."

Tam bu sırada kapı vuruldu, Kontrol Nuh içeri girdi. Kalın kemikli, kırk beşlik bir adamdı. Etli geniş yüzünde kıl kıl damarlarla tilkiyi hatırlatıyordu.

Fen Müdürü'nü usulünce selamladı. Biraz laubali, çokça sallapati, Fen Müdürü'nün masasına sokuldu, bekledi.

Murtaza'yı işaret eden Fen Müdürü, "İşte," dedi, "sana yardıma bir arkadaş! Bundan sonra yoruluyorum, işçilerle başa çıkamıyorum, estek, köstek istemem. Birlikte nöbet tutar..."

Yerdeki budak deliğinden gözlerini kaldıran Nuh, Bekçi Murtaza'yı tepeden tırnağa süzdükten sonra gülümsedi:

"Sağ ol beyim. Fabrika ahvalini bilmez değilsin a... Amele milleti mi, amanallah!"

Yaka silkti. İşçilerden yılıp yaka silken aciz kontrole küçümseyerek bakan Murtaza'ysa dudak büktü. Kontrol Nuh bunu gördü, kaşları çatıldı.

Fen Müdürü de görmüştü bu ilk kontaktı:

"Yarın," dedi, "Murtaza Efendi'yi yanına al, fabrika içlerini gezdir, girdiyi çıktıyı, masura hırsızlığını, bilhassa dokumacılarla o apteshane aralığını göster..."

Murtaza küçümseyerek, "Sen göster bana yarın," dedi.

Nuh'un gene tepesi adamakıllı attıysa da araya Fen Müdürü girdi:

"Murtaza Efendi, sen üzerindeki beylik eşyaları da teslim edeceksindir herhalde?"

"E, olur münasib beyim. Ben şimdi gider, ederim teslim beyliklerimi... çünkü herhalde vereceksiniz burada bana beylikler?"

"Tabii tabii..." dedi Fen Müdürü. "Elbise, elektrik feneri, tabanca, muşamba falan..."

"Vedalaşayım mesai arkadaşlarımnan. Sonra..."

"Sonra gel, Nuh'u bul. Komiser'e de benden bir selam salla."

"Hay haay beyim. Söylerim arz-i tâzimatınızı."

"Arz-i tâzimata lüzum yok. Selam söyle kâfi."

"Bulayım ondan sonra Nuh Efendi'yi."

"Bul. Sana fabrika içlerini gezdirip..."

"Göstersin girdiyi hem da çıktıyı."

"Bilhassa iplikhanedeki masura çalma işini."

"Sen meraklanma, çekme kaygu hem da... Dolaşayım fabrika içlerinde, yapayım her bir şeyleri tedkik mahallinde... çünkü söylemişti amirlerimiz bize kursta..."

"Nüfus kâğıdın yanında mı?"

"Yani kimlikim? Helbet, yanımda şükür."

Koynundan çıkardığı kimliğini Fen Müdürü'nün masasına saygıyla bıraktı.

"... Söylemişlerdi ki amirlerimiz bize kursta, haçan başlamadan önce herhangi bir vazifeye, lazımdır etmek çok sıkı tedkik her bir şeyleri mahallinde."

Sözlerinin Fen Müdürü üzerindeki etkisini anlamak için uzun uzun baktı.

Fen Müdürü, "Doğru," dedi.

"O halde... gideyim şimdi."

"Sen bilirsin."

"Gideyim, çünkü lazım öyle."

Çok sıkı bir asker hazır ol ve dönüşünden sonra odadan kaz adımlarıyla çıktı.

Fen Müdürü uzun uzun, katıla katıla güldü. Nuh da gülüyordu, ama katıla katıla değil. Daha çok kaygı içindeydi. Kendini tevekküle kapmış koyuvermiş, "Bu zırrıkıyla kim bilir neler çekeceğiz..." gibilerden düşünüyordu.

Gülmesi perde perde hafifleyen Fen Müdürü sonunda ciddileşerek, "Aç gözlerini Nuh," dedi. "Bu muhacir oğlunu sana yardımcı diye aldık amma, asla güvenmek yok ona. Diyeceksin ki madem öyle, niye aldın? Doğru. Bile bile lades işte. Bu hırtı bana Emniyet Müdürü tavsiye etti. 'Bekçilikte üstüne vazife olmayacak işlere burnunu sokuyormuş. Senin oraya belki yarar, idare et,' dedi. Kıramadım. Mesele bu..."

Kurnazca gülümseyen Kontrol Nuh, fabrika dokuması kül renkli pamukludan gömleğinin kolundaki kırmızı kolbağını düzeltti. Kolbağının üzerindeki "KONTROL" kelimesinin "K" harfi beyaz boyayla irice yazılmıştı.

Nuh'un bıyık altı gülüşünden anlam çıkaran Fen Müdürü, "Bıyık altından gülme," dedi, "bilirsin ki, bana hemşerimden gayrisi vız gelir, tırıs gider."

Toparlanan Nuh, "Bilmiyor muyum beyim?" dedi.

"Niye güldün bıyık altından öyleyse?"

"Güldüğüm şu ki, adamında gönül Erciyes Dağı'ndan yüksek. Nerden baksan bir mahalle bekçisi mesela. Kurs murs, vazife mazife patırdatıyor da."

Fen Müdürü güldü:

"İdare et... böylelerini kullanmasını bilirsen kazanırsın. Ver koltuğu, koşsun sabahtan akşama kadar it gibi."

"Doğru."

"Yoksa senin kesip attığın tırnağa böyle bir değil, bin muhacir oğlunu değişirsem şerefsizim!"

"Eksik olma beyim. Bilmiyor muyum?"

Kontrol Nuh da çıktıktan sonra Fen Müdürü uzun uzun

güldü. Yaşaran gözlerini avuçlarının içiyle sildi. O gece Emniyet Müdürü'yle gittikleri semt karakolunda da dikkat ettiği gibi, adam gerçekten de deli olmaktan çok başka türlü bir şeydi. O zaman gücünü nereden aldığını pek kestirememişti. Demek Balkan Harbi'nde şehit olan, hem de hırtça şehit olan... evet evet hırtça. Çünkü hiçbir askeri taktik, hiçbir elemana tek başına kılıcını çekip düşman topları üzerine atılma görevini vermezdi. Şimdi bu Murtaza... istese, biraz da koltuk verse, "Ha Murtaza Efendi, şu işçilerle ustaları düzene sok, göreyim seni" dese, tıpkı tıpkısına dayısı Kolağası Hasan Bey gibi....

Güldü, "Kolağası Hasan Bey" tuhafina gitmişti. Durup durup gülüyor, boyuna tekrarlıyordu: "Kolağası Hasan Bey, Kolağası Hasan Bey..."

Bir tutam parşömen kâğıdı çekti önüne, "Fabrika içleri gece kontrol yardımcılığına seksen lira aylık ücretle Murtaza'nın tayini..." hakkındaki raporu personele yazmaya başladı.

***

Fen Müdürü'nün odasından çıktıktan sonra da kaz adımlarını bozmayan Murtaza'nın gözleri ta karşılardaki bir noktada, karnı içerde, göğsü dışardaydı. Fabrikanın büyük kapısından çıkarken Boşnak kapıcı, gözüyle "N'oldu?" demek isteyen bir işaret yapınca, bu laubaliliğe fena içerleyen Murtaza şıp durdu:

"Bak bana," dedi. "İstemem bir daha böyle laubali ahvaller!"

Boşnak kapıcı anlamadı:

"Yani oldun mu tayin?"

"Olundum. Var mı soracağın başka şey?"

"Demek olundun?"

"Olundum."

"Aşkolsun."

"Kime?"

"Sana."

“Banaa?”

“Helbet sana. Sanmıştım giremeyeceksin... Aşkolsun!”

Tepesi attı:

“Abe aşkolsun onlara ki kazandılar kurs görmüş böyle bir meymuru!”

Ellerini arkasına koydu:

“Ne sanarsın beni sen? Benzer miyim herhangi bir başkalarına?

“?..”

“Tanırsın beni, yoksa tanımazsın? Bilirsin ne dedi Fen Müdürü bana?”

“?..”

“Bilmezsin şüphesiz. Dedi: Aldım seni fabrikama ki, sokasın her şeyleri disipline. Neden? Çünkü başa çıkamazlar imiş işçiler, hem da ustalarla.”

“?..”

“Aldık seni ki işçileri, hem da ustaları et adam. Niçin? Çünkü duymuş beni amirlerimden, söylemişler ona disiplinciliğimi... Sen de görse idin kurs, alsa idin amirlerinden sıkı disiplin, kırpmaz idin vazife bir sırasında amirlerine göz, etmez idin işmar.”

Hiçbir şey anlamayan kapıcı Boşnak, gene, “Aşkolsun!” dedi.

Murtaza çıldırdı. Ne anlayışsız, ne hayvan insanlardı bunlar be.

“Şapşaal,” dedi. “Koca budalaa!”

Sert adımlarla fabrika kapısından hırsla çıktı. Çook uğraşması gerekecekti bütün bunlarla. Ama emindi kendinden. Gelecekti üstesinden evvel Allah!

Gözüne fabrika karşısındaki İşçi Çayhanesi ilişti. Yorulmuştu. Gerçi yorulmak, yılmak diye bir şey yazılı değildi onun defterinde ama, gene de hem demli bir çay içmek, hem de işçiler, çaycı, garsonlarla tanışmak, velhasıl yarınki görevine bugünden başlamak için çayhaneyi teftişe karar verdi.

Eskiden preslenmiş pamuk balyalarının istif edildiği çayhane, beton döşemeli genişçe bir salondu. Badanasız duvarlarında sıra sıra resimler: Dalgalı ve simsiyah bir denizde "Donanmayı Hümâyun"un dehşetli bir saldırışı. Yandakinde, düşman saflarını pare pare edip yıldırım hızıyla ileri atılan eğri kılıçlı, kalkanlı, yatağanlı sarıklı leventler: Ecdadımız. Bu iki resmin hemen yanı başında, "He"sinden ağlayan "Ah ey minel aşk!" levhası... daha sonra, halk masallarımızın ünlü kahramanları: Tahir'le Zühre, Arzu'yla Kamber, Karacaoğlan'la Kara Kız, Köroğlu'yla Ayvaz. Palabıyıklı Köroğlu yanında kız yüzlü Ayvaz'ı, atlı geliyorlar. Köroğlu'nun eli yatağanının sapında, Ayvaz'ın kucağında saz. O sıra yanından geçtikleri bir gül fidanının dalında bir bülbül şakıyor, mavi göklerde de köpük kadar hafif, beyaz bulutlar.

Çayhane işçilerle doluydu. Küçük topluluklar halinde, ceketleri omuzlarında, gülüp söyleyen ya da saat ücretleriyle kabala denilen götürü ücretleri ve fabrikaca verilen ekmek, yemek, çalışma sırasında yuttukları pamuk tozundan yakınan bir kalabalık. Bunlar öğle postası olarak işe girecek işçiler. Yarım saat sonra paydos edecek arkadaşlarından makineleri teslim alacaklar.

Çatık kaşları, beline dayalı yumrukları, öfkeli gözleriyle çayhane kapısında dikilen Murtaza içerisini gözden geçiriyordu. İşçilerin karmakarışık, laubali kalabalığıyla çayhanenin pisliğini beğenmemişti. Hele işçilerden birçoğunun ceketlerini omuzlarına almaları, iskemlelerine ata binercesine oturup, pervasız kahkahalar atmalarını disipline iyice aykırı bulmuş, "Fukara Fen Müdürü..." diye geçirmişti. "Boşuna almadın beni fabrikana."

İçeri girdi. Yumrukları hep belindeydi. Kaşları çatık. Çayhanenin tam ortasında durdu. Kanatları etli, kocaman burnuyla çevreyi gözden geçirerek iskemle arandı, yoktu. Herkes kendi dalgasında, hiç kimse ona bakmıyordu bile. Nasıl olurdu? Nasıl bakmaz, nasıl görmez, nasıl toparlanmazlardı? Ceketleri omuzlarındakiler giymeliydiler ceketlerini; iskemlelerine ata binercesine oturmuşlar derhal doğru oturmalıydılar. Koskoca bir Fen Müdürü'nün saygı gösterdiği, bırak saygıyı, bırak Fen Müdürü'nü, Emniyet Müdürü ve Komiseri'nin bu basit, kirli, pis işçiler üzerine disiplini sıkı diye verdikleri bir kurs görmüş memurdu. Üstelik benzemezdi başka bekçilere. Damarlarında kolağası dayısının mübarek kanı dolaşıyordu.

Kocaman avuçlarını birbirine vururken dehşetle bağırdı:

"Kaveci, heey kaaveciiii!"

Çayhanenin arı kovanını hatırlatan uğultusu kesildi. Bütün başlar ona döndü: Alt tarafı bir bekçiydi, mahalle bekçisi. Ne oluyordu? Her gün ne bekçi, ne polisler girer çıkardı buraya...

Çaycı tezgâhından, "Hop hoop," diye seslendi. "N'oluyor?"

"Elinin körü!"

Çevredeki hayret artmıştı. O, ardını getirdi:

"Dikiliriz bir saattir, aranırız iskemle, bakmazsınız hiç!"

"Haa," dedi çaycı, "şu mesele... Garson oğlum."

Garson koştu, sonra bir iskemle uydurup götürdü:

"Buyurun beyim."

Az sonra tezgâha dönen garson gülerek, "Usta," dedi. "Şu bekçi demli bir çay istiyor, amma bardağı iyice sabunlayacakmışsın."

Çaycı anlamadı:

"Ha?"

"Demli çay..."

"Evet?"

"Bardağı da iyice sabunlayacakmışsın."

Çaycı gençliğinde bu fabrika dokumalarında çalışmış, sonraları adam vurup içeri girmiş çıkmış, kabadayı geçinen biriydi.

"Been?" dedi. "Ben bardağı sabunlayacakmışım ha? Öyle mi söyledi hıyar ağa?"

Garsonu gülmekten öksürük tutmuştu.

Murtaza'nın çevresiniyse dokumahanenin en azılıları alıvermişti: Yassı, Dubara, Ensiz, Yarasa, Dörtköşe... bir düzineye yakındılar. Fen Müdürü'nün yakındığı elebaşılar. İşten çok laf, kahkaha, haylazlık... makinelerinin başında gözleri dört döner, boyuna saate bakmak ya da su içmek bahanesiyle hela aralığına çıkar, üç çalışsalar on üç kaytarırlardı.

Başı iki yandan prese edilmişe benzeyen Yassı Bekir, Murtaza'nın tam karşısına oturmuştu:

"Demek," dedi ciddi ciddi, "Kontrol Nuh vazifesini yapamıyor diye..."

Murtaza sertçe:

"Beni aldılar!"

"Güzeel..."

Çok şişman Dörtköşe Cemal sordu:

"Siz tabii Nuh'un boşluğunu dolduracaksınız?"

Kupkuru Ensiz Necip:

"Ona ne şüphe?"

Ve yaylım ateş başladı:

"Canım zaten Nuh'da iş yok!"

"Dalgacının biri..."

"Fen Müdürü'nün hemşerisiyim diye..."

"Vazifesine boş veriyor."

Dörtköşe Cemal'e dönen Yassı Bekir, "Bundan sonra sayıyla kendine gel," dedi.

"Niye?"

"Niye mi? Herif kontrol oğlum, eşek başı değil hâşâ huzurdan!"

"Diploması da mı varmış diploması?"

"Tabii."

"Komiserlerin diploma vermek yetkisi var mı?"

"Var ya. Beğenmedin mi?"

"Beğenip de koynuma alacak değilim ya!"

Murtaza sertçe döndü. Dörtköşe Cemal, "Ne o?" dedi.

Yassı aldı sözü:

"Ne o, ne demek? Kim kimi koynuna alacak bakalım?"

"Pamuk çuvalının altı da bir üstü de..."

Murtaza bütün bu konuşmalardan pek bir şey anlamıyordu. Kafasına, "Komiserlerin diploma verip veremeyeceği" takılmıştı. Düzeltti:

"Değil diploma," dedi.

"Ya?"

"Takdirname."

Yassı, dost kılıklı bir soruyla, "Aşkolsun," dedi. "Hangi vazifeden ötürü almıştınız takdirnameyi?"

"Pek çok doğru vazifelerimden ötürü..."

Dörtköşe Cemal gene sordu:

"Peki Murtaza Bey... n'olacak şimdi? Sen mi Kontrol Nuh'a muavin olacaksın, yoksa Kontrol Nuh mu sana?"

Murtaza'nın iri burnu kıpkırmızı kesildi:

"Ben? Ben ha? Ben mavin olacam Nuh'a ha? Abe ben olabilir miyim mavin?"

"Niçin?" diye sordu biri. "Neden olamazsın?"

Sertçe döndü:

"Niçin mi?. Çünkü gördüm kurs, aldım çok sıkı terbiye büyüklerimden, hem da takdirname. Olamam ben mavin. Haçan çağardı beni Fen Müdürü bilirsiniz ne dedi?"

"Ne dedi?"

"Dedi: Var bu fabrikada bir gece kontrolü derler Nuh. Olur hemşerim, lakin değildir istediğim evsafta, göremez disiplinli vazife. Kalmadı disiplin fabrikada. Aldım seni fabrikama ki düzeltesin işleri... neden? Çünkü duymuş namımı ve de tahsilli adam, okumuş bu yolda çok yüksek dersler, almış amirlerinden terbiye. Bir baktım gözlerine, anladım ne evsaftadır. O da bir baktı benim gözlerime, anladı evsafımı."

Dubara Cafer ensesini kaşıyarak, "Vay Allah vay," dedi, "elin anaları neler doğuruyor! Bizim analar da bizim gibi çakalları doğurunca, 'Oğlan doğurduk,' diye babalarımıza naz yaptılar zahir?"

Çerkez Nuri, "Tabii," dedi. "Alınlarını bağladılar, lohusa şerbeti ikram ettiler konu komşuya..."

"Kırk hamamı ya kırk hamamı?"

"Kaçırırlar mı? Gittiler tabii."

Yassı Bekir, "Beni karıştırmayın," dedi.

Hemen hepsi aynı anda sordular:

"Niye lan çakal?"

"Ben sizlere bakarak adamım da ondan!"

"Niye? Bize bakarak neden adam oluyormuşsun? Şiren* nerende?"

"Adamım tabii..."

"Anladık niye?"

"Askerde onbaşıydım ben."

Dörtköşe Cemal, "İ...," dedi. "Ben çavuştum ya!"

Ensiz, "Durun durun," dedi. "Murtaza Bey'e soralım, o neymiş askerde? Kardeş senin rütben neydi askerde?"

Kalabalıktan biri, "Ya albay, ya general," dedi.

Deriin bir soluk alan Murtaza'nın iri, uzun burnu keyifli keyifli parlamaya başlamıştı. Nasıl başlamasın ki, havasını bulacak, anlatırken hem kendisi cûş-ü hurûşa gelecek, hem de işçileri getirecek, bu suretle de "cahil insanlar"ı uyarma işinde önemli bir adım atmış olacaktı.

Bekçi ceketinin sert yakası içinde boynunu ileri geri oynattı, palaskasını iştahla düzeltti, başladı:

"Ben gittim askere bekayadan. Haçan çıkardılar Galata'da papurdan bizi, altmış bekaya üç yüz on beşli, görmeliydiniz... Ne zaman pindik üstüne Galata Köprüsü'nün, toplaşmış ahali böyle. Naasıl kabarmaz yüreğin, naasıl duymazsın şeref hem da şan. Coştu içim, geldim cûş-ü hurûşa, atladım ileri, dedim durun be arkadaşlar, olayım kurban ayacıklarınızın tozcağızına, var bir çift sözüm bu İstanbullulara."

---

* Şıra.

Tekrar bir iç geçirdikten sonra ardını getirdi:

"Durdu arkadaşlar: Aldı etrafımızı ahali. Bindim omuzlarına bizim Pelvan Hasan'ın, dedim: Eeey muhterem İstanbullular, sayın vatandaşlarım! Dinleyesiniz bu Mürteza'yı, ister etmek sizlere hitap bir sözler ki duyasınız. Geldi teğmen, olmuş ifrit... Dedi: Abe ne bağırırsın? İn aşağı! İndim omuzlarından Pelvan Hasan'ın, aldım esas vaziyetimi, dedim: Bozamam disiplinimi huzurunuzda komutanım. Nasıl kavrarım boynunu, öpperim iki yanacıklarından... Eh be arslan yavrusu arslan... Bırrak beni, bırrak bu Mürteza'yı ki söylesin dokanaklı bir laflar bu İstanbullulara! Kabardı yüreğim, geldim cûş-ü hurûşa, et bana müsaade, öğreteyim nedir mertlik, civanmertlik!"

Yeniden derin bir soluktan sonra:

"Teğmen amma teğmeen, nah, dört yüz dirhem! Var bir çift göz delikanlıda, bakar yıldırım gibi mavi mavi. Geldi o da cûş-ü hurûşa, dedi: Ettim müsade be arslan yavrusu arslan. Söyle dokanaklı bir sözler ki, olsunlar mütenebbih bu İstanbullular, kavrasınlar nedir mertlik, civanmertlik!"

"Neler söyledin gayri kim bilir?"

"Toplaşmış ahali böyle... geçemez tramvaylar, hem da otomopiller... aççarım ağzımı pa pa pa pa..."

"Ne dedin?"

"Ne derim bilirsiniz?"

"Yok..."

"Derim: Eey muhterem İstanbullular, saygıdeğer vatandaşlarım! Haçan biz şimdi gidiyoruz bu altmış bekaya, üç yüz on beşli, düşmana karşı... bilirsiniz ne için? Boğmak için gırtlaklarını düşmanın bu pençelerimizle. Feda olsun canımız vatana, ölelim isterse. Çünkü dayım Kolağası Hasan Bey de gitti. Balkan Harbi'nde cepheye, saldırdı düşman toplarına kılıç ile. Oldu şehit. Döktü mübarek kanını kudsal vatan toprakları için! Naasıl koppar bir alkış, naasıl bağırırlar yaşa be arslan yavrusu arslan, olsun helal emdiğin süt ve aşkolsun seni doğuran anaya!"

"Sonra?"

"Sonra, sanardınız alkıştan yıkılacak Galata Köprüsü. Başladık Ey Gaziler'e... ağlar kocakarılar, yas tutar gelinler güzergâhımızda."

Bulgur bulgur terleyen alnını iri yumruklarının tersiyle sildi.

"...Daha sonra gittik Trakya'da, kazdık çok büyük hendekler, yaptık Çakmak Hattı'nın istihkâmlarını ki görmeye şayeste. Görmeliydiniz bu Mürteza'yı... Değişmez idim kendimi on beş yaşındaki delikanlıya."

"Canım şimdi neyin var?"

"On beş yaşındaki delikanlı şimdi bile senin yanında hava."

"Hava ki hava..."

"?.."

"?.."

"Yağğar idi yağmur, çakkar idi şimşek hem da yıldırımlar... kaçmış idi bütün arkadaşlar koğuşlara, kalmış idim tek başıma. Dedim: Ne isterse olsun. Yağsın idi yağmur, çaksın idi şimşek hem da yıldırımlar, kopsun idi kıyamet. Doğğurdu anam beni bugün için, olsundu feda canım vatana."

"?.."

"?.."

"Çağırır onbaşım, çağırır çavuşum, gediklim, hem da yüzbaşım. Dedim: Gelemem saygıdeğer komutanlarım, bırakamam vazifemi."

Deminden beri zorla tutulan kahkahalar salıverildi. Öyle çılgınca gülünüyor, öyle tepiniliyordu ki...

İskemlesinden fırlayan Murtaza, cebinden çıkardığı on kuruşu masaya vururken avazı çıktığınca bağırıyordu:

"Kaveci, heey kavecii, abe kaaveciii!"

Koşarak gelen çaycı, "Ne var?" dedi, "N'oluyor, ne patırtı ediyorsun?"

"Abe al paranı!"

"Bırak. Verdiğin on kuruş be. Ortalığı toza dumana boğdun tekmil."

On kuruşu masaya bırakan Murtaza, hâlâ tepinerek, katıla katıla gülmekte olan işçilere döndü:

"Yazzıklaar olsun, yazzıklaar olsun ki söylediğim içli sözlerden alacağınıza ders, gülersiniz hayvanlar gibi!"

Ensiz, "Yörüüüü," dedi.

"Andavallı!"

"Var elimden çekeceğiniz!"

"Lan yörü gav gav.."

"Sordurtacağım, hepinize sordurtacağım!"

Kahveden öfkeyle çıkarken daha kuvvetli kahkahalar yükseldi.

Neden sonra Yassı Bekir ellerini havaya kaldırarak, "Hey kurban olduğumun Allahı," dedi. "Biz istedik şaşı, sen gönderdin badem gözlüsünü!"

***

Evine bükülen son köşeyi dönünce, kundaktaki oğlunun yırtılırcasına ağladığını duyarak adımlarını açan Murtaza, fabrika çayhanesini, çayhanede matrağa alınışını falan unutmuştu. Her zaman açık kapıdan daldı içeriye. Karısı kapı önünde çocuğunun kirli bezlerini yıkamaktaydı. Heyecanla sordu:

"Abe ne ağlar bu sabi?"

Duru mavi gözleriyle kocasına şöyle bir bakıp işine koyulan kadın omuz silkti:

"Altına pisledi zahar..."

"Zaharmış. Ne için temizlemezsin? Ne için ağlatırsın çocuğu?"

Odaya koştu. Murtaza'nın bütün umudu bu en küçük çocuğundaydı. En büyük oğlan olamamıştı istediği evsafta. İlk'i bitirdikten sonra "Subay okuluna" girecek yerde girmişti sanat okuluna ve kendini vermişti futbola. Ondan sonrakiler kız'dı. Kızları "evlat"tan saymadığı için, bu en küçükteydi olanca umudu. Ağabeyinden Kolağası Hasan Bey çıkmadıysa, bu en küçükten çıkacaktı. Hasan Bey'in kahramanlığını gösterecekti.

Postallarını merdiven başında acele acele çıkardı. Terli ayakları pis pis kokuyordu ama farkında değildi. Tahta basamaklarda izler bırakan ıslak ve parça parça çoraplarıyla yukarı çıktı. Tam karşı köşede Kolağası Hasan Bey'in karakalem portresi, uçları yukarılara kıvrık bıyığıyla Murtaza'ya bakıyordu. Dayısını saygıyla selamlayan Murtaza, oğlunun kundağı başına gitti, kundağın bulunduğu sedirin önünde diz çöktü. Çocuk hiç durmamacasına, yırtınarak ağlıyordu. Bezleri çözmeye başladı. Bezler çözüldükçe çocuk perde perde susuyordu. Murtaza çişli bezleri çıkardı, çocuğun yumuk bacaklarının kıvrımlarını sildi. Çocuk sustu sonunda. Tombul yumruklarını emerek agulamaya başladı.

Oğlunun kundağına eğilen Murtaza, "Hadi," dedi, "hadi sana, hadi sana maskara, hadi sana! Haçan büyüyecen, dayımız Hasan Bey gibi kolağası olacan, kurşun atacan düşmanlara, kurşun atacan."

Çocuk gıdıklanıyormuşçasına gülüyordu. Bir ara tavan yukarıdan vuruldu. Âkile Hala'nın sesi:

"Hadi hadi... ne belli onun ne olacağı daha... büyür ise yarın tanımaz anayı, babayı, hem da Allah'ı."

Murtaza başını yukarı kaldırdı:

"Söyleme böyle be hala! Dersen kırk gün iyi, olur iyi; dersen kötü, olur kötü."

"Aaah ah... olsa adam, olur idi benim Recep'im. Vermedim meme besmelesiz. Azdı dünya. Bilinmez oldu büyük, küçük... Kappatır o İzmir o.....sunu, çıkardı akıldan anayı, hem de babayı... Görmezsin onu hiç?"

"Görürüm bazı bazı... çıkar Cumali'nin kaveye... içer her gün Giritli Hüseyin'in meyhanesinde..."

"Bitirecek evladımı o İzmirli, bitirecek... Ne oldu senin işceğiz?"

Bunu birden hatırlayan Murtaza, "Olundum tayin," dedi.

"Olundun demek?"

"Hem da çok büyük vazife!"

"?.."

"Çoook mesuliyetli hem da! Bilirsin ne der Fen Müdürü? Der: Ancak sen sokabilirsin disipline favrikamı. Bizim Kumiser, hem da Emniyet Müdürü söylemiş çok hisli sözler ona. Demişler vereceğiz sana Mürteza Efendi'yi, lakin o benzemez başka bekçilere. Çünkü gördü çok sıkı kurs, aldı amirlerinden sağlam terbiye ve de disiplin. Hem bilirsiniz kimin kanı dolaşır damarlarında? Nereden bilecek Fen Müdürü? Amirlerim demişler: Dolaşır damarlarında kanı dayısı Kolağası Hasan Bey'in. Ne zaman gittim favrikaya gördü beni Fen Müdürü, amman Mürteza Efendi, dedi, güvenirim sana. Ancak sen sokabileceksin disipline favrikamı. Güldüm, dedim: Çekme kaygu müdürüm. Sakınmam gözümü budaktan."

Murtaza'nın karısı çamaşırları yıkamış, avlunun paslı tenekeleri üzerine seriyordu ki, en küçüğün büyüğü Zehra üstü başı çamur içinde, ağlayarak avluya girdi. Az önce tertemiz giydirdiği kızını çamurlara batmış gören kadının aklı gitti. Sövdü, saydı. Sövüp saymakla hırsını alamayınca kızı yerden yere çalmaya başladı. Murtaza, Âkile Hala'yla çene çalmayı bırakıp yıldırım gibi yetişti, kızı anasının elinden aldı:

"Abe yetişir, yetişir... Öldüreceksin kızı."

Kadının gözleri dönmüştü:

"Gebersin o....., gebbersin!"

"Fakat bilirsin işlersin suç bir kanun adamının önünde?"

"Şimdi, şimdi başlarım senden de kanun adamlığından da!"

"Yoo... uzatamazsın kanunlara dil. Herhangi bir dil uzanır ise kanunlara, koparır o dili kanun adamı."

Kadının aklı fikri temiz üst başını çamurlatan kızındaydı:

"Peki," dedi. "peki... gider o baban helbet..."

Murtaza kızıyla odaya çıktı. Kızının çamurlu üst başını çıkarıp ablalarından birinin çok bol, eski entarisini giydirdikten sonra, "Ne oldu be evladım?" dedi. "Ne için çamurlattırttın üst başcağızını?"

Kız içini çeke çeke, "Hendeğe düştüüüm," dedi. "Tenekecinin oğlu yiteledi beniii."

Oğlanın anasına söven Murtaza, kızını kucağına aldı, gözlerinin yaşını sildi. Sonra karısına yemek için seslendi:

"Haydi be yahu! Ne oynar durursun hâlâ?"

Kadın sertçe baktı:

"Ne var? Ne istersin?"

"Acıktım be yahu..."

"Hay yiyesin dertceğiz... Bilmezsin kızlar gelmedi fabrikadan, büyük okulda, Hasan..."

"Söyleme ona Hasan be yahu, kirlettirme dayyım Hasan Bey'in namını. Değil o Hasan. Olamadı Hasan, olamaz da..."

Kadın bunları duydu mu, duymadı mı... Belki de duya duya kanıksadığı için aldırış etmedi, üzerinde de durmadı. Onun fikri, Zehra'nın tertemiz üst başını çamurlatmasıyla, çocukların henüz yemek için eve gelmemelerindeydi. Ama en çok Zehra'nın çamurlu üst başında.

Murtaza en küçük oğlunun yanı başındaki pencerenin önüne süklüm püklüm oturdu, dışarılara bakmaya başladı. Bu eğri pencere, mahallenin sırtını çevirdiği kocaman bir göle bakıyordu. Bu gölün kirli suları yaz kış kurumazdı. Yosun tutmuştu. Milyonlarca sivrisinek, bütün semte bu gölden dağılır, bu göl yüzünden mahalle, sıtmadan göz açamazdı.

Firdevs'le Cemile, ağabeylerinden önce eve geldiler. Babalarının pencere önünde oturmakta olduğunu görünce, köşe başından çıkan ağabeylerine, "Babam evde" demek isteyen bir işaret çaktılar. Hasan tam zamanında durdu. O da kız kardeşlerinin anlayacağı biçimde, "Zeytinle ekmek getirin bana!"demek istedi. Bunu mahallelisi tarafından "Şark Ekspresi" adı verilen, burnu havada, enstitülü Emine Ablaları gördü. Kızları bir kıyıya çekti:

"Zeytinle ekmek mi istedi sizden?"

Cemile, "Hı," dedi.

Firdevs:

"Sen babamı oyala, biz götürüp verelim."

Burnu havada Emine omuz silkti:

"Ben karışmam..."

Odaya girdi. Az kalsın gene patavatsızlık edecek, Hasan'ın geldiğini, ama babasının evde olduğunu anlayınca Firdevs'le Cemile'den ekmekle zeytin istediğini, alıp haylaz futbolcu arkadaşlarının yanına gideceğini söyleyecekti, korktu. Babasından değil, iki yaş küçüğü Hasan'dan. Babasına gammazlık ettiği kulağına giderse çekeceği vardı.

Ağabeylerine ekmekle kara zeytin götürüp hemen dönen Cemile ile Firdevs de geldikten sonra Murtaza'nın karısı, çamaşırdan ağarmış, ıslak ellerini koltukaltlarında kurulayarak, delik deşik sofra bezini yere yaydı, ekmeği doğradı, turşu çanağını raftan indirdi, büyükçe bir teneke maşrapayla su getirdi.

Mercimekli bulgur pilavına, en küçük Hasan'la en büyük Hasan dışında, bütün aile saldırdı.

Fabrika çırçırlarında, yani "kütlü" denilen tohumlu pamuğun tohumundan ayrılma işinin yapıldığı bölümde çalışan Cemile'yle Firdevs sarı, kavruk şeylerdi ki, üç yıldır, her gün on iki saat, bazen daha çok çalışmaktan kurumuşlardı. Büyüğü on üçündeydi, küçüğü on ikisinde. İnce bilekli, uzun parmaklı elleri, mavi gözleriyle annelerinin tıpkısıydılar. Lokmaları ağızlarında büyüyor, canları yemek istemiyordu. Haftadan haftaya mavi zarflar içinde aldıkları haftalıklarını babalarına tek kuruş eksiksiz getirmek zorundaydılar. Çünkü ablalarıyla ağabeyleri okuyordu. En büyük kız, Sanat Enstitüsü'nün dikiş bölümündeydi; iki yaş küçüğü Hasan, Erkek Sanat Okulu'nun tesviye bölümünde. Bu iki kardeşten ötürü Murtaza, fabrikada çalışan Firdevs'le Cemile'yi zaman zaman şöyle avuturdu:

"...Yarın olacak ablanız terzi, ağabeyiniz tesviyeci, kazanacaklar çok para. Onlar da ettirecekler size rahat, olacaksınız hanım, oturacaksınız köşelerde."

Emine de, Hasan da akıllı şeylerdi. Yaşlarına göre uzunca, zayıf, tıpkı anneleri gibi duru mavi gözlü... Emine, sokakta kurşun gibi yürüyüşünden ötürü "Şark Ekspresi" diyen mahallesinin delikanlılarına kulak asmaz, pek pek "Terbiyesizler!" der geçerdi.

Sanat okuluna girip babasının subay olmak hayallerini tuzla buz eden Hasan, Murtaza'nın gözünde artık iki para etmiyordu. Değil tesviyeci olup çok para kazanması ihtimali, isterse milyoner olsun. Değil mi ki günün birinde Hasan Bey dayısının yolunu tutup düşman toplarına kılıçla saldırma şansını kaybetmişti, gebersindi isterse!

Nitekim, oğlunun yemeğe ne için gelmediğini sormadı bile. Hatta aklına bile gelmedi oğlunun eksikliği. Ahtapotlu burnundan fışlayarak yiyordu. Çanaktan bir biber turşusu aldı, ağzına attı, sapını kırt diye kesti dişleriyle.

Deminden beri fışlayışına dikkat eden karısı, "Abe yavaş ol," dedi, "gelmez arkadan atlı!"

Murtaza kaşığını bırakıp doğruldu:

"Düşünürüm yeni vazifemi!"

Demin Âkile Hala'yla konuştuklarını işitmemişti kocasının:

"Demek olundun tayin?"

Yeşil ışıltılı gözleriyle karısına sertçe baktı:

"Helbeet! Şimdi gideceğim, teslim edeceğim beyliklerimi, vedalaşacağım amirlerimle, arkadaşlarımla hem da..."

Yemeği falan unutuvermişti:

"Ne der Fen Müdürü bilirsin?"

Kadının bütün bunlara karnı toktu ya, gene de:

"Ne der?"

"Bozuldu disiplini fabrikanın der. Çok aramış idim disiplini sıkı bir arkadaş, olsundu kurs görmüş... Gittim sizin Emniyet

Müdürü hem da Kumser beylere, ettim rica, dedim var ise sizin kadroda bu evsafta sıkı bir arkadaş, veresiniz bana."

Karısıyla çocuklarının hiç olmazsa hayran hayran bakmalarını beklediyse de oralı değillerdi.

"...Tabii derhal ben gelmişim akıllarına Emniyet Müdürümle Kumserimin. Demişler var bizim kadroda bu evsafta bir arkadaş, lakin veremeyiz sana, çünkü direğidir kadromuzun. Uzatmayalım Fen Müdürü yalvarmış çok, düşmüş ellerine ayaklarına hem da. Dayanamamış amirlerim. Demişler vereceğiz sana Mürtezamızı, lakin bilesin kıymetini. Çünkü benzemez o başkalarına, aldı çok sıkı dersler, gördü kurs..."

Gözleri birden karşı duvardaki Hasan Bey'in karakalem resmine ilişince:

"Hem da dolaşır damarlarında dayısı Kolağası Hasan Bey'in mübarek kanı!"

Karısıyla çocuklarında gene, böyle birinin karısı ve çocukları olmaktan gelen bir şeyler aradı, bulamadı. Bulamayınca da ateşe devam etti:

"Ne der Fen Müdürü bilirsin? Var bir arkadaş der, adı Nuh. Olur hemşerim. Lakin zinhar güvenmeyeceksin ona. Doğru. Gördüm adamı, baktım nafile!"

Karısının pilava uzanan eline vurdu:

"Bilirsin, var bir kuvvet bende, Allahtan. Bakayım herhangi bir insana, anlarım ne evsaftadır... tabii anladım derhal, dedim Fen Müdürü'ne: Çekmeyesin kaygu müdürüm. Hiç merak etme, sokacağım fabrikanı çok yakın bir zamanda disipline. O da kurs görmüş, almış terbiye büyüklerinden, belli. Dedi: Aşkolsun be Mürteza Efendi, olmadı başlayalı vazifene çeyrek saat, lakin kavradın her bir şeyleri, olacaksın nümûne-i imtisâl."

Karısını yeniden gözden geçirdi.

"... Sonra gittim çayhaneye, buldum çok pis, hem da disiplinsiz. Topladım ameleleri söyledim çok hisli sözler, hem da dokanaklı... Neden? Çünkü lazım böyle. Kavrasınlar nedir vazife, mertlik, civanmertlik, olsunlar bu yolda mütenebbih."

Kadın sonunda, "Abe maaş kaç?" diye sordu.

Murtaza dudak büktü:

"Aldım bu kadar büyük vazife, soracam bir de maaş?"

"Helbet soracan. Var sende evlat altı."

"Abe ermez aklın, söylenirsin haminnem gibi. Ne için böylesiniz bütün kadınlar? Uzun saçlarınız, kısa akıllarınız hepten... Bir gün toplamış idim başıma milleti, atlamış idim herhangi bir çöp bidonunun üstüne, söylemiş idim çok hisli, hem da dokanaklı sözler, lakin bir kadın, tıpkı sen... Demiş idi: Bakkal vermez peyniri namuz ile; kasap eti, fırıncı ekmeği. Değildir üstün bir vazife, şeref, hem da namuz bir kilo fasulyadan değerli."

"Yalan mı?"

"Doğru mu?"

"Helbet doğru. Ne bakkal, ne kasap, ne fırıncı vermez zırnık namuza, şerefe, şana... İster para!"

Murtaza acı acı güldü:

"Bilirsin aldım ne büyük vazife?"

Kadın da kızmıştı:

"Abe madem aldın büyük vazife, versinler maaş büyük."

"Abe verecekler muşşamba, tabanca, pottin, alektrik feneri bile."

"Abe ne bana alektrik feneri, muşşamba, tabancadan?"

"Vazife!"

"Vazife, anladık. Vazife büyük, olmalı maaş da büyük."

"Abe Hasan Dayım gider iken salmağa düşmanlara sormuş mu idi maaşı?"

"Onun için herkes der hâlâ kakavan Hasan!"

Murtaza kaşığı elinden atıp kalktı:

"Olamayacaksın, olamayacaksın Mürteza'ya layık evsafta kari!"

***

Fen Müdürü'nün masası önünde "Hazır ol"da bekleyen Murtaza, bekçi elbisesini soyunmuş, fabrika dokuması kül renkli pamukludan, sert, buruş buruş bir elbise giymişti. Esas duruşta, Fen Müdürü'ne göz kırpmadan bakıyordu.

Fen Müdürü'yse başını masasındaki kâğıtlara indirmiş, sinirli, elleriyle kâğıtları karıştırıyor, önemli bir kâğıdı arıyordu. Bir ara masasının önünde birisinin dikildiğine dikkat etti. "Birisi"ydi gerçekten de o an. Çok önemli kâğıt bulunmazsa fenaydı. Belki de felaket!

Masası önünde dikilmekte olana bakmadan, "Ne var?" dedi. "Ne istiyorsun?"

Böyle bir karşılanış beklemeyen Murtaza şaşırdı:

"Ben mi, bendeniz mi?"

"Sen, sendeniz..."

Esas vaziyetini bozmadan Fen Müdürü'nün masasına az daha sokuldu:

"Geldim!"

Fen Müdürü tamamıyla unutmuştu.

"Niye geldin?"

Murtaza iki yanına bakındı. Tuhaf, çok tuhaftı hem de. Disiplini bozulan fabrikasının düzene sokulması için amirlerinden yalvar yakar aldığı, kurs görmüş, damarlarında Kolağası Hasan Bey'in mübarek kanı dolaşan bir insana karşı...

Esas duruşunu bozmadan, "Yoksa müdürüm," dedi, "yapmayasınız benimle şaka?"

Fen Müdürü şaştı:

"Şaka mı? Ne şakası?"

"Yani demek isterim latife..."

"Ne latifesi be? Ne şakası be? Sırası mı latifenin, şakanın?"

Murtaza şöyle bir düşündü, haa... sınardı müdürü onu. Bakalım disiplini sıkı, kurs görmüş, damarlarında dayısı Kolağası

Hasan Bey'in mübarek kanı dolaşan bir ast, üstüne karşı ne ölçüde saygılıydı.

Aklı yatınca, daha sıkı bir esas vaziyet aldı.

"O halde affedersiniz müdürüm... buyurmuştunuz ki geleyim bugün. Ettim teslim beyliklerimi, vedalaştım amirlerimlen, hem da arkadaşlarımlan."

Fen Müdürü o kadar iş, daha önemlisi de yitik evrakın sinirliliği arasında unuttuğu Murtaza'yı yeniden hatırlayarak, güldü: "Evet evet... sen şimdi çağır bana şu Nuh'u, yahut dur, odacıyı çağır, yahut bırak bırak... Şu Buldan'ın iplik siparişleri gitti mi acaba?"

Murtaza şaşkına dönmüştü.

Fen Müdürü zile bastı. İçeriye giren odacıya, "Sor muhasebeciden. Buldan'ın iplik siparişleri gitti mi?" dedi. "Bir de şu Kontrol Nuh'u çağır bana."

Odacı çıktı. Fen Müdürü, "Kafa meşgul oldu mu," dedi, "insan bakıyor, göremiyor. Demin senin ne istediğini birdenbire anlamadım. Hah, buldum aradığım kâğıdı. Bu cenabeti arıyordum, kafamı karıştırmıştı."

Murtaza, "Olur beyim," dedi, "haçan meşgul olunca kafa, göremez insan baktığını, ayıplamam!"

"Ya? Demek ayıplamazsın?"

"Ayıplamam müdürüm..."

"O halde mesele yok. Ayıplarsın diye ödüm kopmuştu da..."

Kapı açıldı, Nuh'un iri başı göründü.

Fen Müdürü, "Haydi," dedi, "Nuh geldi. Birlikte fabrika içlerini dolaşın..."

"Çünkü lazım etmek tedkik, görmek mahallinde her bir şeyleri."

"Evet ama, her şey yavaş yavaş ve usulüyle olmalı..."

"Sen çekme kaygu... bekçilikte ben..."

"Peki, peki..."

"Derdi Kumser Bey."

"Peki dedim, peki şimdi, hadi..."

Murtaza bozulduysa da, aldırmadı. Herhangi bir üst, dilediği anda dilediğinde "işlem" kullanır, hatta bağırıp çağırdıktan başka, ana avrat bile sövebilirdi. Onun için üstünün davranış ve sözlerinde hiçbir aşırılık bulmamalı, saygıda kusur etmemeliydi. Müdürünü saygıyla selamlayıp sert bir soldan geri, odadan çıktı. Nuh ardından geliyordu... Geliyordu ya... Deli miydi bu herif, zırrıkı mıydı? Ulan şu fabrikatörlerde hiç mi hiç akıl yoktu be. Daha herif fabrikaya adımını atmadan dokumahanenin en azılılarını karşısına almış, esmâyı başına sıçratmıştı. O Yassı'lar, Ensiz'ler, Dörtköşe'ler... sidiklerine basan uyuz olurdu... Sen tut, git çayhaneye, paldır küldür et, kendine milleti güldür...

Fen Müdürü'nün kapısından üç adım uzaklaşmamışlardı ki, Murtaza rap, durdu. Elini Nuh'un omuzuna koydu.

"Arkadaş," dedi. "Başladık yeni vazifemize şükür. Duydun ne hisli sözler söyledi müdürümüz? Dedi: Edeceğiz tatbik fabrikaya çok sıkı disiplin. Doğru söyler. Çünkü yaramaz güler yüz bizim millete. Gördün saplaşmış çamurlara, koşmayacaksın yardımına zinhar. Atacaksın bir tekme de sen. Çünkü yaramaz gevşek muamele."

Kontrol Nuh kös dinliyordu. Kaba bıyığını yumruğunun tersiyle sıvazlayarak yürürken, çayhanedeki deliliklerini düşünüyor, bıyık altından gülüyordu. Yassı, Dubara, Ensiz, Dörtköşe, apteshane aralığında daha şimdiden "Muhacir kontrol" taklitleri yapıyor, çevrelerini kırıp geçiriyorlardı.

Kontrol Nuh'un, kendisini dinlemeyip yürümesi, Murtaza'nın canını sıktıysa da üzerinde durmadı. O da yürüdü. Fabrika kapıcısı Ferhat'ın oraya gelmemişlerdi ki, Murtaza gene durdu:

"Şimdi," dedi, "bilirsin ne yapacağız sennen ben?"

"Yook," dedi Nuh. "Ne bileyim? Ne yapacağız?"

"Vereceğiz omuz omuza, götüreceğiz ileri fabrikayı."

Nuh düşündü düşündü:

"Yok ağa, yok," dedi. "İleri götürmeye kulak asma, fabrikanın yeri iyi!"

Az sokuldu, sır verircesine ekledi:

"Hem sana bir şey deyim mi? Sen sen ol, tatavacılığa boş ver. Daha dün bir, bugün iki... senin neyine gerek fabrikayı ileri götürmek? Fabrikanın ileri geri gitmesi bizim üstümüze vazife değil. Al maaşını, şükret Allahına. Zaptiye nazırı gibi zort atıyon bre herif."

Murtaza şiddetle dikildi:

"Öyle değil, değil öyle kazın ayağı arkadaş. Pisleyemem yediğim çanağa. Ben yaptım bekçilik, gördüm kurs, aldım çok sıkı dersler büyüklerimden. Yapsa idin bekçilik, görse idin kurs, alsa idin büyüklerinden çok sıkı dersler, konuşmaz idin böyle cahil cahil."

Kontrol Nuh esnedi, yaşaran gözlerini avuçlarının içiyle sildi, yürüdü. Murtaza da yürüdü. Omuz omuza yürüyorlardı. Dün kahvelerde "Bana mavin aldılar..." dediğini söylemişti işçiler. Onun için işi çok sıkı tutacak, böylesine cahil birine muavin olamayacağını anlatacaktı ona.

Malzeme yedek ambarının önünden geçiyorlardı. Murtaza durakladı. Pencereden göz attı içeriye:

Birtakım memurlar toplaşmış, çok mühim şeyler müzakere ediyorlardı herhalde!

Nuh'sa çekmiş gidiyordu.

"Abe," dedi, "baksana arkadaş!"

Nuh durdu, döndü:

"Ne var?"

"Görmezsin? Meymur beyler!"

Kontrol Nuh lahavle çektikten sonra, "Her uğruna çıkan kravatlıya salta durursan vazife göremen burda," dedi.

Murtaza şaşkınlık içinde bakıyordu ki, Nuh, "Yürü," dedi. "Yürüsene!"

Ağır ağır yaklaşan Murtaza ellerini arkasına koydu:

"Abe nasıl duymaz ağzından çıkanı kulağın? Nasıl sarf edersin amirlerimiz hakkında böyle sözler?"

"Hangi amirler?"

"Ambarda toplaşmış..."

"Ne ki onlar? Onları ne belliyorsun?"

"Meymur beyler, amirlerimiz!"

"Ne amiri lan?"

"Helbet meymur, var boyunlarında kravatları..."

"Allahümme sabıriiin... oraya niye toplandıklarını biliyor musun?"

"Ederler helbet çok mühim müzakereler."

"Lan ne mühimi? Ne müzakeresi hey Allahın habennekası? Yörü, yörü hele bee..."

Kolundan çektiği halde Murtaza kımıldamadı. Sanki yere kazık gibi kakılmıştı:

"Abe," dedi, "abe sen..."

"Lan bırak abe'yi mubeyi. Onlar orada akşam çektikleri kafaları, barları, barlardaki avratları mavratları anlatıyorlar birbirlerine. Senin anlayacağın, vazifelerinden kaytarmış dalga geçiyorlar."

Murtaza'nın koluna girdi:

"Yörü, yörü de onları uzun uzun anlatayım sana."

Murtaza hâlâ olduğu yerde kakılmış kazık, "Haayır," dedi. "İstemem, anlatma!"

"Yahu Murtaza Efendi, kardaşım, yörü hele, hele biyol bee, abooo... sen bilmezsin onları. Onların en iyisinin anasını da avradını da.."

Nuh'un kolundan çıldırmışçasına kurtulan Murtaza, avazı çıktığı kadar bağırmaya başladı:

"İstemeem, istemem bu yolda sözler. Nasıl, nasıl söversin ana hem da avrat amirlerimize? Meymur beyler onlar."

"Ah kardaşım, Murtaza Efendi, sen bilmezsin bu memur takımını. Yüreğim pek göğnük onlardan benim. En biri kasadar... Ne gün varsan kooperatif markası değişmeye de, desem ki böyle böyle Hasan Bey, hastam var... yahut insan hâli, lazım oldu pek, şunları paraya çeviriver desem, bi paylar ki... İlle müdür, muhasebeci, patron oldu mu yanında eh... Bellersin Ebüssuut Efendi'nin torunu deyyus. Kendilerine oldu mu, kooperatif markasını tonla değişiverirler, bize oldu mu yoook!"

İç geçirdi, yeni bir örneğe geçti:

"...Birinde marangozhane kâtibinin şerbeti içilecek dediler. Hani kâtip fukara oğlandır, alçakgönüllü, iyi... bir de şakacıdır ki, deme gitsin. Hadi dedik biz de varalım nişana, iyi kötü bir de hediye alalım. Kooperatif markam var epey. Kasaya gittim. Gitmez olaymışım da ayaklarım kırılaymış. Kasasında yalnızdı. Bir iskemle çektim tam oturacaktım, boynu yularlı arkadaşları geldi. Arkadaşları gelince, herifin kaburgası bi kalınlaştı, eh. Beni, Kapıcı Ferhat'ı, Odacı Haydar'ı bi kovdu ki, kanımız kurudu tekmil."

Murtaza gene de, "Lazım saygı amirlere," dedi. "İstemem bir daha bu yolda ayıp sözler... çünkü onlar..."

Nuh'un tepesi fena attığı halde belli etmedi.

Murtaza'ysa ardını getirdi:

"... Amirlerimiz, üstlerimiz, büyüklerimiz. Tanımayan büyüğünü, tanımaz Allahını da."

Tohumlu pamukların tohumdan ayrıldığı "Çırçır Dairesi"ne gelinceye kadar konuşmadılar. "Çırçır Dairesi"ne çıkılan harap merdivenden, çoğu paçavralar içinde kadın, erkek, çoluk çocuk işçiler inip çıkıyorlardı. Bunlar, su içmek ya da ayakyoluna gitmek üzere makinelerinden ayrılmış işçilerdi. Bu yandaysa, sıra sıra yatan pamuk balyalarının üzerinde birtakım çocuklar oynuyor, gülüp şakalaşarak altüst oluyorlardı.

Murtaza'nın dikkatini çekmişti bu:

"Abe ne oynar vazife bir sırasında bu çocuklar?"

Nuh anlatmaya çalıştı:

"Bu çocuklar pamukçu. Irgatbaşıları var, biz karışmayız, yani onlar bizi alakadar etmez."

"Etmez mi? Nasıl etmez?"

"Basbayağı etmez."

"Ben olayım bu fabrikanın kontrolü, etmesin beni alakadar. Olmaz öyle şey."

Çocukların üstüne yürüdü:

"Hey, bakın bana bakayım."

Çocuklar korkudan uzaklara kaçıştılar.

Murtaza küplere bindi:

"Abe bakın derim, muzır vatandaşlar."

Çocuklar anında pamuk balyalarıyla duvar kıyılarına dağılıp gizlendiler. Murtaza koştu kocaman postallarıyla. Çocuklar kaçıştılar. Derken eğlenceli bir kaçıp kovalamaca başladı. Oyun, eğlence için fırsat kollayan çocuklara göreydi tam da. Başladılar:

"Muzır sensin."

"Senin baban muzır."

"Muzır oğlu muzır."

"Geldi geldi geldi..."

"Kaçın lan, eheeey!"

"Eheeeey!"

"..."

"..."

Murtaza deli camız gibi çocukların üstüne koşuyor, çocuklarsa çok usta şaşırtmacalarla Murtaza'yı yanıltıp pamuk balyalarının üzerine yuvarlanıyorlardı. Gürültü, şamata öyle yayıldı ki, mavi tulumlu işçiler, dokumacılar, iplikhane, dokumahanenin kadınlı erkekli bölük bölük işçileri doldu. Murtaza'nın ufacık çocuklara maskara oluşu gülmekten kırıyordu milleti.

Sonunda gene yardımına Nuh koşup koluna girdi de millete maskara olmaktan kurtardı. Kurtardı ama Murtaza üç adım sonra gene durdu:

"Buradan türkü sesi geliyor."

Nuh, "Onlar pamuk balyacısı," dedi. "Onlar götürü çalışır. Bizi hiç alakadar etmez..."

"Ama söyler türkü."

Nuh'un da tepesi atmıştı:

"Söyler söyler baba," dedi. "Kâhyası mısın heriflerin?"

Yürüdü, yürüdü ama, içi içini yiyordu. Ne demekti, "Kâhyası mısın heriflerin?" Elbette hem kâhyası, hem de amirleri, yani bütün bir fabrikadaki işçilerin üstüydü. Vazife bir sırasında türkü söylemek de ne oluyordu? Vazife bir sırasında türkü söylendi mi, söylenen yerde disiplinden eser kalmamış demekti ki, öyle görünüyordu.

"Çırçır Kâtibi"nin odasına gelince, kapıda durdular. Alabildiğine sinirli bir Arnavut olan kâtip, sertçe baktı. Murtaza'ysa bu adamı memur sayıp saymamakta çekimserliğe düşmüştü. Masası, kalemi, kalın kalın defterleri vardı ama, boynunda kravatı yoktu.

Nuh'a sordu:

"Abe meymur mu bu?"

"Memur ya," dedi Nuh. "Benzetemedin mi?"

"Yok kravatı boynunda."

"Çırçır Dairesi"ne çıkmak üzere merdivenlere yönelince, Nuh da kâtibin odasına girdi:

"Enayi oğlu enayi..."

Gözlüğünün üstünden hâlâ sertçe bakmakta olan Arnavut Kâtip sordu:

"Kim?"

"Demin yanımda dikilen..."

"Ne olmuş? Ne diyor?"

"Senden ötürü, memur mu diyor. Memur ya benzetemedin mi dedim..."

"O ne dedi?"

"Bırak canım Yakup Efendi Allahını seversen..."

"Hayır, ne dedi? O ne dedi?"

Nuh mahsustan abarttı:

"Ne diyecek? Boynunda yuları yok, öyle memur mu olur, dedi."

Kıpkırmızı kesilen Arnavut Kâtip ellinin üstündeydi. Sultan Hamit Tüfekçileri'nden ünlü bir paşaya dayanmışlığı ile övünür, kravata falan mahsustan boş verir, gelecek iyi günleri beklerdi. Gelecek iyi günler hangi günlerdi? Gelecek iyi günler, saltanatın yeniden kurulacağı günlerdi ki, Çırçır Kâtibi o zaman babası, hatta dedesi gibi saraya yanlayacak, onu bu "çırçır kâtipliği"ne düşürenlerden hesap soracaktı.

"Boynunda yuları yok" sözüne öyle içerledi ki birden, kan tepesine çıktı, yüzü acı bir kırmızı biber gibi kızardı.

"Demek memur olabilmek için boynunda mutlaka yular olmalıymış ha?"

"Kim bilir. Öyle diyor..."

"Bakma, mahsustan takmıyor, onun bir ucu Saray-ı hümâyun'a dayanır demedin mi?"

"Amaan bre Yakup Efendi sen de. Uyduğun bir insan olmalı. Sûretâ* insan. Sûretâ insanlarla..."

"Hayır, eşek gibi konuşmuş. Kim bu sahi?"

"Hiç. Serserinin teki!"

"İyi amma, yanında gezdiriyorsun. Senin urbadan giyinmiş..."

Nuh derin bir iç geçirdikten sonra, "Bu heriflerin malı deniz," dedi, "yemeyen domuz."

"Yahu anladık. Bu herif kim diyorum sana be."

"Bana muavin diye almış güya Kâmuran. Hani, yoruluyorum, amelelerle başa çıkamıyorum dediydim bir iki... lakin adamımdaki gönül gönül değil, Erciyes Dağı. Zaptiye nazırı gibi zort veriyor."**

---

* Görünüşte.

** Çalım yapmak, kabadayılık.

"Anladık. Neyin nesi, kimin fesi?"

"Anlatıyorum ya... Kâmuran demiş ki, şu deli oğlan yoruluyor, bir yardımcı alalım şuna demiş. Hani hemşerinin kötüsü olmaz ne de olsa... orası lazım değil, bugünden ötürü dediydi ki, sana bunu yardımcı aldık, fabrika içlerini dolaştır, girdiyi çıktıyı göster, bellet... Esasına bakarsan, Fen Müdürü bunu buraya hatır belası almış. Şu Komiser Rıza Efendi başından atmış senin anlayacağın... Yanımıza kattık, Kâmuran'ın odasından çıktık, bir iki üç adım attık atmadık ki zıppadak durdu. Ne o? Elini omuzuma koydu: Arkadaş, dedi, bana bak. Baktık tabii... Omuz omuza verek de ileri götürek fabrikayı, dedi."

Arnavut Kâtip'in sert, kıpkırmızı yüzü yumuşayıverdi:

"Ne dedi, ne dedi?"

"Omuz omuza verek de ileri götürek fabrikayı."

Kâtip bir kahkaha attı:

"Vay dürzü vay. Fabrikanın yeri iyi demedin mi?"

"Kaçırır mıyım? Fabrikanın yeri iyi arkadaş, ileri götürmeye kulak asma, dedim..."

Kâtip durup durup gülüyordu. Birden ciddileşti:

"Ben bu adamı tanıyacağım Nuh!"

"Nerden?"

"Hem de gayet iyi tanıyacağım..."

Uzun uzun düşündü, belleğini zorladı, sonunda, "Buldum," dedi. "Tamam. Genelevden tanıyorum bunu ben. Genelevde bekçiydi o serseri. Sivil giyince tazıya dönmüş. Sana bir şey deyim mi? Bu herif Allahın belasıdır ha!"

"Nasıl? Ne gibi yani?"

"İnsafsız, rezil... bir dayısı mı varmış ne de, Balkan Harbi'nde şehit düşmüş. Hatta birinde, damarlarımda dayımın kanı dolaşıyor, dediydi..."

"..."

"..."

"..."

Murtaza merdivenleri iniyordu, sözü kestiler.

Nuh kalktı.

Kâtip, "Otur, otur," dedi. "Otur da söyletelim bir iki..."

Murtaza kapı önüne gelince, Nuh, "Gel birer cigara içelim," dedi.

Murtaza şaştı:

"Cigara ha? Vazife bir sırasında?"

Kâtip araya girdi:

"Buyrun Murtaza Bey, beş dakika, buyrun..."

Murtaza, bu kravatsızın da "kâtip" olduğunu öğrenmemiş olsaydı mümkün değil girmezdi. Ama kravatsız falan da olsa kâtipti, girdi. Boş iskemlelerden birini çekip oturdu.

"Hoş geldiniz," dedi kâtip.

"Hoş bulduk..."

"Cigara?"

Murtaza, kâtibin uzattığı paketten bir sigara alıp gene kâtibin kibritinden yaktı. Karşılıklı hoşbeşten sonra:

"Bir zamanlar bekçiydiniz değil mi?"

Murtaza isteksizlikle:

"Evet."

"Ayrıldınız demek?"

"Çünkü lazım imiş bu fabrikaya disiplini sıkı bir arkadaş. Bozulmuş disiplin, çıkamazlar imiş ameleler ile başa. Onun için etmiş rica Fen Müdürü, demiş sayın Emniyet Müdürüm ve Kumiserim, yalvarırım size, verin bana disiplini sıkı, hem da kurs görmüş bir arkadaş..."

Kâtibin ağzı açık kalmıştı.

" Yaa... demek Fen Müdürü sizi Emniyet Müdürü ve Komiser'den..."

"Etmiş rica. Vermeyecekler idi, lakin düşündüm, hayır saygıdeğer amirlerim, dedim, olmaz vermemek. Madem bozulmuş disiplin, gideyim, göreyim. Edeyim her bir şeyleri mahallinde tetkik... sonra, der Fen Müdürü, güvenemem fabrikamı hiçbir kimselere... der güvenemem babama bile."

Nuh dayanamadı:

"Babasına bile güvenemezmiş de sana mı güvenirmiş?"

Sertçe baktı:

"Ne sanarsın kurs görmüş, disiplini sıkı bir meymuru?"

Arnavut Kâtip'in de ayranı kabarıverdi:

"Bekçiler memurdan sayılmazlar," dedi. "Hem ne olacak sizin gördüğünüz kurstan? Biz vaktiyle, ohooo... nice nice hâkimler geçti elimden!"

Şıp değişiveren Murtaza saygıyla, "Demek," dedi, "devlet meymuruydunuz?"

"Memur da söz mü? Şimdiki zabıt kâtipliği ne? Çocuk oyuncağı. Bizim zamanımızda yazı makinesi falan yoktu. Böyle gayrı ciddi şeylere olsa bile iltifat etmezdik ya... Biz zabıtlarımızı elle, eski harflerle tutardık. İlamları elle yazardık. Kararların müsveddelerini ben yapar, hâkimin önüne koyardım da, hâkim, 'Aşkolsun Yakup Efendi,' derdi. 'Sen bizleri cebinden çıkarırsın.'"

Murtaza az kalsın kâtibin önünde sert bir esas duruşa geçecekti. Geçmedi, ama sordu:

"Demek gördünüz siz de çok sıkı kurs?"

"Kurs murs görmedik biz. Bizim zamanımızda böyle maskaralıklar yoktu."

"Ama aldınız şüphesiz büyüklerinizden sıkı terbiyeler?"

"Ohooo... hem de ne terbiye! Biz, Sultan Hamit'in okkalık ekmeğiyle beslendik. Şimdikiler gibi sen sensin, ben ben değil. Bir büyüğümüzü gördük mü kulaklarımıza kadar kızarırdık. Neden? Eski zaman terbiyesi."

Murtaza coşmuştu. Nuh'a döndü:

"Duyarsın söyler ne dokanaklı sözler?"

"Söyler, çünkü adamın bir ucu Saray'a dayanır. Sen? Senin ucun nereye dayanıyor?"

Ayağa hızla kalktı:

"Hasan Bey'e," dedi. "Kolağası Hasan Bey'e. Tanırsın Hasan Bey'i? Okudun tarihlerde namını Hasan Bey'in? Bilirsin nasıl döktü mübarek kanını kudsal vatan topraklarına? Bilmezsin. Konuşursun haminnem gibi. Bir vazife yüksektir bir namuzdan ve bir vazife benzemez peynir ekmek yemeye."

Kâtip makaraları koyuverdi, sonra arkasını okşadı:

"Çok heyecanlısınız Murtaza Efendi..."

Nuh:

"Heyecana meyecana boş ver de birbirimize düşmeyek. Neden dersen, onlar tavşana kaç tazıya tut derler."

Murtaza, "Kim?" dedi, "Onlar kim?"

"Fen Müdürü, patron, şu bu..."

Murtaza bu sözleri mimlerken, kâtip sordu:

"Genelevlerde de bulunmuştunuz değil mi?"

Murtaza iç geçirdi.

"Evet... çünkü bozulmuş idi disiplini genelevlerin, lazım idi sokmak disipline. Düşünmüş amirlerim, gelmişim akıllarına. Çağırdı Kumiserim, lakin sıkılır canı çok. Ne için? İstemez vermek kadrosundan beni. Çünkü almış o da büyüklerinden sıkı dersler, görmüş kurs. Bakarım yüzüne, derim ne düşünürsün be Kumserim? Sallar başını, der: Abe Mürteza Efendi, ben düşünmeyeyim de düşünsün kimler? Sorarım: Ne var düşünecek şükür? Abe, der, bozuldu disiplini genelevlerin, lazım sokmak disipline. Derim: Ne üzülürsün? Et müsaade bu Mürtezana, düzeltsin yirmi dört saat içinde, soksun nizama, intizama hem da! Der Kumser, yok bundan şüphem, lakin istemem kaçırmak seni karakolumdan, onu düşünürüm... Dedim: Üzülme Kumserim, bir vazife kutsaldır bir namuzdan."

Durdu, gırtlağını temizledikten sonra:

"...Ne zaman aldım zapt hem da raptı elime, başladı titremeye o.....lar. Kabil mi idi gülsünler kahkaha ile? Girsin bir evden içeri bir delikanlı, kalkmasın o.....lar, almasınlar esas vaziyet karşısında delikanlının? Demez idim yarattı Allah... Lastik kırbaç elimde, çektirir idim amanallah, saydırtır idim yıldızları."

Kontrol Nuh dayanamadı:

"Burayı kerhane belleme sakın ha!"

"Ne için?"

"Burası fabrika. Buranın ameleleri adama ipi taktılar mı... Öyle değil mi Yakup Efendi?"

Kâtip başını salladı. Murtaza ayağa kalkmıştı:

"Abe sen baksana bana iyi," dedi. "Kırılsın sapı ister ise kaşığın, dönemem ben pilavdan."

Kontrol Nuh da kalktı:

"Benden söylemesi. Üst yanı senin bileceğin şey..."

"Yok akıla ihtiyacım... görüşeceğiz hepinizle."

"Bennen de mi?"

"Disiplini bozacak herkesle."

"Demek birbirimize gireceğiz?"

"..."

Omuzunu dürttü:

"Öyle mi? Birbirimize mi gireceğiz?"

"Bir sözü söylerim bir sefer: Disiplini bozacak herkesle boğuşacağım; isterse olsun babam!"

Çırçır Kâtibi'nin odasından çıktı. Nuh derin bir iç geçirip Çırçır Kâtibi'ne kaygılı kaygılı baktıktan sonra ardından gitti. Daha doğrusu gitmek zorunda kaldı. İçi içini yiyordu, ama ne fayda. Kâmuran'ın ona arka çıktığına şüphesi yoktu. Yetişmiş oğlu, hâli vakti yerinde kızı olsa, hemşeri memşeri hiç müdana etmez. "Al atını ver tımarımı" der, basar çıkardı işten, ama yoktu. Allah belasını versin!

Muhasebe servisine doğru yürüyüp gittiler.

Az sonra çırçır dairesinin kısa boylu, kalın ustası, Çırçır Kâtibi'nin odasına geldi. Yumrukları belinde, öfkeyle sordu:

"Kimdi deminki herif Yakup Efendi?"

Çırçır Kâtibi gülmeye başladı.

Usta aynı öfkeyle tekrarladı:

"Sahi kimdi?"

"Yeni kontrolümüz."

"Anlamadım?"

"Yeni kontrolümüz."

"Niye? Bir tane yetmiyor muymuş?"

"Yetmiyormuş."

İçeri girdi, oturmadı:

"Şakayı bırak. Yakup Efendi, kim sahi?"

"Vallaha şaka yapmıyorum, yeni kontrol. Fabrikanın disiplini bozulmuş, senin Fen Müdürü düzeltsin diye Emniyet Müdürü'nden disiplini sıkı birini istemiş. Emniyet Müdürü de Komiser'e emir vermiş..."

"Of of of... sonra?"

"Komiser de bunu göndermiş."

"Desene kafadan sakat, akıldan piyade?"

"Ne sayarsan say..."

"Vay anasını! Haberim olsaydı gösterirdim ona disiplini. İçerdeydim, şifleme makinesinin* yanında. Tamir yapıyordum. Yağcılar geldi, dediler usta, böyle böyle, bir adam gelmiş, tahkikat yapıyor. İş müfettişi falan belledim... ne bileyim? Demek disiplini sıkı kontrol?"

"Öyle sıkı ki, ne Fransız anahtarı açabilir, ne İngiliz."

"Onun gibi ne sıkı kontroller geldi geçti burdan. Yarın dokumacıların cırnağına** bir düşerse..."

Kâtip, "Amaan sen de," dedi. "İt dişi domuz derisi..."

"Orası öyle. Lakin bir daha benim atölyeme girer etrafa cart curt ederse... eh, Allah ya ona verir, ya bana."

Gözlüğünü gözüne takan kâtip defterine eğildi.

---

* Tohumlu pamuğu kozanın kuru kabuğundan ayıran makine.

** Yırtıcı hayvan tırnağı.

***

Ilık vınıltılı havasıyla iplikhaneyi, öğürtücü kokular salarak fokur fokur kaynayan kola kazanlarını, makine dairesini, çözgüleri, genzi yakan asit kokulu havasıyla boyahaneyi, çalışmıyormuşa benzeyen dev makineleriyle pırıl pırıl santral bölümünü, peçek, marangoz, döküm atölyelerini, pamuk, tohumlu pamuk, çemberli, çembersiz balya depolarını, velhasıl fabrikanın tüm deliği deşiği, girdisi çıktısını dolaştıktan sonra, dokumahaneye geldiler.

Dört yüz dokuma tezgâhının şakırtılı havası içine girince Murtaza fena halde ürktü. Kontrol Nuh'un koluna sımsıkı tutundu ve dokumahane çatısındaki dev putrellere ürküntüyle baktı.

Burada sanki demirden atlar, beton döşeme üzerinde alabildiğine koşarlarken, öfkeli şakırtıları ile dokuma tezgâhları, döşeme, tozlu putreller, tezgâhları başında elleri boyuna işleyen dokumacılar, havada uçuşan pamuk tozları, her şey, herkes titriyor, sarsılıyordu.

Yüz kırkıncı dokuma tezgâhının işçisi Yassı Bekir, parmaklarını ağzına sokup kuvvetli bir ıslık çaldı. Dokumahanenin öfkeli şakırtısını keskin bir çizgi gibi yırtan ıslık, iki yüz beşinci makinenin işçisi Ensiz Necip'e uzandı. Hemen başını kaldıran çökük avurtlu Necip, arkadaşı Yassı Bekir'in, Murtaza'yı gösteren göz işaretini aldı. "Farkındayım!" demek isteyen bir işaretle cevapladı. Ve karşıdan karşıya sırf dokumacılara mahsus, sırf dokumacıların anlayacağı bir konuşma başladı:

"Enayi ürktü ha!"

"Tabii ürkecek..."

"Birer cigara içelim mi?"

"Durduğun kabahat."

Mekiklerine dolu birer masura koyup, çalışır durumda bırakarak apteshane aralığına çıktılar. Sarı İbrahim de oradaydı. Çevresini gene işçiler almışlardı:

"Bugün gidip kıyameti koparacağım arkadaşlar, beni destekleyin. Ekmeklerde de iş yok, yemeklerde de..."

Yassı Bekir'le Ensiz Necip'i gördü:

"Gelin buraya," dedi. "Yemekler gene her zamanki gibi. Fasulye yemeğinin suyunda kurtlar beyaz beyaz yüzüyordu, hepimiz gördük. Bu fasulyelere dünya kadar para verildi, dura dura kurtlanmış. Bitirmeden yenisini alamayız dediler. Patrona çıktım, inanmadı. Fen Müdürü dersen züppenin biri. Ben öğleyin yemek kabını kaptığım gibi düşüyorum idareye."

Yassı Bekir, Ensiz Necip'e baktı. Ensiz Necip, Yassı Bekir'e. Ev bark, karı, çoluk çocuk hak getire, kazandıklarını fabrika yakınındaki içkili kebapçı dükkânlarında kafa çekerek, bol bol kahkaha atarak, fakir fukarayla dalga geçerek harcayan bu haylaz işçilerin böyle şeylerle ilgileri yoktu. Aslına bakılırsa kızıyorlardı da Sarı İbrahim'e. Ne diye karıştırıyordu sanki böyle şeyleri? Yoksa işçiler nasıl olsa yiyorlardı kurtları et niyetine. Çat muhasebe, Fen Müdürü'nün odası ya da patron... ne çıkacaktı? Koskoca patrondu herif. Yarın kafası kızar da cümle kapısına koca kilidi takıp, "Paydos. Fabrikamı tatil ettim" derse ne olurdu?

Onun için Yassı, "Dün gittin de ne oldu?" dedi. "Herifler kurt masalı okuyor."

"Okusun. Bütün mesele..."

Ensiz Necip:

"Sana bir şey deyim mi İbrahim? İşçileri kışkırtmaktan, onlara önayak olmaktan vazgeç..."

"Niye?"

"Bekçi Murtaza'yı fabrikaya senin için almışlar. Bak, şaşırtır Allahını!"

Yanlarına apteshane bekçisi ihtiyar Azgın sokuldu:

"Ne o gene? Bakıyorum kumpası kuruverdiniz hemen..."

Sarı İbrahim, "Kumpas kurmadık," dedi. "Demek benim için almışlar onu?"

"Öyle değil mi Yassı?"

"Şerefsizim öyle," dedi Yassı.

"Fen Müdürü diyesiymiş ki, bizim fabrikada bir Sarı İbrahim var, işçilerin akıllarına iş düşürür. Yemek beğenmez, ekmek beğenmez... sen en çok ona göz kulak ol demiş..."

İbrahim güldü:

"O ne demiş cevaben?"

"Kim?"

"Yeni kontrol?"

"Sen çekme kaygu müdürüm demiş, ezerim kafasını!"

Bıyığı, kaşları ak pak Azgın hiçbir şey anlamamıştı. Sabırsızlıkla sordu:

"N'olmuş lan?"

Yassı anlattı:

"Şu Nuh'a yardımcı aldıkları muhacir bekçi yok mu?"

"E?"

"Fabrikayı disipline sokacakmış."

Apteshane bekçisi Azgın Ağa pala bıyığını sıvazladı:

"Dün bizim Nuh anlatıyordu... Zaptiye gibi zort atıyormuş, o mu?"

"Kaldır ayağını üstüne bastın."

"Bu herif deli mi ki laan?"

Yassı Bekir, "Aha," dedi. "Geliyorlar!"

Herkes gösterilen yöne baktı: Nuh'la Murtaza, dokumahaneden çıkmış, iplik ambarlarına doğrulmuşlardı. Ambardan içeri girip, gözden silininceye kadar baktılar. Sonra apteshane bekçisi Azgın, fırıldaklı düdüğünü çıkarıp kuvvetle üfledi:

"Haydi işbaşına haydiiii!.."

Apteshanelerin oradaki barakasına girdi.

Ötekiler işbaşı için dokumahaneye giderlerken, Sarı İbrahim, bekçi Azgın Ağa'nın barakasına omuzuyla dayandı:

"E, Azgın Ağa, şu Cemal Paşa, Kanal macerasını anlatıyordun..."

Kaba bıyığı, püskül püskül kaşları ak pak apteshane bekçisi

bir doksan boyunda, iriyarı bir adamdı ki, en büyük zevki Harb-i Umûmî'de* "Büyük Cemal Paşa"yla katıldığı ünlü Kanal Seferi'ni anlatmak, anlatırken de o günleri yeni baştan yaşamaktan gelen bir heyecanla coşmaktı. Mert adamdı. Dobra dobracı. Fabrika sahibi, Fen Müdürü, muhasebecinin falan kaç sefer anasına avradına dümdüz gidivermişti. Fabrika sahibinin hemşerisi olduğu, fabrikayı nereden, nasıl kazandıklarını bildiği için hatırını sayıyor, daha doğrusu ona takılmaktan, onu kızdırıp küfrettirmekten hoşlanıyorlardı.

"Bırak Cemal Paşa'yı da, Kanalı da İbram," dedi. "Yaşım yetmiş ya, işim bitmiş değil. Kendimi yirmi yaşındaki delikanlıya değişmem. Şimdi ne istiyorum biliyor musun? Bir harp olmalı, amma şimdiki gibi o..... harbi değil. Delikli demire kulak asma. Erkek harbi, kabadayı harbi... Zaloğlu gibi sıyıracan palayı, Allahümme salli alâ seyyidinâ Muhammed. Doğuran kısrak utansın, ormana dalar gibi dalacan!"

Bir doksan boyu, akları kanlı iri gözleri, esmer birer somunu hatırlatan yumrukları...

"... Şimdi mesela Hızır Aleyhisselam karşıma dikilse de, dese: Ey Azgın Ağa, dile benden ne dilersen!"

"Ne dilersin?"

"Para, avrat, ev, bark dilemem. Bana derim doru bir at, amma ince bacaklı... Arap aslından doru bir at, bir gürz, bir kalkan, bir tane de eski beşliler yok mu, Yunan beşlileri. Ondan. Şöyle iki sıra da mermi ver, on sene dağlarda, buz gibi kaynakların başında gezip dolanayım, yol keseyim, bir iki üç boynuz kırayım... ondan sonra gel ruhumu kabzeyle,** amma rahat döşeğimde değil, ya harpte, ya da...."

Sarı İbrahim iplik ambarından çıkan Kontrol Nuh'u görmüştü.

---

* Birinci Dünya Savaşı.

** Teslim almak.

"Seninki geliyor," dedi.

"Kim?"

"Nuh..."

Baktı, gördü:

"Gelsin, iyi oğlandır Nuh... hani hemşerim diye değil, lakin iyi oğlandır. Sözü dinlenir, ekmeği yenir... Bu Fen Müdürü yok mu? Bakma zort attığına... Memlekette yiyecek ekmekleri yoktu da, bu Nuh'un babası... Nuh'un babası deyip geçme, tekmil âlim ulema adamdı hani..."

Yorgun Nuh kulübeye girdi:

"Ooof of Allah, of. Tam bulduk yitirmezsek vallaha..."

Sarı İbrahim'i apteshane aralığından çağırmışlardı, gitti.

Azgın, "Niye of çektin lan?" diye sordu. "Ne var ki?"

"İler tutar yerim kalmadı vallaha Azgın Ağa..."

"Öyle mi? Pek kötü haber veriyorlar bu kahpe analıyı... Bekçi miymiş ezelde?"

Nuh gene derin bir iç geçirdikten sonra, "Bekçiymiş," dedi. "Bizim Çırçır Kâtibi Yakup Efendi iyisini biliyor. Genelevlerde o....lara amanallah çağırtırmış... Burnunu sokmadığı şey yok babam. Hangi taşı kaldırsan altında."

Azgın Ağa koca bıyığını elinin tersiyle sıvazladı:

"Vay kahpe analı vay! Demek bulaşığın biri? Yanılıp şaşıp cırnağıma düşmesin Nuh. Anam avradım olsun öfelerim."*

"O, bu değil ya, asıl gücüme giden senin Kâmuran'ın hoşafçılığı... herife vermiş koltuğu, vermiş koltuğu... bana da ağız yapıyor."

"Ne diyor?"

"Sana onu muavin aldım, diyor. Yoruluyormuşum göya... Lan ben kaçın kurasıyım? Sen giderken ben geliyordum. Tavşana kaç, tazıya tut. Ona muhacir Murtaza derlerse, bana da Kayserili Nuh derler!"

---

* Dövmek.

Azgın da kabardı:

"O, elli olsa bizimle aşık atamaz. Yolunu şaşırıp da cırnağıma bir düşerse... eh... öfelerim anam avradım olsun, öfelerim."

"Kâmuran diyesiymiş ki: Nuh hemşerim olur a, kulak asma. Ben hemşeri memşeri takmam. Fabrikamı babama bile güvenemem diyesiymiş..."

"Babasına güvenemezmiş de sana mı güvenirmiş kahpe analı diyemedin mi?"

"Abooo, emmime hele... Dimem mi? Babasına güvenemez de sana mı güvenir lan, dedim..."

"Ne dedi?"

"Ne diyecek? Hemen bir kulp yakıştırıyor. O, bu, değil ya ben şimdi geri duracam az buçuk... yarın nasıl olsa işçilerle takışır. Zaten dokumacıların ağzına sakız olmuş..."

"Olmuş ki olmuş. Yassı, Ensiz mensiz bunu söyleyip geziyorlar tekmil... Yakında ipi takarlar... lakin cırnağıma düşmesin Nuh, hani yanılır şaşar da cırnağıma bi düşerse..."

***

Murtaza, Nuh'tan ayrıldıktan sonra Fen Müdürü'nün odasına geldi, kapıyı vurup bekledi. İçeriden "Gel" sesini duymadan girmeyi, kurs görmüş, disiplini sıkı ast kişiliğine yediremiyordu.

Yeniden vurdu. Sonunda "Geel!" dedi Fen Müdürü, girdi.

Oda kalabalıktı. Dokumahane şefi, kola, çözgü, makara ustaları toplanmış, dokuma tezgâhlarında fazla iplik kopması yüzünden zaman kaybedip kazançları düşen dokumacıların yazılı şikâyetlerini görüşüyorlardı.

Kimse Murtaza'nın farkına varmadı. Oysa, Fen Müdürü'nü saygıyla selamladıktan sonra bir kıyıya çekilmiş, gözleri Fen Müdürü'nde, göğsü dışarda, karnı içerde, sabırla beklemeye başlamıştı.

Oradakileri hırsla gözden geçiriyor, ameleden kimseler sarıdığı ustaların Fen Müdürü'yle böyle senli benli konuşabilmelerine içerliyor, bunu onların terbiye, disiplin eksikliklerine vererek, fabrikada bir kurs açılmasını, tüm ustalarla işçilerin kurstan geçirilmesini Fen Müdürü'ne teklif etmeyi düşünüyordu.

Ustalar çıkıp gittikten sonra Fen Müdürü, "E..." dedi. "Gezip dolaştın mı bakalım?"

Murtaza hâlâ sinirliydi. Fen Müdürü'nün masasına önemle sokuldu, onu gözden geçirdikten sonra, "Gezdim," dedi.

"Nasıl buldun?"

Masaya az daha sokulan Murtaza, başını esefle salladı:

"Nafile..."

"Neden?"

"Disiplinden yana nafile amirim."

"Demek disiplinden yana nafile? Peki, ne yapalım? Nasıl bir disiplin tatbik edelim ki işlerimiz yoluna girsin?"

Masadan gerileyen Murtaza, derin bir soluk aldı. Ak pak olmuş kalın kaşlarını oynattı. Gözlerini Fen Müdürü'nün arkasındaki takvime dikti, tavana kaldırdı:

"Lazım çok sıkı disiplin."

"Mesela?"

"Mesela," diye mırıldandı. Birden, az önceki ustaları hatırlamıştı:

"Demin huzurunuzdaki ameleler müdürüm..."

"Hangi ameleler?"

"Az önce konuşurlardı huzurunuzda laubali ahvallerle..."

Fen Müdürü anlamıştı, güldü:

"Onlar amele değil, usta onlar."

"Usta mı?"

"Usta tabii..."

"Demek ustaydılar? Daha kötü amirim."

"Neden?"

"Bir usta demek, bir amir demek. Lazım göstermek terbiye, olmak numune vatandaş etrafına. Nedeen? Çünkü ameleler alacaklar ders ustalarından. Öğrenecekler nedir terbiye, hem da zaptı rapt. Olursa bir usta laubali, bilmez ise nedir vazife bir sırasında disiplin, gelmez amelelerin akılları başlarına."

Fen Müdürü hiçbir şey anlamadığı halde:

"Doğru."

"Sonra müdürüm, isterim fabrikada bir kurs."

Fen Müdürü hayretle baktı:

"Kurs mu? Ne kursu?"

"Lazım ustalara, hem da amelelere... haçan dolaştım fabrika içlerini, gördüm, ettim tedkik her bir şeyleri mahallinde. Lakin beyenmedim disiplinden yana."

"?.."

"Alalım ele bizim arkadaş Nuh'u. Gördük ambarda meymur beyler, toplaşmışlar, vermişler kafa kafaya, görüşürler şüphesiz çok mühim müzakereler. Derhal toparlandım, aldım esas vaziyetimi, verdim selamımı. Lakin Kontrol Nuh edemez bu incelikleri izan. Derim, arkadaş al esas vaziyetini, ver selamını... Der; affedersiniz boş ver. Hem da söver avratlarına! Derim, ayıptır arkadaş, al sözlerini geri, sövülmez bir amire. Der gene: Boş ver, edeyim affedersiniz, avratlarını böyle, böyle!"

"?.."

"Olmaaz! Bir kontrol demek, bir amir demek, bir meymur demek. Var çok büyük salahiyetler üzerinde. Biz şimdi vereceğiz meymur arkadaşlar ile el ele, açtırmayacağız göz amelelere. Neden? Çünkü yaramaz gevşek muamele amelelere. Nuh ise bilmez bunu, anlamaz nedir vazife... çünkü görmemiş kurs, yapmadı bekçilik, almadı sıkı terbiye amirlerinden. Ve..."

"Ve?"

"Dolaşmaz şüphesiz damarlarında Kolağası Hasan Bey'in kanı."

Fen Müdürü en çok da bu "Kolağası Hasan Bey" lafına gülüverdiyse de kendini topladı, laf olsun diye sordu:

"Sonra?"

"Sonra amirim var daha pek çok bozuk ahvaller... gördüm teftişim bir sırasında birtakım çocuklar, oynarlar iş bir esnasında oyun, hem da pamuklar üzerinde. Vazife bir sırasında oynamak oyun, bozzar disiplini."

Fen Müdürü'nü gözden geçirdikten sonra, "Var balyacılar," dedi, "vazife bir sırasında çağırırlar türkü. Derim; etsene müdahale be arkadaş. Der, boş ver... herhangi bir kontrol, herhangi bir vazife sırasında gördü mü disipline aykırı işlem, lazımdır etmesi müdahale derhal."

"Doğru."

"Elbet. Çünkü yaramaz gevşek muamele bizim millete."

"?.."

"Açtırmayacaksın göz, demeyeceksin Allah yarattı."

"?.."

"Çünkü yüksektir bir vazife bir namuzdan."

Fen Müdürü, elinde olmayarak atmak üzere olduğu kahkahasını önlemek için masasında ayağa kalktı. Murtaza'ya elini uzattı:

"Yaşşa sen Murtaza Efendi!"

Murtaza'nın kalın kemikli, kocaman elini sıktı.

"Aferin sana, aşkolsun. Tam istediğim gibi bir kontrol olacaksın. Bütün adamlarımı senin gibi dinamik, senin gibi canlı, senin gibi vazife âşığı görmek isterim. Halbuki bizim adamlar hak getire... vazife dedin mi, bucak bucak kaçarlar."

Murtaza gene sır verircesine az eğilerek, "Sen ol bana arka," dedi, "iste benden vazife."

"?.."

"Vazife bir sırasında görmez gözüm evladımı, demem ciğerparem."

"?.."

"Nedeen? Çünkü var bende bir his, Allahtan. Bakayım herhangi birisine candan, anlarım doğru mu eğri mi? Neden? Allahtan işte."

"?.."

"Bir gece dolaşır idim bölgemde. Baktım pis kediler devirmişler apartuman kapılarındaki çöp tenekelerini. Neden? Hayvan, bilmez temizlik nedir hem da yurtseverlik. Var idi koca kafalı bir kedi, kara. En azgınları ve en cahilleri şüphesiz. Ne zaman çıkarım teftişe bölgemi, görürüm koca kafalıyı. Devirir çöp tenekelerini, saçar yerlere balık başları, zeytin çekirdekleri hem da. Nasıl beni gördü, kaçtı otomobilin altına. Dedim kaçma muzır vatandaş. Var sana söyleyecek bir çift sözüm. Sallar koca kafasını. Tam bu sırada idi, perişan birisi, elinde beyler, beyefendiler bavulu. Baktım, ama dikkatle. Tutmadı gözüm adamı..."

"Neden?"

"Çünkü var bir his bende, Allahtan."

"Başka?"

"Başkaa... bir şüpheli, bir fakir, bir sefil kişi, ne için taşısın idi beyler beyefendiler bavulu?"

"Doğru."

"Dedim kendi kendime, aç gözlerini Mürteza! Var bu bavulun içinde mutlak muzır maddeler. Dedim, dur bakayım vatandaş, durdu. Kokar ağzı raki, leş... Der, ne var? Cahil vatandaş, görmemiş kurs, almamış sıkı dersler amirlerinden. Dikilir boyuna. Attı tepem, yürü karakola! Direnir, istemez gitsin. Ne için? Çünkü değil kendisinin bavul ve belki de bulunur içinde birtakım muzır maddeler. Yürü derim, diretir, abe yürü. Haayır. Sarılırım düdüküme, öttürürüm. Koşarak gelir iki bekçi. Lakin değiller ikisi de vazifesinin arslanı. Derler: Var mı hakkında şikâyetçi? Abe ne olsun şikâyetçi? Bir amir, bir meymur şüphelenmiş madem, yok mesele. Derim: Benim şikâyetçi, davacı hem da. Çünkü vazife bir sırasında gelmiş idi bir amire karşı, kullanmak istemiş idi cebir. Lakin bekçiler, yok kafa, çıkarlar şüpheli vatandaştan yana. İsterler bırakayım adamı. Bırakmam. Naasıl bırakırım müdürüm. Şüphelenmişim bir sefer. Çekerim, direnir, başlarız patırtıya. Uyanır mahalle, kalkarlar yataklarından don paça. Bekçiler onları da çekerler kendilerinden yana. Uzatmayalım, dünya geçse dünyaya, yapacağım vazifemi. Bir vazife yüksektir bir namuzdan. Haçan vazife bir sırasında görmez gözüm evladımı, demem ciğerparem..."

"Peki sonra? Adamı sürükledin mi karakola?"

"Helbet amirim... İşitmiş Kumserim patırtıyı, çıkmış idi kapısına karakolun. Kumser, ama kumseeer... değil lahana sapı. Görmüş kurs, almış amirlerinden çok sıkı terbiye. Bir baktı, tanıdı adamı: Dedi, vay Makara!"

"Sabıkalıymış demek?"

"Helbet amirim. Olmasa idi sabıkalı, ne için taşısın idi bey, beyefendiler bavuluni?"

"Bekçiler, mahalleli ne yaptı?"

"Ne yapacak be amirim? Aradılar şüphesiz saklanacak affedersiniz fare deliki."

"Peki, Komiser adamı çekti mi karakola?"

"Helbeet..."

"Bavul? Bavul ne oldu?"

"Bilemem üst bir yanını. Kumserim bilir şüphesiz nasıl bir işlem tatbik edeceğini..."

Telefon çaldı. Fen Müdürü kulaklığı aldı, konuşmasını bitirip yeniden döndü Murtaza'ya:

"Pekâlâ... burada da aynı feragatle çalışır..."

"Olmasın şüpheniz zerre kadar."

"...Çalışır, Nuh'a falan kulak asmazsın. Çünkü Nuh ve ötekiler ruhsuz heriflerdir. Hem vazife görmekten kaçarlar, hem de görmek isteyene engel olurlar."

Murtaza kırış kırış kontrol elbisesi içinde adeta şişti, büyüdü, genişledi:

"Olamaz bana engel hiçbir kimse amirim. Ederim arz-i tâzimat zatınıza, hem da sunarım saygılarımı. Benzetmeyesiniz bu Mürteza'yı her bir kese. Direki idim karakolumun. Gördüm kurs, aldım amirlerimden çok sıkı terbiye. Haçan ben şimdi kalayım farz-ı mahal vazife bir sırasında aç..."

Fen Müdürü sözünü kesti:

"Memnun oldum, memnun oldum..."

"... Kalayım aç amirim, öleyim isterse... demem of."

"Pekâlâ... sen şimdi..."

"...Neden? Çünkü büyüktür bir vazife bir namuzdan."

"Elbette. Sen şimdi..."

"Haçan var bir kızım, hem da oğlum. Her ikisi de çalışırlar derslerine geceyi gündüze katarak."

"Sen şimdi..."

"Lakin oğlum, çıkmadı istediğim evsafta. İstemiş idim benzesin dayım Kolağası Hasan Bey'e."

"?.."

"Neden? (Göğsünü yumrukladıktan sonra) Tohum tıpkı Kolağası Hasan Bey tohumu, lakin tarla... tarla bozdu tohumumi!"

"?.."

"Ama fabrikanızda çalışan kızlarım Firdevs ile Cemile..."

"Ya? Demek bizim fabrikada çalışıyorlar?"

"Çalışırlar çırçırlarda."

"Memnun oldum."

"Ne zaman ayrıldım Nuh'tan, çıktım teftişe çırçırları... Baktım kızlarım çalışırlar. Kabbardı koltuklarım, geldim cûş hem da hurûşa. Lakin etmedim zinhar belli bunu. Neden? Çünkü istemedim şımarsınlar."

"Çok doğru. Vazife ayrı, dostluk arkadaşlık, akrabalık ayrı şeyler."

"Elbette amirim. Gördüler beni, lakin o kadar. Gülmek, gelmek yanıma, sırnaşmak, satmak caka amelelere..."

"?.."

"Yok. Neden? Çünkü verdim çok sıkı terbiye, hem da disiplin."

"?.."

"İsterim çocuklarım kavrasınlar nedir vazife, öğrensinler mertlik, civanmertlik. Bilmeyen büyükünü, bilmez Allahını da."

Fen Müdürü bunalacaktı:

"Haklısın, dedi. "Sen şimdi git de..."

"Evet, gideyim şindi amirim..."

"Git, işlerini gör."

"Göreyim. Sonra..."

"Sonra..."

"Sonra başlayayım vazifeme fiilen."

"Haydi bakalım..."

Gene sır verircesine, "Kurs meselesi," dedi. "Çook mühimdir kurs meselesi amirim."

"Sonra düşünürüz."

"Lazım sokmak disipline fabrikayı toptan."

"Sonra düşünürüz dedim ya!"

"Lazım tez elden düşünmek..."

Fen Müdürü karşılık vermedi.

Murtaza içerilere çökük gözleriyle onu uzun uzun inceledikten sonra sıkı bir esas duruş, selam, soldan geri sert bir dönüş ve kaz adımlarıyla odadan çıktı. Kapıda Kontrol Nuh'la karşılaştıysa da aldırış etmedi. Nuh'sa ardından öfkeyle baktı, "Kösnük!"* diye homurdandı. "Kendini zaptiye nazırı belliyor, geyik."

Fen Müdürü'nün kapısını vurdu, biraz da öfkeli, girdi.

Fen Müdürü başladı gülmeye:

"E... Muhacir oğlunu gezdirdin mi bakalım?"

Nuh'un zaten tepesi atmıştı:

"Bırak Allahını seversen beyim," dedi. "Ağrımaz başımızı ağrıya soktun bütün..."

"Niye?"

---

* Eş isteme zamanı gelmiş (hayvan).

"Niyesi var mı? Bulaşığın biri."

"Doğru. Doğru ama, sen bu fabrikanın en eskilerinden birisin. Tecrüben de var. Bunu da böyle idare etmek gerekmez mi?"

Nuh çok şeyler söylemek istiyordu ama, söyleyemezdi ki. Okumuşluk başkaydı. Lafi indirip kaldırıyor, evirip çeviriyordu.

"İtin hatırı yoksa, sahibinin hatırı var değil mi?"

"Orası öyle..."

"Sen gün görmüş, umur sürmüş, aklı başında bir adamsın. O? Zırrıkının biri. Dizginleri eline ustaca alıır..."

"İyi amma beyim..."

"...Alır, sakalının altına gireer, gerekince ateşe atarsın."

"?.."

"Böylelerini her ana gerçekten doğuramaz. Bunlar pir aşkına seğirtirler. Anlarsın ya?"

Nuh küskün küskün, "Anlıyorum," dedi. "Anlıyorum a..."

"Evet?"

"En zoruma giden..."

"En zoruna giden..."

"Diyesiymişsin ki... ben fabrikamda babama bile güvenmem. Sen babamdan bile ilerisin. Nuh'a muha kulağasma diyesiymişsin..."

Fen Müdürü tıpatıp böyle değilse bile buna yakın, buna benzer şeyler söylemişti. Hatırlayınca bozuldu, bozukluğunu kaşlarını çatarak örtmek istedi, parladı:

"Dedikodu istemem Nuh! Senin hakkında ne düşündüğümü senin herkesten iyi bilmen gerek. Kanı kanımdan, teni tenimden bir insanın kuyusunu, kanı kanımdan, teni tenimden olmayan beş paralık bir muhacir oğlu önünde kazacak kadar alçalamam herhalde. Farz et öyle bir şeyler söyledim. Ne çıkar bundan?"

"?.."

"Öyle gerekmiştir. Doğru mu eğri mi?"

"Doğru, doğru olmaya doğru ya..."

"E?"

"Hiiç. Onun boşboğazlığı işte. Yoksa bilmiyor muyum ki..."

Sözünü kesti:

"Hadi hadi... iki paralık bir zırrıkının sözüyle..."

"Sağ ol beyim. Hele dedim, bizim Kâmuran Bey..."

"Canım efendim, bırak şimdi bu lafları..."

Telefon çalmıştı. Nuh selam verip çıktı.

***

Sabahın üçüne doğru pavyondan özel otomobili ile dönen Fen Müdürü'nün kravatı kaymış, saçları darmadağındı.

Fabrika kapısından telaşla girdi.

O sırada fabrika kapıcısı Boşnak Ferhat, tuvalete çıkmıştı. Yerine bıraktığı ortaokulun üçündeki oğlu da tarihe çalışıyordu. Yarı sarhoş Fen Müdürü hiçbir şeye dikkat etmeden doğru odasına gitti, elektriği yakıp masasına geçti. Bir tutam parşömen kâğıdı çıkardı, o gece pavyonda sarışın bir konsomatris yüzünden bir elektrik yüksek mühendisini pistin ortasında nasıl yumrukladığını, ona neler söylediğini doğudaki canciğer arkadaşlarından birine ballandırarak, habbeyi kubbe, pireyi deve yaparak yazmaya başladı.

Az sonra tuvaletten dönen Kapıcı Ferhat, Fen Müdürü'nün geldiğini oğlundan öğrenince, avurtları az daha çöktü, sivri burnu daha uzadı, çarpıntısı sarsıntı halinde arttı:

"Sahi mi?" dedi. "Sahi geldi mi be oğlum?"

Delikanlı başını sallamakla yetindi.

Kapıcı Ferhat olduğu yerde döndü, barakaya girecekken vazgeçti:

"Demek geldi?"

Karlofça ile Pasarofça'yı birbirine karıştırıp duran delikanlı karşılık vermedi.

Ferhat iğne üzerindeydi sanki:

"Sordu mu beni?"

"Sormadı."

"Baktı mı barakaya? Gördü mü yokum yerimde?"

Delikanlının tepesi gene attı. Ulan ne biçim adamdı şu babası be. Pireyi deve yapıverirdi hemen.

Ferhat gene, "Ha?" dedi. "Baktı mı barakaya? Gördü mü yokum yerimde?"

"Ne bakması yahu? Herif indi arabasından, çekti gitti odasına hızlı hızlı."

Ferhat hâlâ iğne üzerinde gibi yerinde duramıyor, olduğu yerde hiç sebepsiz dönüyor, birkaç adım atıyor, duruyor, tekrardan oğlunun yanına geliyordu.

Bir ara, "Bulmamalı idi kapuyu bensiz," dedi.

Çocuk duydu mu, duymadı mı, duydu boş mu verdi? Ama Ferhat, "Ha?" dedi. "Demek sormadı beni?"

"?.."

"Tuh be oğlum, eyvah be oğlum..."

"Yahu n'oluyor be baba?"

"Ermez aklın. Bilemezsin dururum ne büyük mesuliyetler altında. Bulmamalı idi kapuyu bensiz."

Ayaklarının uçlarına basarak, bin bir sıkıntıyla Fen Müdürü'nün odasına gitti, pencereye sokuldu. İnik kalın perdelerin arasından hafif bir ışık sızmaktaydı. Eğildi, içerisini görmeye çalıştı. Fen Müdürü harıl harıl yazı yazıyordu. İrkildi: "Yazar mutlaka hakkımda rapor."

Pencereden heyecanla çekildi. "Yazar, rapor yazar, mutlaka yazar hakkımda rapor. Çünkü geldi fabrikaya, baktı barakadan içeri, yokum kapımda, hem de baraka içinde..."

Tırnağını kemirip tükürdü: "... Tuh be Ferhat, oldu mu be Ferhat? Çarpsa idi şeytanlar be Ferhat!"

Pencereye yeniden eğildi. Tam bu sırada iplik ambarından çıkan Murtaza, Fen Müdürü'nün ışık yanan penceresini, pencereden içerisini gözetlemeye çalışan birini görünce, gövdesindeki bütün tüyler elbisesinden dışarı çıktı. Koşmak, herifi yakalamak, gırtlağından sıkmak sıkmak, leşini ayakları altında ezmek isteğiyle bir an yanıp tutuştuysa da maslahata uygun bulmadığından tuttu kendini. Oracıktaki kocaman bir iplik balyasını kendine siper alarak durumu gözetlemeye başladı. Fen Müdürü'nün penceresi çeyrek saat önce karanlıktı da, şimdi niçin aydınlıktı? Pencere önündeki kimdi? İçerisini ne için gözetliyordu?

Kapıcı Ferhat, pencereden çekildi bir an. Kendi kendine konuşuyor, şaşkın davranışlar yapıyordu. Bir ara gene pencereye eğildi, içerisini gözetledi, sonra da barakasına hızlı hızlı gitti.

Murtaza, Ferhat'ı tanımıştı ya, sakın Fen Müdürü gelmiş olmasındı? Balyanın ardından çıktı. Az önce Kapıcı Ferhat'ın içerisini gözetlediği pencereye gitti, baktı. Fen Müdürü'nü masası başında bir şeyler yazar görünce, pencereden çekildi. Ceketini iki yanlara çekti, belindeki palaskayı yokladı, yakasının çengelini kontrol etti. Bu saatte ne işi vardı fabrikada Fen Müdürü'nün? Sonra düşündü ki amirdi o. Bir amir astlarına bu hususta hesap vermek zorunda değildi. Bu saat, o saat, şu saat. Dilediği saat ve dilediği anda dilediği yerde bulunabilirdi. Astlara düşen... evet astlara düşen, hangi saatte gelirse gelsin, üstüne "Hoş geldiniz" demekten ibaretti. Böyle olduğu halde, kendi astı Ferhat'ın pencereden içerisini ne için kaçamak gözetlediğini öğrenmek de vazifesiydi.

Fabrika kapısına gitti.

Murtaza'yı bir an karşısında gören işkilli* Ferhat, "Ah be Mürteza Efendi," dedi. "Sormazsın başıma gelenleri!"

Murtaza ellerini arkasına koydu, kaşlarını çattı.

"...İşledim bir büyük kabahat, sorma!"

Murtaza, "Ne gibi?" dedi.

---

* Her şeyden şüphelenen.

"Düştüm ocağına amirim... sen bilirsin!"

Kırmızı kol bağını önemle düzelten Murtaza kızdı:

"Anladık be yahu. Nedir işlediğin kabahat?"

"Gitmiş idim, affedersin dökmeye suyumu. Gelmiş o sıra Fen Müdürü, bakmış yokum yerimde."

Birden bütünüyle dikkat kesilmiş Murtaza, "Sonra?" dedi.

"Sonra... bırakmış idim oğlumu yerimde. Yazar şimdi hakkımda rapor."

Anlamıştı, gayet iyi anlamıştı Murtaza.

"Oldu mu?" dedi. "Oldu mu Ferhat? Beğenirsin yaptığını?"

"?.."

"Bilirsin dururuz ne büyük mesuliyetler altında?"

"?.."

"Bilirsin nedir vazife?"

"?.."

"Bilmezsin. Bilmezsin, çünkü görmedin kurs, almadın amirlerinden sıkı terbiye; görse idin kurs, alsa idin sıkı terbiye bilir idin nedir vazife."

Kapıcı Ferhat'ın suspus hâli hoşuna gidiyordu. Ateşe veryansın etti:

"Vazife bir sırasında gelmeyecek çişin, kırpmayacaksın gözünü, düşünmeyeceksin evladını, demeyeceksin ciğerparem."

"?.."

"Bilirsin ettiler teslim bize ne büyük vazife?"

"?.."

"Edebilirsin takdir?"

"?.."

"Yoksa edemezsin?"

Kapıcı Ferhat iyice ezilmişti:

"Amman Mürteza Efendi," dedi.

"Amman ya, helbet... istersin çağırsın şimdi beni, sövsün anama hem da avratıma?"

"?.."

"Desin: Kör müsün? Haydi onlar cahil, bilmezler nedir vazife. Çünkü yapmadılar bekçilik, görmediler kurs, almadılar amirlerinden sıkı terbiye. Peki sen? Yaptın bekçilik, gördün kurs, aldın sıkı dersler. Nasıl olmazsın göz hem da kulak fabrikaya?"

"?.."

"Bilirsin dururuz ne büyük mesuliyetler altında? Edebilirsin takdir? Edemezsin! Etse idin, bırakmaz idin fabrika kapısını evladına, gitmez idin dökmeye suyuni!"

Ferhat daha da ezilmişti.

Murtaza'ysa kabardıkça kabarıyordu:

"Geldi suyun, dökeceksin... lakin dökmeden önce bulacaksın beni, yani amirini. Diyeceksin. Geldi suyum amirim, dökmem lazım suyumi. O zaman ben düşüneceğim: Haa... gelmiş suyu Ferhat'ın, lazım dökmesi. Diyeceğim sana: Git barakana, bekle. Bulayım kapıyı teslim edecek bir arkadaş, edeyim tayin, ondan sonra al karşımda esas vaziyetini, al selamını, git, dök sucağızını."

"?.."

"Biz böyle dersler gördük, aldık bu yolda çok sıkı talimatlar."

"?.."

"Söyle şimdi... ne istersin benden?"

Ellerine sarıldı:

"İsterim senden, gidesin müdürümüze, söyleyesin yapmış bir cahillik Ferhat, yalvarır köppekler gibi, bakmasın kusura bu seferlik, yazmasın hakkımda ceza. Diyesin yazıktır Ferhat'a, var beş çocuği."

Fen Müdürü'nün odasından yana bakan Murtaza, "Bir daha istemem bu yolda işlem Ferhat!" dedi.

"Çekme kaygu amirim."

"Gelince suyun..."

"Söyleyeceğim sana, diyeceğim amirim geldi suyum..."

"Ben düşüneceğim: Ha, gelmiş suyu Ferhat'ın."

"..."

"..."

"..."

Mektubunu bitiren Fen Müdürü, az önce kıl kopardığı burun deliğini aynada kontrol ederken, kapı vuruldu.

Murtaza içeri girdi, kapıyı saygıyla kapadı. Sonra Fen Müdürü'nün masasının karşısına geçerek sıkı bir esas duruş ve selam çekti. Ardından da rahata geçti.

"Hoş geldiniz amirim..."

Fen Müdürü başını "Hoş bulduk" anlamına salladı.

Murtaza Fen Müdürü'nün meseleyi açmasını, bağırıp çağırmasını "...Kurs görmüş, tecrübeli bir gece kontrolü olduğu halde, vazifesine ne için dikkat etmediğini, Kapıcı Ferhat'ın kapıyı oğluna bırakıp gittiğini ne için görmediğini" sormasını bekledi.

Fen Müdürü bütün bunların dışında, burnundan yeni bir kıl koparıp hapşırdı.

Murtaza yutkundu, gülümsedi, ciddileşti, yeniden gülümseyip ciddileştikten sonra, "Var bir istirhamı sizden Ferhat'ın müdürüm," dedi.

Fen Müdürü bu sırada burnundan yeni bir kıl koparmıştı ama hapşırmadı:

"Hangi Ferhat'ın?"

"Kapıcı Ferhat'ın!"

"Hangi kapıcı? Nerenin kapıcısı be?"

Murtaza'nın kafasında şimşek çaktı: "Haa, eder tecrübe beni. Ne için saymadım künyesini Ferhat'ın?"

Başını anlamlı anlamlı salladı:

"Haklısınız amirim. Fabrikamızın çıkış kapısı gece nöbetçisi Boşnak Ferhat."

"Peki ne olmuş?"

Yeni bir şimşek: "Anlamazdan gelir!"

"...Bilirim göstermeden kurs, verilmeden sıkı terbiyeler, alınamaz randıman. Çünkü bilmezler nedir vazife!"

"?.."

"...Sanarlar bir vazife, benzer yemeye peynir, hem da ekmek."

"?.."

"...Halbuki benzemez bir vazife peynir hem da yemeye ekmek. Derste amirlerim..."

Birden ilgilenen Fen Müdürü:

"Ne diyorsun sen yahu?"

Fen Müdürü hiç şüphesiz ağzını yokluyordu:

"Doğru... çok büyük kabahat işledi, bilirim. Çağırmalı idi beni, söylemeli idi, affedersiniz geldi suyum, isterim dökmek suyumi amirim. O zaman ben düşünecek idim, diyecek idim: Haa... geldi suyu Ferhat'ın, dökmesi lazım. Derhal geçecek idim teşebbüse, bulacak idim kapıya konulmaya layık evsafta bir arkadaş, edecek idim tayin, diyecek idim Ferhat'a: Ha şimdi git dök sucağızını. Yapmadı böyle, gitti amirinden izinsiz dökmeye suyuni, bıraktı yerine çocuğuni."

Fen Müdürü birden ilgilenivermişti.

"Sonra?"

"...Halbuki amirim gitmeyecek idi üstünden izinsiz dökmeye suyuni. Çünkü vazife bir sırasında düşünmem çişimi, gelmez aklıma evladım, demem ciğerparem."

Fen Müdürü'nü uzun uzun gözden geçirdi.

"... Çektim kıyıya, söyledim çok hisli sözler, hem da dokanaklı. Dedim, aç gözlerini Ferhat! Benzemez bir vazife, yemeye peynir hem da ekmek. Verdi amirlerimiz çok büyük, hem da kutsal vazifeler bize, etmeyelim bir çuval inciri berbat. Oldu mütenebbih, dedi söylersin çok doğru amirim. Onun için edesiniz bu seferlik af, yazmayasınız hakkında personele rapor."

"Kimi affedeceğim? Ne raporu?"

Kafasında gene bir şimşek.

"Çağar, bağar, söv anasına avradına hem da... lakin yazma rapor."

Bir şeyler geçtiğini anlayan Fen Müdürü, "Peki, peki," dedi. "Gönder onu bana!"

Murtaza pekiştirdi:

"Bağar, çağar... lakin... yazma rapor."

"İyi canım, gönder bana dedim ya!"

Sert bir selam ve dönüşten sonra odadan çıkan Murtaza, iğne üzerinde kıvranan Ferhat'ın yanına koştu. Ferhat telaşla ellerine sarılmak istedi.

"Ne oldu amirim?"

Murtaza, laubalilikle uzanan elleri itti:

"Dur geri, istemem bu yolda işlem."

Ferhat ellerini çekti.

"...Herhangi bir ast, herhangi bir üstün karşısında bozmayacak disiplini, aynı zamanda arz-i tâzimatını!"

Ferhat'ı gözden geçirdi. Sol üst cebinin açık düğmesi dikkatine çarptı:

"İlikle düğmeni, çek ceketini yanlara. Ha şöyle..."

Düğmesini iliklemiş, ceketini iki yanlara çekmişti, ama sabırsızlıktan da çıldırıyordu.

Murtaza sonunda, "Kızmış çok," dedi. "Olmuş idi ifrit. Bilmez bunlar nedir vazife Mürteza Efendi," dedi. "Sanarlar bir vazife benzer yemeye peynir hem da ekmek."

"O ne dedi?"

"Aaaç kulaklarını be addam oğlu addam. O söyledi bu hisli hem da dokanaklı sözleri."

"?.."

"Dedi Mürteza Efendi, veresin bu cahillere ders, geçiresin hepsini kurstan, isterim senden bu yolda işlem. Dedim çekme kaygu müdürüm. Geçer aklımdan bu yolda işlem, yapacağım bir şeyler... Dedi, yoktur şüphem... değil mi ki aldın eline fabrikamı."

"Etti mi beni af?"

Sözünü kesmesine kızmakla beraber:

"Etmeyecek idi, lakin dedi, girdin araya madem, edeyim senin hatırın için af."

Ne olursa olsun Murtaza'nın ellerine sarıldı:

"Sağ ol, sağ ol amirim!"

"Haaydi şimdi olsun muinin Allah! Çağırır seni..."

"Benii? Çağırır?"

"Çağırır. Takın arz-i tâzimatını, git, vur kapıyı, bekle, ne zaman der: Geel, gir o zaman. Al esas vaziyetini..."

Kapıcı Ferhat "Amiri"nin dediklerini tıpatıp yaptı. Fen Müdürü onu gözden geçirdi uzun uzun, sonra, "E," dedi, "söyle bakalım. Ne yapacağız seninle böyle?"

Ferhat'ın çenesi titriyordu.

"Olmamış idi iki dakika müdürüm. Bırakmış idim oğlumu yerime, gitmiş idim, affedersiniz dökmeye suyumi. Gelmişsiniz o sıra siz..."

Hâlâ sarhoş Fen Müdürü masasından kalktı:

"İnsan fabrika kapısını yabancılara bırakır mı? Söyle, bırakır mı? O kapı yalnız sana emanet edilmiştir. O kapı fabrikanın can kapısı. O kapıdan her gün milyonlar değerinde eşya çıkıyor, malzeme giriyor..."

"Ama amirim oğlum idi bıraktığım..."

"Olsun. Senden başka herkes yabancıdır bize! Cevap ver, bir yabancıya nasıl bırakırsın o kapıyı?"

Ferhat gözlerini yere indirdi.

"...Cevap veremiyorsun, çünkü biliyorsun suçlu olduğunu. Bu seferlik dört yevmiyeni keseyim de aklın başına gelsin. Hadi bakalım, yallah!"

Yumruk yemişçesine sarsılan Ferhat'ın içine bir ateştir düşmüştü. Düşmüştü ya, gene de müdürünü yerlere kadar eğilerek selamladı, çıktı. Dört yevmiye. Aybaşı geliyordu. Yüz lira maaşın altmış lirası kooperatife kesilecekti. Geriye kalıyordu kırk lira. Bu kırk liranın yirmi lirası oturduğu evin aylık kirasına gidecekti. Dört yevmiye de üçer liradan on iki lira, o da kesilince, kalacaktı sekiz lira bir şey...

Barakasına geldi. Murtaza gitmişti. Affedildiğini söylemişti oysa...

Barakasına girdi, çıktı, yeniden girdi. Ölçüyor, biçiyordu. Kontrol Nuh'un esneyerek geldiğini görmedi bile.

Nuh'sa, "Ooof o anam of!" diye Ferhat'ın barakasına dayandı. "Doğurmaz olaydın..."

Ferhat'ın kafasında hâlâ kesilen dört yevmiyesi, kendi kendine söyleniyordu. Nuh birden buna dikkat etti.

"Ne o Boşnak oğlu? Zorun nerenden? Kancık ayı gibi mızırdanıp duruyorsun."

Birden Nuh'a dikkat eden Ferhat, "Sorma be Nuh Amuca," dedi. "Yandım şap gibi!"

"Niye?"

"Gitmiş idim dökmeye suyumu, bırakmış idim oğlumu kapıda. Gelmiş o sıra Fen Müdürü, bakmış yokum yerimde..."

Sigara sarmak için kuşağının arasından çıkardığı fakfon tabakasını kuşağının arasına geri iten Nuh, "Fen Müdürü mü?" dedi. "Sahi mi? Fabrikaya mı gelmiş?"

Müdürün aydınlık penceresine baktı.

"Bulamayınca beni yerimde, kesti dört yevmiyemi."

Demek gelmiş, kontrola başlamıştı? İşin şakası yoktu.

"Vah vah vah..."

"Halbuki affettiğini söylemiş idi Mürteza Efendi..."

Kontrol Nuh, "Murtaza" lafını işitince durdu:

"Murtaza mı? O kahpe analı da var mı işin içinde?"

"Var ama, yok kabahati... Gitti, bulundu ricada benim için..."

Nuh acı acı güldü:

"Murtaza de, orda dur. Kendi belinden düşmüş, nefs-i evladına bile acımaz o! Ona Murtaza demişler... sana şöyle der, gider Fen Müdürü'ne böyle..."

Ferhat şöyle bir düşündü, hayır, Murtaza'nın bu işte herhangi bir düşmanlığı olamazdı. Çünkü Murtaza ortalarda yokken Fen Müdürü gelmiş, Ferhat'ı kapıda bulamamış, raporunu yazmıştı. Pek pek, affetmesi için yalvaran Murtaza'yı uyutmuş olabilirdi ki, Murtaza'nın gerçekten suçu yoktu.

Nuh'sa fırsatı ele geçirmiş, ver ediyordu Murtaza'nın aleyhine:

"...Kendini bi adam belliyor, kösnük... komserden diplomatı varmış. Lan sen kaç paralık adam oluyon da komser sana diplomat veriyor? Öyle değil mi amma Ferhat? Sonra Fen Müdürü mesela. Lan senin Fen Müdürü dediğin benim hemşerim, him dim komşum. Ötürüklü. Sana koltuk verdiğine ne bakıyon?"

Göz kırptı:

"Fen Müdürü bana ne dedi biliyor musun? Dizginlerini eline al, idare et, dedi. Nerden baksan altmış paralık bir muhacir oğlu, dedi. Bense hemşerisiyim. Beni ellerden sorup öğrenmeye ne ihtiyacı var?"

Kapıcı Ferhat'ın kulağına söz girmiyor, kesilen dört gündeliğini düşünüyordu.

Nuh, içini iyice dökmüştü, ama bir ara dikkat etti ki Ferhat istediği gibi dinleyip, beklediği biçimde kızmıyor. Hatta hiç kızmıyor. Öfkelendi. İt iti ısırır mıydı? O da muhacirdi öteki de.

Fen Müdürü'nün çıkıvermesi ihtimali de vardı.

Çekti gitti.

***

Yetmiş beşer mumlukların sıra sıra yandığı iplikhane yepyeni makineleriyle pırıl pırıldı.

Murtaza kapıda durmuştu, elleri arkasındaydı, içerisini gözden geçiriyordu. On, on bir yaşındaki kızlı oğlanlı çocuklarla, altmışını aşkın kadınlı erkekli yüzlerce işçinin harıl harıl çalıştığı iplikhanede hafif yağlı bir vınıltı her şeyi kapsamıştı. Arada herhangi bir usta, usta yardımcısının kuvvetli düdüğü sertçe duyuluyor, sonra yine o bitmez tükenmez yağlı vınıltı her şeyi içine alıyordu.

Murtaza henüz yeni olduğu için, ilk banko makinesinde bir, ikinci bankoda iki, üçüncü, beşinci bankolarda da birer işçinin eksik olduğuna dikkat etmedi. Yalnız ta karşıda, solda, onuncu çözgü makinesinin yanında, saçları briyantinden ışıl ışıl, kız yüzlü bir oğlanın, siyah önlüklü bir kızla şakalaşmakta olduğuna dikkat etti. Gözü oğlana fena takıldı, kaşları çatılıverdi olanca azgınlığıyla.

Çözgülere tahta sandıklarla iplik masurası taşıyan oğlanın o sıra işi yoktu, şakalaştığı Boşnak Fatma da sevgilisiydi. Muhacir kontrolün uzaktan azgın azgın bakmakta olduğuna dikkat eden kız, "Bana bak," dedi.

Oğlan:

"Ne var?"

"Kirişi kır, çabuk!"

"Niye?"

"Kontrolü görmüyor musun?"

Genç adam şöyle bir baktı, yere tükürdü:

"Boş ver."

"Boş mu ver? Ya gelir bozarsa fiyakanı?"

"Kim? O mu? O değil, onun Allahı bozamaz!"

Dişleri arasından yere afili bir tükürük attı.

Boşnak Fatma, genç sevgilisinin çalımına hayran, ama gene de aynı makinede yanı başında çalışmakta olan arkadaşı Giritli Meryem'e, "Bacım," dedi, "şunun çalımına bak."

Giritli Meryem işin farkındaydı, bıyık altından gülüyordu, deminden beri ya, gene de, "N'olmuş?" dedi.

"Muhacir kontrol deminden beri hain hain bakıyor. Kır kirişi diyorum, boş veriyor."

Giritli Meryem bayılıyordu genç adama, ama arkadaşının sevgilisiydi. Takılmaktan, inadına laf etmekten, onu kızdırmaktan öte kalamıyor, başkaca daha da ileri gidemiyordu:

"Valla enişte," dedi, "bozar fiyakanı."

Genç işçi de pek kayıtsız değildi, küfredebilirdi, tuttu kendini.

Giritli Meryem illaki kızdıracak, konuşturacaktı:

"Herifin hiç sağı solu yok. Nuh'a benzemiyor."

Genç adam kızların inadına, masura taşıdığı tahta sandığı makinenin yanına ters çevirip oturdu, ayak ayak üstüne attı.

"Of," dedi Giritli Meryem. "Bir kahve, bir de cigara..."

Kişnercesine gülüştüler.

Boşnak Fatma, "Ulan kalk savuş şurdan," diye üsteledi. "Şimdi bozacak fiyakanı."

Masura taşıyıcı genç adam, beline sokulu boş masurayı çıkarıp kızlara fırlattı. Kızlar, sıkıştırılmış karton masuradan sözde ürkerek birer çığlık attılar. Boşnak Fatma yere düşen masurayı aldı, sevgilisine attı. Genç adam masurayı havada kaptı... tam atacaktı ki, Murtaza kocaman postallarıyla yanlarına geldi. Genç adama tepeden hışımla bakıyor, ayağa kalkıp toparlanmasını, kontrolden çekinmesini, ufalıp küçülmesini bekliyordu. Genç adamsa yeniyetme bir yavru horoz çalımı içindeydi. Ne diye ayağa kalkacaktı? Muhacir kontrolsa, sağı solu yoksa, hele hele Nuh'a benzemiyorsa ne çıkardı? Üstelik işi falan bırakmış, ne olacağını merakla seyretmekte olan kızlar vardı. Kızların yanında nasıl küçülürdü? Nasıl ayağa kalkar, nasıl derlenip toparlanırdı? Kavgaysa kavga, vuruşmaksa vuruşmak, ölümse ölüm.

Beklediğini bulamayan Murtaza, genç adama az daha sokuldu, omuzunu dürttü.

İstifini bile bozmayan delikanlı, aşağıdan yukarı şöyle bir baktı, yere tükürdü.

Murtaza yeniden dürttü. Kızlar hep o kişnercesine gülüşleriyle kıkırdadılar. Genç adamın birden kanı tepesine çıktı ve yumruk atacak kadar öfkelenerek lahavle çekti. Murtaza'nınsa sabrı iyice taşmıştı. Bu saçları briyantinden ışıl ışıl züppe, işçilerin önünde forsunu mu bozmak istiyordu?

Genç adamı iri elleriyle iki omuzundan kavrayıp kaldırdı, ayakları üzerine dikti:

"Ha şöyle."

Kızlar gene kıkırdadılar. Dedikleri çıkmış, muhacir kontrol bozmuştu fiyakasını işte.

"...Gelir bir amir, bir meymur, rap, kalkar ayağa astlar."

Genç adam kızların boyuna kıkırdamasına aldırış etmez görünerek, "Sen benim amirim değilsin," dedi.

"Nee? Değil miyim amirin?"

Kolundaki kırmızı kolbağını gösterdi:

"Takmadı bunu buraya haminnen!"

"Bana ne? Benim amirlerim ustalar, usta yardımcıları. Sen bana karışamazsın."

Aklı giderek bağırdı:

"Sus, konuşma cahil cahil... bilirsin ne için aldı Fen Müdürü beni buraya?"

Genç adam omuz silkti.

"Silkme omuz. Aldı beni, sokayım fabrikayı disipline deyi."

"Bana ne?"

"Bilirsin nedir vazife? Disiplin. Zaptı rapt? Yaptın bekçilik? Gördün kurs?"

Giritli Meryem, "Ne bekçiliği kontrol efendi?" dedi. "Ne kursu? O daha dünkü çocuk. Ağzı süt kokuyor onun..."

Delikanlı, "Kes kız," dedi. "Önündeki işine bak sen."

Horoz gibi kabarmıştı. Bekçisine de, disiplinine de, zaptu raptına da, kursuna da...

Murtaza, "Suus!" diye bağırdı. "Terbiyesiz!"

Genç adam karşılığı yapıştırdı:

"Sensin terbiyesiz!"

"Bak şindi kıracağım kemiklerini..."

"Beniiim? Seeen? Lan benim kemiklerimi kıracak anasından doğmamış daha be. Alt tarafi ne? Gece kontrol yardımcısısın, ne ötüp duruyorsun?"

"Kontrol yardımcısı" sözüne illet olan Murtaza, "Ben, ben, ben ha?" diye kekeledi. "Değilim ben yardımcı. Bilirsin ne söyledi Fen Müdürü?"

Delikanlı oralı olmayınca, kolundan tutup sarstı:

"Ha? Bilirsin ne söyledi?"

Kolunu sertçe çekti:

"Bırak kolumu be!"

"Bilirsin ne söyledi amirim. Ha? Bilirsin?"

"Bana ne?"

"Dedi: Bozuldu disiplini fabrikamın, aldım seni ki sokasın disipline ve güvenmeyesin zinhar Nuh'a."

Genç adam çekip giderken, Murtaza kolunu gene yakaladı:

"Nereye?"

"Sana ne?"

"Nasıl bana ne? İzinsiz nasıl gidersin?"

"Bırak kolumu lan hacı vak vak... sen nesin de ben senden izin alacakmışım?"

"Ha? Ne miyim?"

Tam bu sırada banko makinelerinin arasında birbirini kovalayarak fırlayan yalınayaklı iki işçi çocuk çözgüler arasında kaybolunca, Murtaza genç adamı unuttu. Oysa düdüğünü çıkarıp üst üste öttürmüştü. Düdük sesleri hiç kimsenin kılını bile kıpırdatmamıştı. Çıldıracaktı. Şaşkınlıkla, az önce kıyasıya tartıştığı genç adama sordu:

"Abe nerede ustalarınız?"

Genç adam, "Ne bileyim?" dedi. "Çobanları değilim ya!"

Çocuklar gene birbirlerini kovalayarak çözgüler arasından çıkıp fırlayınca, Murtaza artlarına düştü.

Boşnak Fatma'nın sevgilisi partiyi kazanmış gibiydi. Çevresini hemen meraklı işçiler kalabalığı alıverdi:

"N'oldu lan?"

"Macir oğlu dın mı dedi?"

"Herif kıyak ha... hı?"

"Ne dedi?"

Genç adam:

"Hiç canım. Benim amirimmiş gibi... bir şey değil, çenesine bi yumruk..."

Giritli Meryem, "Valla enişte," dedi, "erkekliğini şimdi tasdik ettim."

Sevgilisi:

"Ben de. At da sana, avrat da Hasan."

"Yanaklara bak. Yoğurt gibi kızardı. Niye kızardın be enişte?"

"Kızarır..."

"Yok artık şimdi aklım kesti. Hasan kızdı mı, dağları dümdüz eder."

Sevgilisine şöyle bir baktı:

"Demek dümdüz edebilirim? Peki, alacağın olsun."

"Amman enişte şu kızı öyle bir öfele ki, yumuşatmadık yerini koma e mi?"

Hasan hırsla çıktı iplikhaneden, hela aralığına geldi. İşçilerin "Lortlar kamarası" dediği erkek tuvaletlerinin aralığı gene yükünü almıştı. Yassı Bekir, Ensiz Necip, Matrak Cemal'le ötekiler, sigaraları yakmış, muhabbeti sardırmışlardı.

Apteshane aralığı arı kovanı gibi uğuldamaktaydı.

Yüz numaraların kapısında dikilen Ensiz, Matrak'a seslendi:

"Matrak lan!"

Matrak bakmadan:

"Ne var?"

"İslamın şartı kaç?"

Matrak bir kahkaha attı:

"Vay Allahsız vay... Helada mı aklına geldi İslamın şartı?"

"Kaç sahi be?"

"Tövbe de, çarpılırsın..."

"Niye?"

"Niyesi var mı lan? Böyle yerlerde böyle şey düşünülür mü?"

"N'apim oğlum? Aklıma geliyor. İslamın şartı beş değil mi?"

"Beş."

"Say bakayım..."

"Savm,* selât, hac, zekat, kelime-i şahadet."

Ensiz Necip pantolonunun düğmesini ilikleyerek Matrak'ın yanına geldi.

"Savm, selât, hac, zekat zenginin harcı. Fakir fukaraya kalıyor kelime-i şahadet. Bir kelime-i şahadet'le doğru cennete."

Bir kahkaha atan Matrak, arkadaşlarına haber verdi:

"Bakın hele, Ensiz bir şey keşfetti..."

Yassı Bekir, "Azgın Ağam, uyuyor mu ne gene?" diye sordu.

Çerkez Nuri gitti, tuvalet bekçisi Azgın'ın baraka penceresinden içeri bakıp geldi.

"Uyuyor şerefsizim..."

Köylü paketinden yeni bir sigara çıkaran Yassı, apteshane aralığının betonuna bağdaş kurdu, sırtını duvara dayadıktan sonra Matrak'a emretti:

"Yak şu cigaramı lan!"

Matrak şakadan bir tekme salladıktan sonra, "Çakal," dedi. "Sen kaç paralık itsin ki ben senin cigaranı yakacağım?"

Yassı, "Ben mi?" dedi, "Ben yaptım bekçilik, gördüm kurs, aldım çok sıkı terbiye!"

Hela aralığında kahkahalar patladı.

"Sonra kardaş?" dedi biri.

Yassı Bekir, "Benzemez bir vazife yemeye peynir, hem da ekmek," diye ardını getirdi sözlerinin. "Vazife bir sırasında gelmeyecek çişin, sakınmayacaksın gözlerini budaktan. Lakin durun arkadaşlar..."

"Ne var?

"Bir yere gittiğimiz yok. Duruyoruz."

"Birer taş alın elinize..."

"Niye?"

"Murtaza'yı andık ya... şimdi nerdeyse düşer."

---

* Oruç

Matrak, "Ah," dedi. "Tam da sırası ha... nerdesin be muhacir oğlu..."

"Hani şurdan bi çıksa."

"Çok gürültü ediyorsunuz be, Azgın uyanacak."

"Ne uyanması yahu? Horluyor herif. Top atsanız hava..."

"Sahi mi?"

"Belki de ikinci uykuda, rüya görüyordur."

"Öyleyse bugün iyi bir sinema var..."

"Sinema ki sinema. Azgın'ı uyurken yakalamış mesela... ha?"

"Ohoo... tam birbirlerini yerler gayri... Lakin, fukara Ferhat'ın dört gündeliğini kestirmiş..."

"Yok bee?"

"Şerefsizim. Herif beş çocuk babası."

"Niye? N'olmuş da kestirmiş?"

"Su dökmeye gitmiş. Bu gelmiş o sıra, bakmış Ferhat yerinde yok. Gitmiş rapor etmiş Fen Müdürü'ne, Fen Müdürü de zaten malum..."

"Kimden duydun?"

"Nuh'tan."

"Nuh deyince... hani Nuh'un da rahatı iyice kaçtı ha."

"Kaçtı ki kaçtı. Nerde o eski muhabbetler, yemekten sonra Azgın'ın barakasında kestirmeler..."

"Boş veriyormuş gibi amma, içi kan ağlıyor."

"Bayağı da çekiniyor..."

"Tabii."

"Bizim dokuma şefine anlattım bunun manzaralarını, katıldı gülmekten. Herif tam sinema be."

Birden dikkat ettiler ki dokumacı Sarı İbrahim, apteshane bekçisinin barakasına dayanmış.

Yassı, "Ulan," dedi, "çeneye daldık, Sarı gitti Azgın'ı uyandırdı."

O yana baktılar.

Yassı, "Sarı!" diye seslendi. "Lan Sarı!"

Sarı İbrahim, bekçi Azgın'ı bırakıp tuvalet aralığına geldi:

"Ne var?"

"Herifi niye uyandırdın?"

"Niye uyandırmayayım?"

"Niye uyandırmayayım var mı? Şimdi muhacir oğlu gelir, yakalar uyurken, başlar cart curta. Azgın'ı bilmiyor musun? Yaka paça olurlar, al sana bir sinema!"

Sarı İbrahim'in bu taraklarda bezi yoktu. Hatta dokumahanenin bu suya batmazlarına bu yüzden içerler dururdu. İnsanı insana takıştırsınlar, bir zavallıyla alay etsinler...

"İşiniz gücünüz dalga," dedi. "Fukara Ferhat'ı duymadınız mı? Dört gündeliği kesilmiş. Sebep kim? Murtaza. Fen Müdürü tam buldu istediği adamı. Ağzının içine bakıyor. Azgın'ı uyurken yakaladı mı tamam. Haydi personele bir rapor, gitti zavallının üç, beş gündeliği."

Tam bu sırada Murtaza, aşağı pamuk ambarının köşesinden çıktı. Köşe karanlıktı, hela aralığına da hayli uzak. Murtaza'yı görmediler ama, Murtaza elektrik lambalarının pırıl pırıl aydınlattığı tuvalet aralığını görmüş, açmıştı adımlarını.

Beş metre kala, Yassı gördü:

"Aha aha geliyor... ne derse desin boş vereceğiz, tamam mı?"

İçlerinden biri:

"Ne gibi yani?"

"Ne gibi olacak? Bizi burda çene çalar görünce cart curta başlayacak, aldırış etmeyeceğiz. Deli olacak. Olsun deyyus. Tamam mı?"

"Tamam."

"Tamam arkadaş..."

"Kavga kavga, ölüm ölüm..."

"..."

Azgın'ın barakası yanından geçerken Murtaza, pencereden

içeri baktı. Hela bekçisinin uyuduğunu görünce, hela aralığına toplanıp çene çalanları unuttu.

"Oh oh oh!.."

Baraka kapısında durdu, sonra da barakayı tekmelemeye başladı. Öyle tekmeliyor, öyle sarsıyordu ki, başı barakanın duvarına çarpan Azgın, sıçrayarak uyandı:

"Bismillâhirrahmanirrahim..."

Yerinden fırladı, dışarı çıktı. Murtaza ile burun buruna geldiler. Apteshane aralığındaki işçiler de çevrelerini alıvermişti.

Murtaza, "Ayıp, ayıp!" diye bağırdı. "Bir apteshane bekçisi demek bir amir demek. Utanmazsın saçından, sakalından, hem da koca bıyığından da uyursun vazife bir sırasında horul horul?"

İriyarı Azgın, Murtaza'nın yanında dağ gibi duruyordu ama, suçüstünde yakalanmış bir çocuk masumluğuyla da şaşkındı. Uyurken yakalanmıştı, yoktu ötesi.

Çevredekilerse başlamışlardı:

"Aha!"

"Dur hele..."

"Herif Azgın Ağa'ya da çemkirdi."

"Azgın Ağa, şerefin var..."

"Hani öfelerim, diyordun?"

"Cemal Paşa, Kanal, babayiğitlik, nerde kaldı?"

"Bir şey değil, bıyığını mıyığını karıştırdı..."

"..."

"..."

Birden tepesi attı Azgın Ağa'nın. Doğru söylüyorlardı. Ne vardı? Kıyamet mi kopmuştu iki satır uyumuşsa?

Hâlâ amir, memur, disiplin, kurs murs karıştıran Murtaza'ya öfkeyle çıkıştı:

"Kes lan kes! Vazifenin de avradını, senin de... n'olmuş uyumuşsak iki satır? Kıyamet mi koptu?"

Murtaza hayretler içinde, az geriledi:

"Maşallah? Demek kopsundu kıyamet? Utanmazsın koca bıyığından?"

Çevredekiler "Koca bıyık" lafına bastılar kahkahalarını:

"Bıyığını karıştırdı kanı bozuk..."

"O bıyık, Harb-i Umûmî bıyığı be."

"Kocca Cemal Paşa'nın hayran olduğu..."

"Azgın Ağa o bıyığa adam asmış adam!"

Gerçekten de Cemal Paşa bile zamanında hayran olmuştu bu bıyığa. Koskoca Cemal Paşa'nın hayran olduğu bir bıyığa şu "Kanı bozuk", "Gâvur çanları içinde" yetişmiş bir muhacir oğlu mu dil uzatacaktı? Türklük, Anadoluluk, halis kan ölmüş müydü?

Ana, avrat, din, iman, sinsile, sülale, eğri din, bozuk kan, haç, put karışık okkalı bir küfür savurdu:

"Bok herif," dedi sonunda. "Senin gibi binlerce kanı bozuğu feda ettim o bıyığa, çakal!"

Murtaza şaşalamıştı:

"Anlamadım?"

"Anlatırım sonra sana. Bak, ben başkalarına benzemem ha!"

"Ne olur? Ne yaparsın?"

"Git ulan şurdan kösnük. Budarım tekmil boynuzunu, kulağını..."

Murtaza dağ gibi ihtiyarın elini itti:

"Çek elini. Bakarım kalkarsın tehdite beni?"

"Lan it, sen kaç paralık adamsın ki ben seni tehdit edeyim?"

"Ben ha? Been?"

"Lan savuşup gitmez misin şurdan?"

Ellerini arkasına koydu, adımını ileri attı, meydan okudu:

"Ne lazım gitmesem?"

Çevre, istediği havayı yaratmış, kapıştırmıştı. Birbirlerine tutunarak bakışıyor, arada, "Aha!", "Ooof...", "Lan yer mi bunu Azgın Ağa!" gibi aleve çırpı atıyorlardı.

Kendini zor tutan Azgın, "Babam kardaşım," dedi, "git şurdan akşam akşam..."

Murtaza gene meydan okudu:

"Abe ne lazım gitmesem?"

"Hasbinallah velimelvekiiil... oğlum şer misin, bela mısın akşam akşam?"

"Ne belayım, ne de şer. Aslanıyım vazifemin ve de yeğeniyim şehit Kolağası Hasan Bey'in."

"Hangi şehit kolağası?"

"Bilmezsin? Duymadın namını? Okumadın tarih?"

"Nerden duyacam? Benim babam da, emmim de, dayılarım da, dedem de şehit düşmüş. N'olmuş yani? Sen söyle şimdi: Kaçtan aşağı olmaz?"

"Yok kaçtan aşağı... yakaladım vazife bir sırasında uyurken seni."

"Yakaladın. N'olacak?"

"Edeceğim tanzim hakkında rapor, kestirteceğim ceza. Eder ise tekerrür..."

"E?.."

"Bilirim yapacağımı!"

Murtaza'yı omuzundan iterek, "İyi ya," dedi, "git şimdi, git de bildiğini yap, elinden geleni de ardına koyma."

Murtaza'ysa direndi:

"Gitmeyeceğim."

"Lan defol git diyorum sana ha!"

"Abe ne lazım gitmez isem?"

"Ne mi lazım?"

Kalın bilekli kollarını yukarlara sıvayıp gürledi:

"Allahümme salli âlâ seyyidinâ Muhammed!"

Murtaza'yı iki yakasından sımsıkı yakaladı:

"Seni bana sayıyla mı verdiler lan? Hıı? Sayıyla mı? Yoksa tohumuna para mı verdim? Kırayım mı kemiklerini? Boynuzunu kulağını budayım mıı?"

Böylesine yaşlı bir adamda böyle bir güç ummayan Murtaza bas bas bağırmaya başladı:

"Bıraak, bırak derim ihtiyar, ayyıp ihtiyar, amelelerin önünde ayyıp derim be yahu."

Lakin güçlü ihtiyarın gözleri dönmüş, ayranı kabarmıştı:

"Niyee? Niye ayıp oluyormuş? Hıı? Niye ayıp oluyormuş bana? Kızım mı orospulukta görüldü, yoksa oğlum mu? Dee, de lan, kösnük, dee... Kızım mı, oğlum mu?"

Çevre çıldırıyordu sevinçten:

"Bırakma Azgın Ağa!"

"Kır boynuzlarını kır!"

"Hay ellerin dert görmesin!"

"Nasıııl?"

"Ona Azgın Ağa derler, belledin mi şimdi ağanı?"

"Cemal Paşa eyvallah etmiş ona..."

"..."

"..."

Murtaza'ysa yaşlı apteshane bekçisinin kerpeten kadar güçlü parmakları arasında ecel terleri döküyor, habire bağırıyordu:

"Bırak derim ihtiyar, abe bırak derim."

"Kırayım mı boynuzunu? Kırayım mı?"

"Fena olur hakkında derim, bırak derim..."

"Olsun lan, fena olsun lan kösnük. Eziyim miii? Kırayım mı boynuzlarını?"

Çok heyecanlı bir güreş seyrediliyordu sanki. Eller çırpılıyor, kahkahalar fabrikanın mekanik uğultusunu bastırıyordu, kıyametler kopuyordu.

"Bırak derim ihtiyar, sardı etrafımızı ameleler derim, abe anlamazsın? Derim sardı etrafımızı ameleler."

"Sarsıın, sarsın lan. Sarmakla n'olacakmış? Ameleler de Allahın kulu, senin benim gibi insan değiller mi? Ezeyim miii? Kırayım mı boynuzlarını?"

Çevre çığırından çıkmıştı. Yassı Bekir ağzıyla çatlak zurna çalıyor, Matrak, karnını davulmuş gibi yumruklayarak ona tempo tutuyordu. Azgın'la Murtaza birden karakucak oldular. Sevinç çığlıkları, yaygara, alkış, şamata çılgınlık derecesini buldu.

Ensiz Necip'in kolunu tutan Yassı Bekir gülmekten iki kat, "Bayılacağım," dedi, "şerefsizim gülmekten kasıklarım çatlayacak..."

Ensiz Necip'se ondan geri değildi. Gülmekten onun da gözlerinden yaşlar boşanmıştı:

"Sinema, anam avradım olsun sinema halt etmiş!"

İhtiyar Azgın, Murtaza'yı dişine göre bulmuştu. Sağa sola çocukmuşçasına savuruyor, kuvvetli elleriyle ecel terleri döktürüyordu ki araya Sarı İbrahim'le arkadaşları girdi, Murtaza'yı Azgın'ın güçlü ellerinden söküp aldılar. Azgın'sa kükreyerek saldırıyordu durmadan:

"İbrahim, Allahını seversen bırakın beni, tutmayın beni."

Sarı İbrahim ihtiyarın sakalını okşadı:

"Babacığım boş ver, uyma. Elinden bir kaza çıkacak. Yeter bu kadar... ite vurmaktansa..."

Bir başkası, "Doğru," dedi. "İte vurmaktansa ürkütmesi hayırlıdır."

"..."

"..."

Azgın bir kıyıda, onu zorla zapt etmekte olanların arasında körük gibi inip çıkan geniş göğsüyle soluk soluğaydı:

"Ah bir bıraksalardı... ne fayda, ofumu alamadım, ofumu alamadım ki."

Bir ara gene hamle etti:

"Lan muhacir oğlu beri bak hele..."

Zorla tuttular.

"...Biz Yunan'a kurşun atarken siz nerdeydiniz lan? Hı? Nerdeydiniz? Kanı bozuklar. Adam mı oldunuz? Yoksa yerliler öldü mü? Öldük mü biz lan? Cemal Paşa gibi adamın yanında bulundum ben. Arslan diye arkamı tapıkladı. Ne Yemen'i kaldı, ne Galiçya'sı, ne de Mısır'ı, Kanal'ı manalı... Hani benim evim?

Hani bağım? Hani atım, itim, arabam? Hani? Nerde? Yok diye öldük mü lan? Bu memlekete geldiniz de ev, bark, tarla sahibi oldunuz tüm. Beni fukara Nuh mu belledin? Yoksa Kapıcı Ferhat mı?"

Murtaza'yı dokumahaneye doğru götürdüler.

Hâlâ kükreyip duran Azgın'sa, barakasının önünde bıyığını sıvazlayarak öfkeli bir aslan heybetiyle dolaşıyor, şiştikçe şişiyordu:

"Ah bırakmadılar, ne fayda. Bir bıraksalardı, ah bir bıraksalardı..."

Bir ara Kontrol Nuh nerden haber almışsa almış, koşarak geldi:

"Ne o yahu? Ne var? Azgın Ağa, Murtaza'yla kavga mı etmiş?"

Kısaca, çabucak anlattılar. Müthiş sevindiği halde gene de, "Olmasa daha iyiydi" gibilerden. "Cık cık cık..." yaparak Azgın'ın yanına gitti. O, hâlâ mayası gelmiş hamur gibi kabarıp duruyor, gözü dünyayı görmüyordu.

Nuh'u görünce yeniden kükredi:

"Beni Nuh mu belledin, yoksa Kapıcı Ferhat mı?"

Nuh çekinerek, "Beri bak," dedi. "Beri bak hele... Azgın Emmi sana diyorum..."

"Her kuşun eti yenir mi lan?"

"Canım beri bak hele Azgın Emmim, kurban olduğum beri bak!"

Ancak Nuh'un yeni farkına varmışçasına, "Hıh?" dedi. "Sen miydin?"

"Benim ya ağam... n'oldu? Niye bulaştı sana?"

"Sorma Nuh, tam cırnağıma geçirdiydim a, bırakmadılar. Ah bi bıraksalardı..."

"Meseleyi anlat hele... ne diye bulaştı sana?"

"Hiç canım. Uyumuşuz iki satır... Dan dan dan, dan dan dan... Baraka yıkılacak. Zelzele oluyor belledim be!"

"Ne yapıyordu?"

"Barakayı tekmeliyormuş meğer, aklım gitti. Dur derim durmaz, çek git derim gitmez. Geçmiş karşıma kaşmer* gibi... Baktım laftan anlamıyor, beni az çok bilirsin, Allahümmesalli âlâ seyyidina Muhammed diye giriştim. Bir karakucak, bir çapraz, bir kılçık... başladı aḃe abe... abe'nin avradını dedim, lakin cırnağıma iyi geçirmiştim, bırakmadılar. Ah bi bıraksaydılar..."

Oracıktaki bir dokumacı, "Aşkolsun," dedi. "Bıraksalardı şerefsizim parçalardı. İhtiyar mihtiyar ama..."

Dokumacıya döndü:

"Biz eski toprağız yiğenim, harbi buğday unundan ekmek yedik. İliklerimiz harbi buğday unu ekmeğiyle dolu. Kendimi yirmi yaşındakilere değişirsem deyyusum be!"

Bıyığını sıvazladıktan sonra, "O, bu değil..." dedi. "Akşam akşam elimizi kana boyayacaktık. Değil o, onun gibi iki dene daha olsa fos. Azgın Ağa öldü mü lan?"

Kontrol Nuh, "Bu herifin başına çıkacak var," dedi. "Sağı hart, solu hart. Ne şef taktığı var, ne usta, ne amele... On beş senedir bu fabrikadayım, görmedim böylesini!"

"Senin Kâmuran arka oluyor da ondan. O arka olmasa şımara mı bilir?"

"Kâmuran'ın arka olduğu besbelli. Tavşana kaç, tazıya tut!"

"Onun da anasına avradına dümdüz gittim..."

Nuh irkildi:

"Kimin? Kâmuran'ın mı?"

"Tabii."

"Yapma be!"

"Niye?

"Onu karıştırmasan iyiydi... yarın gider..."

---

* Soytarı.

"E?.."

"Verir fiti, verir fiti..."

Azgın kocaman pençesini şöyle bir salladı:

"Versin. Korkum mu var? Tırnak kadar boktan mı korkacam? Kafam kızarsa onu da öfeleyiveririm!"

Yassı Bekir koşarak geldi:

"Ne duruyorsunuz yahu? Asıl sinema bizim orda, koşun!"

"Ne var? N'oluyor?"

"Burdan çektik götürdük, herif gitti bizim şefle takıştı orda."

"Kim? Murtaza mı?"

"Kim olabilir başka?"

"Yapma be," dedi Nuh. "Sahiden mi?"

"Şerefsizim ki ha..."

"Niye?"

"Niyesini bilmem. Şefin odasına girdi girmedi, anca baktık şefin elinde düdük, dışarı fırladı: Fırrrr, fırrrrr! Koştuk. Şef deliye dönmüş öfkeden. Dedi: Çabuk çıkarın atın şu serseriyi dışarı! Düzencilerle sıra ustaları da senin kini yaka paça dokumahaneden dışarı, yallah."

Nuh bir kahkaha attıktan sonra, "Hepsi yalan bu gerçek," dedi keyifli keyifli. "Herif şimdi mescit duvarına işedi işte... otur sen Azgın Ağa, ben varıp bakayım bi yol..."

Barakadan fırlarken, Azgın, "Havadis getir ha Nuh," dedi.

"Hemen, şimdi..."

Dokuma Şefi'nin geniş pencereli odası, görevleri dokuma makinelerini onarmaktan ibaret düzenciler, sıra ustaları, dokumacılarla doluydu. Uzun boylu, ince şef, emrini bekleyen adamlarının arasında öfkeli öfkeli dolaşıyor, arada söyleniyordu:

"Nasıl girer, nasıl girer benim odama efendim?"

"..."

"..."

"...Benim odama benden izinsiz değil kontrol, Fen Müdürü, fabrika sahibi bile giremez!"

Kontrol Nuh, "Tabii," dedi. "Tabii giremez. O kaç paralık it ki... Tövbe estağfurullaah... demek senden izinsiz..."

"Kapıyı bile vurmadan!"

"Vay hayvan vay!.."

"En basit bir nezaket kuralı. Herhangi bir yere girmeden önce kapı vurulur, gir karşılığı alındıktan sonra girilir."

"Herifin şef mef taktığı yok ki. Koskoca bir şef mesela... sen tut, kapıyı vurmadan gir. Olacak şey mi? Ben kendi nefsime, hani on beş senedir şu kapıdayım, bir günden bir güne girmedim. Neden? Koskoca bir şef yahu, laf mı? Biz kaç paralık adam oluyoruz da..."

"Sen ki, seni gözüm gibi severim değil mi?"

"Eksik olma, o senin kendi insanlığın. Beni sevip hatırımı sayıyorsun diye şımarmam mı lazım? Tövbee... İnsan olan bir insan, sevilip sayıldığını bilmeli. Lakin adamım nerdee, bu ince işler nerde? Herifteki gönül gönül değil, Erciyes Dağı. Şef de, amir de benim diyor. Fen Müdürü beni bu fabrikaya hususi aldı. Ben bu fabrikayı disipline sokacam diyor."

"O kim oluyormuş da fabrikayı disipline sokacakmış?"

Nuh kıs kıs güldü:

"Dedim a, adamımdaki gönül değil, Erciyes Dağı. Fen Müdürü güya Emniyet Müdürü'ne gitmiş, yalvarmış. Demiş ki: Amman beyim, ocağına düştüm. Fabrikamın disiplini bozuldu. Yeniden disipline sokacak sıkı bir arkadaş ver bana. Onun da aklına Murtaza gelmiş. Bende bir bekçi arkadaş var, adı Murtaza, amma teşkilatımın direğidir, kıymetini bil, demiş. Fen Müdürü de hiç kaygı çekme, onu elimin üstünde tutarım diyesiymiş.."

"Breh breh breh... ne bulunmaz Hint kumaşıymış meret."

"...Disiplini sıkı dendiyse bu kadar mı sıkı dendi baba. Ha biraz gevşeği olaydı. Şimdi şefim biliyor musun, fabrikaya geldiği gün değil de ertesi gün, Fen Müdürü dedi ki: Nuh, dedi, arkadaşı sana yardımcı aldık. Kat yanına, fabrikayı gezdir, girdiyi çıktıyı göster, öğret... biz de iyi ya dedik, kattık ardımıza, bismillâhirrahmanirrahim... Fen Müdürü'nün odasından çıktık çıkmadık, bu zıp durdu. Biz de durduk tabii. Elini omuzuma koydu, dedi: Arkadaş, vazifemize başladık şükür. Biliyor musun ne yapacağız? Yook, dedim, ne yapacağız? Omuz omuza verip fabrikayı ileri götüreceğiz demesin mi?"

Oda kahkahadan kırıldı. Dokuma Şefi'nin de olanca öfkesi silinip gitmişti:

"Sonra?"

"Sonrası sağlığın. Demin de senin Azgın'a bulaşmış. Lakin Azgın de, orda dur. Herif Cemal Paşa'nın maiyetinde ne Mısır'ını bırakmış, ne Arabistan'ını. Laf yer mi? Bir dinlemiş, iki dinlemiş... tuttuğu gibi büküvermiş. Öyle değil mi Yassı Bekir?"

Yassı Bekir, "Araya girmeseydiler Allahını şaşıracaktı," dedi. "Bir parmaklar var adamda kerpeten şerefsizim. Sahiden kuvvetli ha!"

"Sahiden var mı bre Bekir? Memlekette zorlu güreş tutardı. Azgın bu, ohooo. Rakıyı içerdi. Sopayı çekip de yekindi mi, isterse tabur olsun uğrunda. Azgın deyip geçiyor musun sen? Bakma, oğulları hayırsız çıktı. Yoksa kahkahayı attı mı, memleketin öbür başından dinle."

Dokuma Şefi'ne döndü:

"Yarın Fen Müdürü'ne anlat gayri de çeksin yularını."

Şef başını salladı:

"Yarın olsun, kolay. Canım mesele değil, gerekirse bağlatırım kuyruğuna tenekeyi."

"Sen daha iyisini bilirsin tabii ya... Fen Müdürü'nün de usulüne gelirse teneke bağlamak..."

Dokuma Şefi kızdı:

"Ne demek o? Ben Fen Müdürü men müdürü anlamam. O kadar seviyorsa, taksın itine tasmayı, çekip götürsün evine."

"Hay diline sağlık şefim... Kocca fabrikanın rahatı kaçtı be."

Kontrol Nuh o sevinçle tuvalet aralığına geldi. Azgın merakla bekliyordu:

"N'oldu?"

Barakaya heyecanla giren Nuh, kalın kuşağının arasından tabakasını çıkarıp uzattı:

"Hele birer cigara kıvradak."

Alçak iskemlelerden birini çekip oturdu. Azgın ayakta, sigara sarıyordu. Sardıktan sonra tabakayı Nuh'a uzattı. Nuh tabakayı aldı:

"Allah bizimle," dedi. "Sen işinde ol..."

Barakanın önünden geçmekte olan küçük bir işçiye seslendi:

"Bak hele yiğenim... git şurdan kahveye, kahveciye benden selam söyle. Azgın Ağa'yla oturuyorlar, de. Bize iki tane... (Azgın'a) Nasıl içeceksin kahveyi?"

"Az şekerli."

"Az şekerli söyle. Kendin de bir gazoz iç. Haydi. Kahveleri kesmeşekerle yapsın, köpüklü olsun ha."

Çocuk, aşağıdaki su deposunun beton ayakları arasındaki küçük kahveye koştu. Koştu ya, birden Murtaza köşeden çıkıvermişti. Çevik bir davranışla tam zamanında yol değiştirerek, işçi lokantasının bulunduğu yöne dümen kırdı. Az sonra da lokantadan içeri girip Murtaza'nın gitmesini bekledi.

İşçi lokantası, ensiz, uzun bir salondu. Örtüsüz tahta masalar kir içindeydi. Yerlere saçılan talaşlara portakal kabukları, sigara izmaritleri, kâğıt parçaları karışmıştı. Badanalı duvarlarda ise tifüs, verem ve daha başka hastalıkların başı olan pislikten korunma öğütleri veren renk renk afişler asılıydı.

Lokanta gene yükünü almıştı. Patates soymakta olan koca göbekli, hoş sohbet aşçının çevresinde birkaç dokumacıyla, iplikhanenin biri zayıf, öteki şişman iki ustası, tatlı tatlı yarenlik ediyor, arada gevrek gevrek gülüyorlardı.

Ufalmış sigarası dudağına yapışık aşçı, ağır ağır anlatmaktaydı:

"Bir tarihte, bizim kayın askerdi hani o sıra Ankara'da, o anlattı... Bütün bu düvellerin başları, rahmetli Atatürk'ü ziyarete gelmişler. Atatürk'tür rahmetli, Çankaya'da bir ziyafet çekmiş amma nasıl, kuşsütü bile eksik değil.. Safiye Ayla, Münir Nurettin, Denizkızı Eftalya filan hep orada. Tabii bizim vezir vüzerâmız da hazır... Yenmiş içilmiş, gülünmüş, oynanmış tam kahveler içilirken, bu Mussolini yok mu Mussolini... Bes o gâvur ne yer, ne içermiş. Amma, Atatürk'ün gözünden kaçar mı? Akıllı adam, diplomat adam... Neyse, Mussolini'dir bir çalımına getirir, der: 'Antalya'yı isterim.'"

Dokumacılardan biri, "Yahu," dedi, "Mussolini Türkiye'ye gelmedi ki hiç..."

Kısa boylu, şişman iplik ustası:

"İtirazı bırak da masal gibi dinle."

Aşçı:

"Bizim kayın, muhafız bölüğünde askerdi, o anlattı, ben de onun yalancısıyım."

"Sonra kardaş?"

"Sonra kardaşlarıma söyleyim... O öyle 'Antalya'yı isterim' deyince, ortalık nasıl yani, tıss... Bir sinek uçsa uçak motoru gibi hükmediyor; sessizlik o biçim yani. Atatürk'tür rahmetli, bir celallenir. Mussolini'ye bir bakar, Mussolini'dir başlar titremeye... Atatürk der ki: Makarnacı makarnacı! Yerinde biçimli otur, çektirme bana çizmelerimi ha!"

Dokuz çocuklu dokumacı, "Allah Allaaaah!" dedi. "O öyle deyince, Mussolini ne der?"

"Ne diyecek, pes eder."

Dokumacı İlyas içini çekti:

"O adam başkaydı arkadaş, kim ne derse desin... O adamda Hazreti Ali kuvveti vardı. Rahmetlinin zamanında şekeri yirmi sekiz kuruştan yerdik."

"Yerdik de kıymetini bilir miydik? O zaman da Sultan Hamit Efendimizin zamanında kelle şeker iki meteliğeydi diye Atatürk devrini burunlamazlar mıydı?"

"Boş ver Sultan Hamit'e... Bir lokantaya giderdim efendi,

şimdiki yüz seksenlik Yeni Rakılar kırk dokuz kuruştu. Bir kap et yemeği, bir kap sebze, bir salata, ekmek mekmek, kafayı tutardım, bir hesap doksan, doksan beş kuruş. Şimdi? Beş kâğıtla gir, kafayı doğru dürüst tutamazsın..."

"Ya iki de arkadaş gelse üstüne?"

"Yandın. On beş günlük kazancın gitti..."

İplik ustalarından zayıfi, "O günle bugün arasında hiç fark yok," dedi.

"Nasıl? Yok mu?"

"Yok tabii."

"Olmaz olur mu yahu? Şekeri yirmi sekizden yerdik, ekmeği ondan, eti otuzdan..."

"On beşten on beşe kaç lira kazanırdın?"

"Ortalama on beş, on yedi buçuk..."

"Şimdi?"

"Şimdi de on beşten on beşe elli, altmış..."

"Paranın satın alma gücünde fark var. On beş kazanırdın, şekeri yirmi sekize yerdin, şimdi yüz kırk beş veriyorsun, altmış kazanıyorsun. Sultan Hamit zamanında da nispetler aynı."

Dokumacı İlyas, zihnine şöyle bir vurdu, hak verdiyse de gene, "O adam başkaydı arkadaş," dedi. "Onun gibi kafalı kim var? Vatan, millet sevgisi vardı onda... bilin bakalım, karısından niye ayrıldı?"

Sağdan, soldan sordular:

"Niye ayrıldı?"

"Niye?"

"?.."

"Malım mülküm çoluğuma çocuğuma değil, milletime kalsın diye. Tekmil malını mülkünü millete bırakmadı mı rahmetli?"

Sigarasını tazeleyen şişman aşçı, "Bir zamanın behrinde," dedi, "Hazreti Ali bir rüya görür..."

Heyecanlar birden arttı. İskemleler ustaya yaklaştırıldı:

"E... ne görür bakalım Kenan Usta?"

"Hayırdır inşallah de, ayı!"

"Ayı başını çiğnesin. Çiğne İlyas."

"Kesin be. Evet Kenan Usta?"

"...Görür kii, mağrıp'la maşrık arasında iki deniz, iki kazana akar ha akar. Lakin ne sular tükenir, ne de kazanlar dolar: Hazreti Ali, mübarek, şaşar bu işe. Gider Resûl-ü Ekrem Efendimize, ya Resulullah, der, bu gece böyle böyle bir rüya gördüm. Bu ne ola ki?"

"Resûl-ü Ekrem Efendimiz gülümser. Der: Ya Ali, gördüğün rüya şu ki, 1300'den sonraki hükümetlerin ne karnı doyacak, ne de milletin parası tükenecek."

Akları patlak gözleriyle oradakileri gözden geçiren aşçı, patates soymaya koyuldu.

Dokumacı İlyas ortaya başka bir şey attı:

"Bu Hitler Müslümanmış diyorlar..."

Aşçı, "Doğrudur," dedi. "Niye olmasın? Gizliden din taşıyamaz mı? Bunu ben de duydum... Kim bilir, Allah baktı ki zahar kulları azdı, yaa öyle mi dedi, ben de sizin başınıza Hitler kulumu bela edeyim de görün," dedi.

Zayıf usta:

"Allah istese azan kullarını ıslah edemez mi? Hitler'i bela etmeye ne lüzum var?"

Dokumacı İlyas güldü:

"Durup durup tekini atıyorsun ha usta. Bilin bakalım: Bu dünyanın en fenci milleti kim?"

Aşçı yapıştırdı:

"Alaman!"

"Bütün fenler nerden çıktı?"

"Kuran'dan."

"O halde? Haa?"

"..."

"..."

Tezgâh ardında bulaşık yıkarken, konuşulanları can kulağıyla dinleyen genç irisi garson, ilkokulun üçüncü sınıfından ayrılmıştı:

"Usta!" diye seslendi. "Bütün fenler madem bizim Kuran'dan çıktı, biz niye anlamadık da gâvurlara kaptırdık?"

Aşçı bunu hiç düşünmemişti:

"Önündeki bulaşıklara bak!" dedi. "Aklının ermediği şeylere de burnunu sokma."

Kıpkırmızı kesilen garson, sorduğuna pişman, işine koyuldu.

Zayıf Usta, "Delikanlı doğru söyledi," dedi. "Niye kaptırdık gâvurlara?"

Aşçı duymazlıktan gelerek üzerinde durmadı:

"Kim ne derse desin, dingili yamıldı kahpe dünyanın. Hem size bir şey deyim mi? Kıyamet yakın!"

Dokumacı İlyas:

"Resûl-ü Ekrem Efendimiz ne buyurmuş?"

"Ne buyurmuş?"

"Bilmem kaçta yatmam, bilmem kaça kalmam buyurmuş. Ebcet'e vuruyorlarmış, bu sene çıkıyormuş."

"?.."

"..."

Tam bu sırada Murtaza lokantaya girdi. Dokumacılarla iplik ustalarını "vazife bir sırasında" çene çalar görünce, dokumahaneden yaka paça atılışını unuttu, kaşları hemen çatıldı.

Dokumacılarla iki usta suçüstünde yakalanmanın rahatsızlığını duydularsa da, ok yaydan çıkmış, yakalanmışlardı. Bakalım devran ne gösterecekti.

Ateşe devam ettiler.

Söz politikaya dökülmüştü.

Aşçı:

"Çörçil'le Rozvelt'in oğlu birlik olmuşlar, binmişler bir uçağa, gitmişler Alamanya'nın başşehrine. Bu arada bir iki de bomba sallamışlar... Derken efendi, bir makine varmış Alaman'da ki aklın durur... Bir işletir makineyi, uçağın motorudur şıp, istop. Senin Coniler'dir, paraşütle atarlar kendilerini Alaman'ın kucağına. Alaman'dır tutar bunları, götürür Hitler'in huzuruna. Hitler'dir şöyle bir bakar, der: Söyleyin lan, kırk katır mı istersiniz, kırk satır mı?"

Dokumacı İlyas:

"Ne isterler?"

"Ne isteyecekler? İngiliz'le Amerikan'da yürek mi var? Titre ha titre..."

Gene dokumacı İlyas, "Bizim hükümette hiç akıl yok efendi," dedi. "Neden dersen, tuttu Alaman'la açtı arayı. Halbuki ne demiş herif: Ben bütün dersimi Atatürk'ten aldım, demiş. Sen tut da böyle kabadayı düvelle aç arayı."

Şişman Usta, "Hükümetin kararı yerinde," dedi. "Alaman'la dostluk olmaz. Niye olmaz dersen, senin Alaman dediğin..."

"Öyle deme usta. Herif tek başına bütün dünyaya karşı koyuyor. Kabadayılık öldü mü? İnsan böylesine babayiğit bir millete karşı..."

"Kim demiş tek başına diye? Avrupa'nın bütün sanayisini arkasına almış be!"

"?.."

"!.."

"..."

"Vazife bir sırasında" çene çaldıkları yetmezmiş gibi, kendisini, yani Kontrol Murtaza'yı gördükleri halde boş veren ustalarla dokumacılara fena içerleyerek, tepelerine dikildi:

"Abe neciyim ben burada?"

Bütün başlar Murtaza'ya döndü, ama kimse tek laf etmedi.

O, daha sert, yeniden sordu:

"Ha? Neciyim?"

İplik ustalarından zayıfı, "Fabrika içleri gece kontrol yardımcısı," dedi.

Murtaza küplere bindi:

"Aaal sözünü geri, aaal sözünü geri derim! Olamam ben yardımcı. Bilirsin ne derin kurslar gördüğümü, terbiyeler aldığımı? Yoksa bilmezsin?"

Aşçı rahat bir kahkahadan sonra, "Otur hele Murtaza Efendi," dedi, "otur hele de iki satır yarenlik edelim..."

Yan gözle baktı, adeta hırladı:

"Bak sen soymaya patateslerini!"

Ötekilere döndü:

"Doldurmaz incir çekirdeğini konuştuklarınız. Açtı ise hükümet arayı Alaman'la ne size, ne bana? Var başımızda büyüklerimiz şükür. Kaybederler uykularını, incelerler her bir şeyleri, verirler isabetli kararlar."

Aşçı, "Doğru," dedi. "Onlar da kurs görmüşlerdir öyle ya..."

Zayıf usta güldü:

"Tabii, tabii... hem gördüler kurs, hem de aldılar amirlerinden sıkı terbiye."

Murtaza kısa kesti:

"Haaydi bakayım şimdi vazifelerinizin başına. Bir vazife üstündür bir namuzdan."

"Yaşaaa," dedi biri.

Bunu diyenin zayıf usta olduğunu sanarak omuzundan itti. Usta direndi:

"Ne o?"

"Yürü," dedi Murtaza.

"Çek elini be, hıyar ağa!"

"Been? Bana? Koskoca bir kontrola dersin hıyaar?"

"Ne diye itiyorsun omuzumdan?"

"Ne için yürümezsin?"

"Benim bileceğim şey o! Ben işçi değilim, ustayım usta."

"Ne olmuş usta isen?"

"Bizim vazifemiz seni ilgilendirmez..."

"Beniii?"

"Tabii seni. Benii'ymiş..."

Ellerini ardına koyarak sordu:

"Abe neciyim ben burada?"

"İşçi gece kontrol yardımcısı."

Gene küplere binen Murtaza:

"Abe ben nasıl olurum mavin? Olamam ben mavin. Bilirsin ne der Fen Müdürü?"

"Ne derse desin. Nuh'un muavinisin ve vazifen işçilerle... O kadar."

"Abe nasıl konuşursun böyle çocuk çocuk? Biliyor musun müdürüm beni ne için aldı fabrikasına?"

"Müdürün kim?"

"Fen Müdürümüz..."

"Ne için alacak, hiç işte, laf olsun diye."

"Benii? Laf olsun diye?"

"Tabii."

"Alınmam ben laf olsun diye. Çünkü Mürteza..."

"Kes be sen de..."

Aşçı araya girdi:

"Nefesini tüketme Murtaza Efendi kardaşım... burası fabrika. Bin ananın doğurduğu burada. Burda fazla ileri gitmek..."

Gene hırlar gibi, "Suus be sen de şapşal!" dedi. "Yok almaya ihtiyacım akıl hiç kimseden. Kırılsın sapı kaşığın... edeceğim tanzim raporumu, vereceğim müdürüme."

Zayıf usta da iyice içerlemişti:

"Müdürüne değil, Allahına ver istersen."

Şişman meslektaşının koluna girdi, lokantadan çıktılar. Dokumacılar da çıkarken, Murtaza ellerini beline koydu, arkalarından baktı baktı, sonra da başını hayıfla salladı:

"Bozzulmuş disiplin kökten," dedi. "Nafile..."

Birden sinirlendi:

"Ne ister ise olsun. Sokacağım fabrikayı yeni baştan disipline... kırılsın sapı kaşığın!"

Lokanta kapısına yürüdü.

***

Ertesi sabah Fen Müdürü'nün odasına yapma bir öfkeyle giren Dokuma Şefi, "Allah, lillâh aşkına dehle gitsin şu serseriyi Kâmuran Bey!" dedi. "Fabrikayı kırdı geçirdi be yahu. Ne usta tanıdığı var, ne şef. Bütün işçiler, ustalar, herkes şikâyetçi. Tutturmuş bir disiplin, önüne gelene sırtarıyor. Üstüne vazife olana karışıyor, olmayana karışıyor. Bu böyle sürüp gidemez."

Fen Müdürü alabildiğine sakindi:

"Ne olmuş?"

Fen Müdürü'nün kayıtsızlığına içerlediyse de, gene, "Şu," dedi, "yeni aldığın, muhacir kontrol... dün akşam benim odama bile kapıyı vurmadan, sellemehüsselam dalmasın mı? Çık derim çıkmaz. Bir yanda işçilerin para zarfları durur meydanda. Yahu arkadaş, çık dışarı, senin vazifen işçileri kontrol, ben dokumahane şefiyim derim, hayır. Ben şef mef tanımam. Gördüm kurs, aldım sıkı terbiye amirlerimden, dolaşır damarlarımda Kolağası Hasan Bey dayımın mübarek kanı... deli midir, nedir?"

"?.."

"Haa, dahası vaar. Güya sen geniş yetki vermişsin. Fen Müdürü arkam, korkmam kimseden filan falan..."

Ne dese, ne yapsa Fen Müdürü öfkelenmiyordu. Tuhaf bir serinkanlılık içinde, elindeki ufacık beyaz kâğıtla oynuyordu. Çaresiz, Fen Müdürü'nün masası yanındaki koltuğa kendini bıraktı, bacak bacak üstüne attı:

"İşçilerin önünde yakışık alır mı? Olanca forsumuzu iki paralık ediyor. Bizim bildiğimiz kontroller..."

Fen Müdürü, "Bu ay," dedi, "geçen ayın üretimini aşabilecek misin?"

Dokuma Şefi tokat yemişçesine sinirlendi, kıpkırmızı kesildiyse de bozmamayı uygun bularak, "Çalışıyoruz," dedi.

Dedi ya, şimdi artık çok iyi anlıyordu muhacir kontrole kimin gerçekten arka olduğunu.

Oda kapısı vuruldu. Akşam, Murtaza'nın işçi lokantasında yakaladığı iki usta, uykusuzluktan kıpkırmızı gözleriyle girdiler. Dokuma Şefi gibi pervasız değillerdi. Fen Müdürü'nü başlarıyla selamlayıp beklediler.

Gülümseyen dudaklarına rağmen, Fen Müdürü sinirliydi.

İki usta önce bakıştılar, sonra Dokuma Şefi'ne gözleri kaydı. Dokuma Şefi göz kırptı. Tam bu sırada Fen Müdürü de başını kaldırdı:

"Efendim?"

İki usta birden şaşırdılarsa da şişman kendini toplayarak, "Bir şikâyetimiz var," dedi.

Fen Müdürü her zamandan çok daha ciddiydi:

"Buyurun!"

"Estağfurullah... şu yeni aldığınız gece kontrolü..."

Dokuma Şefi, "Hoppalaa," dedi. "Yarın işçiler de gelmeye başlayacak."

Fen Müdürü aldırmadı:

"Evet, yeni aldığımız gece kontrolü?"

Ustalardan zayıfı:

"Üstüne hiç vazife olmayan işlere burnunu sokuyor efendim."

Sustu, ince parmaklarıyla oynamaya başladı.

"Mesela?"

İki usta birbirine "Sen anlat" "Hayır sen" demek istiyorlardı ki, Dokuma Şefi yetişti:

"Anlatsanıza yahu... işçiler üzerindeki forsunuzu kırıp sizi küçük düşürmüyor mu? Yalan mı? Üstüne vazife olmayan şeylere burnunu sokmuyor mu?"

Zayıf usta yüreklenmişti:

"Evet," dedi, "işçiler üzerindeki..."

Şişman tamamladı:

"Forsumuzu kırıyor. Halbuki bir usta..."

Fen Müdürü'nün kaşları adamakıllı çatılmıştı:

"Pekâlâ," dedi, "tembih ederiz, bir daha forsunuzu kırmaz."

Ustalar sıkıntı içinde, şaşkın, bir süre daha dikildikten sonra odadan yıkılırcasına çıktılar.

Dokuma Şefi de bir şey bahane ederek gittikten sonra Fen Müdürü masasından kalktı. Ellerini pantolon ceplerine soktu, odanın içinde dolaşmaya başladı. Az sonra dışarıda Murtaza'nın sesi işitildi.

"Abe gelin buraya... patlattırırım gözlerinizi!"

Kapı sertçe açıldı. Murtaza, dört kişiyi önüne katmıştı. Fen Müdürü'nün odasına soktu, hizaya getirdi, selam çaktıktan sonra:

"Bu sabah amirim, kapıda işçileri bizzat ben yoklayarak yaptım kontrol. Bu yaramaz vatandaşların üzerinde buldum bunları!"

Masanın üzerine birtakım öteberiler bıraktı:

Kartona sarılmış bir sap iplik, boş bir iplik masurası, bir parça pamuk, içinde vazelin yağı bulunan küçük bir krem kutusu...

"Buldum apış aralarında bu kutuyu bu adamın."

Yan yana dört işçiden uzun bıyıklısını gösterdi. Çukurova'ya çalışmak üzere ta Van'dan gelmiş uzun boylu Kürt, "Allah seni bağışlasın beyim," dedi. "Allah her tuttuğunu..."

Murtaza fırladı, Kürt'ü uzun bıyıklarından çekti:

"Bozma esas vaziyetini."

Fen Müdürü, "Bırak," dedi, "bırak adamın bıyığını!"

Kürt ağlamaya başlamıştı:

"Sende Allah korkusu yok mudur? Sen Müslüman değil misin? Firavun musun?"

Murtaza gene parladı:

"Hâlâ çıkar sesi... sus bakayım!"

Adamın üstüne yürüdüyse de, Fen Müdürü gene önledi.

Masanın üzerindeki öteberiler o kadar değersiz şeylerdi ki... Fen Müdürü hepsini elinin tersiyle itti:

"Alın hadi, bir daha yapmayın..."

Uzun bıyıklı Kürt, Fen Müdürü'nün önce ayaklarına kapanmak istedi, sonra ellerine sarıldı. Öpecekti, müdür bırakmadı.

Dört kişi art arda odadan çıkarlarken, Murtaza alabildiğine çatılı kaşlarıyla sertçe bakıyor, Fen Müdürü'nün bu senli benliliğini disipline aykırı buluyordu.

Tam bu sırada içeriye erkek helalarının bekçisi ihtiyar Azgın girdi. Fen Müdürü'nün disipline aykırı laubali davranışını unutuveren Murtaza, kıyıya çekildi. Azgın'sa kocamış bir kaplan gibi heybetliydi.

Murtaza'ya dehşetle baktı, homurdandı.

Fen Müdürü bir şeyler sezerek gülmeye çalıştı:

"Hayrola Azgın Ağa... bir emrin mi var?"

Etli, kocaman eliyle Fen Müdürü'nün masasını tutan Azgın, çenesiyle Murtaza'yı göstererek:

"Dinin gibi doğru bir laf ver. Sana beni mi gammazlıyordu bu kösnük?"

Murtaza yutkundu. Sonra, "Müdürüm," dedi, "bozamam disiplinimi huzurunuzda!"

Azgın şahlanarak üzerine yürüdü:

"Boz lan, boz hadi! Bozsana! Bozsan ne gelir elinden, it!"

Geri geri köşeye sinen Murtaza, "Müdürüüm," diye bağırdı. "Bozamam disiplinimi."

Azgın üstüne hamle etti:

"Lan boz lan, boz hadi lan!"

Murtaza'yı akşamki gibi iki yakasından kuvvetle kavrayıp Fen Müdürü'nün masasına savurdu.

"Müdürüüüm!"

"Ne vaaar? Müdürüüüümmüş. Hadiii, göstersene erkekliğini, yiğiit!"

"?.."

"!.."

Fen Müdürü sonunda işe karışmak gereğini duydu:

"Hişşt, Azgın, Azgın Ağa, Azgın Ağa diyorum!"

Azgın'ın gözleri dönmüştü. Murtaza'yı sağa sola savuruyordu boyuna.

"Azgın öldü müü? Öldü mü Azgıın?"

"Müdürüm!"

"Canım bırak dedim Azgın, ohooo..."

Araya girdi, sözde Murtaza'yı kurtaracaktı, ama nerde? İhtiyarın elleri, parmakları öylesine güçlüydü ki... Masasına geçti, zile bastı. Odacı girdi.

"Ayır şunları!"

Buna fena içerleyen Azgın, Fen Müdürü'ne döndü:

"Ya itini bağla ya da... bak, anam avradım olsun, seni öfeleyiveririm ha!"

Fen Müdürü sapsarı kesildi:

"Canım," dedi, "n'olmuş? Adamcağızın sövülmedik yerini bırakmadın deminden beri. İstediğin ne?"

Azgın soluyordu:

"İstediğim ne mi?"

"Öyle ya. Ne?"

"Ulan Kâmuran bana iyi bak. Sen beni tanımazsın, babana, dedene, emmilerine sor öğren. Kafamı kızdırıyorsun..."

"Seni tanıyorum, sormaya gerek yok..."

"Tanıyorsan sayıyla kendine gel. Deli kafamı kızdırma, o kadar."

Fen Müdürü ezilmişti. Bir şey, bir şeyler söylemeli, altta kalmamalıydı.

"Kızarsa n'olur?" dedi. "Keskin sirkenin zararı küpünedir!"

Azgın masaya yürüdü:

"Senin de ananı, avradını, küncüden* ufağını..."

---

* Susam tanesi.

"Höst höst!"

"Bana mı lan? Bana mı söylüyorsun?"

"Sana söylüyorum!"

"Kâmuran, bir muhacir oğlu için hatırımı kırma, bak, kırarım boynuzlarını ha!"

"Terbiyesizlik etme be! Çık dışarı!"

"Been? Ben dışarı çıkayım hıı?"

Açtı ağzını yumdu gözünü. Fen Müdürü'nün babasından, dedesinden, dedesinin avradından, dayılarından saydı döktü. İler tutar yerini bırakmamıştı. Hızını alamadı:

"Bir daha ananı avradını..." diye sövdü. "Geyik!"

Kapıyı çarpıp çıktı.

Fen Müdürü taş kesilmişti. Soyunun bilmediği "Cemâziyelevveli"ni* öğrenivermek, bunu başkalarının duyması, çok ağırına gitmişti. Gitmişti ama durumu da kurtarması gerekirdi. Kendini topladı. Yoksa, aziz dostu Emniyet Müdürü'ne telefon açıp durumu bildirmek, Azgın'ı şikâyet etmek, gerekeni yaptırmak işten değildi. Buysa hoş kaçmayabilirdi. Bütün mesele, "Cemâziyelevvel"in ortaya çıkıp yayılmamasıydı. Onun için üzerinde durmamalıydı.

Fabrika içi telefonuna sarıldı, personel şefini buldu, tuvalet bekçisi Azgın'ın işine hemen son verilmesini emrettikten sonra, Murtaza'ya döndü:

"Terbiyesiz herif..."

Bunun kendisine değil, Azgın'a söylendiğini idrak eden Murtaza, "İstemedim bozmak huzurunuzda terbiyemi müdürüm," dedi. "Kaçacak idi disipline aykırı."

Birden Murtaza'ya dikkat eden Fen Müdürü çıkıştı:

"Sende de şu kadar idare yok!"

"Bendee? Ne için be müdürüm?"

"Yok tabii. Fabrikayı birbirine kattın."

---

* Bir kimsenin geçmişi.

"Kattım?"

"Kattın tabii. Herkes senden şikâyetçi."

Fen Müdürü'nün masasına her zamankince, az daha sokuldu:

"Benden ha?"

"Evet senden!"

"Kimler şikâyetçi acaba benden müdürüm?"

"Dokuma Şefi şikâyetçi, iplik ustaları şikâyetçi, Azgın şikâyetçi... yarın işçiler de sökün edecek!"

Masadan az gerileyen Murtaza başını ağır ağır salladı:

"Çünkü arslanıyım vazifemin, yaparım vazifemi."

"Nasıl?"

"Uyutmam hiç kimseyi vazife bir sırasında, hem da çaldırtmam çene hiçbirine!"

"Ne uykusu? Ne çene çalması?"

"Dinle Mürteza'yı, al izahatları. Bulur isen haksız, söv anasına hem da avradına."

Kapı vuruldu. Kontrol Nuh'un iri başı göründü. Fen Müdürü, "Bekle!" dedi.

Murtaza'ya:

"Devam et!"

Murtaza toparlandı, kıpkırmızı kesildi. Gözleri yuvalarında kor halinde iki ateş parçasını hatırlatırcasına parlıyordu.

"Vazife bir sırasında görmez gözüm evladımı, demem ciğerparem."

"Malum, geç. Uyku faslını anlat."

"Gece idi. Yapar idim kontrol fabrikayı. Yakaladım birtakım işçiler çalarlar idi masura. Şüphesiz verdim cezalarını... sonra, affedersiniz, uğradım abdesthanelere... haçan birtakım muzır dokumacılar, yakmışlar cigaraları, vermişler çeneyi çeneye, oooh... gider bir abdesthane sohbeti ki, bulunmaz böylesi Dingo'nun ahırında."

"Azgın orada değil miydi? Neden meydan veriyordu?"

Murtaza acı acı güldü:

"Orada idi müdürüm, barakasında..."

"Peki?"

"Mani olamaz idi..."

"Niçin?"

"Çünkü uyur idi hem da horul horul!"

Fen Müdürü'nü uzun uzun gözden geçirdi. Fen Müdürü bir an kıpkırmızı kesilmişti. Anlaşılamayan bir şeyler homurdandı, içini çekti, sonra Murtaza'ya kaldırdı bakışlarını.

"Peki, devam et."

"...Uyandırdım uykusundan. Ne zaman gördü karşısında beni, ister çıkarsın suçlu. Derim: Görmezsin bu muzır dokumacıları? Toplaşmışlar abdesthane aralığına, yakmışlar cigaraları, vermişler çeneyi çeneye... bilmezsin nedir vazife? Hem bilmez nedir bir vazife, hem da söver anama avradıma. İstemedim bozmak terbiyemi. Bozsa idim, olur idim çok fena nümûne-i imtisâl işçilere. Ama bilmez o bu incelikleri. Atlar boğazıma. Derim: Sardı etrafımızı işçiler, ihtiyar, ayyıptır ihtiyar, bırrak boğazımı, abe ayyıptır, yakışmaz, bırak. Bırakmaz. Nasıl kavrarım bileklerini, başlarım kıvırmaya..."

"Peki, dokuma şefi ne için şikâyetçi?"

"O da uyur idi vazife bir sırasında amirim! Sarsarım kolunu, derim, uyunmaz vazife bir sırasında, uyan ve gel kendine. Bir amir demek çok manalıdır arkadaş. Bilirsin verdi amirlerimiz ne büyük vazife? Edebilirsin takdir?"

"Peki sonra?"

"Sonra, uyanır uykudan. Ne zaman görür karşısında beni, ister çıkarsın suçlu."

"Hımm..."

"Helbet müdürüm."

"İplik ustaları ya?"

"Onlar da toplanmış idi lokantaya vazife bir sırasında, çalarlar idi çene, konuşurlar idi muzır sözler."

"Muzır sözler mi?"

"Evet müdürüm."

"Ne gibi?"

"Olsun idi Alaman şöyle, İngiliz böyle. Ettim tabii derhal müdahale, hatırlattırdım nedir vazife. Dedim: Var başımızda büyüklerimiz şükür. Kırpmazlar gözlerini bütün gece, düşünürler vatan hem da milleti. Yok sana, bana ihtiyaçları."

"Demek iplik ustaları da böyle?"

"Böyle müdürüm... hem ne derler bilirsin? Derler: Karışamazsın bize."

Fen Müdürü'nü uzun uzun gözden geçirdikten sonra, masaya az sokuldu:

"Bu fabrikada hepten bozulmuş disiplin."

Fen Müdürü durumu kavramıştı. Demek yeni gece kontrolü hakkıyla vazife gördüğü için, ustalar başlamışlardı gocunmaya.

Yerinden heyecanla kalktı, elini uzattı:

"Seni bütün mevcudiyetimle tebrik ederim Murtaza Efendi," dedi. "Aferin sana!"

Murtaza da tam istediğini bulmuş, sevinçten kıpkırmızı kesilmişti. İşte şimdi tam havasındaydı. Heyecanla, "Vazife bir sırasında sakınmam gözümü budaktan," dedi. "Görmez gözüm evladımı, demem ciğerparem."

"Aşkolsun."

"Dolaşır damarlarımda mübarek kanı Hasan Dayımın."

"Ne mutlu sana..."

"Balkan Harbi'nde çekmiş kılıçını, atlamış üstüne düşman toplarının!"

"Nur içinde yatsın..."

"Lakin müdürüm, ah müdürüm..."

"Hayrola?"

"Benim kari müdürüm, benim kari."

"Ne olmuş?"

"Duğuramadı Hasan Bey dayım gibi bir evlat bana..."

"Ya, vah vah..."

"Var oğlum, lakin değil istediğim evsafta. İsterim bitirince İlk'i, girsin idi Kuleli Lisesi'ne, olsun idi subay. O gitti girdi sanat okuluna, olacak tesviyeci."

"Vatana, millete hayırlı olsun da..."

Gözleri parladı:

"Ama var şimdi en küçük çocuğum, oğlan. Umarım taşısın dayımız Hasan Bey'in ruhuni."

"Taşır inşallah..."

"İnşallah amirim. Beklerim dört göz ile... Şimdi müdürüm, isterim senden ne bilirsin?"

"Ne?"

"Ol sen bana arka, iste benden vazife."

Fen Müdürü sıkılmaya başlamıştı. Masasında ayağa kalktı:

"Arkan benim," dedi. "Hiç kimseden çekinme. Sana tam yetki. Sonra... şu şey işini de sana vermeyi düşünüyorum, ama vaktin var mı?"

"Ne işini müdürüm?"

"Bizim fabrikanın spor mükellefleri komutanlığını."

Murtaza'yı dünyada hiçbir şey bu kadar sevindiremezdi. Hani nerdeyse sevinçten uçacaktı:

"Vakit mi?" dedi. "Helbet var vaktim müdürüm. Olur çok münasip ve uygun..."

"Hem fabrika gece kontrolü, hem de spor mükelleflerine talim. Yorulmaz mısın?"

Uykusuz geçmiş bir gecenin yorgunluğu içinden sıyrılıp çıktı:

"Yorulmak mı? Ne demek yorulmak? Kabul edemem, zinhar. Dayım Hasan Bey, geceleri uyumaz idi ve yorulmaz idi asla. Haçan bu Mürteza da madem taşır onun mübarek kanını, ne demek yorulmak? Bir vazife elbette çok yüksektir bir yorulmaktan."

"O da kurs görmüş müydü?"

"Ne hacet görmeye kurs be müdürüm? Kolağası idi. Almış idi büyüklerinden çok sıkı terbiyeler ve takdirnameler amirlerinden."

"Demek mükellefler işini kabul ediyorsun?"

"Helbet müdürüm, olur çok münasip! Alayım elime mükellefleri, sokayım disipline. Çünkü görürüm merasimlerde, geçemezler büyüklerimizin önünden layıkı ile. Halbuki lazım geçmek rap rap rap... çünkü kabbarmalıdır büyüklerimizin koltukları, duymalıdırlar şeref şan."

"Al yanına iki yardımcı, gir mükellefler odasına. Kir, pas içindedir şimdi orası. Bakan, temizleyen yok ki."

"Çook doğru müdürüm, bilmezler nedir vazife. Halbuki bir vazife..."

"Sildir, temizlet, bir kutu da Kaol al ambardan..."

"Parlattırayım madeni aksamlarını müdürüm. Her bir merasimlerde almalıyız gözlerini düşmanlarımızın."

"Değil mi ya? Mamafih, Kurtuluş Bayramı'na epeyce var daha. O zamana kadar spor sahasında talim de ettirebilirsin bir hayli..."

"Lazım ettirmek, çünkü atamazlar adım. Halbuki lazım atmak böyle..."

Kendi kendine komut vererek Fen Müdürü'nün masası önünden geçmeye başladı:

"Rahat, ool! Rahaat, ol! İlerii marş!"

Kalçadan çıkardığı kaz adımlarıyla Fen Müdürü'nün masası önünden tam geçerken:

"Solaaa bak!"

Sertçe baktı. Elleri pantolonuna yapışık, Fen Müdürü'nü talimli bir kıta gibi selamlayıp duvara kadar gitti:

"Bölüüüük dur!"

Durdu.

"Geriyeee dön!"

Döndü.

"İleriiii marş!"

Fen Müdürü'nün tam masası önüne gelince:

"Bölüüüük dur!"

Durdu.

"Rahat!"

Rahata geçti.

"İşte böyle amirim..."

Makaraları koyuveren Fen Müdürü, "Aferin," çekti yeniden. "Böyle olacak işte..."

"Olacak, ama zor..."

"Neden?"

"Çünkü bu hâle gelmek için lazımdır kurs."

"..."

"Kurs görmeyen astlar, olamazlar üstlerin istediği evsafta."

"Doğru."

Fabrika spor mükellefleri odasının anahtarını çekmecesinden çıkarıp uzattı:

"Al bakayım. Hayırlı kademli olsun..."

"Helbet olacak hayırlı, hem da kademli. Niçin? Çünkü Mürteza aldı şu anda teslim vazifeyi ele."

Merakla sordu:

"Şüphesiz mükellefler komutanının vardır üniforması?"

"Elbette..."

"Hey Allahım, şükür sana," diye ellerini havaya kaldırdı. "Sonunda yapacaksın beni de dayım gibi kolağası."

Disipline aykırı düşmese amirinin boynuna sarılacak, yanaklarını şapur şupur öpecekti. Şimdiden mükellefler komutanı üniformasını giyip "cahil halk"tan ayrılmış gibi görüyordu kendini. Eh be, merasimlerde nasıl geçeceklerdi artık kim bilir. Ve nasıl kabbaracaktı yürekleri büyüklerimizin.

Heyecanlarını zapt ederek sordu:

"Demek alayım ben şimdi iki arkadaş yanıma..."

"Tabii tabii al."

"Ve hemen başlayayım işe?"

"Başla, ama boş vakitlerde."

"Ondan sonra çıkarayım mükellefleri futbol alanına?"

"Dediğim gibi. Boş zamanlarda, tatil günlerinde. Bu iş mecburi değildir. Hiç kimseyi illaki mükellef ol diye zorlayamayız. İsteyen girer..."

"Yani Türk olan her Türk..."

"Her Türk değil, isteyen Türk."

"İsteyen her Türk müdürüm... Şüphesiz bulunacak merasimlerde ecnebiler de müdürüm, ha?"

"Elbette."

"Demelidirler: Var bu arslan yavruları arslanlarda bükülmez bilek, tunç yürek."

"Tabii ama, sen gene..."

"Kabbarsın koltukları büyüklerimizin."

"...Zorlamadan, canını yakmadan kimsenin..."

"Çekme sen kaygu müdürüm..."

"Peki git şimdi..."

"Gideyim müdürüm. Demek..."

Laf daha da uzayacaktı ki Fen Müdürü'nün telefonu çaldı bereket versin.

Murtaza müdürünü saygıyla selamladıktan sonra, odadan gururla çıktı. Ehehey be ehehey. Dünyalar onundu artık. İçi içine sığmıyordu. Kapıcı Ferhat'ın barakasına geldi. Kontrol Nuh barakadaydı, sigara içiyordu. Murtaza'yı görünce, deminden beri tasarlayıp dolduklarını kustu:

"İyi bir gammazlayaydın milleti!"

Murtaza omuz silkti:

"Etmem tenezzül."

"Etmezsin, evet. Etmezsin... lan sen elli olsan hava be. Fen Müdürü ağzına bir parmak bal çalmayla..."

"Benim ha?"

"Tabii senin."

"Şaşşarım kedinin çamaşır yıkamasına."

Kapıcı Ferhat'a dönen Nuh, "Kedi de çamaşır yıkar mıymış? Duydun mu hiç?" dedi.

Murtaza göz kırptı:

"Bilirsin müdürüm verdi fabrika spor mükelleflerini de bana."

Nuh pek anlamamıştı:

"Neyi verdi?"

"Fabrika spor mükelleflerini."

"Kim verdi?"

"Müdürüm."

"Kime verdi?"

"Bana. Geçemezler imiş merasimlerde... dedi. Mürteza Efendi sen gördün kurs, aldın amirlerinden çok sıkı terbiye ve de talimler... Ancak sen sokabilirsin zaptı rapta mükellefleri."

"Yaa... demek..."

"Yok demek. Dedim olur çok münasip müdürüm."

"İyi gayri. Kumandan olursun heriflerin başına."

"Var imiş kumandanın üniforması ayrı..."

"Düdüğü bile var."

"Bak, verdi anahtarlarını odanın. Dedi: Giremez senden başka hiç kimse odasına mükelleflerin."

"Sen ne dedin?"

"Dedim: Helbet. Olur çok münasip müdürüm... yaptıracağım talim futbol alanında."

"Bol bol düdük öttürürsün gayri..."

"Şüphesiz lazım öttürmek talim bir sırasında... Çünkü..."

Koskoca bir fabrika spor mükellefleri komutanıydı. Değer miydi kurs görmemiş, büyüklerinden sıkı terbiye almamış, üstelik kendine spor mükellefleri komutanlığı layık görülmemiş biriyle çene çalmaya? Yürüyüp gitti.

Arkasından hınçla bakan Nuh, "Enayi," dedi. "Fen Müdürü bana teklif ettiydi de hasbi geçtiydim. Neme gerek benim merasim mürasim... akıllı insan işi mi o Ferhat?"

Ferhat önemle sordu:

"Demek o vazifeyi de vermiş ona müdürümüz?"

"Bana verecek olduydu da ben..."

"Aşkolsun. Demek müdürümüz görmüş onu layık?"

Nuh iskemlesinden öfkeyle firladı:

"Bana verdi de hasbi geçtiydim diyorum anlamıyor musun? N'olacak oğlum, Urumelli değil misiniz? Nerden baksan muhacirsiniz. Birbirinizi tutacaksınız elbet beni değil ya."

Sigaranın izmaritini barakanın tahta döşemesine atıp Fen Müdürü'nün yanına gitmek üzere barakadan hırsla çıktı.

***

Fabrika spor mükellefleri odasını tek başına silip temizleyerek Nuh'un kıskançlığını alabildiğine artıran Murtaza, karaböcek yuvası hâline gelmiş elbiseleri güneşlendirmiş, duvarlara sıra sıra çaktığı çivilere asmıştı.

Odaya girildiği zaman, eskiden olduğunca pis bir rutubet kokusu genizleri tırmalamıyor, trampetler, borular, kısa namlulu, fişeksiz tüfekler, elbiselerin demir ya da sırma kısımları, her şeyi pırıl pırıl göz alıyordu.

Baş döndürücü, yepyeni bir çalışmaya kendini kaptırmıştı. İşe her zamandan daha erken geliyor, çok daha geç paydos ediyordu. İplikhanede masura çalıp kâtibe yeni baştan yutturmak suretiyle fazla kazanç sağlanması tarihe karışmıştı. Hiçbir usta, iş saatleri içinde görevini bırakamıyordu. Hele Fen Müdürü'nün yakınları tarafından apteshane bekçiliğine yeniden atanan Azgın öylesine değişmiş, kendini Murtaza'nın baş döndürücü çalışmasına öylesine kaptırmıştı ki, yüz numaraya çıkan işçiler, değil çeneyi çeneye verip yarenlik etmek, sigara bile içemez olmuşlardı.

Bu suretle Murtaza, fabrika işçileriyle Nuh, Azgın ve ustaların karşısında tek hedef olmuştu ama, aldırmıyordu. Tam tersi, hoşuna bile gidiyordu:

"Helbet. Yok hiçbirinin damarında Hasan Bey'in mübarek kanı. Ve hiçbiri görmedi kurs, almadı büyüklerinden benim aldığım terbiyeyi."

O gün eve "Komutan" üniformasıyla geldi. Fabrika dokuması koyu haki bezden, subay üniformasını hatırlatan bu giysinin yakası, kolları sırmalarla işliydi. Gereğinden çok şişkin körüklü pantolonunun altında siyah getrler,* pırıl pırıl mahmuzlar vardı. Yürürken şakırdaması, çevreye dehşet vermesi için hiçbir şey unutulmamıştı.

Avlu kapısından şakırtıyla giren kocasını görünce kadın güldü.

Murtaza kızdı:

"Abe ne gülersin?"

Çocuğunun çişli bezini yıkamakta olan kadın, "Benzemişsin Hasan Dayına," dedi.

"Helbet. Beyenemezsin?"

"Abe ne bana? İstersen ol miralay?"

Ekledi:

"Salmış haber kardaşın, ister imiş görmek seni, var imiş konuşacakları, bulunasın imiş öğlende evde."

Karısına dikkatle bakan Murtaza:

"Demek var imiş konuşacağı benimle? Çok mühim imiş hem da ha?"

"Bilemem artık orasını..."

"Olmalı çok mühim. Söylemedin buyursun başımız ile beraber?"

"Söyledim. Git al bakkaldan pastırma, hem da yumurta. Yok ağırlayacak yemeğimiz..."

Leğenin başından kalktı, sümkürdü, elini leğendeki çişli suyla yıkayıp entarisinin eteğiyle sildikten sonra, gitti alt evden yamru yumru bir bakır tas getirdi.

---

* Bacağın alt bölümünü ve ayakkabının üstünü örten kumaş veya köseleden yapılmış bir tür tozluk.

"Alasın tahinle pekmez de..."

Kabı karısından düşünceli düşünceli alan Murtaza, "Var," dedi, "var mutlaka çok önemli şeyler kardaşımda."

Birden sırtındaki spor mükellefleri komutanı giysisini hatırlayarak gururlandı.

Mahalle bakkalı, işçi mahallelerinden gelen çamurlu dörtyolun kavşağında daracık, karanlık, rutubet kokan bir dükkândı. Gözleri trahomlu* iri yarı bakkal, altmış yaşlarında bir Arap uşağıydı ki, mahallelinin yarısı kendisine borçluydu. Fabrikayla mahallenin hemen hemen bütün dedikoduları bu dükkânda olur, delikanlılar dükkânın arkasında şarap ya da rakı içerek kafayı bulur, bakkala dert yanarlardı.

Fabrikadaki işçi, usta, şef, patron meseleleri burada görüşülür, sevgililere burada mektup yazılır, kaçırılacak kızlar burada çizilen plana göre kaçırılır, dövülecek usta, şu bu için komplolar burada kurulurdu.

Bakkal da hemen hemen bütün gün sarhoştu. Evli oğulları, kocada kızları, ortaokula gidip gelen torunları vardı ama, fırsat düşürdü mü, pireyi sekitmez, belki de böyle geçinirdi. Böyle geçinirdi, çünkü istese, yani birazcık cömert davransa çok iş düşebilirdi. Ama yanaşmazdı buna. Sarı defterle oynamak işine gelmezdi.

Komutan giysisiyle dükkâna giren Murtaza'yı görünce, "Ooo..." dedi, "bu ne kıyafet lan? Kumandan olmuşsun bayağı... Hı? Kumandan mı oldun?"

Bakkalın bu tür şakalarına oldubitti içerleyen Murtaza:

"Ver iki yüz elli gram pastırma, dört yumurta, tahinle pekmez de..."

Kabı tezgâha bıraktı. Bakkal, "Acelen ne?" dedi. "Enver Paşa'ya dönmüşsün..."

Tepesi attı:

---

* Gözde oluşan bulaşıcı hastalık.

"Bak işine be yahu. Ne lazım gevezelik?"

"Hesabın da bayağı kabardı hani..."

"Kapatacağım."

"Nerden? Yoksa bu kumandanlıktan da ek maaş mı verecekler?"

Sertçe başını kaldırıp bakkala baktı:

"Ne lazım maaş?"

"Doğru. Sırtında kumandan urbası olduktan sonra maaşa ne lüzum var?"

Tezgâh üzerinde duran yamru yumru tası aldı:

"İşçiler, ustalar, şefler, Nuh, Azgın diş biliyorlar ha. Milleti kendine düşman ettin, sonu iyi gelmez, haberin olsun."

Murtaza omuz silkti.

Bakkal:

"Fen Müdürü'nün aferini kurtaramaz seni."

"Tart pastırmamı, ver yumurtalarımla tahin pekmezimi be yahu..."

"Tartarız lan. Saat daha on bir olmadı, acelen ne? Sen şimdi bırak onu dokuzu da, dediğime kulak ver: Fen Müdürü'nün aferini seni kurtaramaz."

"Abe bırak çocukluğu..."

"Senin Azgın burdaydı demin. Herif alıp alıp veriyor!"

"Ne için? Tekrardan alınması için işe olduk razı diye mi?"

"Sen mi razı oldun? Fen Müdürü'nün ahbapları araya girmişler. Yalan mı?"

"Bilmem onu bunu. Haayır dese idim, giremez idi işine tekrardan."

"Demek Fen Müdürü sana danıştı ha?"

"Tart pastırmanı."

"Şu Ferhat var hani, Kapıcı Ferhat..."

"Ne olmuş Ferhat'a?"

"O mu yarım kanlı, sen mi?"

Murtaza kıpkırmızı kesildi.

"Ne lazım gevezelik be yahu? Tart derim sana nevalelerimi."

"Beri bak hele... şu geçenki meselede... Ferhat dedi ki: Sen diyesiymişsin ki güya, Fen Müdürü, hemşeri memşeri takmam ben dedi diyesiymişsin. Bu fabrikada sen babamdan ilerisin. Nuh fos. Fen Müdürü onu atacak zaten... Bu da Nuh'un kulağına gitmiş, o da Azgın'ı fitlemiş fitlemiş seni dövdürmüş. Doğru mu?"

Murtaza'nın tam da damarına basılmıştı:

"Beniii?" dedi. "Beni ha? Azgıın? Haçan bilirsin beni sen? Abe ben tutar idim memlekette güleş. Nerede çalınır idi davullar, kappar idim kispetimi, koşşar idim tutmaya güleş. Olmadı sırtımı getiren yere. Dönmez idi boynum. Ne zaman oturur idim iskemleye, atamaz idim bacak bacak üstüne, ağrır idi yumurtalarım."

Gözlüğünün üstünden bakan bakkal, "Belli," dedi. "Yapın pehlivan yapısı hani... Demek Fen Müdürü kumandan yaptı?"

"Abe tart şunları be yahu."

"Kumandanlık da hani çam isi gibi siniyor üzerine ha."

"Abe tart derim, gelecek kardaşım öğleyin yemeğe..."

"Kardaşın mı? Recep mi?"

"..."

"Laf aramızda, hani yükünü iyi tuttu ha. Bravo. Gözü açıkmış oğlanın, aşkolsun... geçenlerde epey bir komisyon vurmuş diyorlar... Yahudilerden mi vurdu?"

"..."

"Ne kadar vurdu?"

"?.."

"Zorlu da bir ev almış... kaça aldı?"

"Ohooo... abe ne sana, ne bana?"

"Evi iki oldu değil mi?"

"Boş laflar.... Allah verir, alır Allah. Yok bize kaygusu. Tart sen nevalelerimi."

Karşıdan Nuh görünmüştü. Bakkal gördü, öteberinin tartılmasını mahsus geciktirdi. Çünkü nasıl olsa Nuh uğrayacaktı dükkâna. Nitekim uğradı da. Kapıdan, "Ooo..." dedi Murtaza'ya. "Tam kumandan olmuşsun hani. Yakışmış da haa..."

Bakkal, "Bak hele bak!" dedi. "Herifin yapısı pehlivan yapısı, nasıl yakışmaz?"

"Pehlivan mı? Bu da nerden çıktı?"

"Memlekette güleş tutarmış."

"Kendi mi anlatıyor?"

"Kendi anlatıyor."

"Kendi anlatıyorsa doğrudur... Lakin biliyor musun, üniforma da inadına yakışmış bee!"

"Enver Paşa'ya dönmüş."

"Gayri bol bol düdük öttürürsün gâvur."

"?.."

"..."

Murtaza sonunda patladı:

"Yetişir, yetişir be yahu. Sevmem laubaliliği..."

Öteberilerini aldı, dükkândan öfkeyle fırlayıp çıktı.

Nuh arkasından, "Dümbük," dedi. "Dümbüğün de eli bayraklısı gayri... İt canlı da haaa... Ne gece durduğu vaar, ne gündüz. Kumandan oldu olalı zebunluğu* iyice arttı. Lakin, öyle temiz ki dürzü... o mükellefler odasını ayna gibi yaptı."

Bakkal göz kırparak sordu:

"İşittiğime göre Dokuma Şefi, başına iyi bir çorap örecekmiş."

Kontrol Nuh'un gözleri parladı:

"Kimden duydun?"

"Yassı'yla Ensiz konuşuyorlardı geçende... Güya Dokuma Şefi bunu şikâyete varmış da Fen Müdürü hasbi geçmiş. Doğru mu?"

"Doğru arkadaş. Eşekten düşmüşe döndüler. Bana da: Sen

---

* Güçsüz, zayıf (Kelimeyi yanlış kullanıyor.)

de var dedilerdi ya, ben Kâmuran'ın kancıklığını bilmem mi? Bunlar toplandılar, kafa kafaya verdiler, bir güzel kumpas kurdular, lakin felek yar olmadı."

"Benim bildiğim Dokuma Şefi, bunun acısını alır."

"İstemeyenin gözü çıksın..."

"İşçileri de tokatlıyormuş... hı? İşçiler de diş biliyormuş."

"Hem de öyle ki..."

"İflah etmezler bunu burda... ne dersin?"

"İt dişi, domuz derisi bre herif... demek kardaşı gelecekmiş?"

"Buna tenezzül etmezdi ya, nasıl oldu? O, bunun gibi enayi değil. Yahudilere çaldı satırı, çaldı satırı... Şimdi Adıyamanlıyla ortak. İşleri de epey hızlı hani..."

"Bu zirzop canım. Fen Müdürü koltuğuna verince, belliyor ki, fabrikada kendinden merasimci yok."

***

Küçük kardeşi geldiği sıra, Murtaza pencerenin önüne yanlamış, uyuyordu. İriyarı, son derece sağlıklı, kıpkırmızı olan Recep Atak, ağabeyini ayakta uzun uzun seyrettikten sonra, yengesine, "Bırak," dedi, "uyandırma. Alsın uykusunu..."

Evinin yoksulluğunu kaynının görmesinden yerlere geçen kadın, "Olur mu?" dedi. "Gelir ise kardaşım, uyandır beni demişti."

"Desin, bırak..."

"Oldu mu ya böyle?"

"Yabancı mıyım be yenge? İlişevereyim şuraya..."

"Yok iskemlemiz, bakma kusura. Söyledim, abe al iki iskemleceğiz, çok ayıp oluyor misafirlere... lakin..."

"Yok zarar, yok zarar..."

Bir kıyıya ilişti, altın köstekli saatini çıkarıp baktı:

"Geç mi gelir işten?"

"Geldi yarım saat önce..."

"Yarım saat mı? Neden be yenge? Sabahleyin çıkmaz mı işten?"

"Sabahleyin eder paydos saat altıda..."

Saatine yeniden bakan kayınço, "On bir buçuk," dedi.

"Her gün böyle. Yedi bitirdi kendi kendini, hem de beni. Bazı bazı derim, abe geldi çattı ihtiyarlık, büyüdü çocuklar, ne olacak sonra ahvalimiz? Yok beş paramız bir kıyıda."

"Ne der?"

"Der Allah kerim..."

"Halbuki bilmez çok derindir kuyusu Kerim'in. Mübadeleye hâlâ yanarım be yenge. Oldu çulsuz hemşerilerimizin çoğu milyoner şimdi..."

"Aaah ah, kaldırma kapağını o meselenin. Benim babam bir, bu iki."

"Eeeh ne yapalım? Olmaz imiş kısmetten ziyade."

"Doğru, çok doğru..."

"Yeni urba mı verdiler?"

"Yok canım."

"Üstündeki değişik urba..."

"Sorma kayınço. Sardılar başına yeni bir vazife."

"Ne vazifesi?"

Kadın acı acı güldü:

"Oldu kumandan. Hasan Bey dayısı gibi..."

Recep de güldü:

"Ooo... demek oldu Kolağası? Tabii verirler ayrıca maaş?"

"Ne maaşı be kaynım? Çeker kürek akıntıya. Bazı bazı kalır fabrikada, ikindi üzerine kadar. Gelir eve bitkin. Yer yemeciğini, uzanır bir saat kırk beş dakika, kalkar giyinir, gider işçeğizine. Zayıfladı çok. Yıkar iken leğende, sayarım kemiklerini. Uyumaz her gün dört saat. Ne zaman varır uykuya, başlar gıcırdatmaya dişlerini, sayıklar kötü kötü..."

Ağabeyine acıyarak bakan Recep Atak, "Ne yapayım be yenge?" dedi. "Ettim teklif çok, dedim gel yanıma be ağabey, ne lazım el kapısı? Hızlı işlerimiz şükür. Lakin..."

"Dinlemez," dedi kadın.

"Aaah çekmez ola idi dayımıza. Anlatır büyükler, hıh demiş düşmüş burnundan Hasan Bey dayımın."

"Öyle söyler Âkile Hala da. Buna bak gör Hasan'ı. Hasan'a bak gör buni."

"Kızlar nasıl? Çalışırlar mı güzel güzel?"

Kızlarının bir kıyıda serili boş yataklarına acınarak bakan kadın, iç geçirdi:

"Aaah ah... çalışırlar on iki saat yavrucuklar. Sarardı soldular. Bulsa idi dolgun maaşlı bir işceğiz, alır idim fabrikadan. Verir idim biçki yurduna. Lakin nerde? Olmasa kızlar, hepten kaçıracağım keçileri. Ne olacak sonumuz bilmem?"

Yaşaran gözlerini avuçlarıyla sildi:

"Ne olursun be kaynım, aldat onu. Al yanına, çalışsın gündüzleri, uyusun geceleri evinde hiç olmazsa rahat rahat."

Murtaza'nın dişleri kötü kötü gıcırdadı.

"... Kalmadı yataklarda yüz, yorganlarda kılıf. Altı çocuk, kolay mı? Yama, yıka ver giysinler... kalmadı tutar yerleri çamaşırların..."

Murtaza:

"Ne lazım, abe ne lazım?"

Uykusu içinde sayıklayarak bir yandan bir yana döndü. Sonra sıkıntıyla bağırarak yerinden fırladı, oturdu. Saçları diken diken olmuştu. Akları kıpkırmızı gözleriyle deli deli baktıktan sonra kendine geldi. Kan tere batmıştı. Gülmeye çalışarak, "Hoş geldin Recep," dedi.

"Hoş bulduk ağabey..."

Karısına döndü:

"Abe madem geldi kardaşım, ne için uyandırmadın?"

"Ben bırakmadım. İstemedim etmek rahatsız ağabey..."

Murtaza birden coştu:

"Ne rahatsızlık be kardaşım? Ne demek rahatsızlık?"

Kolağası Hasan Bey'in karakalem resmini eliyle işaret etti:

"Bak duydu dayımız, bakar sert sert."

Gülüştüler. Sonra karısına döndü:

"Abe hazırla yemeği."

Recep:

"Etme zahmet ağabey. Yemiştim yemekimi..."

"Olur mu be kardaşım? Yiyeceğiz iki kardaş baş başa. Baksın Hasan Bey, etsin iftihar, kabbarsın koltukları."

Karısına yeniden:

"Hazırla!"

Kadın alt eve girdi.

"E, ne var ne yok kardaşım?"

"Sağlık şükür ağabey..."

"İyi mi çocuklar, hem de yengem?"

"Öperler ellerinden. Nasıl seninkiler?"

"Naasıl olacak be kardaşım? Sorulur mu arslan yavruları? Demmir gibi hepsi de..."

Yeni urbalarını gözleriyle işaret etti:

"Görmezsin urbaları mı?"

"Naasıl görmem? Olmuşsun Hasan Bey dayımız, kolağası."

"Oldum şükür. Ne der Fen Müdürü bilirsin? Der bulamadım senden uygun komutan. Ancak sen sokabileceksin bu mükellefleri disipline. Çünkü gördün kurs, aldın sıkı terbiye ve dolaşır damarlarında Hasan Bey dayının mübarek kanı."

"Nerden tanırmış Hasan Bey dayımızı?"

"Okumuş adam helbet... Dedim, çok doğru söylersiniz müdürüm. Olur münasip... Üzme tatlı canını, geçeceğiz merasimlerde arslan bilek, tunç yürek. Nedeen? Çünkü bulunur her bir merasimlerde ecnebiler, bakarlar, isterler görsünler bizi çürük. Görürler ise kuvvetli, derler: Haa... var bu Türklerde çelik bilek, tunç yürek. Yoktur imkân yenmemize bunları. Düşerler kayguya, olurlar verem."

Recep, "Ağabey," dedi, "bakarım yersin kendi kendini, geçmiş birbirine avurtların. Abe ne maaş verirler sana?"

"Maaş? Konuşursun sen de cahil cahil be kardaşım..."

"Var çocukların be ağabey. Yetişti Emine Müzeyyen şükür. Açılır kısmeti belki de yarın, lazım yapmak çeyiz... bak şu sergilerine, yok iki iskemleceğizin."

Murtaza'nın karısı alt evden çıkmış, merdiven başında konuşulanları dinlemekte, kaynına hak vererek başını sallamaktaydı.

Birden gözü buna takılan Murtaza, "Abe," dedi, "yok mu senin işin? Ne dinlersin bizi? Yıkıl vazifenin başına. Demek konuşamayacağız iki kardaş baş başa?"

Kadın yeniden alt eve girdi. Recep, "Kırma kalbini yengemin," dedi. "Yazıktır. Var mı ondan gizli sözümüz?"

"İstemem vazife bir sırasında laubalilik. Hem söyleyeyim sana bir şey kardaşım? Beğenmeyen, gelmesin evime. Doğmadım anamdan sandalya ile."

"Gelmesin aklına kötü bir şey ağabey... Kakmak istemedim başına. Yalnız, acırım, isterim edesin rahat."

"Yook hiç kimseye minnetim..."

Bir süre konuşmadan oturdular. Kundaktaki oğlu salıncağında ağlamaya başlayınca, Murtaza fırladı, çocuğunun kundağını salıncağından aldı, hoplatmaya başladı:

"Ha ha ha haay kerata! Bak gelmiş amucan! Amucan gelmiş, amucan! Utanmazsın ağlamaya? Gülersin, haçan gülersin, anlarsın geldiğini amucanın, anlarsın."

Kundağı kardeşine verdi. Altı ıslak çocuk yeniden ağlamaya başlayınca annesi geldi, oğlunun kundağını çözüp odanın ortasına bıraktı.

"Burada iken yengem de," dedi, "söyleyeyim... var bir güzel havadisim size."

Murtaza'yla karısı merakla baktılar.

"...Geldim asıl bunun için evinize. Etti bir talip zuhur Emine Müzeyyen'e, İzmir'den. Oğlanın babası çok zengin, var ziytinlikleri, ziytinyağı depoları... Oğlan ayakkabıcı. Biz yaparız aksata babasıyla, lakin çok namuslu insanlar. İsterler imiş namuslu bir kızcağız. Olsun fakir, lakin namuslu."

Ağabeyiyle yengesini gözden geçirdi. Kadın memnun, hatta sevinç içindeydi. Sırmalı üniformasıyla Murtaza'ysa, kaşlarını çatmış, merdiven başında uyuklayan sarı kediye bakıyordu.

Beriki, "Bilmem," dedi. "Görür müsün münasip?"

Karısına gözlerini kaldıran Murtaza sordu:

"Ne dersin? Bulursun münasip?"

Kadın kıpkırmızı kesildi:

"Bilirsin sen daha iyi..."

"Peki be kardaşım," dedi Murtaza, "kocca İzmir'de yok mu imiş kız? Nereden bilirler imiş bizim Emine'yi?"

"Var ya İkiçeşmelik'te hemşerimiz Salim?"

"Saliim? Demek o etmiş tavsiye?"

"Sonra... söyledim ya, bizim ile de yaparlar aksata..."

"Demek zengin imişler çok?"

"Çok. Var imiş evleri, bağları Manisa'da."

"Demek olsun fakir, ama namuzlu demişler?"

"Evet, namuslu..."

"Sormamışlar mı sandalyelerimizi?"

Recep irkildi:

"Koyarsın gedikine taşı be ağabey ama, ben isterim edesiniz rahat. Yaşamayacağız bir bu kadar daha..."

Başını dertli dertli sallayan Murtaza, "Bilirim her şeyleri," dedi. "Çeker benim de içim tereyağı, kaymak, bal... Lakin görürüm camekânlarında bakkalların, geçerim, yetmez almaya gücüm, ederim kahır kendi kendime, küserim. Ne sanarsın kardaşını?"

Alt evden, yağda cızırdayan pastırma kokusu geliyordu. Murtaza'nın karısı, çocuğunu debelenir bırakıp aşağı indi, yumurtaları sahana kırdı. Tepsiyi hazırlayıp pastırmalı yumurtayı da koyduktan sonra kocasıyla kaynının yanına getirdi, koydu aralarına, aşağı indi, çamaşır yıkarken altına aldığı kütüğe oturdu, alnını dizlerine dayadı.

Zayıf omuzları sarsıla sarsıla ağlarken, yukarıdan iştahlı iki erkeğin ağız şapırtıları duyuluyordu.

Bir ara Hasan usullacık geldi. Babasına gözükmeden alt evden ekmek, karazeytin alıp tam tüyecekti ki, annesi başını kaldırdı:

"Geldi amucan," dedi. "Ne için demezsin hoş geldin?"

Oğlan omuz silkti:

"Boş ver."

"Ah domuz, ah vahşi köpek!"

Oğlan, ekmeğini ısırdıktan sonra, dolu ağzıyla, "Sensin," dedi.

Evden çıktı. Dışarısı günlük güneşlikti. Bir köşe, bir köşe daha: Derinlerden mahalleli haylaz oğlanların sesi yansıyordu:

"Şark Ekspresi'ne dikiiz."

"Sissst!"

"Yavruuu..."

Hasan anlamıştı ablasına takılındığını. O yana açtı adımlarını. Bir sokak sonra karşılaştılar: Emine öfkeden kıpkırmızıydı:

"Baksana şu terbiyesizlere," dedi.

Hasan kayıtsız:

"Şark Ekspresi mi diyorlar?"

"Terbiyesiz. Hepiniz aynısınız. Bıktım bu mahalleden de sizlerden de..."

"Değil misin lan? Yalan mı?"

***

Murtaza'nın iki kızı Firdevs'le Cemile'nin çalıştıkları çırçır dairesi, karşılıklı iki sırada on sekizerden otuz altı çırçır makinesinin sert şakırtılarla müthiş bir gürültüye boğduğu pamuk tozu içinde, ensiz, uzun bir salondu. Her makinede kız ya da bir oğlan çocuğu, genç bir kadın veya kırış kırış bir kocakarı oturuyor, makinelerinin arka sandıklarından avuç avuç aldıkları tohumlu pamukları makinelerin önündeki keskin bıçaklı uzun silindirlerin arasına atıyorlardı. "Top" denilen bu silindirler yuttukları tohumlu pamuğu tohumundan ayırdıktan sonra makinenin önüne içyağı kadar beyaz ve hafif kusuyorlardı. Ellerindeki değnekleri çırçır toplarının arasında sağa sola kullanan işçilerin görevi bundan ibaretti: Pamuğu tohumundan ayırmak.

Murtaza'nın mavi taş küpeli büyük kızı Firdevs, yanı başındaki makinede sarsılarak uyuklayan kardeşi Cemile'ye baktı, değneğiyle dürttü.

Cemile uyandı. Uykulu uykulu baktı ablasına:

"Ne var?"

"Niye uyuyorsun?"

"Öyle uykum var ki geberiyorum."

"Babam geliverirse ya?"

"Geliverirse... geliverir, n'apim? Çok uykum var."

"Hadi gidip elimizi, yüzümüzü yıkayalım."

Cemile'nin canına minnet:

"Hadi."

Makinelerinden atladılar. Çırçır merdivenlerini yan yana inerlerken Cemile, "Rüyamda ablamı gördüm," dedi.

Firdevs şaştı:

"Hangi rüyanda?"

"Dürttün ya değnekle?"

"Demek rüya görüyordun? Nasıl gördün?"

"Gelin olmuştu. Teller, pullar, çalgılar... İzmir'e gitmişiz güya, trene binip."

"Kim kim?"

"Sen, ben, ablam, ağabeyim, babam... davullar çalınıyordu. Kocca bir konakta oturmuşuz. Beyaz beyaz tabaklarda etler, pirinç pilavları, elmalar, armutlar, saray burmaları, baklavalar... yiyoruz yiyoruz... sen diyorsun ki, Cemile diyorsun, şu yemişlerden saklayalım da fabrikada yeriz, diyorsun."

"Sakladık mı?"

"Bilmem."

"İzmir çok güzel mi?"

"Çook."

Muslukların yanına geldiler.

Cemile, "Ablaa, dedi. "İnsan rüyayı nasıl görüyor! Gerçek gibi..."

"Bırak rüyayı... ablam diyorum, evlenirse... ha? Biz de kurtuluruz fabrikadan."

"Düğünde bir hafta uyuyacağım..."

"Ben de. Oğlanın babası çok zenginmiş değil mi?"

"Çok. Ama babam bizi fabrikadan çıkarır mı hiç?"

"Çıkarmaz!"

"Ölsek gene çıkarmaz."

"Pis. Öyle kızıyorum ki..."

"Ben de."

"Şu omuzlarım yara gibi ağrıyor."

"Ya benimkiler? Seninkinden besbeter."

"Bugün alalım artık n'olursa olsun..."

"Ne?"

"Saray burması."

"Paramız yok."

"Olmasın, borca. Para günü veririz."

"Zarfın üstü?"

"Sildiririz..."

Firdevs güldü:

"Muhasebedeki Necati Ağabey'e değil mi? Domuuz..."

"Vallaha aklına gelen gibi değil ha."

"Hadi..."

"İnanma. Neyine lazım senin?"

"Tatlıcı veresiye verir mi?"

"Sen karışmaa!"

Çırçır dairesinin rutubetli, sıcak havasına alışmış incecik vücutları dışarının ayazında boyuna titriyordu. Ellerini yüzlerini yıkayacakken caydılar. Çok soğuktu. Helalara geldiler.

Yan yana beş helanın kapıları, erkeklerinkinde olduğunca, içeride uyunup dalga geçilmesin, pamukla silinilirse görülsün diye, yarı bellerinden kesilmişti.

Firdevs:

"Babam çakarsa ya?"

"Nasıl?"

"Muhasebeden sorar."

Soğuk rüzgârın öfkeyle yüklendiği karşı mağazaların ıslak çinkolarına gözü dalan Cemile, "Geberesice," dedi.

"Kim kız?"

"O işte."

"Babam mı?"

"?.."

Helaya girdiler. Karşı koza mağazasının kapısı üzerindeki ampulle aydınlanan helalar çok pis kokuyordu.

İşlerini bitirip çıktılar. Muslukların buz gibi suyuyla ellerini yüzlerini yıkayıp koltukaltlarını da kuruladıktan sonra, önlüğünün cebindeki beştaşını çıkaran Cemile, "Var mısın?" dedi.

Firdevs'in gözleri parladı:

"Varım."

Barakasının penceresinden başını uzatan hela bekçisi kocakarı:

"O.....laaar, o.....lar!" diye bağırdı. "Oyalanmayın bakalım."

İki kardeş kocakarıya dillerini çıkarıp çırçır merdivenine doğru koştular. Tam işlerinin başına çıkacaklardı, Cemile, "Haydi saate bakalım!" dedi.

Geri döndüler. Makine dairesinin kirli camından saate baktılar. Dokuz buçuğa geliyordu. Öğlenin on ikisinden beri işbaşındaydılar, paydosa daha iki buçuk saatleri vardı.

Makine dairesinin bitişiğindeki boş depoya girdiler. Bir duvar ötedeki kazanın adamakıllı ısıttığı deponun duvarına sırtlarını dayadılar.

Cemile, "Oooh," dedi, "kemiklerim ısındı be..."

"Benim de. İnsanın uykusu geliyor."

"Yatağımızda olmalıyız ki şimdi..."

"Yorganı tepene çek..."

"Oooh!.."

Uzaklarda öten bir düdüğe kulak verdiler.

Cemile, "Babam galiba!" dedi.

"Değildir. Düdük öttürmez ki o... çıkıverir... Nuh Amca ne iyi... beni kaç kere yakaladı uyurken de, ne dövdü, ne de ceza yazdı."

"Babam olsa?"

"Kemiklerimizi kırar... öyle ısındım ki... Sen?"

"Ben de."

"Paydosta tatlı alalım ha, e mi?"

"Eh."

Yere tüküren Cemile, "Haydi," dedi.

Kapının içine vuran ışık parçasına çömeldi, beştaşını saçtı.

Firdevs, "Yoo..." dedi, "sen niye baş oluyorsun?"

"Öyleyse ene mene dosi yapalım..."

"Yap haydi!"

Şahadetparmağını ağzına götüren Cemile, "Ooo..." yaptı, "ene mene doosi, dosi saklanboosi, saklanbos saklanbos, Fransız dos, incili badem fos! Ben çıktım kardeş, baş benim."

Beştaşını topladı, yeniden saçtı. Birleri, ikileri, üçleri, sonra dörtleri yaptı. Köprüye gelmişti ki, deponun dip köşesinde kısık bir öksürük.

Kızlar aldırış etmedilerse de az sonra ihtiraslı biri, "Hişt, kız!" diye seslendi.

İki kardeş bakıştılar. Yürekleri çarpmaya başlamıştı. Bir duvar ötede ana makine, fabrikanın ıslak makine fısıltısı yüklü gecesi içinde bir nabız gibi atıyordu.

Ses tekrarlandı:

"Hişt, kız!"

Beştaşlarını bırakıp ufacık takunyalarıyla depodan fırladılar. Çırçır merdivenlerini bir solukta çıktılar, makinelerine geldiler. Makine şakırtısı, pamuk tozu yüklü havada, yuvalarından fırlamış iri gözleriyle korku içindeydiler.

"Cin miydi?"

"Belki de şeytan."

"Hişt, kız; hişt kız..."

"Bizi tutsaydı?"

"Boğardı."

"Belki de adamdı."

"Asker kaçağı mı, katil mi kim bilir?"

"Katilse?"

"Boğardı bizi!"

"Ayyy..."

"Ölmek istemiyorum. Sen?"

"Ben de."

Makinelerine çıktılar ama, hâlâ depo köşesinin karanlığından gelen, "Hişt, kız"ları düşünüyorlardı.

Kontrol Nuh, çırçır dairesinden içeri girmişti. Kafalarında, "Hişt, kız", Nuh'a sevgiyle baktılar ama, o görmedi. Gecenin bu saatleri uykunun ekmekten azîz olduğu saatler, en dayanıklı işçiler bile makinelerin mekanik şakırtısına uyarak kestirirler. Tam da bu sıraydı işte. Nuh makinelerden birçoğunun kendi kendine çalıştığını, yani üzerindeki işçinin ya yerinde olmadığını, olsa bile uyuduğunu dehşetle gördü. Meydanlarda ne çırçır ustası, ne pamukçu oğlanlar, ne süpürgeci kızlar, ne de ırgatbaşı... Oysa, uzun boylu, ipince bir muhacir olan ırgatbaşı, elinde sopasıyla her an makinelerin arasında dolaşır, uyuklayanları uyandırır, avareliğe meydan vermemeye çalışırdı. Onun da ortalarda olmayışı Nuh'u kuşkulandırdı. Biliyordu, ırgatbaşı da, işçiler de insandılar. Her biri birer kıyıda kestiriyorlardı ama, Murtaza bir kıyıdan çıkıverirse yandıklarının resmiydi. Onun için insan hâli, dayanma gücü falan gibi şeyler yoktu. Uyurken yakaladı mı, kim olursa olsun, basardı cayırtıyı. Bununla da yetinmez, pireyi deve yaparak Fen Müdürü'ne yetiştirirdi. Ondan sonra, kesilsin üç, beş gündelik.

Nuh kendi kendine, "Murtaza'nın ayağı buralara düşmemiş..." diye geçirerek, tamir odasına uğradı ilkin. Aklına gelen gibi, ırgatbaşı oradaydı. Başını odanın duvarına dayamış, ayakta uyuyordu.

Nuh gülerek ırgatbaşıyı sarstı:

"Mümin, ooo Mümin!"

Etine iğne dürtülmüşçesine sıçrayan ırgatbaşı, "Hıh?" dedi.

"Makineler boş dönüyor bre oğlum. Biliyorsun, Murtaza çıkıverirse... ha?"

"Aman Nuh Amca, iti an, taşı eline al!"

"Değil mi ya? Haydi git de milleti uyandır, makinesinde olmayanları bul!"

Irgatbaşı üst üste esneyerek gitti. Düdüğünü tam öttürecekti ki, gözü Murtaza'nın kızlarına ilişti: İkisi de makinelerinin üzerinde sarsıla sarsıla uyuyor, makineyse bomboş dönüyordu. Durumu Nuh'a bildirmek üzere tamir odasına döndüyse de, Nuh yoktu. İçeriye, şifleme makinesinin oraya gitmiş olabileceğini düşünerek yolunu değiştirdi. Gerçekten de oradaydı Nuh. Bir kıyıda horlayıp duran çırçır ustasını uyandırıyordu. Kısa boylu, kalın bir Giritli olan çırçır ustası, şifleme makinesinin demirine alnını dayamış uyukluyordu.

Irgatbaşıyı gören Kontrol Nuh, "Allahtan ki kontrola ben girdim," dedi. "Murtaza benden önce girseydi yakmıştı canınızı!"

Irgatbaşı, Murtaza'ya deli oluyordu. Haber verdi:

"Kendi kızları da uyuyor... İkisi birden hem de. Git de bak."

"O adam kendi kızı, başkasının kızı tanımaz. Vazife dedin mi, ciğerparesini bile... çakıyorsun ya?"

Esneyerek uyanan çırçır ustası, "Şu sıralar buraya pek uğramıyor," dedi. "Niye acaba? Eskiden çeyrek saatte bir düşerdi."

"Kumandan oldu ya!"

"Sahi ha!.. Nasıl verdiler buna mükellefler komutanlığını?"

"Kâmuran ilkin bana teklif ettiydi ya, neme gerek benim angarya? Beleş beleşine koş ha koş..."

"Hiç canım, akıl işi mi? On iki saat işbaşında anan ağlayacak, paydosta da talim... Haa, anlarım. Gündeliğin ya da maaşın işler, o zaman eyvallah. Yoksa metazori... bu işler işçiler için metazori değil mi?"

"Benim bildiğime göre değil amma..."

"Canım Murtaza Bey'in bildiği senin bildiğine benzer mi?"

"Benzer mi?"

Irgatbaşının aklı fikri Murtaza'nın kızlarındaydı:

"Git, haber ver, gelsin, vazife bir sırasında yakalasın arslanlarını..."

Çırçır ustası, "Sahi ha Nuh," dedi. "Gözünü seveyim, çağır şunu."

Nuh, başını iki yana salladı:

"Yazık, kızlara yazık..."

"Niye yazıkmış? Burnunun yeli kırılır, millete cart curt edemez. Haydi!"

"Yahu boş verin döver çocukları..."

"Dövdürmeyiz..."

"Vallaha dövdürmeyiz ha!"

"Akşam akşam iyi bir sinema olur..."

"Hadi be Nuuuh!"

Nuh kesti attı:

"Ben karışmam arkadaş. Ben bu işte yokum."

Çekti gitti. Çırçır ustasıyla, ırgatbaşı yalnız kalmışlardı. İkisi de Murtaza'ya müthiş içerlemekteydiler. Çırçır ustası, "Git bak şuna," dedi.

"Murtaza'ya mı?"

"Herhalde spor mükellefleri odasındadır. Bul..."

"Bulur anlatırım. O fakir fukaraya acıyor mu?"

"O kadar..."

Irgatbaşı hazla, seğirtti. Yanlarından geçerken şöyle bir göz attı, ikisi de makinelerinin üzerinde uyuklayıp duruyorlardı.

Murtaza'yı gerçekten de spor mükellefleri odasında buldu. Bir üniformanın maden kısımlarını parlatmaya çalışıyordu. Terlemiş, alnında ter taneleri tomurcuklanmıştı.

Yanına hırsla sokuldu, hiçbir başlangıca lüzum görmeden, "Herkesin gözündeki çöpü görmekte yavuzsun," dedi. "Marifet..."

Murtaza şıp, döndü:

"Kim?"

"Sen!"

"Ne olmuş?"

"Çırçırlara git de ne olduğunu gör."

"Abe ne demek istersin sen?"

"Ne demek istediğimi çırçırlara git de gör diyorum. Ayağın aşınmaz ya."

"İyi ama, göreceğim nedir?"

"Yarın ben de çıkacam Fen Müdürü'nün karşısına, diyeceğim ki, senin vazifesinin arslanı vazifesini yapmıyor."

Murtaza'nın aklı gitti:

"Been? Yapmıyorum vazifemi ha?"

"Yapmıyorsun tabii!"

"Ben gördüm kurs, aldım çok sıkı..."

"Geç onu bir yaprak. Kurs görüp sıkı terbiye alsaydın, şu anda kızların makinelerinin üzerinde uyumazlardı."

Murtaza tokat yemiş gibi sarsıldı. Elindeki üniforma yere düştü:

"Benim kızlarım ha?" dedi.

"Senin kızların tabii."

"Demek uyurlar vazife bir sırasında?"

"Hem de horul horul. Marifet el âlemin gözündeki çöpü görmek değil, marifet..."

Murtaza spor mükellefleri odasından yıldırım gibi çıktı. Koşarak çırçırlara geldi. Aklı tepesinden uçmuş, tam bir robottu. Birden çırçır ustasıyla karşılaştı. Usta sanki tuz biber ekti:

"Bak kızlarına bak!" dedi. "Vazifelerinin arslanları..."

İki kızının ince omuzlarıyla sarsılarak uyukladığı makinelere dehşetle baktı bir an, gördü. Görünce de kıl diplerine kadar kıpkırmızı kesilerek sarsıldı. Sonra tüm kanı çekilmişçesine sarardı. Ve hiç beklenmedik biçimde, bir atmacayı hatırlatarak koştu. Cemile, babasının yıldırım gibi geldiğini görünce makinesinden atlayıp kaçtı. Firdevs hâlâ uyuklamaktaydı. Murtaza kızı saçlarından desteleyip havaya kaldırdı, sonra da yere çarptı. Uykusu başına sıçrayan kızdan sadece vahşi bir çığlık, bir korku çığlığı yükseldi. Murtaza hıncını alamamıştı. Küçüğün ardına düşmek için hamle ettiyse de bırakmadılar.

"Murtaza, Murtaza Efendi..."

"Kendine gel kardeşim, kendine gel!"

Çırçır ustası, ırgatbaşı, nerdense çıkıveren Nuh'un sözleri kulağına girmiyor, bas bas bağırıyordu:

"Bırakın, abe bırakın derim, bırakın derim be yahu!"

"Kendine gel arkadaş, deli misin?"

"Öldürdün birini, ötekini de mi?"

"Helbet öldürürüm. Ne demek? Benim kızlarım nasıl uyurlar vazife bir sırasında?"

"Yahu insanlık hâli, uyunur..."

"Herkes uyur kertesi geldi mi?"

"Bu fabrikanın temelinde var."

Murtaza ter ter tepiniyordu:

"Herkes uyuyabilir, velakin uyuyamaz Mürteza'nın kızları!

Vazife bir sırasında uyumak ha? Bırakın derim beni, abe bırakın derim."

Bırakmadılar. Hırsından deliye dönmüştü. Bırakılmayınca olduğu yere çöktü, başını avuçları arasına aldı, başladı hıçkıra hıçkıra ağlamaya:

"Öööl be Mürteza, gebber be Mürteza, gel kurşunlara be Mürteza."

"?.."

"..."

"..."

Nuh gitti, Firdevs'i yığılı kaldığı yerden kucağına aldı. Deli herife güvenilemezdi. Gene bir çılgınlığı tutar, kızı çiğneyiverirdi. Kızın alnından sızan incecik kan şeridine acıyarak baktı. Sonra küçük tamir odasındaki ecza dolabından alnına tendürdiyot sürdü.

Kız, "Başım," diye inliyordu, "başıım..."

Nerdeyse Nuh da ağlayacaktı:

"Vah yavrum vah, vah evladım vah..."

"Tutamıyorum başımı..."

"Başının neresi ağrıyor? Kanayan yer mi?"

"Değil, karşısı. Bu taraf..."

"Geçer kızım, geçer yavrum, geçer evladım..."

Lanet olsun, lanet olsundu çırçır ustasına da ırgatbaşına da. Bunun böyle olacağını bilip duruyordu. Ne olmuştu şimdi? Ya kızın başına bir hâl gelirse? Şakası var mıydı eşşoğlu eşeğin?

Kucağında Firdevs, dışarı çıktı. Murtaza'yı aşırmış olacaklardı, meydanlarda yoktu. Kızı makinesine götürdü, oturttu.

Çırçır ustası da dehşet içindeydi:

"Deli babanın işi buraya vardıracağını hesap etmedik," dedi. "Lakin çırçırın üzerinde uyuklamaya gelmez. Şu karşıki makinede bir Kürt karısı vardı, senin gibi uyuyordu makinesinin üstünde..."

Irgatbaşı hatırlamıştı:

"Naciye mi?" dedi.

"Naciye. Uyku bu, insan ne yaptığını bilir mi? Uykuya geçmiş, derken bir yuvarlanmış, iki eli, bileklerine kadar topların arasına girmiş, düdükler fırrr fırrr... koştuk, ne koşalım? İki bilek de kopmuş, kan nasıl akıyor..."

"Bırak," dedi Nuh. "Makinenin üstünde uyunmaz!"

Fakat Firdevs'in hâli hâl değildi. Su içirdiler falan ama, hiç. Boyuna söyleniyor, başını tutamıyordu:

"Başım, başıım, başım..."

Paydosta saray burmasını filan unutarak fabrikadan korkuyla çıktı iki kardeş. Babalarıyla karşılaşmaktan ödleri kopuyordu. İncecik yağmurun yıkadığı parkeleri küçük satıcıların karpit lambaları aydınlatmaktaydı.

Birbirlerine sokularak evin yolunu tuttular.

Firdevs boyuna, "Başım," diyordu, "ah başım... gene döver mi?"

"Beni döver belki..."

"Ah başım, başımı tutamıyorum."

"Yarına bir şeyin kalmaz..."

"Gözlerim de akıyor."

Mahallenin ıslak evlerini yaş yaş parlatan ayın altında birbirlerine daha da sokuldular. Fırının köşesini dönünce sert bir rüzgârla karşılaşarak durdular. Parçalanmış kara bulutların altında ay, akıyordu. Birden ay ve ışığı koyu kara bir bulutun ardında kaybolunca, kaypak daracık yol silindi. Koyu bir karanlığa gömülmüşlerdi. Kardeşinin koluna iki eliyle asılan büyük, "Başım," diye inledi yeniden.

"Geçer ablacığım. Yarına bir şey kalmaz inşallah..."

"Başım..."

"Pis baba, hiç sevmiyorum..."

"Başıım..."

"Ölsün, mezara gömsünler. Mezarda kurtlar yesin."

"Başıım..."

"Solucanlar, karıncalar... gözlerini oysun."

Durdu. Ablası gittikçe ağırlaşıyor muydu? Kurşun gibi abanmıştı. Önünü göremiyor, ablasını tartamıyordu. Havaya baktı, kara buluta fişladı:

"Allahım, Allahım... ne diye kapatırsın ışığımızı? Ne yaptık sana?"

Ablası çömeldi oracığa. Cemile ne yapacağını şaşırmıştı. Şu ay, parlak ay çıkıverse de yolunu görebilseydi bari. O da oldu bir ara. Kara bulut kaydı, ayın nuru ortalığı gene ıslak ıslak aydınlattı.

"Abla, ablacığım..."

"Başım!"

"Kalk, kalk da gidelim eve..."

"Başımı tutamıyorum, kalkamıyorum..."

"Dur öyleyse..."

Çömeldi, ablasını sırtına almaya çalıştı. Dengesini yitirerek yan üstü düştü. Elleri çamur içinde kaldı. Kaldı ama, çamuru falan görecek hâlde değildi. Yeniden denedi, aldı. Ağır değildi ablası ya, yol dar, iki yanı su dolu hendekti. Yanlış bir adımla kayıp hendeğe ablasıyla birlikte yuvarlanacak gibi geliyordu. Usul usul, adımlarını tarta tarta dar yolu geçti, mahalleye girdi. Kan tere batmıştı. Saçlarının dipleri ıslak ıslak kaşınıyordu. Ablasının bacaklarının yerde sürüklenmesine aldırış etmeden yürüyordu. Geldiler sonunda.

"Of," dedi Cemile. "Beni öldürdün kız."

"Başım, başıım..."

"Dur biraz, dur biraz da kapıyı açayım. Emine Ablam uyanırsa gene kıyameti koparır."

"Başıım..."

"Duramıyor musun?"

Ablasını bir an bırakmak zorundaydı ki kapıyı açabilsin. Bırakınca Firdevs tepe üstü yuvarlandı. Cemile telaşlandı:

"Abla, ablacığım, n'oluyorsun?"

"?.."

"Birazcık otur, oturuver de kapıyı açayım."

Bıraktı. Firdevs kıçüstü oturdu ya, başı ağır gelmişçesine yana devrildi. Bereket evin duvarına dayanıp kalmıştı. Kapının ipine uzandı, çekti. Kapı açılmıştı ama, ablası gene yuvarlanmıştı. Korktu, merdiveni koşarak çıktı:

"Anne, anne kalk. Ablama bir şey oldu!"

Bütün gün fena yorulan anne, "Hıı," diyor, bir türlü kendine gelemiyordu. Omuzundan sarstı:

"Anne be, anneee! Hişt anne! Ablama bir şey oldu, kalk."

Emine uyandı, başladı yatağında:

"Gene mi siz? Gene mi siz Allahın belaları? Allah kahretsin sizi, canınız çıksın e miii?"

Anne hâlâ uyanamıyor, Cemile'yse boyuna sarsıyordu:

"Ablama bir şey oldu diyorum anne, kalk bee!"

Anne zorla kendine gelebildi. Durumu kavrayınca da yatağından fırladı. Artık ne büyük kızının hırçın sesi, ne büyük oğlanın homurtusu. Ne olmuştu Firdevs'e? Ne olabilirdi?

"Hani nerede?"

"Kapının önünde."

Yalınayaklarıyla Firdevs'in yanına gelip de onu öyle yuvarlanmış durmadan "Başım, başıım" der görünce aklı gitti. Üstüne kapandı.

"Yavrum, evladım, Firdevsim! N'oldu sana? Abe n'oldu sana?"

"Başım!"

Cemile'yle odaya taşıdılar. İdare lambasını açtılar. Firdevs'in kulaklarındaki mavi taşlı küpeler parladı.

"Başıım..."

Annenin avurtları çökmüş, sanki otuz yaş birden yaşlanmışta:

"Söyle, söyle yavrum ne oldu başcağızına?"

"Başım..."

Cemile'ye döndü:

"Ne oldu başcağızına ablanın kız?"

Cemile her şeyi anlattı. Anne uzun uzun dövünüp ağladıktan sonra elini kızının alnına koydu. Ateşi boyuna yükseliyordu. Telaşlandı. Alçak tavana seslendi:

"Hala, Âkile Hala huuu!"

Üst üste birkaç seslenmeden sonra yukarıda bir kıpırdanma oldu, sonra uykulu uykulu söylenmeler, daha sonra tavan vuruldu, yukarıdan:

"Ne var kıız?"

"Koş be Âkile Hala... Firdevsim gider elden..."

Yaşlı kadın uyku dolu gözleriyle geldi:

"Bismillâhirrahmanirrahim... ne oldu?"

Anne hıçkırarak ağlıyor, tek laf edemiyordu.

Âkile Hala, yatağında kıvranmakta, boyuna, "Başım, başım" diye inlemekte olan kızın alnına elini koydu:

"Ooo..." dedi, "var çok ateşi. Bul bir tülbentçeğiz bana... su da getir tasla... vah vah vah. Vah yavrum vah... Gelmiş olmasın sakın kötü göze? Herhalde değmiş olacak nazar."

Anne ağlayarak gitti, tülbentle suyu getirdi ama, Cemile'den öğrendiğini açıklamadı. Sonra iş büyüyebilir, kocasının başı derde girebilirdi ki, ne de olsa evinin ekmeğini getiriyordu.

Âkile Hala, "Sus," dedi. "Ağlama. Dökeceğim bir kurşun, kalmayacak bir şeyciği... var mı sende kurşun?"

"Yok."

"Var bende... ama sus, ağlama. Yok bir şeyciği şükür."

Tülbenti suya batırıp batırıp kızın yanan alnına koyuyordu.

Enstitüdeki ablaysa kendi havasında, bu ev, bu evin insanları ve dünyadan nefret ederek kalktı, okul çantasından dört köşe şifonunu aldı. Kıyılarını mavi ibrişimle iğne oyası yapmaya başladı. Nasıl olsa uykusu kaçmıştı, bir daha da tutmayacağını biliyordu sabaha kadar.

***

Fabrika spor mükellefleri komutanı üniformasıyla Kapıcı Ferhat'ın barakasına gelen Murtaza, "Ah be Ferhat," dedi, "bilirsin neler geldi başıma?"

Ferhat, hiç beklemediği bu yumuşaklık karşısında memnun, sordu:

"Ne geldi? Hayrola?"

"Yandım, oldum mahv... bilmem nasıl bakacağım yüzüne müdürümün?"

"Demek o kadar önemli?"

"Ne söylersin be Ferhat, ah ne söylersin?"

"Ne oldu?"

"Keşke gele idim kurşunlara, öleyim idi!.."

Ferhat işin önemini anlamıştı. Murtaza ile uzun uzun bakıştılar.

"Bilirsin çırçır ustasını? Yakalamış benim kızları makinelerinde uyur iken."

Ferhat'ın gözleri büyüdü:

"Yaa!"

"Helbet. Ne dedi ırgatbaşı ile bana bilirsin?"

"Ne dediler?"

"Dediler: Görürsün başkalarının gözündeki çöpü... doğru... O sıra nasıl oldum mahcup, bilemezsin be Ferhat. Sıksalar idi bir kurşun, akmayacak idi kanım. Çünkü göreyim idi çok yüksek kurslar, alayım idi sıkı terbiye amirlerimden, dolaşsın idi damarlarımda kanı Hasan Bey dayımın, sonra da işiteyim idi iğneli sözler... Oldum kahır, yedim dişlerimi hırsımdan. Nasıl uyur, nasıl uyur evlatlarım vazife bir sırasında?"

Ferhat, "Doğru," dedi. "Uyumamalı idi."

"Gelse idim kurşunlara, ölse idim be Ferhat!"

Kapı önüne kadar gitti, geri döndü:

"Oldu haberi Nuh'un da. Bilirsin ne yapacak şimdi?"

"Ne yapacak?"

"Gidecek müdürüme, diyecek yakaladım kızlarını Mürteza

Efendi'nin, vazife bir sırasında uyurlar idi. Sonra nasıl bakacağım yüzüne amirimin? Demeyecek mi, aşkolsun Mürteza Efendi, beklemez idim senden bu yolda işlem. Sen ki gördün kurs, aldın sıkı terbiye, olur idin herkeslere nümûne-i imtisâl. Nasıl yetiştiremedin evlatlarını?"

Kapıya kadar yeniden gitti, geri geldi:

"... Ölürüm, lakin söyletmem vazife hususunda kendime söz. Çünkü bilirim ne demektir bir vazife. Hem bilirsin, nerelerde söylenir namım?"

"Nerelerde?"

"Ta İzmir'lerde!"

Ferhat'a uzun uzun baktı, sonra sözlerinin ardını getirdi:

"Var imiş bir büyük zengin, der imiş ne isterse olsun, alacağım Mürteza Efendi'nin kızını oğluma. Neden? Çünkü duymuş aldığım takdirnameleri amirlerimden. Demiş olsun feda öyle adama ziytinliklerim."

"Aşkolsun. Demek yapacaksın nişan?"

"Vermedim henüz karar."

"Demek çok zengin imiş dünürün?"

"En zengini imiş İzmir'in. Ziytinlikler, konaklar, mandıralar hem da... Demiş: İsterim Mürteza Efendi'yi de, işitirim onu, etmedi minnet hiçbir namerde. Var evlerim Manisa'da, hem da mandıralarım... Alsın beğendiğini, ister ise olsun onun, tek etmesin vermemezlik kızını..."

Birden hatırlayarak, "Haa," dedi, "tanır imiş dayım Kolağası Hasan Bey'i de!"

Ferhat'ın hayran bakışı hoşuna giderek, "Geel," dedi, "içelim birer cigara be yahu!"

Ferhat'ın barakasına girdi, alçak iskemlelerden birini çekti, oturdu. Sigaraları karşılıklı yaktılar.

Murtaza'nın etli burun kanatları hazla titriyordu:

"Hasan Dayımla arkadaş imişler memlekette. Demiş, isterim o kahraman kumandanın kanı karışsın kanıma!"

Daha da coşarak, eliyle Ferhat'ın dizine vurdu:

"Ne isterim şimdi bilir misin? Olmalı bir evim, hem da mandıram. Salmalıyım faytonlarımı piyasaya. Toplaşmalıyız her gece bir arkadaşta, konuşmalıyız kahramanlıktan. Okkunsun kahramanlık kitapları, yakkılsın cigaralar, kabarsın koltuklarımız şeref hem da şanla."

Tam bu sırada ufak tefek bir adam koşarak, soluk soluğa geldi:

"Fabrikanızı soyuyorlar heey, fabrikanızı. Ne duruyorsunuz?"

Murtaza'nın sigarası elinden düştü:

"Ha?"

"Fabrikanızı soyuyorlar!"

Yerinden fırladı:

"Abe kim? Nerde?"

"Dokumaların arkasında. Koladan çıkan sudan çekiyorlar bezleri, top top!"

"Kim be yahu?"

"Kimliklerini bilmem ama, dört kişi!"

Adamın elindeki sopayı kaptı, söylenilen yana deli gibi koştu bir süre, sonra aklına daha önemli bir şey gelerek geri döndü, Ferhat'a:

"Abe ver bana kiliti!"

Ferhat hiçbir şey anlamamıştı:

"Ne kiliti?"

"Abe fabrika kapısının kilitini."

Sabırsızlık içindeydi. Hâlâ bakınan Ferhat'a birden sinirlenerek barakaya daldı, duvarda asılı kocaman kilidi aldı:

"Bakkarsın şapşal şapşaal!"

Fabrika kapısının demir kanatlarını çekip dışarıdan kilitledikten sonra, hırsızlığın yapıldığı yana koştu.

Revirin köşesini dönünce parke yol bitti, göz alabildiğine bir çamur deryası başladı. Postallarının konçlarına kadar çamurlara gömülerek, soluk soluğa koşuyordu. İki yüz metre kadar ileride birtakım karaltılar fark ederek adımlarını açtı. Tam bu sırada iki keskin ıslık çalındı: "Kaçın, gelen var!" sesleri... Adımlarını daha da açtı. Aysız gecenin alacasında yüz metre kadar ileride, dört gölgenin ayrı yönlerde kaçmaya başladığını seçti, düdüğüne sarıldı. Yalnız, gölgelerden birisi, omuzundaki bezlerle, işçi mahallesinin koyu karanlığına sapmıştı. Ardına düştü. Su dolu hendeklere bata çıka koşarken avazı çıktığı kadar bağırıyor, düdük öttürüyordu.

İşçi mahallesinin dar sokaklarına düşmüşlerdi. Çığlıklar, düdük sesleri, gecenin bu ileri saatlerinde işçi mahallesinin sakin gecesini allak bullak etmişti. Kerpiç evlerin pencerelerindeki tahta kapaklar gürültüyle açılıyor, pencerelerden uykulu, meraklı başlar uzanıyordu.

Çılgın kovalamaca sürüp gidiyordu ki, Murtaza, su dolu bir hendeğe batıp çıktı. Aldırmadı. Değil su, çamur, isterse patlayan tüfeklerle ölüm saçan topların salvoları olsundu. Birden iri bir kara kedi önüne çıkıverdi. Kedilere karşı oldubitti hınç beslediğinden, hayvanı koca postallarıyla ezip geçerken, allak bullak geceye kedinin korkunç çığlığı şimşek gibi yayıldıysa da, üzerinde durmadı. O, önünde kaçıp duran hırsızla ilgiliydi, koca kafalı kedi ya da kedilerle değil.

Yolun dörde ayrıldığı kavşakta hırsızı birden yitirdi. Telaş içinde, soluk soluğaydı. Kabına sığamıyor, kızlarının makinelerinde uyurken yakalanmaları ayıbına, şimdi de hırsızı kaybetmenin ayıbı karışıyordu.

Birden ufacık bir yaşlı adam sanki yerden bitti. Sordu:

"Abe ne yana kaçtı omuzundaki bezlerle hırsız?"

Ufacık yaşlı adam eliyle az ötedeki evi gösterip silindi.

Gösterilen ev, paslı teneke duvarlarla çevrili bir avlunun içinde, tek gözden ibaret, alçak bir kerpiç evdi. Paslı tenekelerdeki çivi deliklerine gözünü uyduran Murtaza, kerpiç eve baktı. Evin tek penceresinde ışık vardı. Beyaz perdedeki telaşlı insan gölgeleri bir yerlere bir şeyler saklandığı kanısını uyandırıyordu. Murtaza avlu kapısına koştu, çürük kapıyı yumruklamaya başladı:

"Ev sahibi, abe ev sahibi!"

Gözünü kapının çatlağına uydurdu. Beyaz perdedeki gölgelerin telaşı arttı.

Kapıyı habire yumrukluyordu.

"Ev sahibi derim, abe ev sahibi... açın kapıyı."

Yataklarından don paça fırlayan mahalleli çevresini almaya başlamıştı ki, beyaz pencerenin perdesindeki lamba ışığı karardı. Anlamıştı işi. Daha fazla beklemeye dayanısı yoktu. Çürük avlu kapısına omuzuyla yüklendi, bir daha, sonra bir daha... kapı paslı rezelerinden sökülerek arkaya devrildi.

Murtaza devrilen kapının üzerinden avluya daldı. Mahalleli dehşet içindeydi.

"Allah Allaaah!"

"Allah Allah ki Allah Allaaaaah yahu!"

"Kapıyı omuzladığı gibi..."

"Kim bu yahu?"

"Kim mi? Murtaza, kim olacak?"

"Haa, o serseri mi?

"Ağzını topla, herif kurs görmüş, sıkı terbiye almış amirlerinden, duymasın serseri dediğini..."

"..."

"..."

Düdük öttürerek gelen mahalle bekçisi telaşla sordu:

"Ne var? Vukuat mı?"

Durumu kısaca anlatıverdiler:

Fabrikadan bez mi çalıyorlarmış ne, Bekçi Murtaza kovalamış, herif evine girmiş, herifin ardından kapıyı omuzladığı gibi...

"Peki düdüğü kim öttürüyordu?"

"Murtaza."

"İçerde mi bu şimdi?"

"İçerde."

"Demek adamın kapısını omuzlayıp?"

"Daldı şerefsizim!"

"Nasıl omuzlayıp da elin evine girer yahu?"

"Kırdı girdi işte, nasılı var mı?"

"Giremez."

"Ohoo.... girdi, içerde diyoruz hâlâ giremez diye..."

"Suçlu düşer arkadaş, giremez."

"Girdi!"

"Giremez. Vali bile olsan kapımı kırıp giremezsin evime. Mesken dokunulmazlığı var. Nedir mesken dokunulmazlığı biliyor musun?"

"Mesken dokunulmazlığına boş verene sor onu!"

Bir başkasına dönen bekçi:

"Bir tarihte bizim kayın, dul bir karının kapısını kırıp girdiydi de..."

"Yahu maval okumayı bırak! Herif kırdı, içerde şimdi de!"

"Peki, deli mi bu herif?"

"Kendisine sor!"

İçeriden çığlıklar, küfürler geliyordu, Arada Murtaza'nın hâkim sesi, "Yürü," diye bağırıyordu, "düş önüme bakayım muzır vatandaş!"

Az sonra, ufacık bir adamı tartaklayarak göründü. Adam don paçaydı. Çaldığı ıslak bezleri omuzuna yüklemişti. Karısı da yalınayaklarıyla artlarında, "Dur," diyordu, "dur da pantolonunu giysin."

Murtaza'yı avlu kapısında göğüsleyen bekçi, "Dur bakalım arkadaş," dedi. "Sen ne sıfatla..."

Eski meslektaşının sözünü şıp kesti:

"Ne var arkadaş? Ne istersin?"

"Ne isteyeceğim? Hiç. El âlemin kapısını vali valiyken kırıp giremez de sen ne sıfatla..."

Murtaza kendini çabucak tanıttıktan sonra, "Anladın şimdi kimim ben?" dedi.

"Kim olursan ol!"

"Ne demek kim olursam olayım?"

"Validen büyük değilsin ya. Vali valiyken el âlemin kapısını kıramaz, kırmaz be. Senin hiç yetkin yoktur."

"Benim? Benim ha?"

"Senin tabii..."

Gözlerini kısarak bekçiye hışımla baktı:

"Bilirsin nedir vazife?"

"Bilmesem giydirmezlerdi bu urbayı."

"Gördün mü kurs?"

"Ne kursu?"

Çevresini alan mahalleliye baktı:

"Görmedin kurs," dedi bekçiye, "almadın amirlerinden sıkı terbiye, konuşursun. Görse idin kurs, alsa idin sıkı terbiye, konuşmaz idin böyle cahil cahil..."

"?.."

"... Çünkü bilir idin yüksektir bir vazife herhangi bir namuztan."

Bekçi şaşalamıştı.

"... Vazife bir sırasında görmeyecek gözün evladını, demeyeceksin ciğerparem."

"?.."

"Bilirsin kimdir Kolağası Hasan Bey?"

"?.."

"Bilmezsin. Hasan Bey, Balkan Harbi'nde saldırdı düşman toplarına kılıcı ile, içti şahadet şerbetini."

"?.."

"İşte o Hasan Bey'in mübarek kanını taşırım damarlarımda!"

"?.."

"Dayyım idi, benzer imiş bana. Hem bilirsin var İzmir'de büyük, çok büyük bir tüccar? İşittin? Bilirsin ne der? Var imiş bir Mürteza, görmüş amirlerinden çok sıkı dersler, hem da almış disiplin. O addam fakir, ama namuzlu. İşittim namını, isterim almak kızını oğluma... ne için?"

Bekçi serseme dönmüştü.

Murtaza ısrarla yeniden sordu:

"Bilirsin ne için?"

"?.."

"Edebilirsin takdir?"

"?.."

"Edemezsin. Çünkü görmedin kurs, almadın amirlerinden sıkı terbiye. Görse idin kurs, alsa idin sıkı terbiye amirlerinden, anlar idin ne için almak ister oğluna Mürteza'nın kızını!"

Korku ve soğuktan titremekte olan hırsızı kolundan sertçe çekti:

"Yürü muzir vatandaş!"

Adamı önüne kattı. Arkada hırsızın karısı, çocukları, daha arkada da bekçiyle mahallenin meraklı kalabalığı, semt karakolunun yolunu tuttular.

Murtaza hırsızı Komiser'e teslim etti. Gereken kovuşturmaya esas olacak işlem düzenlenirken, o, Komiser'den izin alarak Fen Müdürü'nün evine doğruldu. İçi içine sığmıyor, az sonra Fen Müdürü'ne anlatacaklarını tasarlıyor, tasarlarken de heyecanı arttıkça artıyordu: Şimdi gidecekti Fen Müdürü'ne. "Müdürüm" diyecekti, "...yakaladım bir hırsız! Çalar idiler dokumahaneden bezler. Kovaladım. Daldım evine. Omuzladım kapısını girdim içeri, yakaladım muzir vatandaşı. Bir bekçi, ama cahil bir bekçi, hem da görmemiş kurs. Çıktı karşıma. Başladı kanundan, nizamdan. Bir sözler söyledim ona, ısırdı parmak mahalleli. Niçin? Çünkü olsunlar mütenebbih, anlasınlar nedir mertlik civanmertlik hem da."

Fen Müdürü'nün evi şehrin dışında, yüksek, sağlam demir parmaklıklarla çevrili, limon, portakal ağaçlarına gömülmüş, tahta saçaklarıyla pancurları tahin renkte boyalı, bembeyaz bir köşktü. Birkaç yıl önce dayısı, bir İtalyan mimara yaptırıp yeğenine hediye etmişti. Bahçesinde yan yatmış kocaman bir arslan heykeli bulunduğu için halk, "Arslanlı Köşk" adını takmıştı. İrili ufaklı geyik, kurt, karaca, kız, oğlan heykellerinin süslediği bahçede çiçek tarhları, daha geride kırmızı topraklı bir tenis kortu, bir dans pisti bulunuyordu. Bazı geceler verilen ziyafetler sabahlara kadar sürer, irili ufaklı lüks lambalarıyla ampullerin bol ışığı altında çılgınlar gibi eğlenilirdi.

O gece de bir toplantı yapılmış, başta Fen Müdürü'nün dayısı, memleketin ileri gelen sanayicileri, tüccarları, çiftçileri, geç vakitlere kadar eğlenilmişti. En çok da Fen Müdürü'nün "Muhacir kontrol" taklidi davetlileri kırmış geçirmişti.

Fen Müdürü çok geç yatmıştı.

Gecenin üçü olmalıydı. Kapının zili uzun uzun ötmeye başlamıştı. Bütün köşkün derin uykuda olduğu bir saatte öten zili kimse duymadı. Yalnız iri iki köpek, barakalarından fırlamış, havlamaya başlamışlardı. Demir kapının gerisinde, demirleri parçalayacakmışçasına huysuzlaşıp saldırıyor, limon, portakal kokuları yüklü sakin geceyi allak bullak ediyorlardı; zilse birbiri ardından zırrr, zırrrr, zırrrr... çalınıyordu.

Fen Müdürü pufla yatağında bir yandan bir yana döndü, uykulu uykulu bir şeyler mırıldandı, sonra kuvvetli kolunu bembeyaz karısının üstüne atarak, uykusuna koyuldu.

Bu sırada orta kattaki odasında hizmetçi kız da sıçrayarak uyanmış, işittiğinin kapı zili mi, yoksa düş mü olduğunu kestirememişti.

Az sonra zil yeniden, hem de öncekilerden daha uzun uzun çalmaya başlayınca, karyolasından yarı çıplak atladı, pencerenin pancurları ardından sokak kapısını görmeye çalıştı. Bir insan karaltısıydı galiba. Evet evet, bir insan karaltısı. Karabaş'la, Sarı'da çıldırıp duruyorlardı.

Pencerenin oymalı tahta kanadını itti:

"Kim o?"

"Ben!"
"Sen kimsin?"
"Mürteza."
"Mürteza mı? Tanımıyorum böyle birini..."
Murtaza'nın tepesi attı:
"Nasıl tanımazsın? Ben, fabrika içleri gece kontrolü, aynı zamanda fabrika spor mükellefleri komutanı."
"Her neyse. Ne istiyorsun?"
"İsterim görmek müdürümü!"
"Müdürünü mü? O da kim?"
"Abe bilmezsin müdürümü?"
"Kimmiş müdürün canım? A!.."
"Ne bağırırsın? Müdürüm, yani Fen Müdürü Kâmran Bey!"
"Haa... öyle söylesene... demek Kâmuran Bey'i istiyorsun?".
"Gidesin, söyleyesin... ederim arz-i tâzimatımı takdim..."
"Gecenin bu saatinde ne yapacaksın Kâmuran Bey'i?"
"Abe laf anlamazsın? Ederim arz-i tâzimatımı takdim. Bilirsin nedir bir arz-i tâzimat? Bir arz-i tâzimat..."
"Kısa kes be, aaa..."
"Doğru, görmedin kurs, almadın amirlerinden sıkı terbiye, bilemezsin nedir bir arz-i tâzimat! Haber ver müdürüme, söyle geldi Mürteza."
"Beyefendiyi bu saatte uyandıramam."
"Nasıl uyandıramazsın?"
"Basbayağı uyandıramam."
"Bozarsın disiplini, düşersin sorumlu sonra ama?"
"U-yan-dı-ra-maaaam!"
"Olursun mesul, düşersin sorumlu, karışmam derim."
Palabıyıklı, pehlivan yapılı bahçıvan da uyanmış, ayak bileklerinden düğmeli, uzun beyaz donuyla köşkün arkasındaki kulübesinden çıkmış, geliyordu. Bahçıvanın alışık kokusunu alan köpekler, kuyruk sallayarak koştular.

Yanında köpekler, demirlerin arasından Murtaza'ya bakan bahçıvan, "Buyur beyim," dedi.

"Fabrika spor mükellefleri komutanı" üniforması içindeki Murtaza'yı subay sanmıştı.

Murtaza, "İsterim müdürümü," dedi. "Var çok mühim işlemlerim fabrika hakkında, hem da havadislerim."

Murtaza'nın subay olmadığını anlayan bahçıvan sordu:

"Senin vazifen ne?"

"Benim adım Mürteza!"

"Adını sormadım. Vazifen?"

"Mürteza demek vazife demek, vazife demek Mürteza demektir."

"Breh breh..."

"Ne sanarsın? Helbeet!"

"Ben de belledim ki..."

"Ne sandın?"

"Zabit mabit, kumandan mumandan..."

"Değilim subay; lakin kumandanım..."

"Subay olmayan kumandan olabilir mi?"

"Spor mükellefleri kumandanıyım şükür. Lakin değilim subay. Dayyım idi subay, kolağası. Akıttı Balkan Harbi'nde mübarek kanını kutsal vatan topraklarına. Şimdi dolaşır damarlarımda dayımın mübarek kanı."

"Askerliğini nerde yaptın?"

"Yaptım vatan hizmetimi Trakya'da, bekayadan."

"Cumhuriyet askerisin desene?"

"Elhamdülillah."

"Şimdiki askerliği askerlikten mi sayıyon? Peynir ekmek... Askerlik bizim zamanımızdaydı. Ne Yemen'i kaldı, ne Gazze'si. Ohooo.. sen şimdi Fen Müdürü'nü mü göreceksin?"

"Görmem lazım!"

"Geç yattı, uyanmaz bellersem ya..."

Hizmetçi kızın bulunduğu pencereye baktı:

"Öyle mi kız, Pervin... Kâmuran Bey'e haber etsene."

Kız gene huysuzlanarak bahçıvanı tersledi.

Bahçıvan, "Sana ne zilli?" dedi. "Lazım olmasa ne diye koşup gelsin gecenin bu saatinde?"

Kız dilini çıkartıp pencerede kaybolunca, bahçıvan Murtaza'ya döndü:

"Boynu ensesinden kesilecek fındıkçı," dedi. "Öyle bir o..... ki... Yıldım elinden kardaş. Kız gidip haber versene kız!"

Karşılık olarak pencere kanadını çaat diye kapatınca, ikisinin de nevri döndü.

Bahçıvan, "Ne fayda..." dedi, "devir devir değil. Devir devir olsa bilirim ben amma..."

Sır verircesine eğildi Murtaza'ya:

"Bunu şımartan hep o Fen Müdürü!"

"Yook," dedi Murtaza. "İstemem amirim hakkında yakışıksız söz."

"İyi amma kardaşım..."

"Yok iyi amması. Madem şımartıyor, vardır bir gereki!"

Kapının ziline yeniden bastı:.

"Zırrrrr!"

"?.."

"Zırrr, zırrr, zırrrr!"

Üst üste, durmamacasına çalınan zil, Fen Müdürü'nü yatağından öfkeyle fırlattı. Pencereye hışım gibi geldi:

"Kim o be? Ne var be? Ne var gecenin bu saatinde be?"

Murtaza, "Benim müdürüm," dedi. "Sunarım saygılarımı, hem da tâzimatlarımı..."

"Saygın da batsın, tâzimatın da!"

"Sağ ol amirim."

"Ne var? Ne istiyorsun?"

"Yok bir şeycik şükür. Oldu bir hırsızlık fabrikada, geldim vermeye haber..."

Birden ilgilendi:

"Ne hırsızlığı?"

"Çalarlar idi bez!"

"Bez mi? Nasıl çalarlardı?"

"Çıkarırlar idi su arkından, kolaların oradan müdürüm..."

"Sonra?"

"Sonra kovaladım, ettim tevkif adamı bezler ile..."

"Karakola haber verdin mi?"

"Helbet müdürüm. Hem da ettim teslim bezler ile."

"Peki, beni ne diye rahatsız ettin? Sabahı yok muydu bunun?"

"Vazife başında uyuyan kızlarından" söz açacaktı ki, Fen Müdürü pancuru sertçe kapatıp içeri çekildi.

Bahçıvan, "Hırsızı sen mi yakaladın?" diye sordu.

Murtaza çalımla, "Helbet," dedi.

"Tek başına mı?"

"Ne lazım başkası?"

"Aşkolsun!"

"Şüphesiz zor iş, lakin ben... gördüm kurs, aldım amirlerimden sıkı terbiye..."

Koca bıyığını tombul yumruğunun sırtıyla sıvazlayan bahçıvan, "Demek," dedi, "Sultani'yi* multaniyi bitirdin? Çekip vurur diye korkmadın mı lan?"

"Ne için korkacağım?"

"Çekip vursa?"

"Vazife bir sırasında sakınmam gözümü budaktan."

"Helal olsun... öyle mi? Sizin fabrikada bir hemşerim var benim..."

"Kim?"

"Nuh."

"Var, tanırım. Lakin değildir vazifesinin arslanı."

"Azgın'ı da biliyor musun?"

* Saltanat devrinde okul, şimdi lise.

"Bilirim. Uyur apteshanedeki barakasında. Haydi eyvallah bana."

***

Bez hırsızlığı davasında amme tanığı olarak ifade veren Murtaza, halkın "Şipşak mahkemesi" dediği "Suçüstü Mahkemesi"nden çıktığı zaman saat ikindi üstünün üçüne geliyordu.

Dün akşamın altısından ertesi günün üçüne kadar bir dirhem uyku uyumamış, üstelik koş oraya, koş buraya, ayakta duracak hâli kalmamıştı. Uykusuzluktan yanan gözlerini ovaladı, gerindi, üst üste esnedi.

Eve mi, yoksa fabrikaya mı gitmeliydi?

Eve gidip kafayı vursa... pek pek iki saat uyuyabilecekti. Belki de hiç. Uyku tutmayabilirdi. Ne yapacaktı eve gidip de? Saat altıda işbaşı yapacağına göre, şurada ne kalmıştı?

Derin bir iç geçirdi.

Hiç uyumadan tekrar işbaşı yapsa, sabahın altısına kadar, otuz saat uykusuzluk... Bununla beraber, vazife vazifeydi. Birden Kontrol Nuh'u hatırlayınca, uykusuzluğun içinden sıyrılıp çıktı. Vazife bir sırasında makineleri üzerinde uyurken yakaladığı kızlarını şimdiye kadar herhalde rapor etmişti... Onun için Fen Müdürü'nü görmeden eve gitmemesi gerekirdi.

Yirmi dört saatlik uykusuzluğunu, otuz altı saat uykusuz kalmak ihtimalini, yorgunluğu falan elinin bir davranışıyla gerilere atarak, fabrikanın yolunu tuttu.

Dökümhane "İmalat raporlarını" incelemekte olan Fen Müdürü, Murtaza'yı görünce elinden kalemi bıraktı. Akşam uyku sersemliğiyle en has adamının kalbini kırdığına pişman olmuştu:

"Gel bakalım Murtaza Efendi... ne var ne yok?"

İstediği havayı bulan Murtaza hafifçe öksürdükten sonra, "Sağlığınız müdürüm," dedi.

"Ne yaptın hırsızı?"

"Arz etmiştim amirim. Teslim ettim karakola. Sonra çıktık mahkemeye, verdim bu husustaki ifademi..."

"Suç ortakları da yakalandı mı?"

"Helbet yakalandı müdürüm."

"Peki, hırsızlıktan nasıl haberin oldu?"

Murtaza, uykusuzluktan biber gibi yanan gözlerini çipil çipil kırpıştırdı:

"Çıkmış idim fabrika kapısına. Çünkü basmış idi efkâr..."

Niçin efkâr bastığını hatırlayarak durdu.

Fen Müdürü, "Evet," dedi. "Efkâr bastığı için kapıya çıkmıştan. Sonra?"

"Daha önce müdürüm... var çok büyük kabahatimiz..."

"Kabahatiniz mi var?"

"Evet müdürüm, hem da çok büyük!"

"Ne kabahati?"

"Etmedi Nuh rapor?"

"Yooo..."

Murtaza ferahladı:

"O halde yapmamış vazifesini!"

"Neden bahsediyorsun?"

Gözlerini kısarak Fen Müdürü'nün masasına yaklaştı:

"Ben amirim, olamam istenilen evsafta bir baba."

"Tuhaf..."

"Çünkü olsa idim istenilen evsafta bir baba..."

"Evet?"

"Verebilir idim evlatlarıma sıkı disiplin, hem da terbiye."

Fen Müdürü hiçbir şey anlamadığı için hayretle bakıyordu.

"... O zaman anlarlar idi yüksektir bir vazife herhangi bir namuztan."

"?.."

"Uyumazlar idi vazife bir sırasında makinelerine binip!"

"?.."

"Demek etmedi rapor Nuh?"

"Etmedi."

"Lazım idi etmesi. Yapmadı vazifesini. Çünkü o da bilmez nedir bir vazife. Sanar bir vazife, benzer yemeğe peynir hem da ekmek."

"Mesele nedir anlat onu!"

Masadan bir adım geriledi, ceketinin yanlarını aşağılara çekti, avucuna hafifçe öksürüp gırtlağını temizledikten sonra, "Var iki kızım müdürüm," dedi, "çalışırlar senin fabrikanda, çırçırlarda.... Gece idi, fabrika spor mükellefleri odasında idim, parlattırır idim madeni aksamlarını urbaların. Geldi ırgatbaşı, söyledi çok dokunaklı sözler, kaktı başıma kızlarımı. Uyurlar imiş makinelerinin üzerinde. Dedi: Görürsün herkesin gözündeki çöpü, ama görmezsin kızlarının.... affedersiniz müdürüm..."

Fen Müdürü birden Murtaza'nın sırtındaki fabrika spor mükellefleri komutanlık giysisine dikkat ederek, "Bu üniforma her gün giyilmez Murtaza," dedi. "Merasimdeeen merasime!"

"Ya talimlerde?"

"Haydi bir de talimlerde diyelim... Sen her güne bindirdin."

"Doğru, çok doğru amirim. Değildir giymek caiz adi ahvallerde."

"Sonra?"

"Sonra müdürüm, ne zaman işittim ırgatbaşından o haklı ta'zîri, verdim hak ama, uçtu kafamdan aklım, yedim dişlerimi. Nasıl olur, abe nasıl olur da uyurlar idi Mürteza'nın kızlari vazife bir sırasında? O öfke ile nasıl firlarım çırçırlara, görürüm uyurlar, bilemem ondan sonrasını."

"Ne yaptın?"

"Bıraksalar idi, sökecek idim ciğerlerini."

Fen Müdürü dehşete kapılmıştı:

"Makinelerinde uyuyorlar diye ciğer sökülür mü Murtaza?"

"Vazife bir sırasında görmez gözüm evladımı, demem ciğerparem müdürüm."

"Yoo... bu kadarı da fazla. Pek pek ceza yazılır, o kadar. Neyse, ne istiyorsun benden şimdi?"

Murtaza esas vaziyete geçerek, "İsterim cezamızı!" dedi.

"Cezanızı mı? Sen de mi?"

"Elbet müdürüm... Kızlarım, ben ve Kontrol Nuh!"

"Kontrol Nuh niçin?"

"Çünkü etmesi lazım idi bu vukuatı amirine rapor."

"Peki, sen?"

"Been de müstehakım cezaya, çünkü değilim istenilen evsafta bir baba."

Fen Müdürü güldü:

"Aşkolsun. Komiser Bey, Emniyet Müdürü dostum, gerçi seni anlatmışlardı bana ama, bu kadarını doğrusu..."

"Evet müdürüm?"

"Tahmin edememiştim. Aşkolsun, bravo, çok memnun oldum."

Koltukları alabildiğine kabaran Murtaza hazdan uçuyordu adeta. Gözleri önünde, kulak memelerine kadar kıpkırmızı... Aaaah ah şu anda "Eşek karısı" olmalıydı da işitmeliydi amirinin ona söylediklerini. "Hayvanoğlu hayvan. Doğuramadı Hasan Bey dayım gibi bir küçük Hasan bana. Doğurdu fotbolcu. Ne yapayım ben fotbolcuyu? Ama küçük Hasan'dan var ümidim. O mutlaka benim ve Hasan Bey dayımızın yerini tutacak."

"...Bütün işçi, memur ve müstahdemlerimin senin gibi olmalarını isterdim..."

Başı sertçe kalktı:

"Nafile, olamazlar müdürüm!"

"Niçin?"

"Çünkü dolaşmaz damarlarında Hasan Bey dayımın kanı."

"Çok doğru."

"Sonra görmediler kurs, almadılar sıkı terbiye aynı zamanda disiplin."

"?.."

"Sanarlar bir vazifeyi peynir, hem da ekmek."

"?.."

"Değildir bir vazife peynir ekmek."

Fen Müdürü'nün duya duya bıktığı şeylerdi. Kısa kesmek için, "Çok doğru, çok doğru..." dedi. "Şimdi bak bana. Bu seferlik hepinizi affediyorum."

Murtaza başını iki yana salladı:

"Haayır, edemem kabul!"

Fen Müdürü hayretler içinde:

"Niçin?"

"Çünkü olacaksınız bozmuş disiplini."

"?.."

"Yoook buna hakkınız. Vazife bir sırasında görmeyecek gözünüz evladınızı, demeyeceksiniz ciğerparem."

"Doğru. Peki?"

"Etmeyeceksiniz bizi af!"

"Ceza vermek istemiyorsam ya?"

"İsteyeceksiniz müdürüm, acımayacaksınız bize zinhar."

Fen Müdürü'nün masasına yaklaştı, bir eliyle kıyısına tutundu, eğildi:

"Haçan gördünüz saplaşmışız çamurlara, atacaksınız bir tekme de siz."

"?.."

"...Çünkü, gelmez gevşetmeye yularlarımızı. Zira düşürür iseniz kırbacınızı elinizden, geçer kırbaç bizim elimize!"

Öz çıkarına böylesine karşı birini görmek değil, düşünmemişti bile Fen Müdürü: "Ko sarhoşu yıkılana kadar!" diye geçirerek, bir parşömen kâğıdı aldı önüne:

"İçin rahat etsin," dedi, "yazıyorum cezalarınızı... Şimdi git, dinlen... haydi."

Müdürünü sert bir esas vaziyetle birlikte çakı gibi selamlayan Murtaza, odadan kaz adımlarıyla çıkarken, Fen Müdürü zile bastı. İçeri giren odacıya, buradaysa Kontrol Nuh'u çağırmasını söyledi.

Fabrikanın kocaman kapısından esneyerek çıkan Murtaza'ysa görevini hakkıyla yapmışların iç huzuru içindeydi. Artık evine gidip bir, bir buçuk saat uyuyabilirdi. Kulaklarında bir uğultu, başının içinde bir vınıltı...

İşçi mahallesinin çamurlu sokaklarına düştü. Kupkuru gözleri öyle yanıyordu ki... Hele gözkapakları... Gittikçe ağırlaşıyor, kolları sızlıyordu.

Aklından sigara içmek geçti. Ceplerine el attı, yoktu. Mahalle bakkalının yolunu tuttu.

Bu saatler mahalle bakkalının en tenha saatleriydi. İçeri girdi. Bir paket sigara istedi. Pastırma doğramakta olan bakkal, Murtaza'yı görünce işi bıraktı:

"Oooo adamım... nerelerdesin yahu? Ünün gene dillerde dolanıyor. Tekmil memlekete yayıldı şanın. Hırsızı tek başına yakalamışsın doğru mu?"

Önemsemezlikle, "Helbeet," dedi.

"Herifin avlu kapısını da omuzlayıp... hı?"

"Vazife bir sırasında görmez gözüm apartuman kapısını bile!"

"Peki ne hakla kırdın elin kapısını lan?"

"Kırar idim kafasını bile... ver cigaramı."

"Ya çekip vursaydı?"

"Korksa idim tabancadan, bıçaktan hem da, geçmez idim tüfekçi dükkânının önünden."

"Vuramaz mıydı yani?"

"Vurabilir idi şüpesiz..."

"E?.."

"E'si, kader. Sakınmam gözümü vazife bir sırasında budaktan."

"?.."

"Ver cigarami."

"Cigaran batsın be. İki satır çene çalalım dedik... Öyle mi? Sana bir kardaş nasihatı geçeyim mi?"

"Banaa? Seen?"

"Evet, sana, ben... kendine mukayyet ol."

"Ne için?"

"Kulağıma bir şeyler çalındı... Sırtını mal sahibine dayayıp el adamını karşına alıyorsun pek. El adamı oğlum! El mi yaman, bey mi? El yaman. Sense fakirsin, çoluğun çocuğun var. Mal sahabının malını mülkünü mal sahabından ziyade kollamaya kulağasma."

Murtaza sıkılmıştı:

"Ver cigarami," dedi. "Yok kimseden almaya ihtiyacım nasihat."

"Peki, elin malını mülkünü kayırmakla ne geçiyor eline?"

"Ne geçsin idi?"

"İkramiye mikramiye vermedi mi müdürün?"

"Benim adım Mürteza. Yapmam vazifemi ikramiye için. Balkan Harbi'nde Hasan Bey dayım atlamadı kılıçla düşman toplarının üzerine ikramiye için. Bilirsin nedir vazife?"

"Yoook..."

"Öğren sonra konuş benimle."

"?.."

"Yüksektir bir vazife herhangi bir namuztan."

"Enayiliğine doyma."

"Verecek misin cigarami, gideyim mi?"

"Peki peki, haklısın. Kapatalım bunu. Şu şeyi anlat hele... Kızına İzmir'den dünür gelmiş, doğru mu?"

Yüz çizgileri yumuşayıveren Murtaza, "Kimden duydun?" dedi.

Kapıcı Ferhat'tan öğrenen Nuh'tan duyduğunu saklayan bakkal, "Memleket çalkalanıyor," dedi. "Oğlanın babası güya diyesiymiş ki, olursa Murtaza'nın kızı olsun diyesiymiş... Ünün İzmir'lere kadar yayılmış ha feleksiz!"

Göğsü gururla kabaran Murtaza'nın sivri burnu parlıyordu:

"Helbet..."

"Herifi burda bilenler varımış, çok zenginmiş doğru mu?"

"Doğru. Var ziytinlikleri, hanları, hamamları, apartumanları hem da. Lakin ne bana? Sevinsin kızım."

"Sen?"

"Bana ne be yahu? Yetişir damarlarımdaki kan ve tuttuğum vazife."

"Kızının kaynatası yanına çağırtsa seni, gitmez misin?"

"Giderim gezmeye..."

"Dese ki al şu evi otur, geç işlerimin başına... ha?"

"Alışmadım yaşamaya at kuyruğu altında."

"Deli!"

"Helbet... delisiyim vazifemin. Ver cigarami..."

"İşbaşına çok var daha be!"

"Gideceğim eve, yatacağım."

"Bu saatten sonra? İşbaşına ne kaldı ki?"

"Var bir, bir buçuk saat. Yetişir. Ver cigarami!"

Sigarayla kibriti aldı, dükkândan çıktı. Avlu kapısına gelince durakladı. Mahallenin hemen hemen bütün kadınları sanki evine toplanmışlardı Murtaza'nın.

Murtaza'nın geldiği haberi içeri ulaşınca Âkile Hala, kızının başucunda ağlayıp duran perişan anaya, "Götürsün doktora bari," dedi. "Kalmadı başka çaremiz..."

Murtaza'nın karısı şimdi her zamandan daha çok kuruyup sararmıştı. Yorganın altında ter içinde yatmakta olan Firdevs'in alnındaki ıslak tülbenti değiştirdikten sonra, "Abe nerelerde dolaşır bütün gün? Ne için girmez içeri bu adam?" diye bağırdı.

Murtaza, kadınlardan yarı utanma, daha çok da çekinme içinde odaya girdi. Çamurlu postallarını çıkaracaktı ki, Âkile Hala, "Bırak," dedi, "bırak çıkarmayı... Ne için gelmez içinden görmek hasta kızını?"

Murtaza kıpkırmızı, yukarı çıktı çamurlu ayaklarıyla. Kızının yatağı yanına geldi. Kocasını yanı başında gören kadın birden boşandı. Sesli sesli ağlıyordu.

Âkile Hala, "Sus be kızım," dedi, "sus be evladım.... yedin bitirdin kendini. Yok bir şeycikler şükür... İyi değildir ağlamak hasta başında."

Murtaza'yı kıyıya çekti:

"...Gelmiş akşam hasta, işten. Yıkılmış önüne kapının. Var zoru başcağızından. Döktüm kurşun, okudum kulhüvallahi, hem de elhamlar... Lakin etmedi fayda. Kötüleşir an be an... Bak bir çaresine be oğlum!"

"Ne istersin yapayım be halacığım?"

"Götür doktora. Bulunmaz mı şimdi doktor fabrikada?"

"Bulunmaz. Lazım götürmek kabinesine. Lakin..."

"Yok lakin. Götüüür!"

"Doğru, doğru ama... bakmaz kabinasında bedihava... İster para."

"İster ise verirsin be oğlum. Gidiyor kız elden. Yok vakit geçirmeye, bul bir çaresini."

Fısıldadı:

"Yok cepceğizimde on para be hala!"

"Al borç, al marka değiştir para ile. Var zoru derim başcağızından..."

"?.."

***

Uykusuzluktan yanan gözleriyle fabrikaya geldi. Memurdan beş liralık marka avans aldı. Bu markalar, kırk paradan iki yüz elli kuruşa kadar boy boy, alüminyum tekerleklerdi ki, yalnız kooperatif bakkalı, manavı ve kasabından alışveriş etmeye, kooperatif berberinde tıraş olmaya, terzisinde giysi diktirmeye yarardı. Avanslarda işçiye avans yerine bu markalardan verilir, bu suretle işçi sadece kooperatiften alışverişe zorlanırdı.

Sorumluluğu sınırlı bir kooperatifti. Hisselerden belki de dörtte üçü fabrika sahiplerinindi; üst yanı fabrika ustalarıyla, gözde memurlara paylaştırılmıştı. Yani işçilerle küçük memurlar limon gibi sıkıldıktan başka, ellerine geçen paralar da kooperatif yoluyla yeniden fabrika sahiplerine dönecekti.

Fabrika doktoru hasta vizite ücretini kooperatif markası olarak almayacağı için, paraya çevrilmesi gerekiyordu. Memurlarla ustalar böyle yaparlardı zaten. Memurdan marka avans alır, fabrika veznesinde değiştirir, meyhane, genelev ya da barlarda harcarlardı. Ay sonlarında da maaş ya da ücretlerinden, marka borçları para gibi kesilirdi.

Elinde beş liralık marka, vezneye geldi. Çerçeveleri buzlu camlarla çevrili bölmesinde para saymakta olan uzun boylu, yakışıklı veznedarın masası üzerinde kalın bir "Rübaiyatı Ömer Hayyam" cildi duruyordu.

Murtaza'ya sertçe döndü:

"Ne istiyorsun?"

Murtaza boynunu bükerek, elindeki markayı gösterdi. Bu, "Markalarımı paraya çevirir misin?" anlamına geliyordu.

İşgüzar veznedar, bölmenin öbür yanındaki Umum Müdür'e duyurmak için, "Olmaz," diye bağırdı. "Umum Müdür Bey'in son talimatından haberin yok mu? Marka değiştirmek kesin olarak yasak!"

Umum Müdür, adının geçtiğini duyunca ilgilendi:

"Kim o? Ne var?"

Veznedar, "Hiç efendim," dedi, "bir gece kontrolü gelmiş, markalarını parayla değiştirmemi istiyor."

"Bu usul kesin olarak kalktı demiyor musunuz bu adamlara?"

"Diyorum beyefendi, diyorum ama..."

"Gönder o münasebetsizi bana!"

Veznedar, "Seni Umum Müdür Bey çağırıyor," dedi.

Elinde beş liralık marka, Umum Müdür'ün odasına geçen Murtaza, "Vazife bir sırasında suç işleyip yakalanmış"çasına sapsarıydı. Böyle olduğu halde gene de Umum Müdür'ün ağır ceviz masası önünde sıkı bir esas vaziyet ve selamdan sonra put kesildi.

Masasını dolduran iriyarı Umum Müdür:

"En son talimatımızdan haberin yok mu? Marka, suret-i kat'iyyede değişilmeyecek. Neden hâlâ veznedarı rahatsız ediyorsun?"

Murtaza yutkundu. Ceviz masasında, iriyarı Umum Müdür'ün sağlık taşan yüzüne bakamıyor, lügatlarla süslü "hisli sözler"ini haklı buluyordu. Umum Müdür haklıydı ama, kendisi? Kendisi haklı değil miydi? Çocuğu hastaydı. Âkile Hala hiç vakit geçirilmeden hemen doktora götürülmesini tembihlemişti. Doktorsa vizite ücretini para olarak isterdi. Oysa, dün gece her türlü tehlikeyi göğüsleyerek çamurlara batmış çıkmış, mahalle aralarında hırsız kovalamış, hırsızı adalete teslim etmişti. Şu kadar saattir iki dirhem uyku girmemişti gözüne. Hasta çocuğunun kurtarılması için beş liralık bir markanın değişilmesi ne gibi bir sakınca yaratabilirdi?

Ama madem ki en büyük amiri sakınca görüyordu, vardı sakınca.

Umum Müdür ardını getirdi sözlerinin:

"Marka, işçi ve müstahdemimizin yalnız kooperatifimizden alışveriş etmeleri için çıkarılmıştır. Paraya çevrilmesi, kooperatif dışında harcanmasını sağlar ki, bu da kooperatifimiz için zararlıdır."

Ve Umum Müdür uzun bir konferansı sürdürmeye başladı.

Kafasının içi zonklayan Murtaza'nınsa kaşı seyiriyordu. Sinirleri öyle bozulmuştu ki, ayağının altındaki döşeme sallanıyor, yorgun gözlerini kırpmamaya çalışarak baktığı Umum Müdür, sanki büyüyüp küçülüyordu.

"Dediklerimi anladın mı?"

Kendine geldi:

"Helbet amirim..."

"Bir daha marka değiştirmek için veznedarı rahatsız etmezsin değil mi?"

"Etmem komutanım."

"Ne komutanı?"

"?.."

"Alay mı ediyorsun? Sersem!"

"Estağfurullah beyim. Sunarım arz-i tâzimatımı..."

Alaya alındığını sanan Umum Müdür masasından kıpkırmızı bir dehşetle fırladı:

"Defol, defool!"

Murtaza sıkı bir selam ve dönüşten sonra "defol"du.

Umum Müdür'ün öfkeli sesine koşan muhasebeci, veznedar, birkaç küçük memur, beyefendiyi küplere binmiş buldular.

"Beş, beş paralık bir gece kontrolü... bunlara bildirmek lazım efendim. Geçmiş karşıma..."

Tam bu sırada Fen Müdürü çıkageldi:

"Hayrola beyefendi?"

Umum Müdür, "Beş paralık bir gece kontrolünün küstahlıklarını" saydı döktü. Fen Müdürü anlamıştı. Gülmeye başladı. Muhasebeci ve memurları işlerinin başına yolladıktan sonra ona, Murtaza'yı anlattı. Umum Müdür kulaklarına inanamıyordu. Çalıştığı yerin, devlet ve milletin çıkarlarını kendi öz çıkarlarından önce tutsun? Var mıydı yeryüzünde böyle insan? Kalmış mıydı? Hele gece kontrol yardımcısının bekçilikteki serüvenleriyle kolağası dayı tutkusuna Umum Müdür koca göbeğini hoplata hoplata güldü.

"Peki, ustalarla arası nasıl?"

"Tahmin edeceğiniz gibi, kötü."

"İşçilerle?"

"İşçilerle de."

"Bu adam Don Kişot desenize..."

"Don Kişot yeryüzünde tek değildi malumuâliniz... ve Don Kişot'ların kökleri hiçbir devirde kurumadı ki devrimizde kurusun. Her memleketin kendine göre Don Kişot'ları var, olacak. Ne dersiniz?"

"Haklısınız."

"..."

Az sonra muhasebeci, Umum Müdür'ün yanına girdi. Fen Müdürü gitmişti.

"Beyefendi," dedi, "bu veznedar ukalanın biri. Marka değişmemek yasağını yalnız işçilere değil, memur arkadaşlara da uygulamaya kalkarsa, zararımıza sebep olur. Lütfen kulağını büküverin."

"Olur olur... bükerim... Bilhassa memurlar bu yasağa dahil değiller..."

Seslendi:

"Nuri Bey!"

Veznedar, önü ilikli, geldi:

"Buyurun efendim?"

"Memur beyleri marka değişme yasağının içine almıyorsunuz değil mi?"

Veznedar, muhasebeciye baktı, muhasebeci Umum Müdür'e, sonra da üçünün bakışları birleşti. Veznedar, "Onları idare ediyorum efendim," dedi.

***

Murtaza yıkılmışçasına mahalle bakkalına geldiği sıra, Kontrol Nuh dükkândaydı, alıp alıp veriyordu. Tam üstüne gelen Murtaza'yı görünce, "Bana bak," dedi, "sen tadını iyice kaçırdın artık. Bak, başlayacağım eğri dininden ha!"

Murtaza bomboş gözlerle baktı:

"Ne var? Ne olmuş?"

"Gidip beni Fen Müdürü'ne ne diye gammazladın?"

Murtaza anlamıştı:

"Yaptım vazifemi," dedi.

"Ne vazifesi lan? Kızlarını rapor etmedim diye mi?"

"Lazım idi etmen. Ne için yapmazsın vazifeni?"

Murtaza'yı uzun uzun süzen Nuh başını salladı:

"Ne deyim oğlum? Seni halk eden o Allaha ne deyim ki..."

Murtaza duymuyordu sanki.

Bakkal, "Herif seni kayırmış, sen gitmiş onu rapor etmişsin. İnsan sütsüzlük eder mi? Sende hiç mi ciğer yok, hiç mi kan yok be?" dedi.

Kontrol Nuh, "Aaah ah," diye içini çekti, "ne fayda... ben hep bu yumuşaklığımdan bulacağım belamı. Eğer bıraksaydım, Azgın kanını içecekti... Sen eceline mi susadın oğlum? Herkesin arabasına ne diye taş koyuyorsun? Lan seni öldürürler, anam avradım olsun öldürürler lan!"

Murtaza, "Var bir can borcum Allah'a," dedi.

Dükkâna dokumacı Sarı İbrahim girdi, pastırmayla ekmek istedi.

Bakkalı bir kıyıya çeken Murtaza, elindeki markaları göstererek, "Var beş liralık markacağızım," dedi.

"E?.."

"Götüreceğim kızımı doktora."

"Götüür..."

"Almaz ki doktor marka..."

"Yani parayla değişeyim mi istiyorsun?"

"Geçer çok makbule..."

"Amma yüzde yirmi eksiğine değişirim? Biliyorsun tabii..."

Sarı İbrahim ilgilendi:

"Marka mı değiştireceksin Murtaza Efendi?"

Murtaza duymazlıktan geldi. Çünkü Fen Müdürü, Sarı İbrahim'i hiç sevmezdi: "Bu serseri, işçiye önayak oluyor. Dikkat et."

Bakkal, "Beş liralık markanı dört yüz yirmiye alırım," dedi.

Sarı İbrahim gene araya girdi.

"Kooperatiften öteberi alacağım nasıl olsa, ver bana markalarını, al sana beş teklik."

Murtaza elinin tersiyle Sarı İbrahim'in beş tekliğini itti:

"İstemem."

Sarı İbrahim bozulduysa da pişkinliğe vurdu:

"Eh, sen bilirsin. Zorla değil ya..."

Markalarını bakkala veren Murtaza, bakkaldan dört yüz yirmi kuruş aldı, dükkândan çıktı.

Nuh, Sarı İbrahim'e, "Para bulsa bölüşmez seninle," dedi. "Bu adama tövbe iyilik yaramaz. Duydun mu son marifetini?"

"Yoo..."

"Kızları çırçırlarda çalışıyor. Kontrole çıktım, baktım makinelerinde uyuyorlar. Bizim çırçır ustasıyla ırgatbaşı gitmiş haber vermişler buna. Demişler ki: Herkesin gözündeki çöpü görmekte ustasın. Kendi kızların makinelerinde horul horul uyuyor! Neyse bu deli fırlayıp çıkmış çırçırlara. Bir de bakmış ki kızları gerçekten de uyumuyor mu? Eline büyüğü geçiriyor, çalıyor yere. Elinden zor aldık. Mesele o değil, Fen Müdürü'ne gitmiş, kızlarım uyuyorlardı vazife bir sırasında. Kontrol Nuh size rapor etti mi etmedi mi diye sormuş."

"Bak seen..."

"Yaa... Nuh vazifesini yapmıyor demiş."

"Fen Müdürü ceza yazdı mı?"

"Bu çok zorlamış ya, Fen Müdürü'ne göre ne? Bedava bir sinema. Gül ha gül..."

Murtaza, fabrika doktorunun muayenehanesine doğrulmuştu.

Fabrika doktoru Yemenli, ufak tefek, esmer, tombul biri, doktorların meslekleri dışında ayrıca ticaretle uğraşmaları yasak olduğundan, eski fakülte arkadaşlarından biri adına sebze komisyonculuğu yapıyordu. Bu işle ilgili hesapları karıştırırken, hastabakıcı yanına geldi:

"Bir hasta kız çocuğu getirdiler."

"Peki, gelsinler bakalım."

Defterlerle faturaları çabucak kaldırdı.

Kucağında kızıyla içeri giren Murtaza'nın yüzü sapsarıydı. İçeri içeri çökmüş gözlerini zorla açarak bakıyor, yürürken sendeliyordu. Öyle uykusu vardı ki.

Muayene masasını işaret eden doktor, "Yatır şuraya," dedi.

Murtaza kızını yatırdı.

"Soy!"

Soydu. Birtakım aletlerle Firdevs'in sırtını, göğsünü dinleyen doktor, "Bu çocuk bir yerden düşmüş, yahut da başına sert bir şeyle vurulmuş," dedi.

"Evet müdürüm..."

Doktor yadırgadı:

"Müdürün mü? Müdürün kim?"

Murtaza, "Affedersiniz," dedi. "Doktorum diyecektim."

Murtaza'nın sırtındaki üniformayı da yadırgayan doktor sordu:

"Sen ne iş görüyorsun?"

Canlanan Murtaza, "Fabrika içleri gece kontrolü, aynı zamanda fabrika spor mükellefleri komutanıyım!" dedi.

"Hangi fabrika bu? Bizim fabrika mı yoksa?"

"Evet doktorum."

"Kabinemde bedava muayene ve tedavi etmediğimi biliyorsun tabii?"

"Biliyorum doktorum."

"Vizite ücreti olarak beş lira aldığımı?"

Murtaza yutkundu, gülümsedi, sonra ciddileşerek iki yanına bakındı.

"Oldu mu? Beş liran var mı?"

"Var dört buçuk liracağım be doktorum..."

Elindeki dinleme aletini masanın üzerine fırlatan doktor, "Olmaz!" diye bağırdı. "Beş liradan santim aşağı olmaz!"

"Var dört buçuk liracığım be doktorum, yok başka param... Sen bilirsin..."

"Ooolmaaaz!"

"Sen bilirsin?"

"Benim bildiğim bu. Haydi dört buçuk diyelim, ya sonra gider şurda burda, ben filanca doktora dört buçuğa muayene ettirdim kızımı diye övünürsen?"

"Övünmem doktorum..."

"Peki, öyle olsun."

Masanın üzerine fırlattığı dinleme aletini yeniden aldı, kızı yeniden dinledi, derece koydu. Ateş çok yüksekti. Reçete yazdı. Her şeyden önce ateşin düşmesi gerekliydi.

Reçeteyi uzattı:

"Bunu yaptır, ilaçları ver, başına buz koyun..."

"Hastalık ağır mı doktorum?"

"Vakit geçirmişsiniz, ağırca tabii.. Mamafih ver bakalım paraları..."

Dört buçuk lirayı aldı, beyaz gömleğinin cebine attı. Murtaza sordu:

"Ne yedirelim doktorum?"

"Ne isterse yedir."

"Olmaz zarar?"

"Olmaz."

"Demek ne yerse yesin, zarar olmaz?"

"Olmaz dedik canım, hadi..."

Murtaza kızını alıp çıktı.

Doktor, hastabakıcısına, "Çocuk yolcu," dedi.

"Yaa... nedir hastalığı?"

"Hémiplégie... eski tabiriyle felc-i nısf-ı tûlani!"

Hastabakıcı vaktiyle tıp fakültesinde okumuş, sonra ayrılmak zorunda kalmıştı.

"Yani beyin kanaması değil mi?" diye sordu.

"Aferin be..."

"Hatırımda kaldığına göre, çarpılan yerin tam karşısında felçti galiba?"

"Evet."

"Gözlerde akmalar, dimağı araz, vücutta ateş. Komaya girer. Komadan çıkarsa da bir tarafta..."

"Hémiplégie, yahut hemiplexie teşekkül eder..."

***

Sabahın dördüne doğru bez ambarının önünden geçmekte olan Kontrol Nuh, ambar kapısının açık kanadına dikkat edince durdu. İçeriden helezonlu horultular, diş gıcırtıları, sayıklamalar geliyordu. Kulak verdi:

"... Yavruuum, evladım!.."

İçeri girdi, tamam, birisi horlayarak uyuyordu. El fenerini horultunun geldiği yöne sıktı. Işık yuvarlağı, üst üste yığılı bez topları üzerinde dolaştı. Yuvarlağın içinde birdenbire kocaman iki postal beliriverince, lambayı adamın yüzüne tuttu. Murtaza! Bez toplarının üstüne sırtüstü kendini bırakmış, horlayarak uyuyordu.

Kontrol Nuh, bayram sevinci içinde, dokuma şefinin odasına koştu. Gün bugün, saat bu saatti!

"Müjde şefim, müjde müjde!"

Uykusuzluktan bitik dokuma şefi:

"Hayrola?"

"Öyle bir müjde ki, şerefsizim dünya malı değer! Ne veriyorsun müjdeme?"

"Canım nedir, anlayalım bakalım."

"Senin vazifesinin aslanı..."

"E?"

"Bez ambarında horlaya horlaya uyuyor."

Şef miskinliğinin içinden sıyrılarak ayağa fırladı:

"Sahi mi söylüyorsun?"

"İnanmıyorsan gel!"

Nuh önde, şef arkada, bez ambarına geldiler. Murtaza'yı gerçekten de sırtüstü horlar gören şef, Nuh'u dışarı çekti:

"Şimdi ne yapacağız biliyor musun?"

"Ne yapacağız?"

"Ambar kapısını üstüne kilitleyip..."

"..."

"Fen Müdürü gelince... tamam mı?"

"Tamam vallaha. Aslanını kendi gözleriyle görsün!"

"Yalnız, bütün bu işleri dikkatle yapalım ki, uyanmasın."

"Tabii tabii..."

"Şuna bak, horluyor da... eşşoğlu eşek!"

"Ama ne..."

"Fen Müdürü bu sefer de boş versin bakalım verebilirse."

"Belli olmaz."

"Anlamadıım? Belli olmazmış. Boş versin de bak... sen şimdi atla git iplikhaneye filan, ustalara haber ver. Gelsin gözleriyle görsünler de şahit çoğalsın. Hadi."

"Şahide ne hacet şefim? Birazdan gelince, elinden tutar, getirir gösteririm..."

"Saat kaç?"

Nuh el fenerini tuttu, şef saatine baktı:

"Dört. En aşağı sekiz, sekiz buçukta gelir Fen Müdürü. Sen dediğimi dinle, koş, ustalara haber ver."

Nuh seğirtti.

Çok geçmeden iplik, boyahane, kola, kasar, çözgü, velhasıl fabrikada irili ufaklı ne kadar usta varsa koşarak geldi. Sessiz, ama sevinçten kabına sığamayan bir kalabalık bez ambarının kapısı önüne birikti. Nuh'un elinden elektrik lambasını alan dokuma şefi, öne düştü:

"Arkamdan usul usul gelin."

Bez ambarının kapısı usulcacık açılıp içeri süzülündü. Murtaza'nın kaba horultusu ambarı hâlâ dolduruyordu. Arada diş gıcırtısı, belirsiz homurtular...

El fenerinin yuvarlak ışığı postallardan kayarak Murtaza'nın yüzünde durdu.

Şef, "Gördünüz ya!" diye fısıldadı.

"Gördük..."

"Tamam."

"Haydi çıkalım."

Dışarı çıkıldı, kapının demir kanatları çekildi.

"Koş bir kilit getir Nuh!"

Nuh koştu. Durumu sevinçle anlattı. Gözleri büyüyen Ferhat kilidi sevinçle aramaya başladı. Çünkü Nuh, üç gündeliğinin Murtaza yüzünden kesildiğine inandırmıştı onu.

Kapıyı bırakabilse gider bakardı. Sabahleyin Fen Müdürü'ne durumu herkesten önce haber vermeyi tasarlayarak, kilidi Nuh'a uzattı.

Nuh, "Yarın," dedi, "yarın... tenekeyi kuyruğuna bağlatacağız!"

"Bağlar mı dersin?"

"Bağlar mı ne demek? Dokuma Şefi alıp alıp veriyor. Bağlamasın da bak..."

Ambar kapısı kilitlendi.

Dokuma Şefi:

"Bu sefer de kayırsın bakalım müdürü."

Her kafadan bir ses çıkmaya başladı:

"Nasıl kayırır?"

"Kayıracak yeri kaldı mı?"

"Vazife sırasında horul horul uyuyor."

"Hepimiz gördük..."

"Vazifesinin aslanıymış... gelsin de görsün müdürü!"

"Bizim dokumacılar ateş püskürüyor. Hani bir desturu versem..."

Dokuma Şefi, "Niye bırakmıyorsun?" dedi. "Bir bıraksam var mı? İşçi madem ateş püskürüyor... Ne tuhaf insanlarsınız yahu!"

Ustayı bir kıyıya çekti, kafa kafaya verdiler.

Sekiz buçukta fabrikaya gelen Fen Müdürü, durumu öğrenince, "Yaa," dedi, "demek beni bekliyorlar?"

Odasına geçerken gözucuyla ambardan yana baktı. Kapıcının verdiği haber doğruydu. Demek bütün bir fabrika, Murtaza'nın kuyusunu kazıyordu? Oysa adam, vazife sırasında gözünü gerçekten budaktan esirgemiyordu. Kendi öz kızını bile uyurken yakalayınca gözü görmemiş, bez hırsızlarının ardına, ölümü göze alarak takılmıştı.

Demek bütün bu insanlar onu gözden düşürüp fabrikadan kovdurmak için...

Masasına öfkeyle geçti.

Kapının yanındaki pencerenin tülü ardında bir kalabalığın belirdiğine, bir "Sen gir, ben gireyim..."in başladığına dikkat ederek öfkesi büsbütün arttı.

Az sonra kapı vuruldu. Mahsus duymamış gibi davrandı:

Tekrar vuruldu.

Hınçla:

"Geel!"

Kendinden emin, gözlerinin içi gülerek giren Kontrol Nuh, Fen Müdürü'nün azgın bakışından ürktü, durakladı.

"Ne var? Ne istiyorsun?"

Eşekten düşmüşe dönen Nuh, "Sağlığınız beyim," diyebildi.

"Söyle söyle... çıkar dilinin altındaki baklayı!"

Nuh büsbütün şaşırdı.

"Söylesene be!"

Penceredeki tülün ötesinde bir ürküntü, bir dağılışma...

"Niçin susuyorsun be adam?"

"Söyleyecek bir şey yok ki beyim."

"Yok da niye geldin?"

"Hoş geldiniz demeye geldim."

"Hoş bulduk. Başka?"

"Sağlığınız..."

"Pekâlâ, haydi, yallah!"

Süklüm püklüm dışarı çıkan Nuh, "Abarruuuuuh," dedi, "herif tekmil barut dinime imanıma... laf söylenmiyor. Fitili nerden almışsa almış gayri..."

Ustalardan çoğu sıvışmıştı, boyuna da sıvışıyorlardı. Tek başına kalan Dokuma Şefi öfkesinden mosmor kesilmiş, ne yapması gerektiğini kestiremiyor, çekilip gitmeyi de kendine yediremiyordu.

"Pekâlâ," diye homurdandı, "pekâlâ. Yapacağımı bilirim ben!"

Nuh da savuşacaktı ki, Fen Müdürü'nün odacısı geldi, Fen Müdürü'nün çağırdığını söyledi.

Nuh telaşlandı:

"Sahi mi lan? Ne yapacak?"

Nuh'la senli benli odacı, "Ne mi yapacak?" dedi.

"Ne yapacak?"

"O biçim. Yürü!"

Elleri pantolon ceplerine sokulu Fen Müdürü, odanın içinde sinirli sinirli dolaşmaktaydı. Ürkerek içeri giren Nuh'un tam karşısında durdu:

"Murtaza'yı uyurken sen mi yakaladın?"

Korkunun ecele faydası yoktu:

"Ben yakaladım beyim..."

"Yakaladın, sonra da eteklerin zil çalarak koştun ustalara, sevinçten kına yaktınız değil mi?"

Gerçekten de böyle olmuştu, ama gene de, "Tövbe vallaha beyim," dedi.

"Suus! Tövbe vallahaymış. Ben sizi bilmez miyim? Şunu kafanıza iyice sokun ki, bu fabrikada Murtaza bir yana, hepiniz öbür yana, anladın mı? Dün böyle düşünmüyordum ama, bugün böyle düşünüyorum. Yarın da böyle düşünmekte devam edeceğim. İsteyen çalışır, istemeyen cehennem olur gider. Ne bu be? Elinizden gelse bir kaşık suda boğacaksınız adamı. Sen kendin anlatmadın mıydı ki, vazife sırasında uyuyor diye kızını makinesinden aldığı gibi yere çarptı diye? Cevap ver."

"..."

"Yüzüme bak yüzüme... sen kendin anlatmadın mıydı?"

Nuh pişman, suçlu suçlu baktı:

"Anlattıydım beyim..."

"Demedin miydi ki, vazifesine çok bağlı."

"Dediydim beyim."

"Dedin de bu ne? N'oluyor? Nedir bu kepazelik? O dokuma şefinin hayasızlığı? Bana bak Nuh, anam avradım olsun..."

Kendini tuttu.

"Haydi marş! O adamla uğraşılmasını istemiyorum, o kadar!"

Beyninden vurulmuşa dönen Nuh, odadan ters mers çıktı gitti.

Fen Müdürü odacısına emir verdi:

"Şu bez ambarında uyuyan Murtaza Efendi'yi yavaşça uyandır, gönder bana."

Hâlâ dişlerini gıcırdatarak horlayan Murtaza, uykuyla savaş hâlindeydi.

Odacı usul usul sarstı:

"Murtaza Efendi!"

Murtaza'nın göğsü körük gibi kalkıp indi; kalktı, başı iki yana gitti, geldi. Uykusuna koyulmak istedi. Odacı yeniden:

"Murtaza Efendi, heey!"

"..."

"Murtaza Efendi bee!"

Murtaza uykusunun karanlık sularından ağır ağır yüze çıkarak kendine geldi, gözlerini açtı. Açınca da "vazife bir sırasında uyumanın" dehşetiyle sarsıldı.

"Müdür bey çağırıyor seni."

Hoplayıp oturdu:

"Ha?"

"Müdür bey çağırıyor."

Postalları üzerine zıpladı:

"Sahi mi be? Demek oldu haberi uyuduğumdan? Kızdı mı? Sövdü mü anama avradıma?"

"Yok yahu..."

Murtaza'nın kulağına söz girmiyordu:

"Nasıl uyudum bilmem ki?"

Boynunu büktü:

"Kırpmamış idim gözümü ottuz saat. Ama, bilirim, lazımdır uyumamak vazife bir sırasında! Bilirim, lakin... Uyumamam lazım idi. Bir vazife sırasında uyur alçaklar. Amma ne yapabilir idim? Değil idi elimde, olamadım kaḍir uyumamaya!"

Odacı sabırsızlık içindeydi:

"Hadi hadi... bunları Fen Müdürü'ne söylersin."

Ambardan çıktı gitti.

Fabrika spor mükellefleri komutanı üniforması içinde boyuna ufalan Murtaza, "Uyumamalı idim," diye kim bilir kaçıncı kez söylendi. "Ettim berbat bir çuval inciri. Ama ne yapabilir idim be yahu? Ben mi uyudum? İsteyerek mi? Çıksa idi gözlerim keşke, ölse idim!"

Ceketini yanlara çekti, yakasının açık çengelini vurdu, düğmelerini ilikledi:

"...Abe nasıl girdim buraya? Hangi şeytan soktu beni? Tuh be, tuh be Mürteza, oldu mu be Mürteza? Ne cevap vereceksin şimdi? Nasıl bakacaksın yüzüne müdürünün? Demeyecek mi: Beklemez idim senden bunu Mürteza Efendi. Sen ki olacak idin nümûne-i imtisâl fabrikama."

Odacı gene geldi:

"Ne dikiliyorsun yahu? Seni bekliyor dedik ya müdür bey!"

Toparlanan Murtaza, "Şimdi," dedi, "haydi..."

Dışarının bol aydınlığında kamaşan gözlerini ovalayarak odacının ardından yürüdü. Gittikçe artan bir çarpıntı içindeydi. Odaya girdiği zaman gözleri karardı. Başı dönüyor, yüreği sökülürcesine çarpıyordu. Önüne bakmakta, Fen Müdürü'nden kopacak fırtınayı beklemekteydi.

Bir ara gözlerini kaldırdı, Fen Müdürü'yle bakıştılar.

Fen Müdürü:

"Bazı asker kaçakları vardiya sıralarında işçilerle fabrikaya girip saklanıyorlarmış. Malum a, böylelerini ne otel, ne de han kabul eder. Bizim koza, pamuk ambarlarında geceyi geçirmek ihtimalleri var. Bilmeyerek yataklık etmeyelim. Gece kontrollerinde bilhassa buna dikkat edin."

Murtaza'nın sırtından bir dağ kalkmıştı. Bununla beraber, "Ben," dedi, "bu gece işledim çok büyük bir suç müdürüm!"

Fen Müdürü üzerinde durmak istemedi:

"Biliyorum."

Murtaza hayretler içinde:

"Bilirsiniz demek?"

"Evet, biliyorum."

"Ottuz saattir yummamış idim gözlerimi..."

"Biliyorum biliyorum... hepsinden haberim var..."

Çekmecesinden çıkardığı şişkin sarı bir zarfı uzattı:

"Al bunu. Hâlâ dinlenmeye dehşetli ihtiyacın olduğunu görüyorum. Sana üç gün izin. Git dinlen."

Zarfı alan Murtaza yutkundu, bir şeyler söyleyecek oldu.

Fen Müdürü, "Haydi," dedi, "haydi şimdi... izinden sonra konuşuruz."

Murtaza sıkı bir esas vaziyet, çakı gibi bir selam ve dönüşten sonra odadan çıktı. Kapıcı Ferhat'ın barakası önünden geçti, gitti.

O sıra Nuh, barakada sinirli sinirli sigara içmekteydi. Murtaza'nın arkasından baktı baktı:

"Ne fayda," diye mırıldandı, "bir insanın talihi kancık olmalıymış... On beş yıldır emek veririm şu kapıya da... neden derler, Allah'ın istemediğini peygamber sopayla kovalar diye."

Tam bu sırada beliren Fen Müdürü'nün odacısı, "Uyan Nuh Amca uyan!" dedi.

Nuh sertçe:

"Niye? Ne var?"

"On beş yıldır çalışırsın şu kapıda... bir günden bir güne uyurken yakalandığın hâlde ikramiye aldın mı?"

Nuh'un bundan haberi yoktu işte:

"Ne ikramiyesi?"

"Fen Müdürü sarı zarf içinde ikramiye verdi Murtaza'ya. Üç gün de dinlenme izni..."

Barakada yıkılmışçasına bakakalan Nuh'a, "Finyooooş!" dedi.

Tepesi attı Nuh'un:

"Biçimli ol, bak anandan, bacından başlarım ha!"

Odacı yeniden, "Finyooş!" dedi.

Malzeme yedek ambarının yolunu tuttu.

Ferhat gülüyordu.

Kıpkırmızı kesilen Nuh kahrolarak kalktı, Dokuma Şefi'ne durumu anlatmak için barakadan çıktı.

Şehrin saat kulesi on biri ağır ağır vururken, Murtaza, kucağında ilaç şişeleri, hasta kızına koşmaktaydı. Firdevs bu ilaçları içince iyi olup ayağa kalkacak, Cemile'yle eskisi gibi işe gelip gitmeye başlayacaktı.

Mavi taşlı küpeler bulunan ufacık kulaklarıyla Firdevs'se tam bu sıra üst üste titremiş, "Anne!" demiş, "Su!" demiş, başı yana dönmüştü.

Âkile Hala loş odaya korkuyla baktı. Akşamdan beri hasta kızı birlikte bekledikleri komşu kadın oturduğu yerde uyuyakalmıştı. Âkile Hala yorganı kızın tepesine çekti, yatağın yanındaki ekmek bıçağını küçük ölünün üstüne koydu. Sonra ateşleri körlenmiş mangala bir tutam günlük attı. Günlük kokusuna uyanan komşu kadın, "Tamam mı?" diye sordu.

Âkile Hala içini çekti:

"İnnâlillah ve innâlileyhi râciun," dedi.

Murtaza, kucağında ilaç şişeleri, avlu kapısından girerken, kara haber de bitişik komşuda kadınların teselli etmekte oldukları anaya ulaşmıştı. Mosmor göğün altındaki paslı teneke yığınlarından ibaret kerpiç kalabalığını bir an acı bir çığlık dolaştı.

Murtaza durdu. Yüzü kireç kesildi. Evinin kapısına uzun uzun baktı. Sonra kucağındaki şişeler yere düştü ve Murtaza'nın kafasında kül rengi bir ağırlık sallandı.

Çığlık karısınındı. Firdevs ölmüş müydü?

Kocaman postallarıyla koştu. Kapıdan deli gibi girdi, merdiveni bir hamlede çıktı ama, önüne gerilen Âkile Hala'yı devirip geçemedi. O kadar halsizdi ki...

"Hala!"

"Yavrum..."

Dizüstü kapandı. Pırıl pırıl sırmaları, getrleri, mahmuzlarıyla, "Fabrika spor mükellefleri komutanı" üniforması, apoletli omuzlarıyla yerde sarsılmaya başladı.

Sonra, etinden et koparılmışçasına, ana geldi. Kızının ufacık ölüsüne kapandı ve loş odada, başını kolları arasına aldı.

Âkile Hala, öteki kadın alt eve inmişlerdi. Su ısıtmak için bir kazan, eski bir gazyağı tenekesi aradılar. Yoktu. Odun? Odun da yok. Kömür? Kömür de.

Komşular bir anda her şeyi yarattı.

Avlunun bir köşesindeki ocağa kara bir kazan oturtuldu, altı tutuşturuldu. Cenaze arabası gelmeden önce ölünün yıkanması gerekiyordu. Eteğini beline sokan Âkile Hala altmış beş yaşına rağmen sağa sola koşuyor, koşturuyordu.

Murtaza'yı bir komşu alıp götürmüştü. Karısını bir başka komşu. Ölünün suyu elbirliğiyle hazırlandığı gibi, elbirliğiyle yıkandı. Kulaklarından mavi taşlı küpeler çıkarılıp, annesi görmesin diye toprağa gömüldü.

Emine, Hasan, Cemile komşudaydılar. Cenaze arabası gelip kapıya dayandığı zaman birbirlerine sarılıp ağlaşıyorlardı ama, anayı, bilhassa anayı kendir kement zapt edemedi. Cenaze arabasına yerleştirilen kızının ufacık tabutuna koştu:

"Firdevsim, yavrum... beni de götür, beni de al yanına evladım!"

Araba sarsıla sarsıla yürüdü. İşçi mahallesinin birbirini kesen daracık sokaklarından geçerken, dünyadan habersiz bir ilkokul öğrencisi, kara arabanın üzerindeki yazıyı yüksek sesle okudu:

SON GİDİŞ.

Ve kara arabanın aynasında kendini gördü: Koltuğunda çantası, elinde peynirli ekmeği, gri önlüğü, biraz eğri duran bembeyaz yakası. Yakasını düzeltti. Sonra önündeki portakal kabuğuna kuvvetli bir sol şut atarak yoluna koyuldu.

ÜÇÜNCÜ BÖLÜM

1946-47'lerde yurdun her yanı "Demokrasi" naralarıyla köpük köpük çalkalandığı günlerde fabrika da kendini bu sarhoşluğa kaptırmış, Murtaza unutulmuştu.

Unutulmamıştı aslında. Damarlarında "Hasan Bey dayısının mübarek kanı"nı taşıyan "kurs görmüş, vazifesinin aslanı," eski Murtaza'ydı o, ama işçiler eski işçiler olmadıktan başka, Fen Müdürü de eski Fen Müdürü değildi. Tarttırıp teslim ettikleri masuraları kâtibin görmez yanından çalıp yeni baştan yuttururken yakalanan, "vazife bir sırasında" uyuklayan ya da hela arası sohbetine dalmış işçileri enseleyip rapor etse bile, Fen Müdürü, Murtaza'nın koltuklarını kabartacak biçimde bağırıp çağırmıyor, ceza falan yazmıyordu. Hatta birinde az kalsın yüreğine indirecek şu sözleri bile söylemekten çekinmemişti "Cahil işçilerin" önünde:

"Aman be yahu, sen de bir parça idareci ol!"

Anlıyordu, gayet iyi anlıyordu bütün bunların nedenini. Bütün bunların nedeni, "Demokratçılık"tı. Vazife bir sırasında millet işini gücünü bırakıyor, birtakım meydanlarda bayraklar, çiçekler, dallarla donatılmış kürsülerden İsmet Paşa'ya, onun partisine sövüp sayanlara alkış tutuyor, avazı çıktığınca "Yaşaa!" diye bağırıyordu; hem de gırtlaklarını yırta yırta, avuçlarını patlata patlata.

Murtaza, Serbest Fırka'dan beri unutulan bütün bunlara bir süre kıyıdan sabırla, ama dişlerini yiye yiye, kan tükürüp "Kızılcık şerbeti içtim" diye diye baktı. Bekliyordu.

Gün gelecek, ak saçlarıyla İsmet Paşa kızacak, topunun canını cehenneme yollayacaktı.

Ne çabuk unutulmuştu Serbest Fırka'nın çanına ot tıkanması.

Ortalıkta bir kızılca kıyamet, gözler dönmüş, her şey çığırından çıkmış, memlekette disiplin adına hiçbir şey kalmamıştı. Olmazdı böyle, olamazdı. Bey belirsiz, meydan ıssızdı. Giritli Cumali'nin kahvesinde hemşerileri bile... onlar bile atıp tutuyorlardı İsmet Paşa'ya.

Bir gün artık dayanamadı. Akları kanlı gözleri, kanatları hırsla titreyen iri burnuyla ortaya atılıp, "Yazıklar olsun size," diye bağırdı. "Abe neler söylersiniz? Neler söylersiniz İsmet Paşamıza? İsmet Paşa o be yahu! Yunan'ın elinden kim kurtarıp getirdi bizi anayurda? Haminneleriniz mi, yoksa İsmet Paşa mı? Yüce İsmet Paşa için reva mıdır bu işlem?"

Murtaza'ya göre, ağzı süt kokan bir hemşerisi, "Haaydi be şapşal sen de!" dedi. "Neye erer aklın da konuşursun?"

Murtaza çıldırdı:

"Beniiim? Benim ermez aklım ha? Çanına ot tıkandığı zaman Serbest Fırka'nın basar idin kuma mühür sen."

"Geeeç..."

"Abe adım Mürteza benim. Yaptım bekçilik, gördüm kurs, fabrika kontrolü hem da fabrika spor mükellefleri komutanıyım. Yok geeeç..."

Eskiden olsa laf mahsustan uzatılır, kahve halkının yarısı Murtaza'dan yana olur, yarısı karşı, yangına körükle gidilirdi. Ama şimdi çekilmiyordu. Onunla uğraşacak vakti yoktu kimsenin. Murtaza varsın bir kıyıda kendi kendine İsmet Paşacılık ededursun, dalgalarına bakıyorlardı.

Bu yüzden Murtaza, Cumali'nin kahvesine de boş verdi.

Başıbozuk, sütsüzler toplanıyor, İsmet Paşa'ya da, partisine de veryansın ediyorlardı. Buysa insanlık değildi. Bir acı kahvenin kırk yıl hatırı varsa, koskoca İsmet Paşa'nın neden olmasındı? Kurtarmış idi çan sesi dinlemekten, kavuşturmuş idi şükür ezan-ı Muhammedi'ye.

Hemşerilerinden başka fabrikada da Murtaza'dan gittikçe uzaklaşılıyordu. Fen Müdürü'nün de Demokrat Parti'ye yazıldığı yayılınca, fabrikada hemen herkese gün doğdu. Sanki Fen Müdürü "Marş marş" komutu vermişti.

İşinden kovulup bin bir ricadan sonra yeniden alınmış Azgın bile yeniden boş vermeye başlamıştı.

Bir gün onu barakasında horultuların en helezonlusuyla uyurken yakaladı. Saçları, bıyığı, kaşları ak pak Azgın tınmadı bile, kocaman eliyle göğsünden itti:

"Git lan kösnük git!"

Hayli zamandır Murtaza'yla böyle konuşmayan bu adama ne olmuştu?

"Abe ne demek git?"

"Git işte. Defol git!"

"Uyursun be yahu, hem da horlayarak!"

"Keyfimin kâhyası mısın? Uyurum, horlarım, horlamam..."

"Vazife bir sırasında öğrenemedin horlamanın ne demek olduğunu? Yoksa unuttun?"

"Ha şunu bilemeyeydin..."

"Unuttun demek?"

"Eski çamlar bardak oldu oğlum, bardak!"

"Yaa!"

"Evet. Neden dersen, dünden beri Demokrat'a yazılmışım ki yerim seni."

Murtaza büsbütün kızdı:

"Vızgelirsin sen de, Demokrat'ın da bana!"

Azgın, yerinden fırladı:

"Vızgelir... Demokratıım? Sanaaa?"

"Helbet."

"Lan unuttun mu bir zamanlar boynuzunu kulağını kırdığımı? Hı? Öfelerim ha, anam avradım olsun öfelerim seni de, avradın tozunu bile bulamaz."

Adamın gerçekten de gözleri dönmüştü. Murtaza kısa kesmekte fayda görerek, vazgeçti tartışmadan. Sadece, "Gösteririm sana," dedi. "Alacağın olsun..."

Kontrol Nuh nerdense haber almış, tam zamanında yetişmişti. Azgın Ağa'yı gene birtakım işçilerin arasında bağırıp çağırır görünce, sevinçle koştu. Aralarında nelerin geçtiğini sağa sola sordu. Öğrenince Azgın'ın yanına sokuldu:

"Ağam," dedi, "Azgın Ağam. Nefesini tüketme. O elli olsa ısıramaz bizi gayri. Değil mi ki Fen Müdürü de bizim partiye yazıldı, bırak..."

Azgın memnun, "Hiç bee," dedi. "Memlekete demokratlık geldi, daha da gelecek. Gelsin, hoş geldi sefa geldi. İsmet Paşa mismet paşa gitsinler. Anam avradım olsun, vazife sırasında sabaha kadar horlarım kafam kızarsa, kimse karışamaz."

"Tabii karışamaz," dedi Nuh. "Başkanımızı dinlemedin mi? Biz iktidara geçelim de bakın. Musluklarınızdan yağ, bal akacak, ekmeği, şekeri beleş beleşine yiyeceksiniz, cigarayı, hem de en âlâ cigarayı beş kuruştan içeceksiniz demedi miydi?"

Yassı Bekir, "Peki," dedi, "madem Fen Müdürümüz de bizim partiye yazılmış. İsmet Paşacı bu Murtaza deyyusunun fabrikamızda işi ne?"

Bir yanda Azgın, öte yanda Nuh, bu sözleri zihinlerine şöyle bir vurdular, doğruydu. Sahibi, Fen Müdürü, ustaları, usta yardımcıları, işçilerinden büyük bir kısmı Demokrat Parti'den olan bir fabrikada İsmet Paşacı gece kontrolünün gereği neydi gerçekten de?

Her kafadan bir ses başladı:

"Defolup gitsin!"

"İsmet Paşacı, Halk Partili gece kontrolü istemiyoruz!"

"İstemiyoruuuuuz!"

"..."

"..."

"..."

Hela bekçisinin barakası önünde başlayan galeyan, alev dokunmuş ispirto gibi bütün fabrikayı sarıverdi. Murtaza'nın sert disiplininden yıllar boyu usanmış, cezaya çarptırılmaktan imanları gevremiş kadınlı erkekli işçilerle, fırsattan yararlanmasını bilen ustalar, usta yardımcıları falan sırt sırta vermişlerdi.

"İstemiyoruuuuuz!"

"CHP'li İsmet Paşacı kontrol istemiyoruuuuz!"

"Cehenneme kadar yolu var, defolsun fabrikadan."

"Bu fabrika Demokratların kalesi!"

"..."

"..."

"..."

Murtaza bütün bunları fabrika spor mükellefleri odasının içeriden kilitli kapısı ardında dinliyor, hapsedilmiş bir atmaca tedirginliğiyle odada dolaşıyor, homurdanıyordu:

"Unuttular. Serbest Fırka'yı unuttular. Kakavanlar! Gün gelecek, tıkanacak çanlarına ot, sordurtacağım onlara."

Bir ara pencere demirlerine yaklaştı, fabrika içlerinden kopup gelen makine şakırtılı, iniltili ses kalabalığını ürküntüyle dinledi:

"Murtaza istifa!"

"Murtaza istifa!"

Aklına Fen Müdürü'nün de Demokrat Parti'ye yazıldığı gelince, istifayı gerçekten de düşündü o an. Ama bu kalabalık istiyor diye değil. Onların isteklerine uymayacaktı. Korkmuyordu hiç kimseden. Bütün bu yaygara kapanıp gürültü dindikten sonra istifa edebilirdi görevinden. Çünkü Fen Müdürü o gün "cahil işçilerin önünde," "Aman be yahu, sen de bir parça idareci ol!" demiş, forsunu kırmıştı.

Uzaklardan yansıyan uğultu, gürültü halinde yaklaşıyordu.

Pencereden çekildi.

Kapıcı Ferhat'ın gece yardımcısı Boşnak Şaban pencereye yaklaştı:

"Kaç istersen Murtaza Efendi," dedi.

Odada olduğunu kimsenin bilmediğini sanıyordu. Demek Şaban görmüştü? Kaçmak, tam yenilgi olur, kimselerin yüzüne bakamazdı.

"Ne için kaçacağım?"

"Duymazsın bağırtıları?"

"Ne bana bağırtıdan?"

"İstemezler seni."

"Bakarım sen de yazılmışsın Demokrat'a?"

"Yazıldım şükür..."

"Demek istemezsin beni?"

"İstemeyiz, evet."

"Abe asıl ben istemem sizi. Edeceğim istifa, ama sizin sözünüzle değil."

"Ya?"

"Bilirim edecek zamanı..."

Kalabalık, fabrikanın geniş iç kapısında gözükmüştü:

"Murtaza istifa!"

"Murtaza istifa!"

Pamuk tozu, ter içinde bir kalabalık, bendini yıkan azgın sular gibi anında, fabrika spor mükellefleri kulübünün bulunduğu meydanlığı doldurup, Murtaza'nın istifası, hatta başlarından defolup gitmesi için nümayiş yaparken, Kontrol Nuh, etekleri zil çalarak telefona koştu. Gün bugün, saat bu saatti. Eğer bugün de işin üstesinden gelip herifi fabrikadan attıramazsa bir daha hiç artıramazdı ki, o zaman da Murtaza'nın değil, kendisinin istifası gerekirdi.

"Aloo..."

Fen Müdürü ipek pijaması, kısa sabahlığıyla uykulu uykulu, "Evet?" dedi.

"İşçiler galeyan hâlinde beyim..."

Fen Müdürü grev ya da herhangi bir sabotaj ihtimaliyle dehşete kapılarak, "Nee?" dedi, "galeyan hâlinde mi?"

"Hem de bildiğiniz gibi değil."

"Neden? Niçin? Sebep? Sakın Sarı İbrahim..."

"Yok yok..."

"Emniyet'e haber verdiniz mi?"

Müdürün endişesini anlayan Nuh, "Öylesi değil," dedi. "Öylesi olsa evvel Allah tozlarını attırırız. İşçilerin galeyanı senin Murtaza'dan ötürü."

Fen Müdürü rahat bir soluk aldı.

"Gene ne yaptı?"

"Ne yapmıyor ki beyim? Bilmez değilsin a, her Allahın günü partimizin, partimizin sevgili başkanı ve de arkadaşlarının ne anasını koyuyor sövülmedik, ne avradını. E, işçi milleti, hepsi Demokrat, istemiyorlar başlarında CHP'li kontrol. Mesele bu."

Fen Müdürü bir anda her şeyi kavramıştı.

"Peki peki," dedi, "ben şimdi geliyorum."

Nuh kulaklığı yerine bırakıp işçilerin yaygaralı kalabalığına geldi.

"Murtaza istifa!"

"Murtaza istifa!"

Erkek tuvaletleri bekçisi Azgın, fabrika çıkış kapısında, keyifli keyifli sigara içiyordu. Yanına gitti:

"Fen Müdürü fitili aldı, şimdi gelecek."

"Bi gözel dolduraydın..."

"Bak hele bak!"

"Bu sefer de kurtulamazsak bir daha... anlıyorsun ya?"

"Kurtulamayız, doğru. Lakin, nerde adamım? Ortalar da görünmüyor..."

Azgın, "Fabrika spor mükellefleri kulübü"nün bulunduğu odayı işaret etti. Nuh anlayarak bir koşu, pencereye gitti, içeri baktı. Murtaza, mükellefler elbiselerinin kalabalığı üzerine çökmüş, başını avuçları içine almıştı.

Nuh seslendi:

"Hâlin mi iyi, dirliğin mi aslanım?"

Can düşmanının sesiyle irkilen Murtaza, başını sertçe kaldırdı:

"Sorulmaz arslana hâli iyi mi, kötü mü?"

Nuh bir kahkaha attı:

"Vay deyyus vay... ölüp gidecen, ille de kuyruğun dik. İşçilere varıp bi fis geçsem ki, aradığınız Murtaza burada, senin tozunu attırırlar."

"Ne için durursun?"

"Korkmuyor musun?"

"Vermiş Allah bir can, ölünmez iki sefer."

"Doğru. Madem öyle, çıksana dışarı."

"Ben girmedim buraya korkumdan arkadaş."

"Ya?"

"Görürüm burada vazife."

Kalabalık "Murtaza istifa! Murtaza istifa!!"lardan sonra matrağa, sövüp saymaya başlamıştı ki, Nuh'un yanına Azgın geldi, feri hayli zayıflamış gözleriyle içerinin karanlığında Murtaza'yı seçer gibi oldu:

"Duyuyor musun?" dedi. "Vazifesinin aslanı. Tövbe ciğerin yokmuş. İnsan olan bir insan bunca küfüre susar mı?"

Murtaza bir şeyler söyleyecek, belki de sözlerini uygun düşürecekti ki, kalabalık arasında yeni bir çalkantı ve: "Fen Müdürü geldi!" sesleri.

Kalabalık hep bir ağızdan gürledi:

"Murtaza istifa!.."

"Murtaza istifa!.."

Fen Müdürü, Nuh'un telefonunu aldığı anda bozulmuştu zaten. Ne oluyordu? Bu açık, apaçık İsmet Paşa, CHP düşmanlığı ne kendi, ne de partisinin çıkarına olabilirdi. Demokrat Parti iktidara geçmiş miydi ki işyerlerinden CHP'liler temizlensin?

Kalabalığa yürüdü. Herkes merakla ona bakıyordu.

"Anladık," dedi. "İşinizin başına, marş!"

Murtaza, fabrika spor mükellefleri kulübünün penceresinde bu sözleri işitmişti. Heyecanla odadan çıktı, Fen Müdürü'nün yanına geldi:

"Sayın amirim, saatlerdir bozmamak için disiplinimi, söylemedim bir tek laf."

Fen Müdürü, "Sen gel bakayım..." dedi.

İşçiler kalabalığı, çekilip toparlanan, kanallarına giren azgın sular gibi tekrar tezgâhlarına dönerken, Murtaza da Fen Müdürü'nün ardında, onun odasına gidiyordu. Kalçadan çıkardığı kaz adımlarıyla rap, rap, rap. Göğüs dışarda, karın içerde, gözler Fen Müdürü'nün ensesindeki değişmez bir noktada, etli sivri burun dimdik.

Azgın'la Nuh, kapıcı Boşnak Şaban'ın barakası yanında bakıyorlardı. Gidişlerini, koridorun sonundaki odaya girişlerini izledikten sonra, "Ne diyorsun bu işe arkadaş," dedi Azgın.

Nuh ne diyeceğini şaşırmıştı.

"Vallaha ne deyim bilmem ki?"

"Partiyi gene yitirdik gibi geliyor bana..."

"Bana da öyle geliyor..."

"Vay o..... kasığında yatmış vay!"

"?.."

Fen Müdürü masasına geçip oturmuş, Murtaza ise yıllar yılı hiçbir zaman değişmemiş tarzda, masanın karşısında esas duruşa geçmiş, gözlerini Fen Müdürü'nün gözlerine dikmişti.

Fen Müdürü, "Nedir bu rezalet?" diye sertçe sordu.

Murtaza başını iki yana kayıtsızca salladı:

"Disiplinsiz hareketleri sorma benden müdürüm."

"Peki, ne oldu da ayaklandı bunlar?"

Kısaca anlattı: Azgın Ağa'yı, bir zamanlar olduğunca gene horlarken yakalamış, uyandırmaya savaşmış. Adam Murtaza'yı hakaretle kovmuş. Hatta uysa tartaklaşacaklarmış bile. Uymamış. İstememiş işçilerin önünde kötü örnek vermeyi. Çünkü ne olursa olsun, Azgın Ağa da işçilerin başında bir amir olduğundan, gece kontrolü aynı zamanda spor mükellefleri komutanıyla hela bekçisinin kapışmaları yakışık almayacakmış. Onu bırakıp spor mükellefleri kulübündeki vazifesinin başına gelmiş. Bildiği bundan ibaretmiş.

"Peki neden senin istifa etmeni istiyorlar?"

Murtaza acı acı güldü:

"Senelerdir bilmezsin neden amirim?"

"Peki, git vazifenin başına."

Murtaza bunun böyle olacağını zaten biliyordu. Odadan kaz adımlarıyla çıktı. Göğsü her zamandan çok dışarda, karnı her zamandan çok içerdeydi. Kapıcı Şaban'ın barakası yanından öfkeyle bakmakta olan Azgın'la Nuh'a zerrece aldırış etmeden yürüyüp gitti.

"Partiyi yitirdik Nuh," dedi Azgın.

Nuh içini çekmekle yetindi. Tam, "Allah da bu kösnükle birlik" diyecekti ki, Fen Müdürü'nün zili çalınca koştu.

Fen Müdürü odanın içinde sinirli sinirli dolaşıyordu. Nuh içeri girince açtı ağzını yumdu gözünü:

"Ulan hıyar, ulan kaşalot, ulan dangalak. Başıma belamı açmak istiyorsunuz? Ulan partimiz iktidara geçti mi ki herife sırtarıyorsunuz? Eşekliğin âlemi var mı? Ne diye kışkırtıyorsunuz işçileri?"

Nuh bir şeyler söylemek istediyse de Fen Müdürü, "Sus," dedi, "sus! Gülü tarife ne hacet? Ne çiçek olduğunuzu bilmiyor muyum yıllardır? Herifi fabrikadan attırmak için çevirmediğiniz dolap kalmadı. Ama şunu iyi bilin ki, bu fabrikaya mutlaka bir Murtaza lazım. Bu olmazsa bir başkası."

Nuh eşekten düşmüşe dönmüştü:

"Yaa," dedi.

"Evet."

"Bizim demokratlığımız nerde kaldı öyleyse?"

"Sizin demokratlığınız bana vızgeliiir tırıs gider!"

"?.."

"Bana, benim işimi kendi işinden üstün tutacak fedakâr insan lazım."

"O, CHP'li, İsmet Paşacı amma?"

"Olsun!"

Nuh, içinden kopup gelen katmerli bir küfürü zor tuttu. Demek böyleydi? Demek bunlara işlerini görecek fedakâr adam lazımdı? Parti marti laftı.

Bütün bunları ilk fırsatta parti il başkanı hemşerisine anlatmak üzere odadan çıkmadan önce, "Peki," dedi, "peki. Belleyelim de..."

Fen Müdürü işkillendi:

"Beni tehdit mi ediyorsun yani?"

"Ben mi?"

"Hayır baban!"

"Tövbe beyim, ne haddime!"

Hırsla odadan çıktı.

***

Tokat yemiş gibiydi. Sersem sersem yürüyordu. Demek kendileri elli olsalar fostu da, ille muhacir Murtaza lazımdı fabrikaya.

Kalın, ak pak kaşlarıyla Azgın, kapıcı barakası yanında, sabırsızlık içindeydi. Sordu:

"Ne oldu lan?"

Fen Müdürü'nün dediklerini söylese miydi? Tıpatıp söylese, önce Azgın sonra da fabrika ustaları, usta yardımcıları, işçilerin falan önünde piyasası iyice bozulacaktı. Söylemeseee...

Eni iyisi işine geldiğince söylemekti.

Kapıcının barakasına girdi, alçak bacaklı hasır iskemlelerden birini altına çekti, yerlilerin "Bafon" dedikleri fakfon sigara tabakasını çıkardı. Çok sinirliymiş de burnundan soluyormuşçasına, soluğunu toplamaya çalışıyordu.

Tuvalet bekçisi Azgın'sa patlıyordu sabırsızlıktan. Orada iki iskemle daha olduğu hâlde birini çekip oturmadı. Ayakta, Nuh'un sigara sarışına bakıyordu.

Nuh, sardığı sigaranın kâğıdını tükürüklerken, gözlerini Azgın'a kaldırdı:

"Yok ağa yok... bunca yıl itlerle çuvala girdiğimiz yeter kendi nefsime. Amasya'nın bardağı, biri olmazsa biri daha. Hemşeri memşeri..."

Azgın hiçbir şey anlamamıştı.

"Yani ne gibi?"

"Ne gibi olacak? Ben bırakıyorum fabrikayı mabrikayı arkadaş!"

İnanılmayacak şeydi:

"Deliye bak!"

"Delisi melisi bu. Ne dedi Kâmuran biliyor musun?"

"Ne dedi?"

"Amma bak, kimseye bir şey kaçırmayacaksın?"

Azgın'ın tepesi attı:

"Lan kösnük, şimdiye dek ne dedin de ağzımdan kaçırdım? Ben sen miyim?"

Nuh alışıktı Azgın'ın böyle karşılıklarına, aldırmadı:

"Dedi ki, bu fabrikaya mutlaka bir Murtaza lazım, dedi. Fabrikası Murtaza'sız olmazmış..."

İşte buna inanmak istemiyordu Azgın. Kalın, ak pak kaşları seyirmeye başladı:

"O ne demek oluyor lan?"

Azgın'ın bir zamanlar "Dünyaya nam salmış eşkıya" gözleri döndü birden. Kaşlarının, yüzünün seyirmesi de inadına artıyordu. Elinin tersiyle Nuh'un alnına vurdu:

"Cevap ver, ne demek oluyor o?"

Nuh toparlandı. Son yıllarda büsbütün kocayıp kazı koz anlayan Azgın bu hâle geldi mi, gözü dünyayı görmezdi.

"Ben demiyorum Azgın Ağam," dedi. "Fen Müdürü diyor!"

"Sen, de, o desin. Sen olmayla kaç paralık adamsın?"

"İyi amma Azgın Ağam..."

"Azgın Ağa'nın avradını... kösnük! Beni emmilerinden sor. Emmilerin, dayın... beni iyi bilirler. Ben gene hep o Azgınım. Bunu senin de iyi bilmen lazım."

Nuh tam da çatmıştı adeta, inledi:

"Bilmem mi Azgın Ağam? Seni ben değil, bizim oralarda herkes bilir. Namın az mı dillendiydi Yunan'dan evvel..."

"Ne Yunan'dan evveli? Harbi Umumi'den evvel de, Balkan Harbi'nden evvel de. Kösnük. Ben burda çalışıyorsam keyfimden mi? Git söyle o Fen Müdürü olacak ite, anam avradım olsun deli kafamı kızdırmasın, vallaha yakarım fabrikasını."

Nuh, "Yitirmezsek tam bulduk," diye geçirdi, "...ben diyorum bayram haftası, o anlıyor mangal tahtası. Tutarağı tuttu gene deli cenabetin!"

Hiç bozmadı:

"Canım bilmiyor muyum Azgın Ağam?"

"Neyi?"

"Kafan kızınca fabrikayı yallah deyip bir kibritte yakacağını."

"O da biliyor mu?"

"Kim?"

"Ananın dini!"
Nuh anlamıştı:
"Fen Müdürü mü?"
"Ne boksa...."
"Bilmez mi? Onun sana lafı yok ki zaten. Onun lafı bana."
Hınçla sokuldu:
"Ne demek o? Onun lafı sana da, ben adam değil miyim?"
Nuh ayağa kalktı, tabakasını uzattı:
"Huylanma ağam, al şunu, bir cigara kıvrat hele..."
Azgın tabakayı aldı. Nuh'un iskemlesine otururken, her an parlamaya hazırdı. Soluğunu topladı, sigara sarmaya başladı:
"Onun lafı bana değilmiş de kendineymiş. Benim meclisimde sen kaç paralık it oluyorsun lan?"
"Doğru Azgın Ağam..."
"Fen Müdürü kaç paralık it oluyor?"
"Hiç canım. Çocukluğunda omuzuma işemiş bir insan mesela..."
Kesti attı:
"O kadar!"
Sigarasını sardı. Nuh'un saygıyla çaktığı kibritten yaktı. Yaktı ya, deminden beri çekişip durduğu şeyler arasında Murtaza'yı unutmuştu. Birden hatırlayarak sordu:
"Deminden beri gevezelik edip durdun. Murtaza işi ne oldu?"
Nuh kaba kaba güldü:
"İlahi Azgın Ağam... sen çok yaşa e mi?"
Gene dikildi:
"Yaşarım yaşamam... üstüne vazife değil senin. Murtaza işi ne oldu?"
"Sana onu deyiveriyordum ya Allahın kulu. Tuttun lafı yokuşa sürdün!"
Avradına sövülmüşçesine kıpkırmızı kesildi:
"Been?"

"Sen tabii Azgın Ağam. Fen Müdürü böyle böyle dedi diyecek oldum, kaptın, sıçtın sıvadın tekmil!"

Buna da alındı:

"Bana bak bana, iyi bak... Ben var ya bu ben!"

"Var."

"Sıçacağım yeri iyi bilirim."

"Doğru Azgın Ağam doğru ya..."

Sözünü kesti bir el hareketiyle:

"İyi bilirim, o kadar. İnanmazsan git, emmilerinle dayılarının ağızlarını kokla. Senin emmilerini, dayılarını zamanında dama kapatıp başlarına da örtü örttürüp avrat niyetine oynatmış adamım ben."

Nuh bunu bilmiyordu işte.

"Bu da nerden çıktı ağam?"

Azgın ayağa fırladı, belindeki beyliğe davranır gibi:

"Benim sözüme inanmayanın..."

Anasına, avradına dümdüz gitti.

"... Lan siz kaç paralık adam oluyorsunuz da benim sözüme inanmıyorsunuz? Sizinle şurda, şu kahpenin fabrikasında çalışıyorum diye beni kendiniz gibi mi belliyorsunuz? Lan benim ayağımın gittiği yere sizin başınız gide mi bilir lan?"

Birden Fen Müdürü!

Odasından çıkmış, uykulu, esnek, özel arabasına gidiyordu ki, Azgın'la Nuh'u kapıcının barakasında gördü. Başka zaman olsa durur, burada ne aradıklarını, niçin işlerinin başında olmadıklarını sorardı, sormadı. Çok uykusu vardı.

Azgın'la Nuh'a gelince... Azgın, elindeki sigarayı ardına saklayıp ayağa fırlamıştı elinde olmayarak. Nuh da öyle. O zaten ayaktaydı. Fen Müdürü selam bile vermeden fabrika kapısı önündeki otomobiline girdi, araba hızla uzaklaştı.

Nuh'tan çok Azgın kötü durumdaydı. Ne diye ayağa zıp diye kalkmıştı? Sigarasını ardına ne diye saklamıştı?

Nuh farkına varmış mıydı bunun acaba?

Yerine çalımla oturdu:

"Kösnük," dedi. "Zıp diye ayağa kalktığımı sahi belledi..."

Nuh hiç de oralarda değildi, anlamadı:

"Kim?"

"Deminki. Fen Müdürünüz olacak..."

"Canım boş ver," dedi Nuh, "onu da biliyoruz, seni de... O, elli olsa hava. Senin namın dünyayı tutmuş ki, kaç para eder onun hususisi!*

Azgın rahatsızdı. Sigarasından aldığı ağız dolusu dumanı baraka tavanına salıverdikten sonra, "O," dedi, "şimdi hususisinde, kısa aklıyla der ki: Ulan amma da büyük adam oldum, der. Koskoca Azgın Ağa bile beni görünce zıp diye ayağa kalktı, cigarasını da ardına sakladı, der. Enayi. Kalkmasam kalkmazdım. Söyle: Kalkmasam kalkmaz mıydım, kalkar mı?"

"Bilmeyecek ne var bunu Azgın Ağa?"

"Lafi dolandırma, bir de bil. Kalkmasam kalkmaz mıydım, kalkar mı?"

"Kalkmasan kalkmazdın."

"Peki niye kalktım? Cigarayı ardıma niye sakladım?"

"?.."

"Hıı? Bil bakalım!"

Nuh düşündü, düşündü... ne diye ayağa kalkmış, sigarasını ardına ne diye saklamış olabilirdi? Öyle bir karşılık vermeliydi ki, ne şiş yansın, ne kebap.

Kafasında şimşek çaktı.

"İlahi Azgın Ağa... senin aklına akıl mı yeter? Sendeki akıl bende olsa, ohooo..."

Azgın kıs kıs güldü:

"Ne yapardın?"

"Kayseri'ye kadı olurdum tekmil."

Azgın'ın yüzü karıştı, bulandı:

---

* Özel araba.

"Ben niye olamadım öyleyse?"

"İstemezsin öyle şeyleri de ondan Azgın Ağa. Ağzımı mı arıyorsun? Yoksa beni mi sınıyon?.."

Bu sırada kapıcı Boşnak Şaban geldi yanlarına. Nuh'a merakla sordu:

"Ne oldu?"

Nuh anlamadı:

"Ne, ne oldu?"

"Fen Müdürü'ne gitmiş idin, Mürteza Efendi için hani..."

Azgın parladı:

"Efendi mefendi deyip de burnunu şişirme şu itin lan!"

Boşnak kapıcı, Murtaza kadar değilse de ince, uzun, sipsivri burnuyla gene de disiplinciydi. Murtaza'dan da alabildiğine çekiniyordu. Çekinmesinin başlıca nedeni, bir tarihte Kapıcı Ferhat'a ceza yazdırmış olması, bir de herifin disiplininin sıkılığı, yanlış bir harekette bulunmamasıydı. Bunca yıl fabrika içleri gece kontrolüydü de Fen Müdürü bir günden bir güne onu haksız bulmamıştı.

Azgın, "Gitmiş," dedi. "Fen Müdürü demiş ki..."

"Ne demişti Fen Müdürü?"

Nuh'a baktı.

"Fen Müdürü ne dediydi lan?"

"Onu diyecektim," dedi Nuh, "komadın ki diyeyim!"

Buna da kızdı:

"Komadım da elini ayağını mı tuttum?"

Nuh, ağzını sıkı tutma çabasına karşılık gene de kaçırdı:

"Bu fabrikaya mücerret bir Murtaza lazımdır, dedi herif be!"

Azgın'ın tepesi attı:

"Murtaza lazımmış da Azgın'ın gereği yok muymuş?"

Nuh da aynı kanıdaydı: Murtaza lazımdı da Nuh'un gereği yok muydu?

Ama Azgın kendi sorusunun karşılığını bekliyordu. Alamayınca Nuh'un göğsüne elinin tersiyle vurdu:

"Ha?"

Nuh kendine geldi:

"Ne?"

"Murtaza lazımmış da Azgın Ağa'nın gereği yok muymuş?"

Nuh kesti attı:

"Orasını sormadım vallaha..."

Barakadan çıktı. Elindeki sigarayı baraka döşemesine fırlatan Azgın da çıktı ardından. Çekişerek fabrika içlerine yürüdüler.

Boşnak kapıcı süpürgeyi kaptı, yerdeki sigaralarla küllerini süpürdü. Olabilirdi ki Murtaza Efendi çıkagelir, sigaraları, küllerini görür, "vazife bir sırasında sigara içtiğini" sanardı. Ama aşkolsundu Murtaza Efendi'ye. Demek yarım saat önceki işçi ayaklanması, "Murtaza istifa! Murtaza istifa!!"lar hiçbir sonuç vermemiş, gece yarısı tatlı uykusundan kalkıp gelen Fen Müdürü bu kadar insanı değil, Murtaza Efendi'yi haklı bulmuş, "Bu fabrikaya bir Murtaza lazımdır!" demişti.

Süpürgeyi kapı ardına saygıyla koyarken, aklı hep Murtaza Efendi'de, "Aşkolsun!" diye geçiriyordu, "...aşkolsun. Demek Fen Müdürü, bu fabrikayı idare edemeyeceğini anlamış Mürteza Efendisiz."

Aklında hep Murtaza Efendi, iskemleleri düzeltti, masa üzerindeki çıkış pusulalarını çengellerine taktı. Artık Murtaza benliğine işlemiş, her davranışına içinden bakıyor, her davranışındaki doğruluk ya da eğriliği kontrol ediyordu.

Baraka içinde, elleri arkasında köşeden köşeye gidip gelirken, Murtaza'yla dopdoluydu ki birden Murtaza çıkıverdi. Aslında birkaç dakikadan beri gelmiş, kapıda, göğüs dışarda, karın iyice içerde, vazife bir sırasında, barakasında köşeden köşeye gidip gelen, yani piyasa edip fabrika disiplinine aykırı davranan kapıcıya gözlerini dikmiş, burun kanatları öfkeden titreyerek bakıyordu.

Sertçe sordu:

"Abe nedir bu işlem vazife bir sırasında?"

Boşnak kapıcı ateşe basmışçasına irkilerek, sonra da birden kendini toplayıp karşısındaki sıkı disiplinli amirinin hoşuna gidecek biçimde esas duruşa geçerek, "Hiiç," dedi, "düşünürüm amirim Mürteza Efendi'yi!"

Murtaza'nın öfkesi bir anda meraka döndü:

"Düşünürsüüün? Beniii? Seeen?.. Ne için düşünürsün bakayım?"

"Ne için olacak? Duyunca hakkınızdaki işlemi, oldu dünyalar benim."

"?.."

"Ne demiş Fen Müdürü senin için bilirsin?"

"Sizin için demen uygundur işleme!"

"Sizin için, bilirsin?"

"Bilirsiniz."

"Bilirsiniz?"

"Bilmem. Ne demiş?"

"Bu fabrika olmaz Mürteza'sız demiş, lazım benim fabrikama mutlaka bir Mürteza Efendi."

Murtaza dünyalar kadar sevindiyse de bozmadı:

"Helbet. Sen şimdi bırak onu... indir bakayım ellerini aşağı, al esas vaziyetini, ha şöyle. Ceketinin sağ üst cebi açık, ilikle düğmeceğizini."

Kapıcı ilikledi.

"Ha şöyle. İstemem vazife bir sırasında tur atmak baraka içinde. Neden? Çünkü disiplin işlemine aykırıdır. Bilirsin dururuz ne büyük sorumluluklar altında?"

"Bilirim," demiş bulundu kapıcı yanlışlıkla.

Murtaza kızdı:

"Neyi bilirsin? Abe neyi bilirsin kakomiri? Gördün kurs? Aldın sıkı terbiye hem da disiplin amirlerinden? Dolaşır damarlarında Kolağası Hasan Bey'in kanı?"

"?.."

"Görse idin kurs, alsa idin sıkı terbiye hem da disiplin amirlerinden, dolaşsa idi damarlarında Hasan Bey'in kanı, bilir idin kapıcı barakasının olmadığını piyasa mahalli, atmaz idin tur."

Boşnak kapıcı esas duruşta put, ama Murtaza'nın sözlerinden mestti. Bir ara, "Doğru ama..." demeye kalmadı, Murtaza sözünü şıp kesti:

"Kesilmez sözü hisli sözler söyleyen bir amirin."

Elleri arkasında, kapıcıyı kocaman burnuyla uzun uzun süzüyor, süzmekle de kalmayıp onu ezdiğini sanıyordu. Buysa hoşuna gidiyordu alabildiğine. Böyle zamanlarda kendini komiseri, başkomiseri, emniyet amiri, şimdilerde de Fen Müdürü kadar büyümüş sanıyordu.

Neden sonra çokluk belirttiğini, gene tekrarladı:

"Benzemez bir vazife, yemeye peynir hem da ekmek."

Ne olursa olsun memnundu. Demek Fen Müdürü onun için "Bu fabrika olmaz Mürteza'sız!" demişti ha? İşte vazifesinin aslanı bir amir böyle olurdu. Anlasınlardı birtakım kakavanlar, kurs görmüş, amirlerinden sıkı disiplin hem de terbiye almış, damarlarında Kolağası Hasan Bey'in mübarek kanı dolaşan bir gece kontrolünün ne demek olduğunu. Komiseri, başkomiseri, tüm amirleri şüphesiz duyacaklardı bu sözleri, elbette kabaracaktı koltukları. Diyeceklerdi: "Aşkolsun, aşkolsun bu arslan yavrusu arslana."

"Peki," dedi Fen Müdürü'nü hatırlattığını sanarak, "giderim şimdi ben fabrika içlerini kontrole."

Kapıcının ne karşılık vereceğini düşünmeden yolu tuttu. Her zamandan daha disiplinli, yüreği her zamandan çok daha gururla dolu, geniş kaz adımlarıyla dünya onundu. Evet, aşkolsun idi ki Fen Müdürü'ne, etmiş idi idrak bu inceliği. İster idi bütün işçilerle ustaları, usta yardımcılarını, şefleri, Fen Müdürü gibi, Fen Müdürü kadar ince idrakli... Ama nerde, nerdeydi bu yoldaki işlem? Var idi eskiden dört yüz dirhem üstler, verirler idi astlarına sıkı terbiye, hem de disiplin.

Erkek helalarının oraya geldiğini, Azgın'la Nuh'u çekişirlerken görünce anladı, kafasındakiler adeta uçtu:

"Abe ne konuşursunuz?"

Zaten dolu Azgın parladı:

"Keyfimizin kâhyası mısın lan?"

Yassı, Ensiz, Dubara, Dörtköşe falan hemen çevrelerini alıvermişlerdi. İçlerinden biri, "Murtaza istifa!" deyince, bu, bir anda yayıldı, hela arasının kalabalığı başladı:

"Murtaza istifa!"

"Murtaza istifa!"

Nuh, durumun gene ona karşı olabileceğini anlayarak, Azgın'ı falan bırakıp sıvıştı. Nesine gerekti. Fen Müdürü ne pahasına olursa olsun tutuyordu bu adamı, ötesi yoktu.

Fabrika çıkış kapısı yanına geldi. Kapıcı Boşnak barakasındaydı.

"Hayrola?"

Nuh, üzerinde durmak istemezmişçesine, "Hiiç," dedi, "Millet gene 'Murtaza istifa' diye tutturdu..."

Kapıcı kızdı:

"Ne isterler bu adamdan be yahu? Ne için etsin istifa Mürteza Efendi? Etmiş idin sen şikâyet, dememiş mi idi, lazımdır Mürteza Efendi bu fabrikaya?"

"Dedim, öyle dediydi Fen Müdürü. Herif güya bizim hemşerimiz, yabanın muhacirini tutuyor."

Kapıcı alındı:

"Muhacir isek gâvuruz yani sence?"

"Eh işte," dedi Nuh, "yakını!"

"Haaydi be sen de kakavan!"

"Bana bak..."

"Baktım sana, ne vaar?"

Gerçekten de, ne vardı? Boşnak dimdik bakıyordu, meydan okurcasına. Bir şeyler yapıp gözünün kirişini kırmalıydı ama, ne?

Karakucak dalmak mı? İki miralay tokatı mı çakmak? Ana avrat sövüp, basıp gitmek mi? Lakin neye yarardı? Yarın Fen Müdürü gelip de Murtaza'yla birlik olup şikâyete çıktılar mı, gene de onlar haklı duruma geçeceklerdi. En iyisi...

"Lâhavle velâ kuvvete illâ billâaaah!"

Basıp gidecekti ki, Boşnak bırakmadı. Ardından koştu, omuzundan yakaladı:

"Yook lâhavle, yok velâ kuvvete, hem de illâ billâ..."

Durdu:

"Çek elini omuzumdan!"

"Yok lâhavle mahavle..."

"Çek elini omuzumdan diyorum lan!"

"Ne lazım gelir çekmesem?"

Omuzundaki ele, şahlanarak vurdu:

"Çek işte, kösnük, çek!"

Coşmuştu, ok yaydan çıkmıştı artık. Nuh'u kendir kement zapt edemeyecekti. Ulan ne işti be! Dağdakiler gelmiş, bağdakileri tedirgin etmişlerdi. Nereye varacaktı bunun sonu? Alt tarafı bir İsmet Paşacı kontroldü be! Demokrat'a yazılmaları fos muydu?"

Bu fabrikada ekmek kalmamış mıydı yani?

***

O gün, Nuh hep aynı öfkeyle Demokrat Parti İl Başkanı'na gitti. Yüz kilonun üstünde bir genç irisiydi İl Başkanı. O da, Fen Müdürü gibi memleketlisiydi Nuh'un ama, çocukluğunda Fen Müdürü gibi omuza alınmamış, Fen Müdürü gibi omuzuna işememişti. Her ikisinin de kısa pantolonlarla gezdikleri çocukluk yıllarını çok iyi hatırlıyordu. Duvar diplerinde arkadaşlarıyla, hangi arkadaşları, eli bıçaklı, ağızları rakı kokulu birtakım suya batmazlarla barbut attıklarını az mı görmüştü?

İl Başkanı, çarşı içindeki kahvede, çevresini almış büyük çiftçiler, büyük tüccarlarla yarenlik ediyordu. Ceketinin sol yakasında kocaman bir kırmızı gül, konuşuyor, gülüyor, yeniden konuşuyordu:

"Genel başkanımız dedi ki, iktidara gelelim, memleketimizin tekmil sokaklarında yağ, bal akacak şerefsizim, dedi."

Çevresindekiler genel başkanın sözlerine inanıyorlardı. Tabii yağ bal akmasına değil, çiftçi, tüccar, mal mülk sahiplerinin zaten gülen yüzlerinin büsbütün güleceğine, yoksulların gaddar bakışlarından kurtulup rahat bir soluk alacaklarına inanıyorlardı.

Konuşma uzayıp giderken, İl Başkanı birden Nuh'u gördü. Bir kıyıdaki iskemlelerden birinde öfkeyle oturmaktaydı. Onu yalnız memleketten değil, Fen Müdürü'nün "muhacir kontrol" temsillerinden de tanıyordu. Murtaza'yla geçinemediklerini, Murtaza'nın görevine aşırı düşkünlüğüne karşılık Nuh'un her şeyi ağırdan almaktan yana olduğunu, fabrika ustalarıyla işçileri Murtaza'ya karşı kullandığını...

"Vay, Nuh Ağa! Ne zaman geldin be?"

Bu karşılanış Nuh'un hoşuna gitti. Ayağa kalktı, başkan hemşerisinin yanına biraz dargın, sokuldu:

"Senin gibi hemşerinin avradından başlarım ha!"

Başkan yadırgamadı bu başlangıcı. Bütün konuşmaları bunun benzeriydi zaten. Kahve yakınlarındaki büyük yazıhanesinde günün hemen her saati yanına girip çıkan tüccar, çiftçi, ithalat ihracatçılardan başka, arabacı, hamal, aşlamacı denilen meyan kökü şerbetçisi, ayrancı, kerusa denilen fayton sürücüleri, şoförler, bar garsonları, hatta allı, yeşilli, morlu, sarılı bar kızları ile bu biçim konuşur, böyle, bundan da çok dekolte karşılıklar alır, bütün bunları "halk adamı", "Demokratlık" saydığından, zevklenirdi.

Kısa pantolonla gezdiği günlerde tanıdığı hemşerisi Nuh'un, "Senin gibi hemşerinin avradından başlarım haa!"sından da aşırı zevklenerek, "Hastir lan," dedi. "Avradım seni işerken görse adamdan sayıp da toparlanmaz!"

Büyük çiftçi, büyük tüccarlar altın dişlerini göstererek, kahkahalarını salıvermişlerdi. Nuh'sa havasını bulduğu için, "Beri bak," dedi. "Gevezeliği bırak da, beni şu kösnüğün maiyetinden kurtar gayri."

Genç irisi başkan anlamıştı ya, anlamazlıktan gelerek sordu:

"Hangi kösnüğün?"

"Memlekette kaç kösnük var?"

"Bilmeem. Ben bir seni biliyorum..."

Kahkahalar yeniden top gibi patladı. Patladı ya, Nuh da yarı şaka, başkanın üstüne atılmış, lakin adamın çok kuvvetli elleriyle sımsıkı yakalanmıştı. Vay anasını, dünkü kısa pantolonlunun bugünkü gücü neydi böyle?

"Bırak kollarımı!"

Başkan az daha sıktı:

"Erkeksen kurtarsana!"

Nuh silkindi:

"Lan bırak kollarımı!"

"Kurtul haydi, haydi kurtul erkeksen..."

Çevresindekilere, "Bu var ya," dedi, "bu kırmızı pabuçlu? Tanımazsınız siz bunu... Tanıyın. Elinin altında zorlu avratlar var."

Gene kahkahalar.

Nuh hiç alınmıyor, kızmıyordu da.

"Doğru söylüyor," dedi. "Vaktiyle kısa pantolonla gezdiği devirlerde kendini çoook sattım ağalara, beylere!"

Kasıklar bastırıla bastırıla gülünüyor, yaşaran gözler avuçların içleriyle siliniyordu.

Espriyi başkan da çok beğenmişti:

"Silahımız geri tepti," dedi. "Aşkolsun Nuh. At da sana, avrat da lan!"

Ağzının içi baştan başa altın dişlerle şakır şakır, iriyarı bir çiftçi, "Bundan böyle o bıyıklarını da kazırsın gayri," dedi.

Başkan anlamadı:

"Niye?"

"Avratlığı kabul etmiş oldun..."

Nuh düzeltti:

"Yok ağa, ben onu avrat diye değil, avrat niyetine sattım. Varsın dursun bıyıkları... erbabının yanında böylesi daha makbuldür."

Kahkahalar, yaşaran gözler, gülerken tıksırmalar arasında başkan, bir iskemle çekip Nuh'u yanına oturttu:

"Garson oğlum, bak şu dümbüğe ne içecek."

Nuh memnun, yapıştırdı:

"Ben, dümbük sözüne kızmam... şekerli bir kahve getir."

"Şekerli mi?" dedi başkan. "Yani, mektepli işi?"

Nuh anladı çiviyi:

"Kıratın yanında duran ya huyundan ya suyundan oğlum. Mekteplilerle fazlaca düşüp kalkan biraz mektepli olur. Zamanında sizlerin aranızda az bulunmadım. Lakin, ne fayda? Şimdi büyüdünüz, gücüm yetmiyor..."

Dereden tepeden konuşuluyor, iğneli, cinaslı laflar savruluyordu. Söz, Nuh'un derdine geldi.

Başkan:

"Demek Fen Müdürü, bu fabrikaya mücerret bir Murtaza lazım diyor?"

Nuh'un dertleri depreşmişti. Kaşları çatıldı:

"Diyor kösnük, diyor a, bu Murtaza'nın balı neresinde anlayamadım. Herif partimizin baş düşmanı, üstelik de İsmet Paşacı."

Partilerinin baş düşmanlığıyla, daha çok da "İsmet Paşacı" birinin kendi partilerinden birine değişilmesi oradaki Demokratları sinirlendirmişti ki, başkan tam zamanında bir göz kırpmıştı, "Kulak asmayın, sonra anlatırım..." demek istedi.

Nuh'a döndü:

"Peki Nuh Ağa, o muhacirin balı neresinde sence?"

"Ben de sana soruyorum aslanım... neresinde?"

"Fen Müdürü'ne avrat mavrat buluyor desem... hayır. İş avrat bulmaya kalsa senin eline kimse su dökemez."

"Ulan, ulan... nonoşlaşma da adam adam konuş..."

"Peki, niye tutuyor muhacir kontrolü?"

"Anlayamadım ki... Murtaza diyor, bir daha demiyor. Lakin bırak dememesini, yıllar yılı sesimizi çıkarmadık, bugünü bekledik. Partimiz kuruldu şükür, genel başkanımızın nutuklarını dinledik, içlerimiz açıldı mesela... bütün fabrika koştuk, yazıldık. Fen Müdürü de yazıldığı halde, İsmet Paşacı'yı tutuyor da, kendi partisinin adamını onun ayağına veriyor."

Başkan kesti attı:

"Dünya Fen Müdürü'nün fabrikasından ibaret değil ya!"

Nuh'u gözden geçirdikten sonra:

"O bağ olmazsa bu bağ olur. Gelirsin yanıma, benim konakta yatar kalkarsın, yer içersin..."

"Ne iş tutarım?"

"Canım tutacağını düşünme. Tutacağın bir şey bulurum sana..."

Gene kahkahalar patladı. Nuh, hiç bozmadı:

"İyi ya. Bende avrat yok, akıl da yok. Nerde akşam orda sabah. Demek şimdi..."

"Şimdisi sonrası yok, böyle."

"Böyleyse, varıp hesabımı alayım fabrikadan?"

"Durma!"

Nuh, çiftçili, tüccarlı, garsonlu, şoförlü, arabacılı kahkahaları ardında bırakıp fabrikaya koşar adım geldi. İlkin Boşnak kapıcının yanında durdu. Durdu ya, eski Nuh değildi artık. Bu fabrika, bu koca fabrika, sahibi, müdürü, muhasebecisi, sıra sıra memurları, ustaları, şefleriyle falan vız gelir tırıs giderdi.

Gündüz vardiyasına bakan Kapıcı Ferhat, "Abe neredesin?" dedi.

Nuh'un tepesi attı. Ne demekti nerede olduğu? Dünya bu fabrikadan mı ibaretti? Üstelik, onlar gibi bu fabrikaya, bu fabrikanın kravatlılarına salta durmak zorunda mıydı?

"O kanı bozuk hemşerin gibi konuşma benimle lan!"

Ferhat, kanı bozuk sözüyle Murtaza'nın kastedildiğini anladığı halde, "Abe kim kanı bozuk?" diye sordu.

Nuh, daha büyük ve Ferhat'ın hiç alışmadığı bir çalımla, "Vazifesinin aslanı," dedi, "Murtaza mıdır ne boktur..."

Ferhat'ın aklı almamıştı birden:

"Sen, sen ha? Murtaza Efendi için nasıl dersin kanı bozuk?"

"Demek değil, öte bile geçerim lan!"

"Duyarsa ya?"

"N'olur?"

"Söylerse müdürümüze?"

Hızını alamayan Nuh, Fen Müdürü'nün de avradına sallayıverdi.

Kapıcı Ferhat bak buna razı olamazdı işte. Kendi avradı, Murtaza Efendi'ninki falan haydi neyseydi ama, Fen Müdürü'nünkine sövmek?

"Haayır arkadaş," dedi, "edemem kabul!"

"Neyi?"

"Sövülmeyi müdürümüzün avradına!"

"Öte bile geçerim!"

"Geçemezsin!"

"Geçerim lan!"

"Geçemezsin derim..."

"Geçtim bile. Senin de, Murtaza'nın da, Fen Müdürünüzün de..."

Murtaza neredense çıkıverdi. Gözlerinin akı gene kıpkırmızıydı. Bu saate kadar fabrikada kalmak zorunda olmadığı halde, kalmıştı. Fen Müdürü'nü bekliyordu. Akşamki, "Murtaza istifa, Murtaza istifa"ları şikâyet etmeyecek, sadece Fen Müdürü'ne gözükecek, herhangi bir emri olması ihtimaline karşı bekleyecekti.

Gündüz kapıcısı Ferhat'la Nuh'u kapışmış görünce, koştu. İtişip kakışan iki adam birbirlerine dalmış, ikisinin de gözleri dönmüştü:

"Sövemezsin müdürümüzün avradına!"

"Öte bile geçerim lan!"

"Sövemezsin derim sana!"

"..."

"..."

Atmaca gibi aralarına giren Murtaza, Kapıcı Ferhat'ı yakasından sertçe çekti.

"Abe gelir amirin, neden görmez gözün dünyayı?"

Yaka düğmesi kopmuş Ferhat, soluyarak esas duruşa geçmeden önce, amirini selamladı, sonra put kesildi. Nuh orada değilmiş gibi, Murtaza, "Ha?" dedi, "Neden görmez gözün?"

"Bu adam Murtaza Efendi, bu adam..."

Murtaza parladı:

"Yok vazife bir sırasında Mürteza Efendi, var amirim, var şefim!"

"Amirim..."

"Yok amirim!"

"Şefim... bu..."

"Yok şefim, bu. Var vazife, var zaptı rapt, var disiplin!"

"?.."

"Ne için kopuk düğmen? Neden açık yakan? Utanmazsın amirinin karşısında kopuk düğme, açık yakayla durmaktan?"

"Bu adam..."

"Yok o adam. Var sen, bir de ben. Yani var astla üst. Koppuk düğmeyle durulmaz bir amirin karşısında! Konuşulmaz! Değildir işleme mutabık!"

Nuh sinirli bir kahkaha attı. Murtaza şimşek gibi döndü:

"Ne gülersin?"

"Sana ne lan?.. dürzüye bak... ne gülersinmiş... gülerim lan. Bakıyorum kendini iyice fasulye gibi nimetten belliyorsun... Lan burası asker ocağı mı? Miralay mısın yani? Nerden baksan götü boklu bir gece kontrolüsün."

Murtaza çıldıracak kadar öfkelendiyse de, tam o sırada fabrika kapısının önüne Fen Müdürü'nün pırıl pırıl bej otomobili gelip durmuştu. Her şeyi unutarak çelik yay gibi toparlanıp esas duruşa geçti. Karın içerde, göğüs dışarda, sol elin ortaparmağı pantolon çizgisinde, sağ el bekçi kasketinin siperi hizasında, gözler Fen Müdürü'nün gözlerine çelikten bir yıldırım gibi dikilmişti.

Fen Müdürü kanıksadığı bu karşılanışlardan bıkkın, ama zırnıkının da dalgasına taş atmamak için, "Merhaba," dedi. "Ne var ne yok?"

Murtaza rahata sertçe geçti:

"Fabrikada asayiş işleme uygundur amirim!"

Fen Müdürü duydu, anladı belki de anlamadı, odasına geçip gitti.

Murtaza, Kapıcı Ferhat'a, "Rahat," dedi. "Çabuk dik düğmeni, görmesin müdürümüz!"

Aklı fikri Nuh'da olan Kapıcı Ferhat, az ötedeki Nuh'a soluyarak bakıyordu.

Murtaza birden Nuh'u, Nuh'un uzun uzun veriştirmeleri arasında, "Nerden baksan götü boklu bir gece kontrolüsün!" dediğini hatırlayarak, "Ben götü boklu gece kontrolü değilim arkadaş!" dedi.

"Nesin ya?"

"Damarlarında şehit Kolağası Hasan Bey'in mübarek kanı dolaşan, kurs görmüş, büyüklerinden sıkı disiplinler almış, vazifesinin arslanı bir gece kontrolüyüm."

"Caart!"

"Dolaşsa idi damarlarında Hasan Bey'in kanı, alsa idin kurs, hem da sıkı terbiye, çekmez idin vazife bir sırasında cart!"

"Lan ben sana da, senin müdürüne de çekerim. Sana da cart, müdürüne de!"

"Müdürümüze çekmekten cart, ederim seni men arkadaş."

"Bir daha caaart!"

"Abe sen, sen..."

"Sana da abe'ne de, müdürüne de cart cart cart!"

Kapıştılar. Fabrika çıkış kapısında karakucak olmuşlar, itişip kakışıyorlardı ki, çevrelerini memurlar, işçiler falan alıverdi. Hele nereden haber aldılarsa koşup gelerek kalabalığın arasına karışan Yassı Bekir ve arkadaşları, işin rengini bir anda değiştiriverdiler:

"Yaşa Nuh, vuuur!"

"Kır boynuzunu deyyusun!"

"Kim demiş, ne demiş?"

"Tabanca sıkar gibi cart cart cart dedi."

"Kime?"

"Murtaza'ya, müdürüne, fabrikaya..."

"Ulan helal olsun Nuh'a be, helal olsun be!"

"Tabii oğlum, Kayseri'den adam çıkar adam!"

"..."

"..."

"..."

Fen Müdürü, işçilerle memurların kendilerini yitirerek attıkları kahkahalarla, "Eheeeey, eheeeeeey"lere odasından hırsla çıktı. Ne vardı? Ne oluyordu gene? Birden Nuh'la, Murtaza'yı itişirlerken görünce, "Allah kahretsin!" diye geçirdi. "Öküzler gibi boynuzlaşıyorlar gene!"

Onlara doğru yürüdü.

"Abe ederim seni men, çekmekten müdürüme cart!"

"Çekerim lan, keyfimin kâhyası mısın? Sana da cart, müdürüne de, şahına da senin kösnük."

"Çekemezsin!"

"Çekerim!"

"Çekemezsin derim arkadaş sana!"

"Çekerim ulan çekerim, caaaaart!"

İşçilerin yaygarası aşırı bir hâl almış, karakucak kapışmış kontrollere, güreş müsabakalarında yapılan tezahürat gibi tezahürat yapılmaya başlanmıştı:

"Yaşa Nuuuuh!"

"Tabii çekersin..."

"Helal olsun arkadaş, helal!"

"Alttan tut alttan, boyunduruğa al!"

"Kır kemiklerini deyyusun!"

"..."

"..."

Birden aşırı tezahürat şıp kesildi. İşçiler iki yana açıldılar. Fen Müdürü öfkeyle kavgacıların yanına geldi, kollarından tutup ayırmak istedi:

"Ne oluyorsunuz gene, ne oluyorsunuz Allanın belaları!"

Murtaza, dağılmış saçı başı, perişan hâliyle hemen, kurs görmüş, disiplini sıkı bir ast kişiliğiyle rap, esas duruşa geçti, selamı çaktı.

Nuh'sa fazladan bir tekme yapıştırmıştı Murtaza'nın kıçına.

Esas vaziyette put kesilmiş Murtaza bağırdı:

"Amirim, sayın amirim, attı kıçıma tekme, lakin bozamam esas vaziyetimi!"

Fen Müdürü'nün o anda artık şakası olamazdı.

"Kes be," diye bağırdı. "Ne var, ne oldu?"

Murtaza bir çırpıda anlatıverdi:

"Derim çekemezsin cart müdürüme, der çekerim."

Fen Müdürü kalabalığın önünde fena bozulmuştu.

Nuh'a şimşek gibi döndü:

"Ne demek o?"

Nuh kayıtsız, omuz silkti:

"Keyfimin kâhyası değilsiniz ya... keyif benim, köy Memet Ağa'nın.. Cart da çekerim, curt da."

Fen Müdürü fena içerlemişti bu haddini, hududunu, daha çok da terbiyesini aşan adama. Tam da firsattı, defetmeliydi fabrikadan. Defetmeli, fabrika kontrollüğünü yalnızca Murtaza'ya bırakmalıydı. Evet evet, Murtaza'ya bırakmalıydı fabrikayı. Fabrikada, yani iş hayatında particilik istemiyordu. İş işti, particilik de particilik. Sonra daha önemlisi, Demokrat Parti iktidara geçmemişti, geçeceği de şüpheliydi. Madem şüpheli, İsmet Paşacı da olsa, disiplini sıkı birini fabrikasında tutmakta fayda vardı. Demokrat Parti iş başına geçerse, Murtaza'yı neden tuttuğunu anlatır, maksadın sırf gönül eğlendirmek olduğunu ileri sürerek yedirirdi. Zaten Demokrat Parti il Başkanı'na da böyle dememiş miydi?

Murtaza'ysa Nuh'un "... cart da çekerim, curt da..."sına öyle içerlemişti ki bütün disiplinciliğine rağmen gene de atıldı:

"Müdürümüze de çekersin ha?"

"Müdürünüze de, size de, ebu ceddinize de!.."

Fen Müdürü, "Terbiyesizlik etme," dedi.

Ok yayından fırlasındı artık:

"Terbiyesiz sensin," dedi Nuh, "terbiyesiz senin ebu ceddin, kösnük! Fabrikaya Fen Müdürü oldun diye kendini adam mı belliyorsun? Omuzuma işediğini ne çabuk unuttun? Tırnaksız!"

Fen Müdürü hayretler içindeydi. Yıllardır karşısında lahavle demeyen, diyemeyen bu adamın bugünkü cüreti nereden geliyordu? Tam, "Seni işten atıyorum, defol," diyecekti ki, Nuh, "Gör hesabımı lan," dedi. "Senin gibilerin çanağını yalamak benim için bundan böyle ar."*

Fen Müdürü işçilerin önünde lafı uzatmak istemediğinden, hemen odasına geçti. Nuh üzerine gerekli yazıyı personele yazdı. Hemen o gün, çabucak gerekli işlem yapılmalı, Nuh'un fabrikayla olan ilgisi kesilmeliydi.

Kesildi de. Kesildi ya, baştan başa Demokrat olan bir fabrikadan, Demokrat Partili birinin kovulması o kadar da kolay olamayacaktı. İşin şaka yanı bir tarafa, işçilere koymuştu bu. Nuh'u eskiden pek o kadar sevmeseler bile, Nuh şimdi kendi partilerinden bir Demokrat'tı. Bir Demokrat, İsmet Paşacı bir CHP'li yüzünden nasıl sepetlenirdi?

---

* Namus, utanılacak şey.

Haber fabrikayı yıldırım hızıyla dolaştı bir anda. Zaten o anda fabrikanın paydos borusu da kalın kalın ötmeye başlamıştı. Bir yandan paydos edenler, öte yandan paydos edenlerin yerine işbaşı yapanların kalabalığı fabrika önünü mahşere çevirmişti ki, hela bekçisi ak pak Azgın'ın kalın sesi ortalıkta çınladı.

"Eeeeeey Ümmeti Muhammed, din kardaşları! Duyduk duymadık demeyin! Partimizin adamı Kontrol Nuh, İsmet Paşacı, CHP'li ve de zırrıkı muhacir Murtaza yüzünden fabrikadan kovuldu! Partili kardaşlarım kanınız mı uyuştu? Revayı hak mı bu yapılan?"

Bu kadarı yeter de artardı. Demek Murtaza'yı zaman zaman frenleyen Nuh da atılmış, fabrika, "kanı bozuk ve Allahsız" Murtaza'ya bırakılmıştı?

Yassı Bekir avazı çıktığınca bağırdı:

"Değildiiir, revayı hak değildir!"

"Değildiiir, değildiiiiir" sesleri gök gibi gürledikten sonra, Azgın gene çırpı attı:

"Bir İsmet Paşacı'nın yüzünden partili bir arkadaşımız neden atılsın işinden? Ekmeğinden olup neden sürünsün?"

Sağdan soldan hınçlı sesler:

"Haksızlıktıır!"

"Vicdansızlık, zalimliktiiir!"

Azgın son çırpısını da attı:

"Komünistliktir arkadaşlar komünistliktir!"

Neyin haksızlığı, kimin vicdansız ve zalimliği, neden dolayı komünistlik? Kalabalık fitili almıştı. Kimin, neyin, ne için, neden dolayı üzerinde durmaya lüzum görmeyen, hatta bunu düşünmeyen kalabalık, milyonlarca ton ağırlığındaki bir okyanus gibi çalkalanıyor, kıyılarını dövüyordu. Başta Fen Müdürü, fabrika sahibi, yığınla personel pencerelere üşüşmüştü. Azgın, grevlerdeki gibi bir işçi ayaklanması mı başlatmıştı yoksa?

Gerekli yerlere telefonlar. Çok geçmeden bindirilmiş ekipler, hatta jandarma yetişti, kalabalığı sardı.

İşçilerin gözünün hiçbir şeyi gördüğü yoktu:

"Haksızlıık!"

"Adaletsizliiiiik!"

"Vicdansızlıktır bu vicdansızlık!"

"..."

"..."

Polis ve jandarma anlamıştı ki ortada grev falan değil, fabrikaca yapılmış, işçilerce haksız bulunan bir işleme itiraz vardı. Yoksa ortada grev falan yoktu. Kendilerine böyle bildirilmişti oysa. Aldatılmışlar mıydı yani?

Bununla beraber gene de herhangi bir olay ihtimaline karşı tetikte bekliyorlardı. Çünkü bir hiç yüzünden ayaklanan kitleler, önemsiz gibi görülen küçük kışkırtmalarla, istenmeyen bir yöne doğru gidebilirlerdi. Kitle psikolojisinin ne demek olduğunu bilmez değillerdi.

Önemsiz, küçük, küçücük bir kışkırtma oluverdi birden: Nuh, işine son verilme çizelgeleriyle fabrikadan çıktı. Durdu. Göğsü gururdan kabarmıştı alabildiğine. Bütün bu insanlar ondan yanaydı. Polis, jandarma kordonuna pek de dikkat etmeden birkaç heyecanlı adımla kalabalığa yaklaştı. Gözleri yaşarmış, kalbi sökülürcesine çarpıyordu. Onun içindi bütün bunlar, onun içindi heeeeey!

Oracıktaki kaldırım taşına nasıl çıktı? Nasıl başladı?

"Eeey zalımlara karşı yüreklerinde vicdan taşıyan sevgili parti arkadaşlarım."

Binler, on binler, milyonlarca ton ağırlığındaki okyanus, başını Nuh'a çevirdi.

"Bunca yıl bu fabrikada birlikte çalıştık. Ola ki sizin bana, benim size hakkımız geçti; ola ki bilmeyerek, istemeyerek kalplerinizi kırdım. Bana hakkınız geçtiyse, kalbinizi kırdıysam hakkınızı helal edin ve de kırılan kalplerinizden dolayı özür dilerim sevgili partili arkadaşlarım."

Okyanus dalgalandı:

"Helal olsuuuun!"

"Sağ ooool!"

"Var ooool!"

"Siz de sağ olun, siz de var oluuun!"

Ve ok yaydan çıkarcasına coştu:

"Hepimiz sağ olalıım, hepimiz var olalım arkadaşlar. Bu millet sağ olmaya, var olmaya layık bir millettir."

Alkış, alkış, alkış.

"Bu millet sağ olacağını, var olacağını ispat etmiştir arkadaşlaaaaar!"

"Etmiştir, edecektir daha da!"

"Edecektiiiiiiir!"

"Lakin şu vazifesinin aslanı Murtaza yok mu? İşte bu Murtaza'lar yüzünden bu millet sağ olamıyor, vaar olamıyor. Partimiz, sevgili partimiz hep bu Murtaza'larla mücadele için kurulmuştur arkadaşlar. O belliyor ki, Nuh'u fabrikadan attırırsa rahata kavuşacak, meydan ona kalacak. Hayır arkadaşlar. Ben olsam da olmasam da evvel Allah, sonra siz, Murtaza bu fabrikada meydanı boş bulup rahata kavuşamayacaktıııır."

Okyanus şahlanmıştı. Okyanus kabına sığamıyor, okyanus taşacak yer, yıkacak şey arıyordu. Bereket polis, jandarma kordonuna. Okyanusun kabından taşması önleniyor, ama dalgalanıp kıyılarını dövmesine göz yumuluyordu.

Gür sesli bir işçi haykırdı:

"Arkadaşlar, işte bizi yeni partimizde, hatta Meclis'te temsil edecek özü sözü doğru, bizim hamurumuz, bizim çamurumuzdan bir arkadaş. Yaşasın Nuuuuuuh!"

"Yaşasıııın!"

"Var olsuuuuun!"

"Seni doğuran ana bin yaşasıııın!"

"Seni Allah başımızdan eksik etmesiiiin!"

"..."

"..."

Gür ses yeniden parladı:

"Kontrol Nuh'u şimdiden kendimize sözcü yapalım mı arkadaşlar?"

"Yapalıııııım!"

"Helal olsuuuun!"

"Partimiz iktidara gelince de Meclis'te bizi temsil etsin!"

"Etsiiiin!"

"Helal olsuuuun!"

Bu sırada Yassı Bekir, yarı şaka, yarı ciddi, arkadaşlarının arasından fırlayıp arkadan Nuh'un bacaklarının arasına kafasını soktu ve Nuh'u omuzlarına aldı. Kalabalık bunu beklermiş gibi, çılgınca alkışladı. Şimdi Nuh, Yassı Bekir'in omuzlarında, dimdikti. Bir anda fabrika gece kontrolü Nuh olmaktan çıkmış, haksızlık eden fabrikadan çıkıp haksızlarla mücadeleye atılan adeta "Sine-i Millet"e dönmüş bir kahraman oluvermişti.

Kalabalığın önünde, yerinden memnun, gürültüsü gittikçe artan bir kalabalığın temposu içinde sarhoştu:

"Nuuuuh Nuuuuuuh Nuh Nuh Nuh!"

"Nuuuuh Nuuuuuuh Nuh Nuh Nuh!"

"Nuuuuh Nuuuuuuh Nuh Nuh Nuh!"

Kalabalık hep bir ağızdan önce fabrikanın birbirini kesen daracık sokaklarından geçti, caddeye çıktı sonra. Kalabalık değişerek artıyordu ama, tempo değişmiyordu:

"Nuuuuh Nuuuuuuh Nuh Nuh Nuh!"

"Nuuuuh Nuuuuuuh Nuh Nuh Nuh!"

"Nuuuuh Nuuuuuuh Nuh Nuh Nuh!"

Nuh, Yassı Bekir'den sonra birkaç parti omuz değiştirdi. Yol boyunca evlerin kapı, pencerelerinde kadınlı, erkekli, çoluk çocuklu halk hayretle bakıyor, az sonra da gerek tempoya, gerekse kalabalığın heyecanına kendilerini kaptırıveriyorlardı. Fabrika işçileri, işbaşı yapmak için çok gerilerde kalmış, Nuh'u şehrin kalabalığına devretmişlerdi. Nuh gene kalabalığın en önündeki omuzlarda, "Nuuh Nuuh Nuh Nuh"larla şehrin merkezine doğru götürülüyordu. Neden, niçin, hangi maksatla?

Kalabalık arasındakilerden bunu öğrenmek isteyenler de vardı:

"Kim bu adam?"

"Valla bilmiyorum amma, esaslı biriymiş."

"Deme bee?"

"Irzıma nikâhıma..."

"Neymiş? Ne istiyormuş?"

"Haksızlıkla mı mücadele edecekmiş ne..."

"Ankara'dan mı gelmiş?"

"Demek haksızlıkla... öyleyse DP'li."

"Sağlama..."

Kalabalık ilerledikçe, "Bu adam"a kalabalığın gönlünce yakıştırmaları da ilerliyordu:

"Bu mu? Bu kahraman bu!"

Bir başkası:

"Herif yedi düvelde kılıç sallamış."

"Yok bee?"

"Hem de şimdi 'Artık yeter!' demiş, milletinin arasına dönmüş."

"Tamam arkadaş. Üstündeki üniforma da manalı..."

"Tabii yahu."

"..."

"..."

"..."

Kalabalık hep o kıyılarını döven dalgalı, azgın okyanus gibi ilerledikçe rivayetler de birbirini kovalıyor, yakıştırmalar alıp yürüyordu. DP İl Merkezi'ne yaklaşıldığı sıra konuşmalar şu biçimi alıvermişti:

"Allah kılıcını keskin etsin."

"Herif tek başına İsmet Paşa'yla boğuşacak."

"Ankara'dan, genel merkezden tayin edilmiş, tevatür kuvvetliymiş."

"Herifte pehlivan çalımı da yok değil hani..."

"Pehlivanmış. Hem de dünyada hiçbir pehlivan sırtını yere getirememiş şimdiye kadar."

"Herifin yiğitliği bıyığından belli."

"Ensesi, ensesi ya?"

"Bileklerini görmüyor musunuz?"

"Pençeler aslan pençesi..."

"Bizim eniştenin kayınçosu söyledi, birine elinin tersiyle bi tane, herif ters mers..."

"Keremine kurban olduğum Zât-ı Kibriyâ neye kadir değil ki?"

"Demek genel merkezimizden gönderilmiş?"

"Tabii yahu, genel başkan ne dediydi?"

"Sahi ha. Demek bunu dediydi?"

"Açık açık demediydi amma, büyük adamlar açık konuşmazlar senin benim gibi. Onlar, karanlıkta göz kırparlar, arifsen anlarsın."

"Doğru."

"Büyük adamlık kolay mı?"

"Kolay olsa sen, ben, senin benim gibiler hemen oluverirdik."

"..."

"..."

En öndeki omuzlarda ilerleyen Nuh'un arkasında gittikçe büyüyen kalabalığı artık sokaklar değil, şehrin en büyük caddesi bile almıyordu:

"Nuuh Nuuuh Nuh Nuh Nuh!"

"Nuuh Nuuuh Nuh Nuh Nuh!"

"Nuuh Nuuuh Nuh Nuh Nuh!"

İl merkezine yaklaşılırken, sesler, kalabalığın alkışları, "Yaşa, var ooool!" çığlıkları partiye çoktan varmış, başta genç irisi İl

Başkanı, çeşitli parti görevlileri parti binasına toplanmış, "Ne oluyor?" gibilerden bir çekinme içinde bakışıyor, partiye karşı herhangi bir CHP tertibi olup olmadığını kestirmeye çalışıyorlardı.

Sesler çok daha uzaklardayken işitip ne olduğunu anlamaya koşmuş bir partili soluk soluğa geldi:

"Korkulacak bir şey yok başkanım. Halk, partimize karşı teveccüh gösteriyor."

"İyi ama, bu vakitsiz, zamansız tezahürat ne?"

"Partimize karşı içten teveccüh başkanım."

Genç irisi İl Başkanı rahat bir soluk aldıysa da, içi gene de rahat değildi. Ama sesler yaklaştıkça anlamıştı ki, tezahürat gerçekten de halkın DP'ye karşı içten gelen teveccühüydü. İşte halkın kalbine yerleşmek buydu; asil halkın sevgisini kazanmak buydu. Şimdiye dek göregeldiği haksızlıklardan bıkıp usanmış civanmert bir halk, başındakilere böyle, "Dur!" derdi.

Gözleri yaşarmıştı. Heyecanla emretti:

"Bize karşı teveccühlerin en asilini gösteren halkımızı, ona layık şekilde karşılayalım. Derhal bayraklar, çiçekler çıkarılsın, halk ve omuzlarındaki kahraman layık oldukları biçimde karşılansınlar."

Partinin sıska İdare Müdürü:

"Hangi çiçekler başkanım?"

"Geçen merasimlerde kullanılan çelenklerle, çiçekler..."

"Çelenkler geri verilmişti, çiçeklerse kurudular..."

"Ukalalığı bırak da vakit geçirme. Bayraklar, flamalar da kurumadı ya. Çıkarın ambardan, balkonu, pencereleri, kapıyı falan donatın."

İdare Müdürü'nden başka bütün parti ileri gelenleri içten bir gayretle koştular. Çok kısa zamanda ambardan bayraklar, parti flamaları, çelenkler, kurumuş çiçek demetleri, birtakım kurdeleler, renkli bezlerle balkon, pencereler donatılmaya çalışıldı. Bereket versin kalabalık caddelerle sokaklara sığmıyordu. Bu yüzden çok ağır ilerliyor, partililere partilerini donatma fırsatı veriyordu.

"Nuuh Nuuuh Nuh Nuh Nuh!"

"Nuuh Nuuuh Nuh Nuh Nuh!"

"Nuuh Nuuuh Nuh Nuh Nuh!"

İyi ama, ne o?

İl Başkanı telaşlandı. "Kahraman"ı tanıyacaktı galiba, tuhaf, olamazdı, imkânı yoktu. Kontrol Nuh deseee... ne alaka ne dava. Fakat oydu o! Vallahi de oydu, billahi de! Sırtındaki fabrika dokuması gri giysi, kaşı, gözü, bıyığı, bakışı...

"Yahu," dedi yanındakine, "bu, bizim Nuh değil mi?"

"Hangi Nuh?"

"Şu be, fabrika gece kontrolü?"

"Sanmam, yanılıyorsunuz, olamaz..."

İl Başkanı gözlerini ovaladı, olanca dikkatini gözlerinde toplayarak yeniden baktı. Tamam canım, oydu. "Vay kösnük vay. Ne iş bu be? Nasıl oldu da bu dangalak bunca halkı ardına taktı, ardına taktığı yetmezmiş gibi başlarına geçip omuzlarına kurulabildi? Bu işte var bir iş. Dur bakalım, bozmayalım..."

Okyanus, parti binasının önünde ağır çalkantılarla durdu.

Nuh da ok yaydan çıktığı için, öyle heyecanlıydı ki... parti binasının balkonunda kapı gibi duran genç irisi hemşerisini görmeye görmüştü ama, tanımazlıktan gelmeyi maslahata uygun bularak aldırış etmedi. Tanısa ne olurdu, tanımasa ne?

"Nuuh Nuuuh Nuh Nuh Nuh"lar da dinivermişti. Demek ki, onu ta fabrikadan beri omuzunda getiren aziz kalabalık ondan birkaç söz bekliyordu. Gün bugün, saat bu saatti. Aziz vatandaşlarından bu ufacık lütfu esirgememeliydi o da.

Kalabalığın omuzlarına basarak ayağa kalktı; İl Başkanlığı'nın balkonundakilere doğru, başladı:

"Aziiiz ve muhterem vatandaşlarıııım!"

Candan ve sürekli bir alkış koptu. Nuh alkışların dinmesini bekledi. Sonunda yavaşladı ve dindi. Nuh ardını getirdi:

"Aziiz ve muhterem huzurlarınızda şunu bilhassa belirtmek isterim kiiii..."

Coşkun ve sürekli alkışlar.

"...Burada toplanan bu aziz yurt evlatlarının..."

Coşkun ve sürekli alkışlar.

"...Bağrı yanık anaların, muhterem anaların saygıdeğer karınlarında dokuz ay taşıyarak ve ondan sonra da ıkına ıkına doğurduklarıııı sevgili vatandaşlardııır!"

Coşkun ve sürekli alkışlar.

"...Aziiiz ve çok muhteremdirleeeeeeeer!"

Bu kez sadece coşkun ve sürekli değildi alkışlar, gözyaşlarına bulanmıştı.

"...Analarını ağlatan zalimlere karşı seferber olup, şu gördüğünüz partiye toplanmışlardırrrrrrr!"

"Bravo, yaşa, var ol" sesleri.

"...Onun içiiin, zalimlerle mücadeleden kaçınmayan ve hiçbir zaman da kaçınmayacak olan, aynı zamanda bu partiye hâlâ yazılmamış saygıdeğer vatandaşlarımın da derhal bu partiye yazılmalarını candan diler, saygılarımı sunarım aziz vatandaşlarıııımmm!"

Alkış, alkış...

"Ancak bu takdirde bu partiyi kuvvetlendirir, bu partiyi canlandırır, analarımızı ağlatanların analarını ağlatma fırsatını bulabilir ve de yaratabilirizzzzzzzzzz!"

"..."

"Yıllardır analarımız ağlıyor arkadaşlar. Bu parti, bu muhterem parti seçimi kazanır, iktidarı eline alırsaaaaaaa..."

"..."

"...Alırsaaaa... çok yakın bir gelecekte şekeri on kuruşa yer, cigarayı on kuruşa içer, ondan sonra da bütün İsmet Paşacıların boyunlarına ip takıp sürürüz arkadaşlarrrrr!"

Alkış, gene alkış, sonra gene alkış. Okyanus öyle coşmuş, öylesine şahlanmıştı ki, balkonda hayretler içindeki İl Başkanı bile heyecanına hâkim olamamış, kocaman avuçlarını patlatırcasına alkışlamaya başlamıştı.

Yanındakiler, "Siz de karşılık olarak birkaç söz söyleyin," dediler.

Gırtlağını temizledikten sonra, "Çok muhterem ve çok saygıdeğer vatandaşlarım," diye başladı. "Omuzunuzda taşıdığınız bu çok saygıdeğer, çok değerli vatan evladının belirttiği gibi, analarımız yıllar yılı ağlamaktan kör oldu. Artık yeter! Bizi yellerde sürüm sürüm süründüren, şekeri beş yüz kırk beşe, basmayı iki yüze, üç yüze satan, ölülerimize bile kefeni çok görenlerin boyunlarına yağlı iplerimizi geçirmekte daha fazla geç kalmamalıyız arkadaşlar!"

Ceketinin eteği arkadan çekilmeseydi, henüz iktidarda olmadıklarını hatırlayamayacak, belki de bir çuval inciri berbat edecekti.

"Demokrasi demek, halk çoğunluğu idaresi demektir. Onlar gibi halkın iradesini hiçe saymayıp, halk iradesine karşı boynumuzu kıldan ince kılacağız arkadaşlarrrrr!"

Nuh, İl Başkanı'nı cevapladı. İl Başkanı, Nuh'un cevabını cevapladı. Karşılıklı bir cevap, karşı cevap yarışı sürüp gittikten sonra İl Başkanı kesti attı:

"Haksızlığa, adaletsizliğe, zulme karşı olanlar... o hâlde ne duruyorsunuz? Kayıt defterlerimiz sizi bekliyor, buyurun, kaydolun partimize!"

Nuh aldı sözü:

"Allahını, peygamberini seven bu partiye hemen şimdi kaydolunsuuuuuuuun!"

Okyanus korkunç ağırlığıyla davrandı. Nuh en son pekiştirdi:

"Kaydolunmayanların analarının donu başına!"

Kalabalık, İl Başkanlığı'nın geniş kapısından içeri bir insan seli hâlinde girerken, en önde de Nuh'u sürüklüyordu. Kapıdan girip merdivenlerden yukarılara taşan kalabalık, Nuh'ta ne kafa bırakmıştı sağa sola çarpmadık, ne göz; Nuh'ta ne kafa kalmıştı, ne göz ama, gün bugündü, saat bu saat. Değil mi ki gün bugün, saat bu saatti, o halde kafanın gözün ne hükmü vardı? Bu coşkun anlarda Nuh kafasını, gözünü mü düşünecekti?

Kalabalık yukarı çıkmış, sofayı doldurmuş, duvarları yanlara zorlamaya başlamıştı ki, tahta yapıda çatırtılar işitilmeye başladı. Yapıda bir patlama, ardından bir yıkılma olabilirdi. Kan ter içindeki İl Başkanı kalabalıktan işlerini çabuk bitirip binayı terk etmelerini rica etti. Üç masa başında üç kâtip harıl harıl üye kaydediyorlardı. Parti gazetesinin fotosu da, boyuna patlayan flaşıyla bu mutlu günü belgelemek için durmadan fotoğraf çekiyordu.

Bu hay-ı hûy arasında İl Başkanı, Nuh'u yan odalardan birine soktu, merak, heyecan içinde sordu:

"Lan Nuh?"

"Lan deme lan!"

"Nesin ya kösnük?"

"Duymadın mı? Görmedin mi? Ahali beni omuzunda taşıdı tekmil. Kahramanım ben kahraman!"

"Bırak gevezeliği... nasıl oldu bu?"

Nuh'un bildiği var mıydı ki?

"Ne bileyim nasıl olduğunu? Oldu işte. Demek Cenab-ı Allah 'Yörü ya kulum' dedi mi, İsmet Paşa bile uğrunu kesemezmiş."

Nuh'un sırtını sıvazlayan İl Başkanı, "Aman Nuh," dedi. "Partimize yaptığın bu iyiliği genel merkezimize telefonla bildireceğim. Aferin ulan, at da sana avrat da!"

"At da sizin olsun, avrat da arkadaş. Sen bana yanından iki onluk ver hele. Fabrikada hesabımı gördüler, el elde, baş başta kaldım tekmil..."

İl Başkanı elini pantolon cebine soktu, tomarla yüzlük çıkardı:

"İki onluğun sözü mü olur? Al sana alelhesap iki yüzlük. Senin bu iyiliğini değil dünyada, ahrette bile unutmayacağız!"

Gıcır gıcır yüzlükleri alan Nuh'un neşesi büsbütün yerine gelmişti:

"Sağ ol," dedi. "Sağ olun, var olun. Allah kılıcınızı keskin, atınızı eşgin etsin!"

"Bundan böyle paradan, puldan, giyim kuşamdan, yemden yiyecekten tövbe sıkıntı çekmeyeceksin. Genel başkanlıktan gelen talimata göre de üst yanını yakıştırırız gayri..."

İl Başkanı gerçekten de hemen o gün bu hiç beklenmedik mutlu olayı genel merkeze bildirmiş, genel merkezi de coşturmuştu. İl Başkanı'nı hararetle tebrik eden genel başkanlık, "Kahraman"ın hemen halktan uzaklaştırılıp tabulaştırılmasını, bunun için de şehrin dışında gösterişli bir konak mı olur, köşk mü, villa mı... bir yere yerleştirilmesini, seçimler için, seçimlere kadar gerekenin üstünde bir ilgiyle ilgilenilmesini önemle emretmişti.

Halkın partiye olan ilgisi dinmek bilmiyor, tam tersi, gittikçe artıyordu. Hem de her gün, çeşitli ilçe, bucaklara kayıtlarını yaptıran onların, yüzlerin yerine, binler, on binler geliyor, başta il merkezi, ocak, bucakların merdiven ve eşiklerini aşındırıyorlardı.

***

Nuh'un böyle birdenbire kahraman olup şehrin dışında kocaman bir konağa yerleştirilmesi, kat kat elbiseler verilip altına araba çekilmesi en çok hela bekçisi Azgın'ı küplere bindirmiş, hela aralığındaki tahta barakanın önünde, bembeyaz bıyığını bura bura düşünüyordu: Ulan ne işti bu kösnüğün işi be! Neresi kahramandı? Bıyık desen, Nuh'un bıyığı, Azgın'ın bıyığının yarısı kadar var, yoktu. Beden iriliği desen, Nuh gibi iki tanenin yan yana gelmesi gerekirdi. Güce kuvvete gelince... Hani Cenab-ı Hak öğünmeyi sevmezdi amma, onu, o yalancı pehlivanı ot diye yer, bok diye dışarı çıkarırdı. Bunu cümle âlem bilirdi. Kendi de gayet iyi bilirdi Nuh'un. Yunan'dan önce memlekette

Azgın'ın mı, yoksa Nuh'un mu namı söylenirdi? Desin bakalım... Büyük Cemal Paşa ile Kanal'a Nuh mu gitmişti, Azgın mı? Azgın, Cemal Paşa'nın ardında koskoca çölleri hık demeden geçerken, Nuh duvar diplerinde ceviz oynuyordu. "Kahramanmış..." diye geçirdi. "Kim yitirdi de o buldu? Lakin suç gene de bende, işçileri galeyana getiren ben değil miyim? Aaah ah, ben ne boynu ensesinden kesilecek adamım ah! Çek cezanı şimdi Azgın. Herif rahata kavuştu ya. Sen? İt uyuz, sen gicimik.* Sürt Allah kerim, açlığa talim."

Murtaza'ya gelince...

Murtaza'nın Nuh'tan güya haberi bile yoktu. Çünkü o, yani Nuh, amiri karşısında disiplini ve ağzını bozduğu için fabrikadan kovulmuş, muzır bir vatandaştı. Fabrikadan kovulmuş muzır bir vatandaşla da, kurs görmüş, büyüklerinden sıkı terbiye hem de disiplinler almış, damarlarında Kolağası Hasan Bey'in mübarek kanı dolaşan bir fabrika gece kontrolü uğraşamazdı.

Fen Müdürü'ne çıktı. Göğüs her zamankince dışarda, karın içerde, gözler Fen Müdürü'nün üzerindeki değişmez bir noktada...

"Amirim," dedi, "bu geceden itibaren alacağım fabrikanın disiplinini elime."

Fen Müdürü, "Evet, ama," dedi, "sana bir yardımcı lazım..."

İşte Murtaza da bundan söz açacaktı.

"Haayır amirim! İstemem yardımcı... Ne lazım yeni masraflar? Ne için gitsin paracıkları fabrikamızın birtakım muzir vatandaşlara?"

Fen Müdürü anlamadı:

"Yani kendine bir yardımcı istemiyor musun?"

"İstemem şükür!"

"Tek başına mı idare edeceksin? Edebilir misin?"

---

* Sivilce.

Acı acı gülümsedi, sonra ciddileşti:

"Abe ne sanarsınız siz Mürtezanızı amirim? Benzer miyim sepetine Karamürsel'in? Değilim ben Karamürsel sepeti. Yatırmadı anam beni sırtüstü, vermedi besmelesiz meme. Evvel Allah, sonra bu Mürteza'nın dolaşır damarlarında..."

Kapı vurulmadan açıldı, içeri hela bekçisi Azgın hırsla girerken, Murtaza, adamın üzerine atmaca gibi atıldı, geri çevirip dışarı çıkarmak istedi:

"Abe çık, çık dışarı. Kapısını vurmadan nasıl girersin amirinin yanına? Hem görmezsin, ederiz amirimle çok önemli meseleler müzakere."

Azgın zaten Nuh'tan dolayı alıp alıp veriyordu. Murtaza'yı elinin tersiyle itti:

"Geri dur lan, boynuzlu!"

Fen Müdürü'nün masasına doğrulduysa da, Murtaza yılmadan gene atıldı, yolunu kesti:

"Değilim ben boynuzlu, vatandaş! Ben bu fabrikanın..."

Azgın gene itti:

"Geri dur be kösnük... Bak, vallaha kırarım boynuzunu kulağını haa!"

"Kıramazsın. Ben gördüm kurs, aldım çok sıkı terbiye amirlerimden!"

"...Sıkı terbiyene, geyik."

"Değilim ben geyik!"

"Lâhavle velâ... bana bak Murtaza, öfelerim ha... öfelediğim günleri unutma, ben gene o Azgınım!

Fen Müdürü masasından kalkmış, dövüşken iki horoz gibi birbirlerine kabarıp duran adamlarının arasına girmişti:

"Burada, benim odamda, benim önümde kavga olmaz."

Murtaza alıp alıp veriyordu. Azgın'ın çok zılgıtını yemişti, onu gayet iyi tanıyordu ama, ölse ne lazım gelirdi? Vazife vazifeydi. Vazife bir sırasında ise görmezdi gözü evladını, demezdi ciğerparem.

Fen Müdürü, Azgın'a sordu:

"Evet, ne istiyorsun?"

Azgın'ın göz akları kıpkırmızı kesilmişti. Bu kırmızılık şu anda, Murtaza'yla itişmekten değil, Nuh'un kahraman olup çıkmasının verdiği kıskançlıktandı.

Ters ters, "Ne isteyeceğim," dedi, "sen de tırnaksızın birisin. Şurda hemşerin dururken, gider yazının boklu göçmenini elinden tutar, tepene çıkarırsın."

Fen Müdürü güldü. Murtaza köpürdü:

"Değilim ben boklu göçmen."

"Boklu, sidikli..."

"Değilim vatandaş, değilim."

"Nesin ya?"

"Vazifesinin arslanı, halis Türk!"

"Biz? Biz neyiz?"

"Bilmem artık orasını..."

Bu kez de Azgın köpürdü:

"Git memleketime de sor, öğren beni!"

"Asıl sen git Alasonya'ya da öğren bu Mürteza'yı, hem da dayım şehit Kolağası Hasan Bey'i."

Azgın, Fen Müdürü'nü falan unutup ellerini arkasına koydu, Murtaza'ya bir adım yaklaştı:

"Lan cevap ver cevap! Harbi Umumi'de büyük Cemal Paşa'ynan Kanal'ı sen mi geçtin ben mi?"

"Pöh,"dedi Murtaza. "Abe bir şey mi o da? Biz Trakya'da kazdık hendekler ki, durur aklın. Yağar idi yağmur, çakar idi şimşek hem da yıldırımlar... Kaçtı çavuşum, kaçtı teğmenim, kaçtı bütün arkadaşlarım yağmurdan koğuşlara, kaldım ben tek başıma. Neden? Çünkü kutsaldır bir vazife herhangi bir yağmurdan."

Azgın'la uzun uzun bakıştıktan sonra ekledi:

"Bir vazife benzemez yemeğe peynir hem da ekmek."

Fen Müdürü, "Neyse kesin şimdi..." dedi. "Nedir benden istediğin?"

"Ne isteyeceğim?" dedi Azgın, "Nuh'un yerine gece kontrolluğuna beni ver."

Murtaza ateşe basmışçasına atıldı:

"Olmaaaz!"

Azgın hayretle baktı:

"Olmaz mı?"

"Olmaz, helbet!"

"Niye?"

"İstemem yardımcı. Çünkü yeterim ben bana!"

"Yeter misin?"

"Yeterim. Hem ne lazım kurs görmemiş kontrol?"

"İyi amma oğlum, fabrikanın sahibi, Fen Müdürü, amiri sen misin? (Fen Müdürü'ne) Sen mi?"

Murtaza gene atıldı:

"Topla terbiyeni vatandaş! Diyemezsin amirimize sen mi? Lazım etmek hitap herhangi bir amire: Siz mi?"

"Ooşt, köpek. Bana edep erkân mı belledeceksin?"

"Helbet..."

Fen Müdürü, "Neyse," dedi, "gidin şimdi de düşüneyim ben bu meseleyi..."

Azgın'la Murtaza, Fen Müdürü'nün odasından hırlaşa boğuşa çıktılar. Dışarıda gene başladılar.

Azgın:

"Murtaza, tekerime taş koyup durma, bak, anam avradım olsun, öfelerim seni, gövdende iler tutar yer komam, kırarım kemiklerini."

Murtaza alayla güldü:

"Şaşarım yıkamasına çamaşır kedinin..."

"Murtaza, vallaha öfelerim Murtaza!"

"Denmez öfelerim, denir ovalarım."

"De get, eğri dinli. Gâvuristandan gelmiş de bana öz milletimin dilini belledecek, kösnük."

"Değilim ben kösnük."

"Kösnüksün lan."

"Değilim."

"Kösnüksün, hem de kösnüğün taban ağacı."

"Değilim."

"..."

"..."

Karşılıklı bir karakucak kapıştılar. Birbirlerini hırsla savurdukça, koridorun duvar diplerindeki saksılar devriliyor, camlar kırılıyordu. Bekçiler, Kapıcı Ferhat falan koştular. İşçiler neredense haber alıp da soluk soluğa geldikleri zaman Murtaza yerden yere savruluyor, her savruluştan sonra hacıyatmaz gibi kalkıp Azgın'ın karşısına zıp, dikiliyordu.

"Uymam sana, bozmam, bozamam terbiye hem da disiplinimi vatandaş!"

Azgın'ınsa gözü dünyayı görmüyor, karşısına her dikilişte yepyeni bir hamleyle, bir Köroğlu narası atıyordu:

"Allahümme salli alâ seyyidinâ Muhammeeed!"

Koca adamı kaptığı gibi savuruyor, ama Murtaza, işçilerin alkışları arasında yerden kalkıverip Azgın'ın karşısına yeniden dikiliveriyordu:

"Uymam sana, bozmam, bozamam terbiye hem da disiplinimi vatandaş."

Bir ara kavgaya kapıcı Boşnak Ferhat da karıştı. Azgın, eski günlerin gerçekten zorlu pehlivanı Azgın, ikisini birden kavrayıp savurmaya başlamıştı ki, artık bu yaşta bu kadarı şaka değildi. Gözleri karardı, sonra da tepesinde her şey ters döndü, yığıldı kaldı.

Murtaza, "Aaaaaaaaayt!" diye bir nara attı. "Sürmemiş idim elimi bile."

Baygın Azgın'ı fabrika revirine kaldırdılar.

Kaldırdılar ama, bu da, yani Azgın'ın da Nuh gibi, İsmet Paşacı Murtaza tarafından gadre uğraması, işçileri gene coşturdu:

"Murtaza istifa!"

"Murtaza istifa!"

"Murtaza istifa!"

İşçi kalabalığı dönmüş gözleriyle Murtaza'nın üstüne yürürken, o, bir yandan fabrika çıkış kapısına adım adım geriliyor, bir yandan da, "Bozaman terbiye hem da disiplinimi, uyamam size!" diyordu.

Fabrikadan çıktı. "Murtaza istifa"lar da ardından. Murtaza sapsarı yüzüyle fabrika karşısındaki kooperatif çayhanesine girdi. Tempo da. Murtaza kahve ocağına geriledi, tempo da. Murtaza ocağın duvarına sırtıyla dayandı. Artık gerileyecek yer kalmamış, tempo da iyice yaklaşmış, burun buruna gelmişlerdi:

"Murtaza istifa!"

"Murtaza istifa!"

Murtaza'nın gözleri yuvalarından firlamış, sapsarı kesilmişti. Ne yapacaklardı? Ne yapmak niyetindeydiler? Fena sıkışmıştı. Kaçmayı düşünmüyordu ama, kaçamazdı ki!

Temponun içinde birden büyük oğluna ilişti gözü. Nee? Hasan mıydı o? Kolağası şehit dayısının adını verdiği... o da ötekilerle "Murtaza istifa" mı diyordu? Demek o da İsmet Paşacılara sövüp sayanlara katılmıştı ha?

Çelik bir yay gibi kalabalığın arasındaki oğluna atıldı. Kalabalık iki yana açılmıştı. Babayla oğul karşı karşıyaydılar. Genç irisi delikanlı, babasının vurmak için havaya kalkan kolunu bileğinden tuttu:

"Kendine gel baba!"

Babası gibi bozuk şiveli değil, tertemiz bir Türkçe'yle konuşuyordu. Oğlunun, "Kendine gel baba!" demesi Murtaza'yı çılgına çevirdi. Bileğini sertçe çekip kolunu kurtardı ve oğluna elinin tersiyle bir tane.

"Eşşoğlu eşşek... demek sen de?"

Genç adamın burnundan kan boşanmıştı. Yılmadı, atıldı üzerine babasının:

"Sana, kendine gel diyorum baba!"

Babasının iki bileğini sımsıkı yakaladı.

"Kendine gel diyorum sana! Yeter, yeter artık! Utanıyorum senden. Senin gibi bir babam var diye yerlere geçiyorum. Maskara oldun dünyaya. Bizi de kendin gibi rezil ediyorsun."

Murtaza'nın kolları düştü. "Murtaza istifa"lar da dinmişti. Koyu bir sessizlik içindeki işçi kalabalığı, bu birdenbire sönüveren yaşlı, ama her an hırslı görmeye alıştıkları adama acıyarak baktılar.

Murtaza'nın gözleri neden sonra oğluna kalktı. Baktı, baktı, baktı.

"Demek maskara oldum dünyaya? Demek rezil ediyorum sizi?"

Geri döndü, ikiye ayrılmış kalabalığın arasında çayhane kapısına doğru ağır ağır yürüdü. Birden durdu, kollarını havaya kaldırdı:

"Öl be Mürteza," diye bağırdı, "öl be yahu, öl be!"

Çayhaneden çıktı. Artık ne fabrika, ne Fen Müdürü, ne sıkı disiplin, ne kurs, ne de hatta Kolağası Hasan Bey. Omuzları düşmüş, ayaklarında postallar, sırtında üniforma, bacağında külot pantolon bollaşıvermişti. Battal battal yürüyordu. Nereye? Nereye gidecekti? Eve mi? Ne işi vardı evde? O karı doğurmamış mıydı bu oğlanı? Bu asi evladı doğuran bir kadının yanında ne işi olabilirdi?

Birden durakladı: En küçük oğlu, Hasan, Hasan'ı vardı ama evde. O, ağabeyine benzemeyecekti. İlkokula gidip geliyordu, futbol oynamıyor, ağabeyi gibi sanat okulunu falan düşünmüyordu. Soruyordu sık sık: "Söyle bakalım Hasan, ne olacaksın büyüyünce?"

Babasını gayet iyi tanıyan küçük Hasan, "Hasan Bey dayımız gibi subay," diyordu.

"Subay olunca ne yapacaksın?"

"Atacağım düşmanlara kurşun."

"Yaşşa Hasan... bütün ümidim sende. Sen dolduracaksın Kolağası Hasan Bey'le babanın yerini."

"Dolduracağım baba."

"..."

"..."

Evinin yolunu tuttu.

Birbirini kesen dar, çamurlu, pis kokular içindeki sokakları kocaman postallarıyla geçerken hayli canlanmıştı. Yol boyunca rastladığı tanışları ya da bakkal, kasap, kebapçılardan seslenenlere, atılan kahkahalara kulak asmıyor, daha doğrusu duymuyordu. Hasan vardı şimdi aklında, küçük oğlu Hasan. Bu Hasan'dı bundan böyle onu dünyaya bağlayacak.

Evinin derme çatma kapısından içeri sarhoş gibi girdi. Karısı, bir deri bir kemik karısı, gene leğende çocuklarının kirlilerini yıkıyordu. Çocukları, az önce fabrikada babasına dikilen Hasan, fabrika tesviyehanesinde usta yardımcısıydı şimdi. Sonra Cemile hâlâ çırçırlarda çalışıyor, ölen ablası Firdevs'i zaman zaman hatırlasa bile ne ağlıyordu, hatta ne de içinden acı bir şeyler geçiyordu. Firdevs ablası bir anıydı içinde. Bir zamanlar çırçırlara birlikte mi gidip gelirlerdi? Fabrika kapısı önündeki satıcıdan saray burması mı almışlardı birinde, veresiye? Ama çokluk şöyle geçiriyordu: "Keşke onun yerine ben ölseydim de kurtulsaydım çırçırlardan!"

Cemile'nin küçüğü kız da şimdi büyümüş, ilkokulu bitirmiş, bir zamanlar ablasının, şimdi İzmir'de evli bulunan ablasının gidip geldiği enstitüye gidip geliyor, Murtaza da Cemile'yi şöyle avutuyordu: "Kardeşin bitirecek enstitüyü, olacak terzi. Alacak yanına seni, edeceksin rahat."

Ama bu kızın da fabrika muhasebesinde bir kâtip oğlanla mercimeği fırına verdiğini, şayet babası oğlana vermezse kaçacağını bilmiyordu.

Ve en küçük oğlan Hasan!

Bir deri bir kemik kadın, kocasını bir hayli yenik, harap, içeri girer görünce leğen başından kalkıp nedenini sormak istediyse de, kalkamadı. Romatizmaları bırakmamıştı. Oysa Murtaza, kaç kez söylemişti: "Kocası evden içeri giren bir kadın, bırakıp işi, karşılamalıdır kocasını."

Neden sonra dizlerini tuta tuta kalkıp odaya girdiği zaman, kocasını Hasan Bey'in karakalem resmi altındaki mindere uzanmış buldu. Hasta mıydı? Aç mı? Susuz mu? Her zaman gelir, dört dönerdi gözleri çevrede, adeta bağırıp çağırmak, sövüp saymak için bahane arardı. Şimdi dünyadan geçmiş, içi boşalmış, kolu kanadı kırılmış gibiydi.

"Abe hasta mısın? Ne oldu sana?"

Murtaza kanatları açık pencereden dışarılara dikmişti gözlerini. Hasta falan değildi ama ne çıkacaktı. "Oğlun böyle böyle söyledi...." demekten? O oğlanı bu doğurmamış mıydı? Başlayacaktı oğlunu haklı çıkarmaya.

Omuzundan sarstı kocasını:

"Ha? Ne oldu? Hasta mısın?"

Gözlerini karısına yorgun yorgun çevirdi:

"Değilim."

"Neşesizliğin neden ya?"

"Yok bir şey."

Kadın anlamıştı bir şeyler olduğunu. Kocasının yanına diz üstü çöktü, kolundan sarstı.

"Var!"

"Yok."

"Var, var işte. Bilmem mi ben seni? Değildin her zaman böyle."

Adam karşılık vermedi, derin bir iç geçirdi. Kadını büsbütün işkillendirdi bu:

"Söyle, ne var?"

Kızdı:

"Yok bir şey be yahu!"

"Ne için saklarsın karından? Değilim düşmanın ben senin."

Düşmanı değilse bile dostu da değildi. Dostu olsa, doğurmaz idi babasına karşı "...Yeter, yeter artık! Utanıyorum senden. Senin gibi bir babam var diye yerlere geçiyorum. Maskara oldun dünyaya. Bizi de kendin gibi rezil ediyorsun!" diye bağıran bir evladı.

"Ha? Ne için?"

"Söyleyeceğim ama, başlamayacaksın gene oğlundan yana çıkmaya..."

Oğlu mu? Haa, bak oğluna toz konduramazdı. Değil Murtaza, bin Murtaza feda olsundu ciğerparesinin kesip attığı tırnağa. Çekmemişti babasına, daha şimdiden usta yardımcısı olmuş, babasından çok kazanmaya başlamıştı. Hem de kazancını on beşten on beşe getirir, bir tamam annesinin avucuna kordu. Babasına bakılacak olursa, "Olmamış idi adam."

İzmir'de evli kızının aydan aya yolladığı elli lirayı da katarak geçinip gidiyorlardı. Gerçi, Murtaza da ihmal etmiyordu evini ama, o başka. Cemile'yle ağabeyi Hasan vermeseler vermezlerdi. Veriyorlardı, sağ olsunlardı.

"Ne yaptı oğlum?"

"Bağırdı cahil işçilerin yanında, utanıyorum senden diye."

Kadın anlamıştı. Evde annesine kaç kez anlatmıştı bunu. Karaya ak, aka kara diyen, herkes Mersin'e giderken o tersine giden bir babanın oğlu oluşundan dert yanmıştı. Annesi, canı, ciğeri annesi evlenecek aklı başında bir başkasını bulamamış mıydı da, bu emekçi düşmanı, mal sahibi yardakçısıyla hayatını birleştirmişti?

Oğlu elbette haklıydı ama, belli etmemesi gerekirdi:

"Bak seen," dedi. "Demek bağırdı yüzüne karşı böyle?"

Birdenbire karısına karşı yakınlık duyan Murtaza, "Bağırdı," dedi.

"Etmiş çok ayıp. Biz bugün var isek, yokuz yarın."

"Halbuki neler düşünmüş idim onun için. Yıktı beni, yıktı beni be yahu!"

"Ne var yıkılacak? Oldu çocuklar senden, sen olmadın onlardan."

"Çook doğru..."

"Var şükür küçük Hasanımız... Olamadı ise istediğin evsafta ağabeyi, olur küçük."

Murtaza'nın gözleri parlamaya başlamıştı. Şimdi artık üzerindekiler bol falan değildi. Sanki görünmez bir pompayla şişirilmiş, giysilerinin içini doldurmuştu.

"Olacak dersin değil mi dayımız Hasan Bey gibi, subay?"

"Helbet olacak."

"Atacak düşmanlara kurşun?"

"Atacak!"

"Bir gece çağıracak komutanı çadırına?"

"Çağıracak."

"Verecek çok büyük vazifeler?"

"Verecek."

"Hasan sakınmayacak gözünü budaktan?"

"Sakınmayacak."

"Çekecek kılıcını, saldıracak düşman toplarına?"

"Saldıracak..."

"Dökecek mübarek kanını kutsal vatan topraklarına?"

Kadın, "Dökecek" diyecekti ki, avlunun derme çatma, teneke kapısına önce bir sopa çaat vurdu. Sonra küçük Hasan'ın sesi yansıdı:

"Anneeeeee!"

Murtaza'nın kafasından her şey silindi:

"Çüüüüüüüüş!" diye bağırdı.

Eli yüzü toz içinde, yamalı kısacık pantolonuyla küçük Hasan, elindeki sopayı sallayarak oda kapısında gözüktü:

"Pardon babacığım..."

"Çıkalı pardon, bakarım çoğaldı eşeklik."

"Sizin evde olmadığınızı sanıyordum da..."

"Ben yok isem yok mudur annen?"

"Var ama... haklısınız babacığım, bağırmamam lazımdı."

Murtaza'nın öfkesi dağılıvermişti. Gene de, "Getir o sopayı!" dedi.

Çocuk kapıya dayanmış, gülüyordu:

"Ne yapacaksınız?"

"Getir derim Hasan!"

"Ya, getireyim de dövün beni değil mi?"

Sopayı firlatıp merdivenleri bir hamlede çıktı. Babasının tam karşısında sıkı bir esas duruşa geçip babasını selamladıktan sonra, "Tekmildir beylik eşyam, yoktur vukuatım komutanım!" dedi.

Murtaza hazla, kah kah kah güldü:

"Rahat," dedi.

Hasan "Rahat"a geçti.

"Ooool!"

Hasan "Hazır ol"a.

"Rahat..."

"..."

"Ooool!"

"..."

"İiileriii marş!"

"..."

"Sağa çarrrk..."

"..."

Tam hizasına gelince:

"Bölüüük dur!"

Şıp, durdu. Murtaza kollarını açtı. Küçük Hasan koştu, babayla oğul sarıldılar. Sonra oğlunu dizine oturttu. Karısı bu arada babayla oğulu yalnız bırakıp çamaşırının başına dönmüştü.

Murtaza, oğlunun sarı saçlı başını okşarken sordu:

"İlkokulu bitirince nereye gireceksin?"

"Kuleli'ye."

"Sonra?"

"Harbiye'ye..."

"Sonra?"

"Olacağım subay."

Babasının iyice hoşuna gitmek için, arkalarındaki duvara yapışık karakalem resime, Kolağası Hasan Bey'in resmine baktı:

"Onun gibi," dedi.

Bu Murtaza'yı coşturmaya yetti, bir nara salıverdi:

"Eheheheeeeeeeey arslan yavrusu arslan!"

Bir yirmi beşlik çıkarıp verdi oğluna:

"İsterim her zaman böyle seni Hasan. Sakın benzemeyesin ağabeyin kakavan Hasan'a."

Hasan, elinde yirmi beşlik, babasının dizinden fırlamıştı.

"Ayıp ettin baba, benzer miyim hiç?"

Fırlayıp giderken, bir an durdu:

"Tüyüyorum ben. Lazım mıyım size?"

"Değilsin, ama sakın oynamayasın fotbol!

"Ayıp ettin baba, oynar mıyım?"

"Kavga da etmeyesin?"

"Etmem baba etmem..."

Merdiveni bir solukta indi, fortlarına basılmış ayakkabılarını giyinip dışarı çıktı. Elindeki yirmi beşliği annesine göstererek:

"Kocakarı, baaak."

"Nereden aldın? Sakın almayasın minderin altından?"

"Ayıp ettin. Moruk verdi."

"Pis, kopuk..."

"Kopmadım daha."

Kadın çamaşırlarıyla boğuşmaya daldı.

***

Hiç beklenmedik bir olay, Murtaza ile oğlunun kıyasıya çekişme konusu olacak o "babadan utanma" meselesini geri plana itiverdi. Murtaza'nın bütün umutlarını bağladığı küçük oğlu Hasan, mahalle bakkalından çeyrek ekmek çalmış, kovalanınca da kaçarken, birden hızını alamayarak köşeden çıkıveren bir taksinin çarpmasıyla kan içinde, çaldığı çeyrek ekmek bir yana, o bir yana yuvarlanmıştı.

Murtaza o sıra Giritli Cumali'nin kahvesinde, aklında ciğerpare küçük oğlu, bacak bacak üstüne atmış, sade kahvesini höpürdetiyordu. Oturuşu, çevresine, çevresindekilere aldırış etmeyişi, alımı çalımı kimsenin umurunda olmamakla beraber, alttan alta gülüyorlardı. Farkında değildi Murtaza. Farkında olsa da bir şey değişmezdi. Çünkü o, damarlarında Hasan Bey dayısının mübarek kanını taşıyan, kurs görmüş, amirlerinden sıkı terbiye almış, disiplini sıkı bir yöneticiydi. Kurs görmemiş, amirlerinden sıkı terbiye almamış, disiplini gevşek, hele hele damarlarında Kolağası Hasan Bey'in mübarek kanı dolaşmayan birtakım insanlara kulak asacak değildi.

Kahvesinden yeni bir yudum.

Kulağının ardında ufacık bir tebeşir bulunan kahveci Cumali, Alasonyalı Doç Ali'ye göz kırparak, Murtaza'yı işaret etti. Bir zamanlar Alasonyalıların çokluk oturdukları mahalle takımının, kale önünde kıyasıya, sıkı mı sıkı beklik yapan Doç Ali, kahvecinin işaretini anladı. O da hemşerisi Topal Salih'e çakoz etti Murtaza'yı. Topal Salih, Yorgi Cemal'e; Yorgi Cemal, Memet'e... Derken bütün Alasonyalı demokratlar bir anda Murtaza'yla ilgileniverdiler.

Koca göbekli eski bek Doç Ali patavatsızca, "Abe CHP de ne?" dedi. "Onları elbette silip süpüreceğiz seçimde."

Gözleri yeşil yeşil Topal Salih, "Başlarında İsmet Paşa olmasa, doğru..." dedi.

Doç Ali meydan okurcasına göğsünü yumrukladı:

"Çekinmeyiz biz İsmet Paşa'dan mismet paşadan. Var mı bize yan bakan?"

Murtaza'nın elindeki kahve fincanı titremeye başlamıştı. Evet, biliyordu şu kafasızların hiçbiri görmemişti kurs, almamıştı sıkı terbiye hem de disiplin amirlerinden, dolaşmaz idi damarlarında Hasan Bey'in mübarek kanı, onun için de eremez idi dünya ahvaline akılları ama, gene de İsmet Paşa'ya söyletmez idi söz, attıramaz idi çamur. O İsmet Paşa ki, yenmiş idi İnönü'nde milletin makûs talihini ve atmış idi Yunan'a en büyük şamarı. Boğmuş idi harim-i ismetinde* vatanın, gâvurları. O İsmet Paşa alıp getirmiş idi onları çan sesinden ezan-ı Muhammediye...

Böyle olduğu halde Yorgi Cemal ayağa kalkmış, adeta nutuk atıyordu:

"Bu vatanın bundan sonra yok CHP'ye, yok İsmet Paşa'ya ihtiyacı arkadaşlar. Bu vatanın var ihtiyacı ekmeğe."

Murtaza'da bardak dolmuştu. Elindeki yarısı içilmiş kahve fincanını tabağıyla birlikte Yorgi Cemal'e fırlattı:

"Yıkııl karşımdan kaşkaltak!"

Şaka maka, kahvenin içi birden tısss. .

Fincan, Yorgi Cemal'in alnında patlamış, suratını kahve karasına boyamıştı. Şaşırmıştı ne yapacağını. Eliyle yüzünün kahve bulaşıklarını sildikten sonra:

"Abe ne halt ettin be kakavan?"

Murtaza hırstan zangır zangır titriyordu. Üstüne yürüdü. Biliyordu bu kahvenin garsonuna kadar Demokrat olduğunu. Hemşeri memşeri, alaşağı edebilirlerdi ama, Murtaza'ydı o. Sonra, bilirler idi Murtaza'yı memleketten. Damarlarında Hasan Bey dayısının kanının dolaştığını, güleş tuttuğunu, iskemleye oturup da bacak bacak üstüne attı mı yumurtalarının sancıdığını...

"Abe ne halt ettin be kakavan?" sözüne içerleyerek, Yorgi'nin karşısına dikildi:

"Kim kakavan?"

İriyarı Doç Ali yıldırım gibi yetişti:

"Seeen!" dedi.

* Mukaddes ocak, namus ocağı.

Murtaza, Doç Ali'ye sertçe döndü. Evet, memlekette bu daha yoktu bir yaşında, bilmez idi Murtaza'yı ama, karakucak girişemez, girişse hakkında hayırlı olmayabilirdi, biliyordu.

Bir adım geri çekilerek, "Abe," dedi, "kokar ağzın süt! Tanımazsın beni sen, sor büyüklerine. Bilirsin, yok idi memlekette tutacak hiç kimse bileğimi. Hem sen tanırsın dayım Hasan Bey'i? Bilirsin ne olur idi oturduğum zaman iskemleye?"

"?.."

"Acır idi yumurtalarım, atamaz idim bacak bacak üstüne."

Kahve havasını bulmuş, kahkahadan kırılıyordu. Yorgi Cemal kahve bulaşıkları içindeki yüzüyle geldi, Doç Ali'ye, "Doğru söyler," dedi. "Var idi bunda bir yumurtalar, koca kafandan büyük."

Topal Salih topallaya topallaya araya girdi:

"Abe ne bilirsin?"

"Neyi?"

"Yumurtalarını Murtaza Efendi'nin?"

Kahkahalar.

Doç Ali, Murtaza'ya sokuldu, elleri arkasında:

"Bana ne Hasan Dayından, yumurtalarından? Şimdiye bak sen. Var mısın benimle bir güreşe?"

Çevresinde bir peşrev, sonra kocaman avucuyla bir elense, Murtaza yere burun üstü gitti. Az daha boş bulunsa yuvarlanacaktı. Karşısındaki "dünkü çocuk"u anlamıştı.

Toparlandı, gene de, "Çocuk," dedi. "Abe etmem tenezzül sürmeye elimi sana."

Bir elense daha. Gene yere burun üstü... toparlandı:

"Ederim iftihar hemşerimle. Neden? Çünkü bakarım olmuş adam, çeker elense amucasına."

Üçüncü elense.

Toparlandı, sinirli sinirli güldü:

"Bilirsin dururum ne ciddi vazifeler altında?"

"Yoook," dedi Doç.

"Görmezsin urbalarımı? Sen gel, çıkarmış iken üniformamı, bul beni, tutalım seninle güleş. Var şimdi üstümde üniformam. Almaz yakışık. Neden almaz bilirsin?"

"Bilmem."

"Doğruu, bilemezsin. Çünkü görmedin kurs, almadın sıkı terbiye amirlerinden, hem da disiplin. Dursa idin büyük mesuliyetler altında, alsa idin sıkı terbiye, hem da disiplin, çekmez idin elense vazife bir sırasında fabrika gece kontrolü üniformalı bir üstüne."

"Ne üstü? Sen benim üstüm müsün?"

"Senin, bu hayvanların, herkesin!"

"Yok bee..."

"Yukarıda Allah, Ankara'da Devlet hem da Hükümet, burada da..."

Birden kendini toparladı, artık bekçi değildi ki, "Burada da ben" diyebilsin. Yoktu buna hakkı. Ama şimdi bunu gerine gerine diyebilmeyi öyle isterdi ki.

Kahve kapısında birden karısı:

"Abe neredesin? Aramadık yer bırakmadım seni bir saattir."

Telaş içindeydi.

"Ne var?" dedi, "Ne için ararsın? Değilsin artık yeni gelin."

Kadın çırpınıp duruyor, kulağına söz girmiyordu.

Murtaza sokuldu:

"Ne için aradın beni yahu?"

"Yakaladı oğlunu polisler, götürdüler hapise."

Murtaza yumruk yemişçesine sarsılarak geriledi:

"Nee? Hangi oğlumu?"

"Küçük oğlunu, Hasan'ı."

Büyük olsa aldırış etmeyecekti ama, küçük oğlu? Damarlarında Hasan Bey dayılarının kanı dolaştığını sandığı oğlu, bütün umutlarını bağladığı Hasan'i demek polisler hapise götürmüşlerdi?

"Ne için görürdüler hapise?"

Kadın utanç içinde, "Çalmış bakkaldan çeyrek ekmek," dedi.

İşte şimdi mahvolmuştu Murtaza. Boşalmış bir çuval gibi ayaklarının üstüne çökebilir, yıldırım yemişçesine cansız yuvarlanabilirdi. Demek bu oğlan da çıkmamış idi istediği evsafta? Yazıklaaar olsundu, yazıklaaaar olsundu karısına da, kendine de!

Karısına şöyle bir baktı, içini çekti:

"Olamadın istediğim evsafta bir tarla," dedi. "Çürüttün tohumumi."

Kadının kulağına söz girmiyor, söyleneni anlamıyordu. İstiyordu ki Murtaza, kahvedekileri de ardına takıp koşsun, oğlunu hapislerden kurtarıp eve getirsin. Ne duruyordu? Durulacak zaman mıydı? Yok muydu bu adamda kan?

Doç Ali, Yorgi, Bayram, Topal Salih ve ötekiler harekete geçerek kerusa denilen bir fayton çağırdılar. Giysisi içinde ufalıp hiçleşmiş Murtaza'yı soktular arabaya. Yanına karısını oturttular. Araba hızla hareket etti. Alt tarafı çeyrek ekmekti. Demek çocuk aç kalmış, ne yapsın? Gözüne bakkalın çeyrek ekmeği ilişince...

Nitekim bakkal da davasından vazgeçecekti az sonra, hâkim de çocuğu kurtarmak isteyecekti ki, Murtaza ayağa kalktı. Hâkim bir şeyler sormalıydı. Sordu da:

"Babası mısınız?"

Başını acı acı salladı:

"Maalesef amirim, evet."

Bu, hâkimle savcıya, görgü tanıklarına, bakkala koydukça koymuştu. Ne olursa olsun beraat ettireceklerdi. Hâkim yumuşakça sordu:

"Oğlunuz o gün çok açmış, onun için bu çocukluğu yapmış değil mi?"

Giysileri içinde eriyip akmışa benzeyen Murtaza, birden sanki görünmez pompalarla şişti şişti, giysisine sığmaz oldu:

"Haaayır!" dedi, "Olamaz aç benim oğlum! Kabul edemem açlığını! Velev olsa idi bile aç, çalmayacak idi, ermeyecek idi tenezzül hırsızlığa. Tükürecek idi kan, söyleyecek idi içtim kızılcık şerbeti! Şimdi sizden ederim istirham, edesiniz mahkûm, atasınız hapislere!"

Sert bir dönüş, rap rap rap, çıktı gitti.

İstanbul, 1968

SON